D

Avec 54 best-sellers publiés en France, plus de 520 millions d'exemplaires vendus dans 40 pays et traduits en 38 langues, Danielle Steel est l'auteur contemporain le plus lu et le plus populaire au monde. Depuis 1981, ses romans figurent systématiquement en tête des meilleures ventes du *New York Times*. Elle est restée sur les listes des best- sellers pendant 390 semaines consécutives, ce qui lui vaut d'être citée dans le *Livre Guinness des Records*. Mais Danielle Steel ne se contente pas d'être écrivain. Très active sur le plan social, elle a créé deux fondations s'occupant de victimes de maladies mentales, d'enfants abusés, et de sans-abri. Danielle Steel a longtemps vécu en Europe et a séjourné en France durant plusieurs années (elle parle parfaitement le français) avant de retourner à New York achever ses études. Elle a débuté dans la publicité et les relations publiques, puis s'est mise à écrire et a immédiatement conquis un immense public de tous âges et de tous milieux, très fidèle et en constante augmentation. Lorsqu'elle écrit (sur sa vieille Olympia mécanique de 1946), Danielle Steel peut travailler vingt heures par jour. Son exceptionnelle puissance de travail lui permet de mener trois romans de front, construisant la trame du premier, rédigeant le deuxième, en peaufinant le troisième, et de s'occuper des adaptations télévisées de ses romans. Toutes ces activités ne l'empêchent pas de donner la priorité absolue à sa vie personnelle. Avec ses huit enfants, elle forme une famille heureuse et unie, sa plus belle réussite et sa plus grande fierté. En 2002, Danielle Steel a été faite Chevalier de l'Ordre des Arts et Lettres. En France, elle est le seul auteur à avoir un fan-club.

VOYAGE

DU MÊME AUTEUR
CHEZ POCKET

ACCIDENT
AU NOM DU CŒUR
LE BAISER
LE CADEAU
CINQ JOURS À PARIS
COUPS DE CŒUR
DISPARU
DOUBLE REFLET
DOUCE AMÈRE
LE FANTÔME
FORCES IRRÉSISTIBLES
LA FOUDRE
HONNEUR ET COURAGE
JOYAUX
LE KLONE ET MOI
LA MAISON DES JOURS HEUREUX
MALVEILLANCE
LE MARIAGE
NAISSANCES
PLEIN CIEL
LE RANCH
UN RAYON DE LUMIÈRE
UN SI GRAND AMOUR
UN SI LONG CHEMIN
MAMIE DAN
RUE DE L'ESPOIR
VOYAGE
L'AIGLE SOLITAIRE
COURAGE
LE COTTAGE
VOEUX SECRETS

DANIELLE STEEL

VOYAGE

Traduit par Zoé Delcourt

PRESSES DE LA CITÉ

Titre original :

JOURNEY

ISBN : 2-266-14290-9

A mes enfants,
Beatie, Trevor, Todd, Sam
Victoria, Vanessa, Maxx et Zara
qui ont accompli à mes côtés un long voyage
avec confiance, bonne humeur et beaucoup d'amour

Et à Nick,
en sécurité entre les mains aimantes de Dieu.

avec tout mon amour,
d.s.

Mon voyage a été long. Je ne le regrette pas. Parfois, il a été sombre, un parcours périlleux. A d'autres moments, il a été empli de lumière. Il a été plus souvent difficile qu'aisé.

La route était semée de dangers dès le début, la forêt épaisse, les montagnes hautes, l'obscurité terrifiante. Mais à travers tout cela, même dans la brume, il y a toujours eu un petit point de lumière, une minuscule étoile pour me guider.

Tantôt sage et tantôt folle, j'ai été aimée, trahie, abandonnée. Et à mon grand désespoir, j'ai, malgré moi, blessé des gens, dont j'implore humblement le pardon. J'ai pardonné à ceux qui m'ont fait du mal, et je les prie de me pardonner aussi de leur avoir permis de le faire. J'ai beaucoup aimé, et me suis donnée cœur et âme. Et même lorsque j'étais durement blessée, j'ai poursuivi ma route vers l'amour et la liberté avec confiance, espoir, et même une foi aveugle. Le voyage continue, plus facile qu'autrefois.

Pour ceux d'entre vous qui sont encore perdus dans l'obscurité, que vos compagnons de route vous traitent bien. Puissiez-vous trouver des havres de paix lorsque vous en aurez besoin, des clairières dans la forêt. De l'eau fraîche et pure pour étancher votre soif et laver vos plaies. Et puissiez-vous un jour obtenir la guérison.

Quand nous nous rencontrerons, nos mains se joindront, et nous nous reconnaîtrons. La lumière est là qui nous attend. Chacun à notre manière, nous devons voyager jusqu'à ce que nous l'ayons trouvée. Pour l'atteindre, il nous faudra de la détermination, de la force et du courage, de la gratitude et de la patience. Et aussi de la sagesse. Au bout du voyage, nous nous trouverons, nous trouverons la paix et l'amour que, jusque-là, nous n'aurons imaginés qu'en rêve.

Que Dieu vous guide le long de votre voyage et vous protège.

d.s.

« Voyage »
« ... Toute ma vie
Par-dessus mon épaule j'ai regardé la paix
Et maintenant je voudrais m'allonger dans l'herbe haute
Et fermer les yeux. »
EDNA ST. VINCENT MILLAY

1

La longue limousine noire s'avança lentement et s'immobilisa derrière la file de voitures, toutes aussi luxueuses les unes que les autres. On était au mois de juin, et la soirée était merveilleusement agréable.

Deux marines s'approchèrent d'un pas cadencé au moment où Madeleine Hunter sortit avec grâce de la voiture devant l'entrée est de la Maison-Blanche. Un drapeau brillamment éclairé flottait dans la brise de ce début d'été. Madeleine sourit à l'un des militaires, qui la saluait. Elle était grande et mince, et portait une robe de soirée blanche élégamment drapée sur une épaule. Ses cheveux sombres étaient remontés en chignon sur sa nuque, dégageant à la perfection son long cou et son épaule nue.

Elle avait une peau laiteuse, des yeux bleus, et se déplaçait avec beaucoup d'aisance et d'allure sur les hauts talons de ses sandales argentées. Ses yeux dansaient, et elle souriait ; elle fit un pas de côté pour permettre à son mari de sortir à son tour de la limousine et il vint se placer près d'elle. Un photographe s'approcha et le flash de son appareil illumina brièvement le couple.

A quarante-cinq ans, Jack Hunter était encore très bel homme. Il avait autrefois fait fortune en tant que professionnel de football américain ; il avait su investir brillamment son argent, et cela lui avait permis de se lancer dans les médias. Il avait acheté pour commencer une station de radio, puis une chaîne de télévision, et à quarante ans, il possédait l'un des plus grands réseaux câblés du pays.

Le reporter les photographia de nouveau, puis ils disparurent à l'intérieur de la Maison-Blanche. Ils formaient un couple superbe, et ce depuis sept ans. Madeleine avait vingt-cinq ans quand Jack l'avait découverte à Knoxville ; elle en avait trente-quatre aujourd'hui, et son accent traînant du Sud avait disparu depuis longtemps, tout comme celui de Jack, originaire de Dallas. Il s'exprimait toujours d'une voix ferme, puissante, qui convainquait instantanément ses interlocuteurs du bien-fondé de son opinion. Ses yeux sombres voyaient tout, observaient tout, et il était célèbre pour sa capacité à écouter plusieurs conversations en même temps, tout en donnant à son interlocuteur du moment l'impression d'être totalement concentré sur ce qu'il lui disait. Parfois, disaient les gens qui le connaissaient bien, ses yeux semblaient plonger en vous et fouiller votre âme ; et parfois, son regard était comme une caresse. Il y avait chez lui une force magnétique. Rien qu'à le voir dans son smoking impeccable, avec sa chemise amidonnée et ses cheveux parfaitement peignés en arrière, on avait envie de mieux le connaître, de faire partie de ses proches.

Il avait eu le même effet sur Madeleine lorsqu'ils s'étaient rencontrés. Elle venait de Chattanooga, dans le Tennessee, et son accent trahissait son lieu d'origine. Tout d'abord réceptionniste pour une petite chaîne de télévision de Knoxville, elle avait été amenée, en raison d'une grève du personnel, à présenter la météo, puis le journal. Elle était encore maladroite et timide, mais si belle que les téléspectateurs étaient aussitôt tombés sous son charme. Elle alliait un physique d'actrice de cinéma ou de mannequin à un naturel qui la rendait sympathique et accessible ; de plus, elle avait le don d'aller directement au cœur d'un reportage et d'en tirer l'essentiel. Lorsqu'il l'avait vue pour la première fois, Jack avait été conquis. Sa voix comme son regard semblaient de braise.

« Que faites-vous ici, ma belle ? Vous brisez les cœurs de tous les garçons de la ville, je parie ! » lui avait-il dit.

Bien qu'âgée de vingt-cinq ans, elle paraissait en avoir vingt à peine. Il s'était arrêté pour lui parler à la fin de son journal télévisé.

« Pas vraiment, non ! » avait-elle répondu en riant.

Jack Hunter était à l'époque en pourparlers pour acheter la chaîne ; l'affaire avait été conclue deux mois plus tard. Aussitôt, il avait promu Madeleine coprésentatrice du journal principal et l'avait envoyée à New York se familiariser avec le monde du câble et apprendre à se maquiller et se coiffer. Le résultat avait été à la hauteur des espérances de Jack, et en l'espace de quelques mois, la carrière de la jeune femme avait décollé.

Jack l'avait également aidée à sortir du cauchemar qu'était sa vie conjugale. Son mari, qu'elle avait épousé à l'âge de dix-sept ans, la maltraitait sans discontinuer. Madeleine acceptait cette situation parce qu'elle n'en connaissait pas d'autre : ses propres parents lui avaient donné le même exemple durant toute son enfance.

Bobby Joe avait été son petit ami au lycée, et ils étaient mariés depuis huit ans lorsque Jack avait acheté son réseau câblé à Washington. Jack avait alors fait à Madeleine une proposition impossible à refuser : il voulait qu'elle devienne sa présentatrice vedette. Si elle acceptait d'emménager à Washington, il lui promettait de l'aider à mettre de l'ordre dans sa vie et de lui confier tous les grands reportages.

Il vint en personne en limousine, à Knoxville. Elle

le retrouva à la gare routière, un petit sac Samsonite sur l'épaule, l'air terrorisé. Sans un mot, elle monta dans la voiture avec lui, et ils partirent en direction de Washington. Il fallut des mois à Bobby Joe pour découvrir où elle était, ce qui laissa à Madeleine le temps de contacter un avocat pour demander le divorce, avec l'aide de Jack. Un an plus tard, elle épousait ce dernier.

A présent qu'elle était mariée à Jack depuis sept ans, Bobby Joe et les atroces sévices qu'il lui avait fait subir n'étaient plus qu'un terrible cauchemar, qui s'estompait peu à peu de sa mémoire. A présent, elle était une star et elle menait une vie de conte de fées. Dans tout le pays, on la connaissait, on la respectait, on la vénérait même. Et Jack la traitait comme une princesse.

Visiblement détendue et heureuse, elle pénétra dans la Maison-Blanche au bras de son mari et se joignit à la longue file des invités. Madeleine Hunter n'avait aucun souci. Elle était mariée à un homme puissant et important, qui l'aimait. Elle savait que plus rien de mauvais ne pouvait lui arriver, désormais. Jack Hunter ne le permettrait pas. Elle était en sécurité.

Le président et son épouse leur serrèrent la main dans la salle est, puis le président glissa à Jack à mi-voix qu'il souhaitait le voir en privé un peu plus tard. Jack hocha la tête en souriant, tandis que Madeleine bavardait avec la *First Lady*. Elles se connaissaient bien : Madeleine l'avait interviewée à plusieurs reprises, et les Hunter étaient fréquemment invités à la Maison-Blanche.

Comme Madeleine et son mari s'éloignaient, maintes têtes se tournèrent dans leur direction. Tout le monde reconnaissait Madeleine, et on lui adressait sourires et hochements de tête appréciateurs. Elle en avait parcouru, du chemin, depuis Knoxville ! Elle ne savait pas ce qu'était devenu Bobby Joe, et s'en moquait. La vie qu'elle avait connue avec lui paraissait bien irréelle, désormais... Sa réalité était ici, dans ce monde peuplé de gens importants, au sein desquels elle était une étoile, une célébrité.

Jack et elle se mêlèrent aux autres invités et Madeleine bavarda aimablement avec l'ambassadeur français, qui lui présenta son épouse, pendant que Jack se dirigeait vers un sénateur, président du comité d'éthique du Sénat. Cela faisait un certain temps que Jack désirait discuter avec lui d'une question qui le préoccupait. Madeleine les vit du coin de l'œil se serrer la main, puis elle reporta son attention sur l'ambassadeur du Brésil, qui s'approchait d'elle au bras d'une séduisante parlementaire originaire du Mississippi. Comme toujours, la soirée promettait d'être intéressante.

Lorsqu'ils passèrent à table, elle se retrouva assise entre un sénateur de l'Illinois et un membre du Congrès californien. Elle avait déjà eu l'occasion de les rencontrer tous deux et ils rivalisèrent d'esprit toute la soirée pour la séduire. Jack, lui, était entre la *First Lady* et Barbara Walters. Ce n'est que tard dans la soirée qu'il rejoignit sa femme et l'entraîna sur la piste de danse.

— Alors, comment était-ce ? demanda-t-il d'un ton nonchalant, sans cesser d'observer les personnalités présentes.

Jack perdait rarement de vue les gens qui l'entouraient, et, en règle générale, il savait toujours qui il devait rencontrer ou avec qui il devait reprendre contact, soit pour un reportage, soit pour parler affaires. Il ne passait jamais une soirée à se détendre tout simplement ; il avait toujours quelque chose en tête, un projet, une idée. Il avait parlé quelques minutes en privé avec le président Armstrong, et ce dernier l'avait invité à déjeuner avec lui à Camp David durant le week-end pour qu'ils puissent continuer leur conversation.

Jack se concentra sur son épouse.

— Comment allait le sénateur Smith ? Qu'avait-il d'intéressant à raconter ? s'enquit-il.

— Rien de spécial. Nous avons parlé du nouveau projet de loi sur les impôts.

Elle sourit à son mari, avec toute la sophistication de la femme du monde qu'elle était devenue. Comme Jack aimait à le souligner, il l'avait en quelque sorte créée de toutes pièces. C'était entièrement grâce à lui qu'elle avait parcouru tout ce chemin et pouvait maintenant se flatter d'un énorme succès à la télévision, et il aimait la taquiner à ce sujet.

— Passionnant, dis-moi, ironisa-t-il, faisant référence à la loi fiscale.

Les Républicains réagissaient très violemment, mais Jack pensait que les Démocrates l'emporteraient, cette fois, d'autant que le président les soutenait ouvertement.

— Et Wooley ?

— Il est tellement attendrissant ! répondit-elle avec un nouveau sourire.

Après sept ans de mariage, la présence de son mari, son charme, son charisme, l'espèce d'aura qui l'entourait ne laissaient de l'impressionner, et elle continuait à se sentir comme une jeune première dès qu'elle le voyait.

— Il m'a parlé de son chien et de ses petits-enfants, comme à chaque fois.

Elle trouvait cela touchant. Le vieux membre du Congrès était toujours amoureux de la femme qu'il avait épousée près de soixante années plus tôt, et cela aussi le rendait sympathique aux yeux de Madeleine.

— C'est un miracle qu'il continue à se faire élire, observa Jack lorsque la musique cessa.

— Je crois que tout le monde l'adore.

Madeleine avait conservé sa nature profondément généreuse et tendre. Jamais elle ne perdait de vue ses origines modestes, et contrairement à son mari, qui pouvait se montrer mordant, voire agressif, elle avait gardé un côté ingénu, presque naïf. Par exemple, elle adorait parler aux gens de leurs enfants. Elle-même n'en avait pas ; Jack, lui, avait deux fils d'un premier mariage. Ils allaient à l'université au Texas et aimaient bien Maddy, même s'ils se voyaient rarement.

Leur mère, en revanche, n'avait pas grand-chose de positif à dire sur son ex-mari, en dépit de son succès phénoménal, ni sur Madeleine. Jack et elle étaient divorcés depuis quinze ans, et le mot qu'elle utilisait le plus volontiers pour le qualifier était « impitoyable ».

— Tu es prête à rentrer ? demanda Jack après un nouveau regard circulaire à la pièce.

La soirée était pratiquement terminée, et il avait parlé à toutes les personnes qu'il souhaitait voir. Le président et son épouse venaient de se retirer, et désormais les invités étaient libres de s'éclipser à leur tour. Jack ne voyait pas de raison de s'attarder. Maddy acquiesça, heureuse de rentrer : elle devait être en salle de rédaction très tôt le lendemain matin.

Ils quittèrent la soirée peu après, non sans avoir encore salué quelques-unes de leurs connaissances. Leur chauffeur les attendait près de la porte ; Maddy s'installa confortablement à l'arrière de la limousine, près de son mari. Elle avait fait du chemin, depuis le vieux pick-up Chevrolet de Bobby Joe et les soirées au bar local avec des amis qui vivaient tous dans de vieilles caravanes. Parfois, elle avait encore du mal à croire que ses deux existences, si différentes, aient pu se succéder au cours d'une même vie. Maintenant, elle évoluait dans un monde de présidents, de têtes couronnées, de politiciens, de princes et de magnats, comme son mari.

— De quoi as-tu parlé avec le président ? demanda-t-elle en réprimant un bâillement.

Elle était aussi belle et aussi parfaitement maquillée

qu'au début de la soirée. En vérité, sans même s'en rendre compte, elle constituait un véritable atout pour son époux. Bien souvent désormais, on le considérait davantage comme le mari de Madeleine Hunter que comme l'homme qui l'avait « inventée ». S'il en avait conscience, cependant, il ne l'avait jamais reconnu devant Maddy.

— Nous avons discuté de quelque chose de très intéressant, répondit-il sans entrer dans les détails. Je t'en dirai plus quand j'aurai le droit d'en parler.

— Et ce sera quand, à ton avis ? demanda-t-elle avec un regain d'intérêt.

Elle n'était pas seulement sa femme, mais aussi une journaliste talentueuse, qui adorait son métier, ses collègues et sa rédaction. Elle avait l'impression d'être constamment en train de prendre le pouls de la nation et cela la passionnait.

— Je ne le sais pas encore. Je déjeune avec lui samedi à Camp David.

— Ce doit être important.

Ça l'était toujours. Tout ce qui impliquait le président représentait un scoop potentiel, elle ne l'ignorait pas.

Tandis qu'ils discutaient de la soirée, la limousine parcourut la courte distance jusqu'à la rue R. Jack demanda à sa compagne si elle avait vu Bill Alexander.

— De loin seulement. Je ne savais pas qu'il était de retour à Washington.

L'ancien ambassadeur s'était isolé pendant près de six mois après la mort de sa femme en Colombie l'année précédente. Ç'avait été une histoire tragique, Madeleine s'en souvenait parfaitement. Elle avait été enlevée par des terroristes et Bill Alexander avait lui-même mené les négociations — de toute évidence, maladroitement. Après avoir récupéré la rançon, les terroristes avaient paniqué et assassiné leur prisonnière. L'ambassadeur avait démissionné peu après.

— C'est un imbécile, décréta Jack sans pitié. Il n'aurait jamais dû essayer de s'occuper de ça lui-même. N'importe qui aurait pu prévoir la suite des événements.

— Je suppose qu'il ne voyait pas les choses ainsi, répondit Maddy calmement en jetant un coup d'œil par la vitre.

Ils arrivaient chez eux. Jack ôta sa cravate tout en gravissant les quelques marches du perron.

— Je dois aller au bureau tôt demain matin, annonça Madeleine une fois dans la maison.

Ils montèrent dans leur chambre. Pendant que Jack déboutonnait sa chemise, elle laissa glisser sa robe au sol et se retrouva devant lui, seulement vêtue de ses escarpins et d'un collant. Elle avait un corps extraordinaire dont Jack ne se lassait jamais — pas plus que Bobby Joe avant lui, même si les deux hommes qu'elle avait épousés étaient diamétralement différents. L'un s'était montré brutal, égoïste et indifférent envers elle, se moquant de ses sentiments ou de ses cris de douleur lorsqu'il lui faisait mal ; l'autre était toujours doux, attentionné, en apparence très prévenant. Bobby Joe lui avait un jour cassé les deux bras, et une autre fois elle s'était fracturé une jambe après qu'il l'eut poussée dans l'escalier. C'était juste après sa rencontre avec Jack, au cours d'une épouvantable scène de jalousie. Elle avait pourtant juré à son mari qu'il ne se passait rien entre elle et Jack, ce qui était vrai, à l'époque. C'était son employeur et son ami, rien de plus. Le reste était venu plus tard, après son départ pour Washington. Jack et elle étaient devenus amants dans le mois qui avait suivi son arrivée dans la capitale. Mais à cette époque, son divorce était déjà bien engagé.

— Pourquoi dois-tu y aller tôt ? s'enquit Jack par-dessus son épaule en disparaissant dans sa grande salle de bains de marbre noir.

Ils avaient acheté la maison cinq ans plus tôt à un riche diplomate arabe. Elle disposait d'une salle de gymnastique avec piscine au sous-sol et de superbes pièces de réception dans lesquelles Jack aimait organiser des dîners ou des soirées. Les six salles de bains étaient en marbre. Il y avait quatre chambres : la leur, et trois autres pour les invités.

Ils n'avaient pas l'intention de transformer l'une d'elles en nursery. Dès le départ, Jack avait été très clair : il ne voulait pas d'enfants. Il n'avait pas pris plaisir à voir grandir ses deux aînés, et n'avait pas la moindre intention d'agrandir la famille. En fait, il était même prêt à tout pour ne plus avoir d'enfants, au point qu'il avait insisté pour que Madeleine se fasse ligaturer les trompes, ce qu'elle avait fini par accepter après une courte période de tristesse au cours de laquelle elle avait pleuré les bébés qu'elle n'aurait jamais. Elle songeait qu'elle avait pris la bonne décision, à certains égards ; durant les années qu'elle avait passées avec Bobby Joe, elle avait subi une demi-douzaine d'avortements, et elle n'était même pas sûre d'être encore capable d'avoir des enfants normaux. Il lui avait semblé en définitive plus simple de satisfaire aux exigences de Jack et de ne pas prendre de risques. Il lui avait tant donné et avait tant de projets grandioses pour elle qu'elle comprenait sa position lorsqu'il lui disait que des enfants ne seraient que des obstacles, un fardeau pour sa carrière. Parfois, cependant, il lui arrivait encore de regretter le côté irréversible de sa décision. A trente-quatre ans, beaucoup de ses amies continuaient à avoir des bébés, alors qu'elle-même n'avait plus que Jack, désormais. De temps en temps, elle se demandait si elle ne regretterait pas son choix en vieillissant, privée d'enfants et de petits-enfants à elle. Pour se consoler, elle se disait que ce n'était qu'un petit prix à payer pour la vie qu'elle partageait avec Jack Hunter. Et c'était si important pour lui...

Ils se retrouvèrent dans leur grand lit confortable. Jack l'attira dans ses bras et elle se blottit contre lui, posant sa tête sur son épaule. Ils restaient souvent un moment ainsi avant de s'endormir, parlant des événements de la journée, des endroits où ils étaient allés, des gens qu'ils avaient rencontrés, des fêtes auxquelles ils avaient assisté. Cette fois, Maddy essaya de deviner ce que manigançait le président.

— Je t'ai déjà dit que je te raconterais tout dès que je le pourrais, protesta Jack.

— Les secrets me rendent folle, répondit-elle avec un petit rire.

— Moi, c'est toi qui me rends fou, dit-il en la tournant doucement vers lui, effleurant sa peau satinée sous sa chemise de nuit soyeuse.

Il ne se lassait jamais d'elle, ne la trouvait jamais ennuyeuse, que ce fût au lit ou dans la vie. Il aimait la savoir sienne, corps et âme, pas seulement professionnellement, mais aussi dans l'intimité. *Surtout* dans l'intimité. Il avait pour elle un appétit insatiable, et elle avait parfois l'impression qu'il allait la dévorer. Il aimait tout en elle et savait tout ce qu'elle faisait ; il voulait toujours être au courant de ses moindres faits et gestes, et ne manquait jamais de lui donner son avis.

En cet instant, cependant, seul l'intéressait ce corps qu'il aimait tant, et tandis qu'il l'embrassait et la serrait étroitement dans ses bras, elle gémit contre ses lèvres. Jamais elle ne se plaignait de la fréquence ou de la force de leurs étreintes. Elle aimait se sentir désirée à ce point, et se réjouissait d'être encore capable de susciter de telles émotions chez son mari. Tout était si différent de l'époque où elle vivait avec Bobby Joe... Ce dernier voulait seulement se servir d'elle et lui faire du mal. Jack, lui, était excité par la beauté et le pouvoir. Avoir « créé » Madeleine lui procurait un sentiment de puissance, et « posséder » Madeleine au lit le rendait presque fou.

2

Le lendemain, Madeleine se leva à six heures, comme toujours, et se glissa silencieusement dans sa salle de bains. Elle se lava et s'habilla, mais ne prit pas la peine de se coiffer ou de se maquiller longuement, sachant que des professionnels s'occuperaient d'elle avant son passage à l'antenne. Lorsque Jack descendit dans la cuisine à sept heures trente, rasé et peigné de frais, il la trouva devant une tasse de café, en tailleur-pantalon bleu marine, le journal du matin déplié devant elle.

En l'entendant entrer, elle leva la tête et fit une observation sur le dernier scandale qui agitait le Capitole. Un des membres du Congrès avait été arrêté durant la nuit alors qu'il abordait une prostituée.

— Franchement, ils pourraient se montrer plus prudents et éviter ce genre de choses, dit-elle en tendant le *Washington Post* à son mari et en prenant le *Wall Street Journal.*

Elle aimait avoir lu les journaux avant d'arriver dans la salle de rédaction. En général, elle parcourait également le *New York Times* et, si elle avait le temps, le *Herald Tribune*, durant le trajet en limousine jusqu'au bureau.

Jack et elle partirent ensemble à huit heures. Il lui demanda si elle travaillait sur un reportage particulier. Il était rare en effet qu'elle commence aussi tôt.

Parfois, elle n'arrivait pas avant dix heures. En règle générale, elle passait la journée à préparer les reportages principaux du journal du soir, et enregistrait ses interviews à l'heure du déjeuner. Elle était devant les caméras à deux reprises, à dix-sept heures et à dix-neuf heures trente. A vingt heures elle avait terminé, et lorsqu'ils avaient une sortie prévue, elle se changeait dans sa loge. Les journées étaient longues, pour elle comme pour lui, mais ils ne s'en plaignaient pas.

— Greg et moi effectuons une série d'interviews de femmes travaillant au Capitole. Nous voulons essayer de découvrir qui fait quoi, quand et comment. Nous avons déjà sélectionné cinq femmes. Je pense que ce sera un bon reportage.

Greg Morris était le coprésentateur du journal, un jeune reporter noir originaire de New York. Depuis deux ans qu'il travaillait avec Maddy, ils avaient noué une solide amitié.

— Tu ne penses pas que tu devrais faire ce reportage toute seule ? Pourquoi as-tu besoin de Greg ?

— Il est bon d'avoir le point de vue masculin, répondit-elle assez froidement.

Son mari et elle avaient souvent des opinions divergentes sur la façon dont elle devait aborder l'émission, si bien qu'il lui arrivait de se montrer réticente lorsqu'il lui demandait de lui parler de son travail. Elle ne voulait pas qu'il mette son nez dans ses reportages. Parfois, être mariée avec le directeur de la chaîne était un véritable défi.

— Est-ce que la femme du président t'a proposé de faire partie de sa commission sur la violence envers les femmes, hier soir ? demanda Jack d'un air nonchalant.

Maddy secoua la tête. Elle avait entendu de vagues rumeurs au sujet de cette commission que comptait former la *First Lady*, mais cette dernière ne lui en avait pas parlé personnellement.

— Elle ne devrait pas tarder à le faire, affirma Jack. Je lui ai dit que tu serais ravie d'y participer.

— Certes, si j'ai le temps. Ça dépend de l'engagement que cela me demandera.

— J'ai répondu que tu le ferais, rétorqua Jack d'un ton qui n'admettait pas de réplique. C'est bon pour ton image.

Maddy resta silencieuse un moment, le visage tourné vers la vitre. Comme toujours, c'était le chauffeur de Jack qui les conduisait au bureau ; il travaillait pour eux depuis des années, et ils lui faisaient entièrement confiance.

— J'aurais aimé pouvoir prendre cette décision moi-même, dit-elle enfin d'une voix calme. Pourquoi lui as-tu dit que j'accepterais, sans me consulter ?

Lorsqu'il agissait ainsi, elle avait l'impression d'être une gamine. Jack n'avait que onze ans de plus qu'elle mais la traitait parfois comme une enfant.

— Je te le répète, ce sera bon pour toi. Considère ça comme la décision de ton supérieur hiérarchique.

« Encore une », songea-t-elle en réprimant un soupir. Elle détestait qu'il se comporte ainsi, et il le savait très bien. Cela la contrariait profondément.

— Et puis, ajouta-t-il, tu viens de dire que tu aimerais bien faire partie de cette commission.

— *Si* j'ai le temps. C'est à moi d'en décider.

Mais déjà, ils arrivaient au siège de la chaîne et Charles leur ouvrait la portière. Ils n'avaient pas le temps de poursuivre cette conversation. D'ailleurs, Jack n'avait pas du tout l'air d'en avoir l'intention ; il était clair qu'il avait pris sa décision. Il l'embrassa rapidement et lui souhaita une bonne journée avant de disparaître dans son ascenseur privé. Après avoir passé le contrôle de sécurité et le détecteur de métaux, Maddy rejoignit la salle de rédaction.

Elle y avait un bureau privé aux murs de verre, une secrétaire et une assistante chargée de ses recherches. Greg Morris occupait le bureau voisin, légèrement plus petit. Il lui fit un signe de la main en la voyant entrer d'un pas vif dans son bureau, et vint la rejoindre une minute plus tard avec une tasse de café.

— Bonjour ! Mais dis-moi, on dirait que ce n'est pas une si bonne journée que ça, à en juger par la tête que tu fais.

Il la regarda avec attention. Il la connaissait bien et sentait que quelque chose la contrariait, même si elle le cachait de son mieux. Maddy n'aimait pas se mettre en colère. Dans sa vie passée, colère avait été synonyme de danger, et elle ne l'avait jamais oublié.

— Mon mari vient de prendre une « décision directoriale », répondit-elle en jetant à Greg un regard qui en disait long sur ce qu'elle ressentait.

Il était comme un frère pour elle.

— Oh. Suis-je viré ?

Il plaisantait : il bénéficiait d'un taux d'audience presque aussi fabuleux que celui de Maddy et le savait. Cependant, avec Jack, on n'était jamais sûr de rien. Il était capable de prendre des décisions soudaines et en apparence irrationnelles, toujours irrévocables.

— Rien d'aussi radical, Dieu merci, le rassura aussitôt Maddy. Il a simplement dit à la femme du président que je participerais à sa nouvelle commission sur la violence envers les femmes sans même m'en parler d'abord.

— Je croyais que tu aimais les comités de ce genre, observa Greg en se laissant tomber dans le fauteuil face à elle.

— Là n'est pas la question. J'apprécierais qu'on me demande mon avis. Je suis une adulte.

— Il s'est sans doute dit que ça te ferait plaisir. Tu sais comme les hommes peuvent être bêtes. Ils oublient de passer par toutes les étapes.

— Mais il sait très bien que je déteste qu'il se comporte ainsi !

Ce qui ne l'empêchait pas de prendre de nombreuses décisions à sa place, Greg le savait aussi bien qu'elle. Il en avait toujours été ainsi, entre Jack et Maddy. Il affirmait savoir ce qui était le mieux pour elle.

— Ça m'embête d'avoir à te l'annoncer, mais nous venons juste d'avoir connaissance d'une autre « décision directoriale » qu'il a dû prendre hier. Elle nous est parvenue juste avant ton arrivée.

Greg paraissait loin d'être ravi. C'était un homme très séduisant, aux traits harmonieux et aux membres déliés. Plus jeune, il avait rêvé de devenir danseur ; les hasards de la vie l'avaient conduit au journalisme, et il adorait son métier.

— De quoi parles-tu ? s'enquit Maddy, inquiète.

— Il a tronqué toute une partie de notre émission. Le commentaire politique de l'édition de dix-neuf heures trente.

— Il a fait *quoi* ? Mais pourquoi donc ? Les gens aiment l'analyse politique, et c'est la partie du journal que nous préférons, toi et moi !

— Il souhaite que le dix-neuf heures trente soit axé uniquement sur l'actualité. D'après ce qu'on m'a dit, la décision a été prise d'après l'audience. Il veut que nous essayions la nouvelle formule pour voir ce que ça donne.

— Pourquoi ne nous en a-t-il pas parlé d'abord ?

— L'a-t-il jamais fait ? Allons, ma grande, tu le connais mieux que moi. Jack Hunter prend ses propres décisions, sans jamais consulter qui que ce soit. Ce n'est pas un scoop.

— Zut.

D'un geste brusque, elle se servit une tasse de café. Elle était visiblement furieuse.

— Super. Donc, plus d'éditoriaux à partir de maintenant ? C'est complètement idiot.

— C'est aussi mon avis, mais il sait mieux que nous. Il serait éventuellement question de remettre l'analyse dans l'édition de dix-sept heures si les gens se plaignent, mais rien n'est prévu pour l'instant.

— Génial. Bon sang, il aurait tout de même pu me prévenir !

— Comme il le fait d'habitude ? Allons, pas la peine de rêver. Nous ne sommes que des employés, pour lui, pas des décisionnaires.

— Je suppose que tu as raison.

Elle rumina sa colère en silence pendant une bonne minute, puis Greg et elle se mirent au travail. Ils devaient choisir les femmes membres du Congrès qu'ils allaient interviewer en premier, parmi celles qu'ils avaient déjà sélectionnées. Il était presque onze heures lorsqu'ils terminèrent, et Maddy sortit faire quelques courses et s'acheter un sandwich. A treize heures, elle était de retour derrière son bureau et travaillait de nouveau sur ses interviews. Elle ne bougea pas de l'après-midi ; à seize heures, enfin, elle alla se faire coiffer et maquiller. Elle retrouva Greg dans la loge et ils discutèrent des nouvelles qui étaient arrivées dans l'après-midi. Pour l'instant, il n'y avait rien de très important.

— As-tu étranglé Jack à propos de nos éditoriaux ? demanda Greg avec un sourire taquin.

— Non, mais je n'y manquerai pas, dès que je le verrai.

Jack et elle ne se parlaient presque jamais durant la journée mais quittaient généralement les locaux de la chaîne en même temps, excepté lorsque Jack devait se rendre quelque part sans elle après le travail. Dans ces cas-là, elle rentrait seule et l'attendait.

Le journal de dix-sept heures se déroula sans problème. Maddy et Greg restèrent dans le studio à bavarder en attendant l'édition suivante, comme ils le faisaient toujours. A vingt heures, ils avaient terminé, et Jack apparut au moment où Maddy quittait le plateau. Elle souhaita une bonne soirée à Greg, ôta son micro, ramassa son sac à main et, une minute plus tard, Jack et elle s'en allaient. Ils avaient promis de se rendre à un cocktail dans le quartier de Georgetown.

— Je peux savoir ce qui est arrivé à nos éditoriaux ? demanda Maddy dès que la limousine eut démarré.

— Les taux d'audience montraient que les gens commençaient à s'en lasser.

— N'importe quoi, Jack ! Les téléspectateurs adorent l'analyse politique.

— Ce n'est pas ce que nous avons entendu dire, rétorqua-t-il avec fermeté.

— Pourquoi ne m'en as-tu pas parlé ce matin ? voulut-elle savoir, toujours contrariée.

— Il fallait que la nouvelle suive la voie hiérarchique normale.

— Tu ne m'as même pas demandé ce que j'en pensais ! J'aurais bien aimé être au courant. Je pense vraiment que, cette fois, tu as pris une mauvaise décision.

— Nous verrons bien ce que dira le taux d'audience.

Ils venaient d'arriver sur le lieu de la soirée, et ils ne tardèrent pas à se perdre de vue dans la foule. Maddy ne retrouva Jack que deux heures plus tard, lorsqu'il vint la chercher pour lui demander si elle était prête à partir. Elle acquiesça ; la journée avait été longue, la nuit précédente très courte, et elle était fatiguée.

Ils ne parlèrent pas beaucoup sur le chemin du retour. Jack se contenta de lui rappeler qu'il partait pour Camp David le lendemain matin, afin de déjeuner avec le président.

— Je te retrouverai à l'aérodrome à quatorze heures trente, dit-il, l'air distrait.

Tous les week-ends, ils se rendaient en Virginie. Jack avait acheté une ferme là-bas, un an avant de rencontrer Maddy ; c'était un endroit qu'il adorait, et auquel elle s'était habituée. La maison, immense, était confortable, et entourée d'hectares de terres. Jack entretenait des écuries et élevait quelques pur-sang. Cependant, en dépit du paysage agréable, Maddy s'ennuyait là-bas.

— Et si nous restions en ville, pour une fois ? suggéra-t-elle, pleine d'espoir, en le suivant dans la maison.

— Impossible. J'ai invité le sénateur McCutchins et sa femme pour le week-end.

Il ne le lui avait pas dit non plus.

— C'était un secret, ça aussi ? demanda-t-elle avec irritation.

Elle avait horreur qu'il prenne ce genre de décision sans la consulter ou au moins la prévenir.

— Je suis désolé, Maddy, j'ai été très occupé. J'ai eu beaucoup de choses en tête, cette semaine. Il se passe pas mal de trucs assez compliqués, au bureau.

Elle le soupçonnait surtout d'être distrait par son rendez-vous à Camp David. Mais il aurait tout de même pu lui dire qu'il avait invité les McCutchins pour le week-end.

— J'ai manqué de considération envers toi, ma chérie, dit-il avec un sourire penaud. Je suis désolé, mon cœur.

Comment lui en vouloir encore quand il s'excusait ainsi ? Il arrivait toujours à désamorcer sa colère.

— Ce n'est pas grave. J'aurais aimé être mise au courant, voilà tout.

Elle ne prit pas la peine de lui dire qu'elle ne supportait pas Paul McCutchins. Jack le savait pertinemment. Le sénateur était obèse, dominateur, arrogant, et sa femme avait toujours l'air terrifiée en sa présence. Chaque fois que Maddy la voyait, elle était trop tendue pour dire plus de deux mots, et elle semblait avoir peur de son ombre. Même leurs enfants paraissaient nerveux.

— Ils emmènent leurs rejetons ? s'enquit Maddy.

Elle n'appréciait guère ces derniers, trois créatures

pâles et geignardes dont la compagnie lui déplaisait, bien qu'elle aimât d'ordinaire les enfants.

— Je leur ai dit que ce n'était pas possible, répondit Jack en souriant. Je sais que tu ne les supportes pas, et je te comprends. Et puis, ils font peur aux chevaux.

— C'est au moins ça, soupira Maddy.

La semaine avait été longue pour tous les deux, et elle était fatiguée. Aussitôt couchée, elle s'endormit dans les bras de Jack, et elle ne l'entendit même pas se lever le lendemain matin. Lorsqu'elle descendit pour le petit déjeuner, il était déjà lavé et habillé et il lisait le journal.

Il l'embrassa rapidement et, quelques minutes plus tard, il partit pour la Maison-Blanche, où il devait prendre un hélicoptère pour rejoindre le président à Camp David.

— Amuse-toi bien, lui dit-elle en souriant.

Elle se servit une tasse de café. Jack semblait d'excellente humeur ; rien ne l'excitait davantage que le pouvoir. C'était pour lui une véritable drogue.

Lorsqu'elle le retrouva à l'aérodrome cet après-midi-là, il était tout simplement radieux. De toute évidence, il avait passé un très bon moment avec Jim Armstrong.

— Alors, avez-vous résolu tous les problèmes du Moyen-Orient, et prévu une petite guerre quelque part ? demanda Maddy d'un air taquin.

En cet instant, il lui suffisait de voir son mari, resplendissant dans le soleil de juin, pour retomber amoureuse de lui. Il était si beau, si séduisant !

— Quelque chose comme ça, oui, répondit-il avec un sourire énigmatique en la suivant jusqu'à l'avion qu'il avait acheté cet hiver-là.

C'était un Gulfstream et il en était très content. Ils s'en servaient tous les week-ends, et il l'utilisait également pour ses voyages professionnels.

— Tu peux m'en parler ?

Elle mourait de curiosité, mais il secoua la tête en riant. Il adorait la faire enrager lorsqu'il savait quelque chose qu'elle ignorait.

— Pas encore. Mais bientôt.

Les deux pilotes les attendaient, et ils décollèrent vingt minutes plus tard. Installés dans des fauteuils confortables à l'arrière de l'avion, Jack et Maddy bavardèrent tandis que l'appareil se dirigeait vers le sud.

Pour le malheur de Maddy, les McCutchins les attendaient déjà lorsqu'ils arrivèrent à la ferme. Ils étaient descendus de Washington en voiture, le matin même.

Comme toujours, Paul McCutchins donna une claque retentissante sur l'épaule de Jack et serra Maddy dans ses bras bien trop étroitement à son goût. Janet, son épouse, ne dit rien. Elle se contenta de croiser fugitivement le regard de Maddy avant de baisser la tête, comme si elle avait peur que la jeune femme puisse lire en elle un sombre secret. Il y avait quelque chose chez Janet qui mettait toujours Maddy mal à l'aise, même si elle ignorait ce que c'était et n'avait jamais vraiment pris la peine de s'interroger.

Jack voulait passer un peu de temps avec Paul pour discuter d'un projet de loi qu'il soutenait. Il était question de régulation des armes à feu, sujet toujours sensible et important pour les médias.

Les deux hommes s'éloignèrent vers les écuries presque aussitôt après l'arrivée de Jack et Maddy, si bien que cette dernière se retrouva obligée de tenir compagnie à Janet. Elle lui proposa d'aller dans la maison et lui offrit des biscuits et de la limonade préparés par la cuisinière, une Italienne qui travaillait pour les Hunter depuis des années. Jack l'avait embauchée avant son mariage avec Maddy ; en vérité, la ferme était à bien des égards celle de Jack plutôt que la leur, et il en profitait bien plus que Maddy. Elle était isolée, loin de tout, et Maddy n'avait jamais particulièrement aimé les chevaux. Jack invitait souvent ses relations professionnelles à la ferme, comme c'était le cas ce week-end-là.

Lorsqu'elles furent installées dans le salon, Maddy demanda à Janet des nouvelles de ses enfants. Puis, une fois leur limonade terminée, elle lui proposa une promenade dans le jardin. Le temps passait avec une lenteur infernale. Maddy cherchait désespérément des sujets de conversation : le temps qu'il faisait, la ferme, son histoire, les nouveaux rosiers plantés par le jardinier. Soudain, elle jeta un regard à son invitée et constata avec stupéfaction qu'elle pleurait.

Janet McCutchins n'était pas une femme séduisante. Elle était très grosse, pâle, et il y avait toujours chez elle quelque chose d'infiniment triste. En cet instant, c'était plus évident que jamais. Le visage baigné de larmes, elle était pathétique.

— Ça ne va pas ? demanda Maddy, mal à l'aise.

Janet McCutchins se contenta de secouer la tête. Ses sanglots redoublèrent.

— Je suis désolée, parvint-elle seulement à articuler.

— Vous n'avez pas à l'être, affirma Maddy d'un ton apaisant.

Elle s'arrêta devant un banc de jardin, afin que sa compagne puisse s'asseoir et reprendre un peu contenance.

— Vous voulez un verre d'eau ?

Janet fit de nouveau non de la tête et se moucha avant de se tourner vers Maddy. Leurs regards se croisèrent.

— Je ne sais pas quoi faire, dit-elle d'une voix tremblante.

Sa détresse émut Maddy.

— Puis-je vous aider ?

Elle se demandait si l'épouse du sénateur était malade, ou si l'un de ses enfants avait un problème.

Elle semblait si désespérée, si profondément malheureuse !

— Personne ne peut m'aider, répondit Janet dans un soupir. Je ne sais pas quoi faire..., répéta-t-elle. C'est Paul. Il me déteste.

— Bien sûr que non, voyons. Je suis sûre que non, affirma Maddy.

Mais en était-elle si sûre ? songea-t-elle aussitôt. En vérité, elle ignorait tout de la situation. Peut-être Paul McCutchins haïssait-il bel et bien sa femme ?

— Pourquoi vous détesterait-il ?

— Ça fait des années qu'il me hait. Il me torture. Il a été contraint de m'épouser parce que j'étais enceinte...

— Il ne serait pas resté avec vous si longtemps s'il ne l'avait pas souhaité. Il est si facile de divorcer, de nos jours !

Leur aîné avait douze ans, et ils avaient deux autres enfants.

Maddy devait admettre que, devant elle, Paul ne s'était jamais montré particulièrement agréable envers sa femme. C'était une des choses qui lui déplaisaient, chez lui.

— Paul dit qu'un divorce nuirait à sa carrière.

C'était possible, en effet, mais d'autres avaient réussi à sortir politiquement indemnes d'une crise conjugale. Maddy allait en faire la remarque lorsque Janet déclara, lui coupant le souffle :

— Il me bat.

Un grand froid s'abattit sur Maddy. Pour appuyer son propos, Janet releva la manche de son chemisier, dévoilant de vilaines ecchymoses. Au fil des années, Maddy avait entendu de nombreuses rumeurs déplaisantes concernant le tempérament violent et l'attitude arrogante du sénateur. Ce qu'elle voyait venait confirmer tout ce qu'on lui avait dit.

— Je suis désolée, Janet.

Elle ne savait que dire, mais son cœur se gonflait

de compassion pour la pauvre femme, et elle avait envie de la serrer dans ses bras.

— Ne restez pas avec lui, dit-elle avec douceur. Ne le laissez pas vous faire ça. Pendant neuf ans, j'ai été mariée à un homme comme lui...

Elle ne savait que trop bien ce que vivait Janet, bien qu'elle eût passé les huit dernières années à essayer d'oublier son premier mari.

— Comment vous en êtes-vous sortie ?

Soudain, elles étaient comme deux prisonnières se chuchotant des secrets.

— Je me suis enfuie, répondit Maddy.

Craignant de paraître plus courageuse qu'elle ne l'avait été en réalité, elle précisa :

— J'étais terrorisée. Jack m'a aidée.

Mais cette femme n'avait pas de Jack Hunter à son côté. Elle n'était ni jeune ni belle ; elle n'avait pas d'espoir, pas de carrière, pas d'issue, et elle devait tenir compte de ses trois enfants. La situation était très différente.

— Il dit qu'il me tuera si je pars avec les enfants. Et il dit que si je parle de ça à qui que ce soit, il me fera interner dans un hôpital psychiatrique. Il l'a déjà fait une fois, après la naissance de ma petite fille. Ils m'ont fait des électrochocs.

Maddy songea que c'était plutôt lui qui aurait dû subir un tel traitement, mais elle ne dit rien. La pensée de ce que la pauvre femme avait dû endurer et la vue de ses hématomes la rendaient malade.

— Vous devez demander de l'aide. Pourquoi ne pas aller dans un centre d'accueil ? suggéra-t-elle.

— Je sais qu'il me trouverait. Il me tuerait, répondit Janet en sanglotant.

— Je vous aiderai, proposa Maddy sans hésitation.

Il fallait qu'elle fasse quelque chose pour cette femme. Elle se sentait terriblement coupable de l'avoir jugée ennuyeuse et dénuée de personnalité. A présent qu'elle savait à quel point elle avait besoin d'elle, elle avait le sentiment d'avoir un devoir envers elle, ne fût-ce qu'en souvenir de sa propre souffrance.

— Je vais me renseigner sur les endroits où vous pourriez aller avec vos enfants.

— Ça va finir dans les journaux, gémit Janet.

— Ça finira aussi dans les journaux s'il vous tue, observa Maddy avec fermeté. Promettez-moi d'agir, Janet. Est-ce qu'il fait du mal aux enfants ?

Janet secoua la tête, mais Maddy savait que la vérité était plus complexe que cela. Même s'il ne les touchait pas, il faussait leurs esprits et les terrifiait. Un jour ses filles épouseraient des hommes violents comme leur père, ainsi qu'elle-même l'avait fait ; et peut-être leur fils trouverait-il normal de lever la main sur ses petites amies ou son épouse. Lorsque, dans un foyer, la mère était battue, personne n'en sortait indemne. Une situation semblable avait conduit Maddy dans les bras de Bobby Joe, et l'avait poussée à croire qu'il avait le droit de la traiter comme il le faisait.

Maddy prit les mains de Janet entre les siennes. Au même instant, elles entendirent les hommes approcher, et Janet retira vivement ses mains. L'instant d'après, elle affichait un visage dénué d'expression. Lorsque Jack et son mari entrèrent dans le jardin, elle les accueillit comme si rien ne s'était passé.

Ce soir-là, cependant, lorsqu'ils se retrouvèrent seuls, Maddy fit part à Jack de sa conversation avec Janet.

— Il la bat, dit-elle, encore nauséeuse à cette seule pensée.

— Paul ? s'étonna Jack. J'en doute. Il est un peu bourru, je l'admets, mais je ne crois pas qu'il ferait une chose pareille. Qu'en sais-tu ?

— Janet me l'a dit, répliqua Maddy, prête à défendre sa nouvelle amie.

Elles avaient désormais quelque chose en commun.

— A ta place, je ne prendrais pas ça trop au

sérieux. Paul m'a expliqué, il y a des années de ça, qu'elle avait des problèmes psychiatriques.

— J'ai vu les bleus, rétorqua Maddy avec colère. Je la crois, Jack. Je sais ce qu'elle vit. Je l'ai vécu moi aussi.

— Certes, mais tu ignores d'où lui viennent ces bleus. Elle peut très bien avoir inventé cette histoire pour nuire à son mari. Je sais qu'il a une maîtresse depuis un certain temps. Janet essaie sans doute de se venger de lui en répandant des horreurs sur son compte.

Maddy ne doutait pas un instant de la véracité de l'histoire de Janet, et plus Jack lui parlait de Paul, plus ce dernier lui paraissait méprisable — pire, haïssable.

— Pourquoi ne la crois-tu pas ? demanda-t-elle, hors d'elle. Je ne comprends pas.

— Je connais Paul. Il ne ferait pas ça, je le sais.

En entendant cela, Maddy eut envie de hurler. Ils se disputèrent à ce sujet jusqu'au moment de se coucher, et elle était si furieuse qu'elle fut soulagée qu'ils ne fassent pas l'amour, ce soir-là. En cet instant, elle se sentait bien plus proche de Janet McCutchins que de son propre mari. Elle avait davantage en commun avec la malheureuse épouse du sénateur. Jack, cependant, de son côté, ne semblait pas réaliser à quel point elle était contrariée.

Avant le départ des McCutchins le lendemain, Maddy assura à Janet qu'elle la contacterait pour lui donner des renseignements. Mais son interlocutrice se contenta de la regarder en silence, sans manifester la moindre émotion ; elle avait trop peur que Paul ne les entende. Elle se contenta de hocher vaguement la tête et monta dans la voiture, qui ne tarda pas à démarrer.

Ce soir-là, lorsque Jack et elle reprirent l'avion pour rentrer à Washington, Maddy était pensive. Silencieuse, elle regardait le paysage nocturne par le hublot, incapable de penser à autre chose qu'à Bobby

Joe et au désespoir qu'elle avait éprouvé durant ses douloureuses années de solitude à Knoxville. Dans sa tête, elle ne cessait de revoir le visage torturé de Janet et les ecchymoses qu'elle lui avait montrées. La malheureuse était prisonnière de sa situation tragique et n'avait ni le courage ni la force de s'évader. Elle était même convaincue de ne pas en être capable.

Alors qu'ils atterrissaient en douceur à Washington, Maddy se jura de faire tout ce qui serait en son pouvoir pour l'aider.

3

En arrivant à la chaîne le lundi matin, Maddy tomba immédiatement sur Greg. Elle le suivit dans son bureau et se servit une tasse de café.

— Comment la journaliste la plus sexy et la plus huppée de Washington a-t-elle passé son week-end ? demanda Greg, qui aimait la taquiner sur son mode de vie et sur le temps qu'elle passait à la Maison-Blanche. Es-tu restée avec le président les deux jours, ou as-tu pris le temps de faire un peu de shopping avec la *First Lady ?*

— Très drôle, petit malin, rétorqua-t-elle en buvant une gorgée de café brûlant, toujours hantée par la confession de Janet McCutchins. Si tu veux savoir, Jack a bel et bien déjeuné avec le président à Camp David samedi midi.

— Merci, mon Dieu. Tu ne me déçois jamais. J'en serais malade si j'apprenais que tu fais la queue au supermarché comme nous autres, pauvres mortels. Grâce à toi, je vis par procuration. Et je ne suis pas le seul. J'espère que tu en es consciente.

— Crois-moi, ce n'est pas si excitant que ça.

En réalité, elle n'avait pas vraiment l'impression que c'était de sa vie à elle qu'il parlait. Elle avait le sentiment de vivre dans la lumière des projecteurs braqués sur son mari.

— Les McCutchins sont venus passer le week-end chez nous en Virginie. Seigneur, ce type est révoltant.

— Très séduisant, le sénateur. Un homme distingué, ironisa Greg en lui souriant.

Maddy se tut un long moment, puis elle décida de mettre son collègue dans la confidence. Ils étaient devenus très proches, comme un frère et une sœur, depuis qu'ils avaient commencé à travailler ensemble. Elle n'avait pas d'amis à Washington ; elle n'avait jamais vraiment eu le temps de s'en faire, et les rares qu'elle avait eus avaient déplu à Jack, qui avait toujours fait pression sur elle pour qu'elle cesse de les voir. Elle n'avait jamais émis d'objections car, de toute façon, elle était trop occupée pour entretenir ces amitiés : elle travaillait tout le temps. Au début, lorsqu'elle avait rencontré des femmes avec qui elle s'entendait bien, Jack avait toujours trouvé quelque chose à critiquer — il les trouvait grosses, ou laides, ou pas assez convenables, ou indiscrètes, ou jalouses d'elle. Il prenait grand soin de Madeleine, l'isolant dans le même temps. Les seules personnes dont elle était vraiment proche étaient ses collègues. Elle savait que c'était pour son bien que Jack la protégeait ainsi, et elle ne lui en voulait pas, mais cela signifiait qu'au cours des dernières années Greg Morris était devenu son seul véritable ami et confident.

— Quelque chose d'horrible s'est produit ce week-end, commença-t-elle prudemment, encore un peu gênée de divulguer le secret de Janet.

Elle savait que cette dernière n'aurait pas voulu que d'autres qu'elle fussent au courant.

— Tu t'es cassé un ongle ? plaisanta Greg.

En temps normal, elle aurait ri, mais son expression demeura sérieuse.

— C'est Janet...

— La femme de McCutchins ? Elle a l'air assez terne et insignifiante. Je ne l'ai vue qu'à une ou deux reprises, à des soirées au Sénat.

Maddy soupira et décida de se jeter à l'eau. Elle faisait entièrement confiance à Greg.

— Il la bat.

— Quoi ? Le sénateur ? Tu es sûre ? C'est une grave accusation, Maddy.

— Très grave. Et oui, je la crois. Janet m'a montré ses bleus.

— N'a-t-elle pas eu des problèmes psychiatriques ? demanda Greg avec scepticisme.

C'était la réaction que Jack avait eue lui aussi, et cela contraria Maddy.

— Pourquoi les hommes font-ils toujours ce genre de remarques à propos des femmes maltraitées ? Et si je t'avais dit qu'elle l'avait frappé avec un club de golf, me croirais-tu ? Ou me dirais-tu que ce gros porc raconte des mensonges ?

— Je le croirais sans doute, je dois l'admettre. Parce que les hommes ne mentent pas sur des sujets pareils.

— Les femmes ne mentent pas non plus. Mais à cause des réactions de gens comme toi ou comme mon mari, elles ont l'impression que ce qui leur arrive est leur faute, et qu'elles doivent garder le secret. Oui, c'est vrai, Janet a fait un séjour en hôpital psychiatrique, mais elle ne m'a pas l'air folle, et elle n'a pas inventé les bleus qu'elle m'a montrés. Son mari la terrorise. J'ai toujours entendu dire que c'était une ordure avec ses employés, mais j'ignorais qu'il s'en prenait physiqucmcnt à sa femme.

Elle n'avait jamais parlé ouvertement de son propre passé à Greg. Comme tant d'autres femmes dans sa situation, elle gardait quelque part au fond d'elle le sentiment qu'elle était responsable de ce qui lui était arrivé, et préférait garder le secret.

— Je lui ai dit que je l'aiderais à trouver un centre d'accueil. Tu sais par où je pourrais commencer ?

— Pourquoi pas par la Coalition pour les femmes ?

C'est une de mes amies qui dirige l'association. Et je suis désolé de ce que j'ai dit. Je devrais faire preuve de plus de bon sens, ajouta-t-il d'un air contrit.

— Oui, tu devrais, acquiesça-t-elle. Mais merci, je vais appeler ton amie.

Il nota son nom sur un bout de papier. Fernanda Lopez, lut Maddy. Elle se souvenait vaguement d'avoir fait un reportage sur elle, lorsqu'elle était arrivée à la chaîne. Cela faisait bien cinq ou six ans, mais elle se rappelait avoir été impressionnée par cette femme.

Malheureusement, lorsqu'elle appela son bureau, on lui annonça que Mme Lopez avait pris une année sabbatique, et que la jeune femme qui la remplaçait était en congé de maternité. La nouvelle responsable n'arriverait pas avant deux semaines. Lorsque Maddy expliqua son problème à la secrétaire, celle-ci lui donna quelques noms. Tous les coups de téléphone qu'elle passa se soldèrent par des échecs : tantôt elle tombait sur un répondeur, tantôt la ligne était occupée. Même le numéro d'urgence de SOS Femmes Battues ne répondait pas.

Elle dut remettre l'appel à plus tard et fut ensuite trop occupée par la préparation de l'émission. Elle n'y songea plus jusqu'au moment où elle prit l'antenne, à dix-sept heures. Elle se promit de recommencer à appeler le lendemain matin. Il était évident que Janet, comme beaucoup de femmes dans son cas, était trop paralysée par la peur pour faire le premier geste elle-même.

Au cours du journal, Greg et Maddy couvrirent, comme à leur habitude, les nouvelles locales, nationales et internationales ; l'édition de dix-neuf heures trente fut, quant à elle, presque entièrement consacrée à une catastrophe aérienne survenue à l'aéroport Kennedy.

Ce soir-là, Jack avait un autre rendez-vous privé avec le président, si bien que Maddy rentra seule chez eux. Elle ne cessait de s'interroger sur ce qui pouvait occuper ainsi les deux hommes. Cependant, elle ne tarda pas à repenser à Janet, et se demanda si elle devrait l'appeler. Elle préféra s'abstenir, craignant que Paul n'espionne les conversations de sa femme.

Maddy lut une pile d'articles qu'elle avait mis de côté, puis elle parcourut un nouveau livre sur les techniques de pointe en matière de traitement du cancer du sein, afin de voir si elle souhaitait interviewer l'auteur dans le cadre d'un reportage. Lorsqu'elle eut terminé, elle se fit les ongles et alla se coucher tôt.

Il était près de minuit lorsqu'elle entendit Jack rentrer. Trop fatiguée pour descendre lui parler, elle se rendormit avant même qu'il l'eût rejointe au lit. Elle ne se réveilla qu'au matin, quand il se leva pour aller prendre sa douche.

Il lisait le *Wall Street Journal* dans la cuisine lorsqu'elle le retrouva, et il lui sourit en la voyant entrer dans la pièce. Elle portait un jean, un pull rouge et des mocassins Gucci rouge vif. Ainsi vêtue, elle paraissait très jeune, fraîche et sexy.

— Tu me fais regretter de ne pas t'avoir réveillée la nuit dernière, observa-t-il.

Elle rit, se servit une tasse de café et prit le journal.

— Le président et toi devez être en train de manigancer quelque chose de vraiment sérieux, ces derniers temps, pour vous voir autant. J'espère que ce sera plus intéressant qu'un remaniement ministériel.

— Peut-être bien, répondit-il prudemment.

Tous deux retournèrent à leurs journaux. Soudain, cependant, Maddy émit un petit hoquet étranglé, et il leva la tête vers elle.

— Qu'y a-t-il ?

Elle ne put répondre immédiatement. Ses yeux s'étaient remplis de larmes et elle essayait en vain de continuer la lecture de l'article qui l'avait arrêtée. Enfin, elle renonça et se tourna vers son mari.

— Janet McCutchins s'est suicidée hier soir. Elle s'est ouvert les veines chez eux, à Georgetown. Un des enfants l'a trouvée et a appelé les secours, mais elle était déjà morte quand ils sont arrivés. Il paraît qu'ils ont trouvé des bleus sur ses bras et ses jambes et ont posé des questions, mais son mari a affirmé qu'elle avait glissé la veille sur le skateboard de leur fils. Le monstre... Il l'a tuée...

La gorge nouée, elle se tut. Tout son corps s'était raidi à la pensée du calvaire qu'avait vécu Janet.

— Il ne l'a pas tuée, Maddy, objecta Jack avec calme. C'est elle qui s'est suicidée, tu l'as dit toi-même.

— Elle pensait n'avoir aucune solution, répondit Maddy d'une voix étranglée. J'aurais pu faire exactement la même chose, si tu ne m'avais pas tirée de Knoxville.

— Tu dis n'importe quoi et tu le sais parfaitement. Tu aurais tué Bobby Joe d'abord. Cette femme était dérangée, elle avait déjà eu des problèmes psychiatriques. Elle avait probablement des tas de raisons d'en arriver là. Cela n'a rien à voir avec son mari.

— Bon sang, comment peux-tu dire une chose pareille ? Pourquoi refuses-tu obstinément de croire que ce gros porc la maltraitait ? Est-ce impensable ? Tu le trouves si gentil que ça ? Pourquoi n'est-il pas possible qu'elle ait dit la vérité ? Parce que c'était une femme ?

Les doutes de Jack et ceux que Greg lui-même avait exprimés la mettaient hors d'elle.

— Pourquoi accuse-t-on toujours la femme de mentir ?

— Peut-être qu'elle ne mentait pas. Mais le fait qu'elle se soit tuée prouve bien qu'elle était déséquilibrée.

— Cela prouve surtout qu'elle avait l'impression de n'avoir aucune autre solution et qu'elle était désespérée. Désespérée au point de laisser ses enfants sans mère, et même de courir le risque que l'un d'eux trouve son cadavre.

Elle pleurait à chaudes larmes et avait du mal à respirer tant elle était oppressée. Elle savait ce que l'on ressentait lorsqu'on était torturé, terrifié, acculé au point de ne plus voir d'issue. Si elle n'avait pas été jeune et belle, et si Jack ne l'avait pas embauchée, elle aurait très bien pu connaître un destin semblable à celui de Janet McCutchins. Et elle n'était pas certaine que Jack eût raison d'affirmer qu'elle aurait tué Bobby Joe avant d'en arriver là. Elle avait pensé au suicide plus d'une fois, à l'époque. Il n'était que trop aisé de comprendre ce qu'avait éprouvé Janet. Elle se souvint alors des coups de téléphone qu'elle avait passés la veille du bureau.

— J'ai appelé la Coalition pour les femmes hier, et SOS Femmes Battues, mais je n'ai réussi à joindre personne. Oh, je regrette tellement de ne pas avoir téléphoné à Janet hier soir ! Mais je n'ai pas osé, j'avais peur que Paul n'intercepte l'appel et que ça attire des ennuis à Janet.

— Personne n'aurait pu l'aider, Mad. Son geste le prouve. Inutile de culpabiliser.

— Son geste ne prouve rien du tout, bon sang ! Jack, elle n'était pas folle. Elle était seulement terrifiée. D'ailleurs, nous ignorons où il était, lui, et ce qu'il venait de lui faire subir quand elle a commis l'irréparable. Tu n'as pas la moindre idée de ce qu'elle a enduré.

Assise à la table de la cuisine, secouée de sanglots, elle pleurait cette femme qu'elle avait à peine connue, mais qu'elle comprenait mieux que personne, parce qu'elle avait autrefois vécu le même calvaire qu'elle. Elle avait conscience de faire partie des heureux survivants d'une guerre sournoise et impitoyable. Janet, elle, n'avait pas eu cette chance.

— Je le sais, au contraire, répondit Jack d'une voix

calme. Quand je t'ai épousée, tu faisais des cauchemars horribles, et tu dormais en position fœtale, les mains au-dessus de la tête. Je sais, mon bébé, je sais... Je t'ai sauvée...

— Oui, répondit-elle en se mouchant et en levant les yeux vers lui. Je ne l'oublie jamais. Mais je suis tellement peinée pour elle... Pense à ce qu'elle a dû ressentir au moment de se tuer. Sa vie a dû être un long supplice.

— Je suppose, oui, dit-il froidement, et je suis désolé pour Paul et leurs enfants. Ça va être dur pour eux tous. J'espère seulement que les médias ne vont pas s'emparer de l'affaire.

— Et moi, j'espère qu'un jeune journaliste enthousiaste va faire une enquête sur ce suicide et découvrir ce que ce sale type faisait à sa femme. Pas seulement pour elle, mais pour toutes les femmes encore vivantes qui sont dans sa situation.

— Il est difficile de comprendre pourquoi elle n'est pas partie, si c'était si terrible que ça. Elle aurait pu s'en aller. Elle n'était pas obligée de se suicider.

— Peut-être qu'elle avait l'impression de ne pas avoir le choix, au contraire, dit Maddy avec compassion.

Jack ne parut pas ému par cet argument.

— Toi, tu t'en es tirée, Maddy. Elle aurait pu elle aussi, décréta-t-il.

— Il m'a fallu huit ans pour y parvenir, et tu m'as aidée. Tout le monde n'a pas cette chance. Je m'en suis sortie par la grâce de Dieu, et in extremis. Un an de plus, et il m'aurait peut-être tuée.

— Tu ne l'aurais pas laissé faire.

Jack paraissait sûr de lui, mais Maddy ne partageait pas sa certitude.

— Je l'ai laissé faire pendant très longtemps avant que tu n'entres dans ma vie. Et ma mère a laissé faire mon père jusqu'à ce qu'il meure, et je peux te jurer qu'ensuite, il lui a manqué, et qu'elle l'a pleuré jusqu'à sa mort. Les relations de ce genre sont bien plus malsaines que les gens ne l'imaginent, tant du côté du tortionnaire que de la victime.

— Voilà une perspective intéressante, observa-t-il, l'air de nouveau sceptique. Je crois que certaines personnes cherchent ce qui leur arrive, ou l'attendent, ou se laissent faire parce qu'elles sont trop faibles pour réagir autrement.

— Tu n'y connais rien, Jack, dit-elle d'une voix tendue.

Elle sortit de la cuisine et monta à l'étage chercher sa veste et son sac. Elle redescendit, un blazer bleu marine à la main ; elle avait également pris le temps de mettre de petites boucles d'oreilles en diamants. Que ce soit à la maison ou au bureau, elle était toujours impeccable. Elle ne savait jamais, en effet, qui elle risquait de rencontrer et, où qu'elle allât, on la reconnaissait instantanément.

Ce matin-là, ils partirent en silence. Maddy était contrariée par ce que Jack avait dit, mais elle ne souhaitait pas se quereller avec lui.

Lorsqu'elle arriva au bureau, Greg l'attendait. Il avait lui aussi lu l'article et paraissait accablé.

— Je suis désolé, Maddy, dit-il aussitôt. Tu dois te sentir terriblement mal. Je sais que tu aurais aimé pouvoir l'aider... Mais peut-être était-il trop tard de toute façon.

Il s'efforçait de la rassurer, mais elle se tourna vers lui et rétorqua sèchement :

— Pourquoi ? Parce qu'elle était psychotique, comme toutes les autres femmes battues, et qu'elle avait envie de se trancher les veines ? C'est ce que tu penses ?

— Je voulais seulement dire qu'elle aurait peut-être été trop effrayée pour s'enfuir. Comme un soldat traumatisé demeure figé pendant un bombardement.

Il se tut un instant puis ne put s'empêcher de demander :

— Pourquoi a-t-elle fait ça, à ton avis ? Seulement parce qu'il la maltraitait ? Tu ne crois pas qu'elle souffrait réellement d'une psychose ?

Cette question mit Maddy hors d'elle.

— C'est ce que Jack pense, c'est ce que la plupart des gens pensent : les femmes qui se retrouvent dans de telles situations sont folles de toute façon, indépendamment de ce que leur font subir leurs maris. Personne n'arrive à comprendre pourquoi elles ne s'en vont pas. Eh bien, certaines d'entre elles ne peuvent pas... Elles ne peuvent pas, c'est tout.

Sur ces mots, elle fondit en larmes et Greg la prit affectueusement dans ses bras.

— Je sais, Maddy, je sais... Je suis désolé, dit-il d'un ton apaisant.

— Je... voulais... l'aider.

Elle était secouée de sanglots en songeant à la douleur qui avait dû être celle de Janet pour qu'elle en arrive à une telle extrémité, et à la souffrance que devaient éprouver ses enfants en cet instant, privés de leur mère.

— Comment allons-nous couvrir l'événement ? demanda Greg lorsqu'elle eut un peu repris contenance.

— Je voudrais faire un éditorial sur les femmes maltraitées, dit-elle, pensive.

Greg lui tendit une tasse de café.

— Nous ne faisons plus d'éditoriaux, tu te rappelles ?

— Je vais dire à Jack que je veux en faire un quand même, déclara-t-elle fermement. Si seulement je pouvais détruire cette ordure de Paul McCutchins...

Greg secoua la tête.

— A ta place, je ne ferais pas ça. Et Jack ne te donnera jamais le feu vert. Les consignes sont très claires : plus d'éditoriaux ou de commentaires sociaux et politiques, rien que des nouvelles. Nous disons les choses telles qu'elles se sont produites, sans rien ajouter.

— Et que me fera-t-il, à ton avis ? Tu crois qu'il me renverra ? Et puis, c'est de l'information pure. La femme d'un sénateur, maltraitée par son mari, s'est suicidée.

— Jack ne te laissera pas dire ça, ni faire un éditorial là-dessus.

— Probablement pas. Mais ce n'est pas ça qui va m'arrêter. Nous sommes en direct, ils ne peuvent pas me faire taire sans créer un scandale. Alors, nous faisons un dernier édito, et nous nous excusons ensuite. S'il s'énerve, tant pis.

— Tu es une femme courageuse, dit-il en souriant largement.

Il avait un sourire très séduisant et était l'un des célibataires les plus recherchés de Washington, et à raison. Il était intelligent, beau, gentil et il réussissait dans son métier, combinaison aussi rare qu'attirante. Maddy l'adorait, sans la moindre ambiguïté : elle était heureuse de travailler avec lui.

— Je ne suis pas sûr que j'aimerais défier Jack Hunter et aller à l'encontre d'un de ses ordres, moi, ajouta-t-il.

— J'ai des relations, affirma-t-elle, esquissant un sourire pour la première fois depuis qu'elle avait appris la mort de Janet McCutchins.

— Oui, et les plus belles jambes de la chaîne. Ce qui ne gâte rien, la taquina-t-il.

Néanmoins, à dix-sept heures, quand Greg et elle passèrent à l'antenne pour la première fois de la journée, Maddy était nerveuse. En apparence, elle était aussi calme et impeccable qu'à l'accoutumée, avec son pull rouge, ses cheveux parfaitement coiffés et ses boucles d'oreilles en diamants toutes simples. Mais Greg la connaissait assez bien pour voir combien elle était anxieuse, lorsque le compte à rebours commença.

— Tu vas le faire ? lui demanda-t-il à voix basse.

Elle hocha la tête puis sourit comme la caméra faisait un gros plan sur elle. Elle se présenta, Greg fit de même, et ils entreprirent de donner les nouvelles du jour, travaillant en parfaite harmonie, l'un après l'autre. Puis, devinant ce qui allait suivre, Greg fit rouler son fauteuil hors du champ des caméras. Le visage de Maddy devint immédiatement sérieux, et elle regarda droit dans l'objectif.

— L'une des nouvelles d'aujourd'hui nous affecte tous, certains plus encore que d'autres. Je veux parler du suicide de Janet Scarbrough McCutchins dans sa maison de Georgetown, privant ses trois enfants de leur mère. C'est une tragédie. A l'heure actuelle, nul ne peut savoir ce qui a poussé Mme McCutchins à attenter à ses jours, mais certaines questions se posent, même si elles n'obtiennent jamais de réponse. Pourquoi a-t-elle fait ce geste ? Quelles souffrances étaient les siennes au moment où elle a commis l'irréparable ? Et pourquoi personne ne l'a-t-il écoutée, n'a-t-il senti son désespoir ? Dans une récente conversation, Janet McCutchins m'avait dit qu'elle avait déjà été hospitalisée pour dépression nerveuse. Mais une source proche de la victime a laissé entendre que des mauvais traitements pourraient être responsables du drame. Si c'était le cas, Janet McCutchins ne serait pas la première femme à préférer se suicider plutôt que fuir une situation devenue intolérable. Des tragédies comme celle-ci se produisent bien trop souvent. Peut-être Janet McCutchins avait-elle d'autres raisons de mettre fin à ses jours. Peut-être sa famille, son mari, ses enfants ou ses proches amis savent-ils pourquoi elle l'a fait. Mais pour nous tous, ce drame met en lumière les problèmes auxquels certaines femmes doivent faire face — souffrance, peur, désespoir. Je ne puis vous dire pourquoi Janet McCutchins est morte. Mon rôle n'est pas de faire des suppositions. Elle aurait, dit-on, laissé une lettre pour ses enfants, mais le contenu de celle-ci ne sera probablement pas divulgué.

« Pourtant nous ne pouvons nous empêcher de nous demander pourquoi, quand une femme pleure et appelle à l'aide en silence, tout le monde fait la sourde oreille, et trop d'entre nous disent : “Elle doit avoir un problème dans sa tête... Peut-être est-elle folle.” Et si elle ne l'était pas ? Des femmes meurent chaque jour, soit aux mains de leurs tortionnaires, soit de leur propre chef. Et trop souvent, nous refusons de les croire lorsqu'elles nous parlent de leur douleur, ou nous ne tenons pas compte de ce qu'elles nous disent. Peut-être est-il trop douloureux pour nous de les écouter.

« Les femmes qui se retrouvent dans de telles situations ne sont pas folles, ni trop paresseuses ni trop bêtes pour partir. Elles ont peur. Elles n'arrivent pas à se résoudre à fuir. Parfois, elles préfèrent se suicider. Ou elles attendent trop longtemps et laissent leur mari les tuer. Cela arrive. C'est la réalité. Nous ne pouvons pas tourner le dos à ces femmes. Nous devons les aider à s'en sortir.

« Je vous demande de vous souvenir de Janet McCutchins. Et la prochaine fois que vous entendrez parler d'une tragédie semblable, demandez-vous “pourquoi ?” et écoutez la réponse, aussi terrifiante soit-elle.

« C'était Madeleine Hunter. Bonsoir.

On lança aussitôt la publicité. Moins d'une seconde plus tard, tout le studio était en effervescence. Personne n'avait osé l'arrêter. Greg, debout près de Maddy, lui sourit et leva les pouces en signe de félicitations.

— Comment était-ce ? demanda-t-elle dans un murmure étranglé.

— De la dynamite. Si je ne m'abuse, nous allons

avoir la visite de ton mari dans moins de cinq secondes.

Il avait à peine fini sa phrase que la porte du studio s'ouvrait à toute volée, livrant passage à Jack. Tremblant de rage, celui-ci s'avança au pas de charge vers Maddy.

— Tu as perdu la tête, ma parole ? Paul McCutchins va avoir ma peau !

Il était à quelques centimètres d'elle à peine et hurlait. Maddy pâlit mais ne recula pas. Elle tint bon, bien qu'elle aussi fût tremblante. Elle était toujours terrorisée lorsque quelqu'un, que ce fût Jack ou un autre, se mettait en colère en sa présence, mais cette fois elle estimait que le jeu en valait la chandelle.

— J'ai dit qu'une source proche d'elle avait dit qu'il « pourrait » s'agir d'un problème de mauvais traitements. Enfin, Jack, j'ai *vu* ses bleus. Elle m'a *dit* qu'il la battait. Quelle conclusion en tirer, quand elle se suicide le lendemain ? Je n'ai fait que pousser les gens à s'interroger sur les femmes qui mettent fin à leurs jours. Légalement, McCutchins ne peut rien contre nous. Au pire, si besoin était, je pourrais témoigner de ce qu'elle m'a dit.

— Et tu auras probablement à le faire. Bon sang, tu es sourde, tu ne sais pas lire ? J'ai dit : « Plus d'éditoriaux », et j'étais sérieux !

— Je suis désolée, Jack. Il fallait que je le fasse. Je devais bien ça à Janet, et à toutes les femmes dans sa situation.

— Oh, pour l'amour du ciel !

Il passa une main nerveuse dans ses cheveux, incapable de croire qu'elle ait pu lui faire une chose pareille et que les responsables du studio n'aient pas réagi. Ils auraient pu l'interrompre, envoyer la publicité plus tôt, mais non. Ce qu'elle avait dit sur les femmes battues leur avait plu. De plus, Paul McCutchins avait la réputation d'être verbalement très agressif, notamment envers ses employés ; et, plus jeune, il avait pris part à un grand nombre de bagarres dans des bars. C'était l'un des sénateurs les moins appréciés de Washington, et son tempérament violent se manifestait régulièrement. Personne n'avait eu envie de le défendre, et tout le monde avait jugé plausible qu'il eût maltraité sa femme, même si Maddy ne l'avait, à aucun moment, accusé directement.

Jack était toujours en train d'arpenter le studio en s'en prenant à tout le monde lorsque Rafe Thompson, le producteur, l'appela pour lui dire que le sénateur McCutchins était en ligne et voulait lui parler.

— Et voilà ! cria-t-il à sa femme. Combien veux-tu parier qu'il va me faire un procès ?

— Je suis désolée, Jack, dit-elle sans le moindre remords.

Au même moment, l'assistant du producteur vint lui annoncer que l'épouse du président voulait lui parler. Jack et elle se dirigèrent vers leurs téléphones respectifs.

Maddy reconnut instantanément la voix de Phyllis Armstrong, et son cœur se gonfla d'excitation en l'écoutant.

— Je suis si fière de vous, Madeleine, lui dit la vieille dame d'une voix chaleureuse. Ce que vous avez fait était très courageux, et vraiment nécessaire. J'ai trouvé votre intervention merveilleuse, Maddy.

— Merci, madame Armstrong, répondit-elle avec un calme qu'elle était loin d'éprouver.

Elle ne précisa pas que Jack était fou de rage.

— J'avais l'intention de vous appeler au sujet de la commission sur la violence envers les femmes que j'organise. J'ai d'ailleurs demandé à Jack de vous en parler.

— Il l'a fait. Je suis très intéressée.

— Oui, il m'a dit que vous seriez ravie de participer à la commission, mais je voulais vous l'entendre dire vous-même. Nos maris ont souvent la fâcheuse habitude de nous porter volontaires sans nous consulter... Le mien est loin de faire exception à la règle.

— En l'occurrence, Jack avait raison, je serais vraiment heureuse de me rendre utile.

— Voilà qui me fait plaisir. Notre première réunion aura lieu vendredi, à la Maison-Blanche, dans mes bureaux privés. Nous aurons de meilleurs locaux à l'avenir, mais pour l'instant, cela fera l'affaire. Nous ne sommes encore qu'une douzaine. Nous essaierons de trouver un moyen de créer un impact sur le public, quelque chose de fort. Mais je crois que c'est exactement ce que vous venez de faire. Félicitations !

— Encore merci, madame Armstrong, répondit Maddy.

Lorsqu'elle eut raccroché, elle leva vers Greg un visage radieux.

— Il semblerait que la famille Armstrong soit de ton côté, observa-t-il avec fierté.

Il avait été très impressionné par la manière dont elle avait présenté le problème. Cela demandait beaucoup de courage, même si elle était l'épouse du directeur de la chaîne. Maintenant, elle allait devoir rentrer chez elle et assumer les conséquences de son acte. Tout le monde savait que Jack Hunter était loin d'être facile à vivre, surtout lorsqu'on allait à l'encontre de ses projets.

Maddy s'apprêtait à raconter à Greg sa conversation avec Mme Armstrong lorsque Jack s'approcha d'eux, visiblement furieux.

— Vous étiez au courant ? demanda-t-il à Greg.

Il était apparemment désireux d'accuser quelqu'un, n'importe qui, tout le monde, et semblait sur le point d'étrangler Maddy.

— Pas des détails, mais j'avais une idée des grandes lignes. Je savais que Maddy dirait quelque chose, répondit Greg avec honnêteté.

Il n'avait pas peur de Jack. En fait, il ne l'aimait pas, bien qu'il ne l'eût jamais dit à quiconque, et surtout pas à Maddy. Il le trouvait arrogant et dominateur, et désapprouvait sa façon de constamment diriger l'existence de Maddy.

— Vous auriez pu l'en empêcher, accusa Jack. Vous auriez pu intervenir et mettre un terme à l'émission, avant qu'elle ait eu le temps de faire son numéro.

— Je respecte trop Maddy pour faire une chose pareille, monsieur Hunter. Par ailleurs, je suis d'accord avec ce qu'elle a dit. Quand elle m'a parlé de Janet McCutchins lundi, je ne l'ai pas crue. Ce qui vient de se produire est comme une décharge électrique pour tous ceux d'entre nous qui ne veulent pas avoir à réfléchir sur ce qu'endurent les femmes maltraitées. Des choses comme celle-là se passent tous les jours, autour de nous. Simplement, nous ne voulons pas le voir ou l'entendre. Parce que son mari était un homme connu, Janet McCutchins nous a forcés à ouvrir les yeux. Peut-être sa mort signifiera-t-elle quelque chose et aidera-t-elle d'autres femmes, si suffisamment de gens ont entendu ce que Maddy a dit ce soir. Avec tout le respect que je vous dois, je pense que Maddy a fait ce qu'il fallait.

Jack Hunter le fusilla du regard.

— Je suis certain que nos sponsors vont être ravis si on nous fait un procès !

— Est-ce ce que McCutchins t'a dit au téléphone ? demanda Maddy d'un air préoccupé.

Elle n'éprouvait pas de remords, mais cela l'ennuyait de causer des ennuis à Jack, même si elle estimait n'avoir fait que son devoir. Elle avait vu les traces des sévices que McCutchins avait fait subir à sa femme, et elle était prête à en témoigner devant un tribunal, s'il fallait en arriver là.

— Il m'a dit qu'il allait appeler ses avocats aussitôt après avoir raccroché, répondit Jack d'une voix dure.

— Je ne pense pas qu'il aille trop loin, fit valoir Greg. Maddy tenait ses informations de la victime elle-même. Nous ne devrions pas pouvoir être condamnés pour diffamation.

— « Nous », comme c'est noble, Greg ! ironisa Jack. Si je ne m'abuse, je suis le seul à risquer ma tête, dans cette histoire. Vous avez tous les deux agi de manière stupide et irresponsable.

Là-dessus, il retraversa le studio au pas de charge et retourna à l'étage, dans son bureau.

— Ça va ? demanda Greg à Maddy avec inquiétude lorsqu'ils se retrouvèrent seuls.

La jeune femme hocha la tête.

— Je savais qu'il serait contrarié, je m'y attendais... J'espère tout de même que nous n'allons pas avoir un procès sur le dos.

Avec un peu de chance, McCutchins ne prendrait pas le risque d'engager une procédure susceptible d'exposer sa culpabilité.

— Tu as parlé à Jack de ta conversation avec Phyllis Armstrong ?

— Je n'en ai pas eu le temps. Je lui raconterai tout une fois à la maison.

Mais Maddy rentra seule, ce soir-là. Jack avait appelé ses avocats pour visionner la cassette du journal avec eux et en discuter, et il était une heure du matin quand il arriva chez eux. Maddy était encore éveillée, mais il ne lui dit pas un mot lorsqu'il traversa leur chambre pour se rendre dans la salle de bains.

— Comment ça s'est passé ? demanda-t-elle prudemment.

Il se retourna et lui décocha un regard furieux.

— Je n'arrive pas à croire que tu aies pu me faire ça. C'était tellement débile, bon sang !

Il aurait aussi bien pu la gifler. Mais Jack se contentait de la blesser à coups de mots et de regards. De toute évidence, il avait l'impression d'avoir été trahi.

— La femme du président a appelé juste après le journal, elle était ravie et m'a dit qu'elle avait trouvé l'intervention très courageuse. Elle me veut dans sa commission, nous commençons cette semaine, dit Maddy sur un ton d'excuse.

Elle ne savait pas comment elle allait réussir à se faire pardonner, mais elle devait essayer. Elle ne voulait pas que son mari la déteste à cause d'un désaccord professionnel.

— J'avais déjà pris la décision, lui rappela-t-il avec un regard mauvais.

— Eh bien, je l'ai confirmée moi-même, répondit-elle calmement. C'était mon droit.

— Parce qu'en plus de militer pour la veuve et l'orphelin, tu as décidé de devenir féministe ? Dois-je m'attendre à un éditorial sur les droits des femmes ? Pourquoi ne crées-tu pas ta propre émission, hein ? Comme ça, tu pourras raconter ce qui te passe par la tête toute la journée si ça t'amuse, et laisser le journal aux vrais professionnels.

— Si ce que j'ai dit a plu à Phyllis Armstrong, ça ne devait pas être si mauvais que ça, si ?

— Oh, si ! Si les avocats de McCutchins décident que c'était mauvais, crois-moi, ça l'était.

— Peut-être que tout ça va se calmer d'ici quelques jours, dit-elle avec espoir.

Il s'approcha du lit et s'immobilisa au-dessus d'elle, la toisant avec une fureur à peine dissimulée. De toute évidence, le temps n'avait pas apaisé sa colère.

— Si jamais tu me refais ça, je te vire sur l'heure, que tu sois ma femme ou pas. C'est clair ?

Elle hocha la tête en silence. Tout à coup, elle n'avait plus l'impression d'avoir agi selon sa conscience, mais seulement d'avoir trahi son mari. Depuis neuf ans qu'ils étaient ensemble, jamais il n'avait été aussi en colère contre elle, et elle se demandait s'il finirait par lui pardonner son coup d'éclat. Ce n'était pas certain, surtout si le sénateur intentait un procès à la chaîne.

— Je pensais qu'il était important que quelqu'un dise quelque chose.

— Je me moque de ce que tu pensais. Je ne te paie pas pour penser. Je te paie pour être jolie et lire les nouvelles sur ton téléprompteur. C'est tout ce que je te demande.

Sur ces mots, il se dirigea vers sa salle de bains et claqua la porte derrière lui. Restée seule dans la chambre, Maddy éclata en sanglots. La soirée avait été stressante pour tous les deux. Mais au fond de son cœur, elle savait qu'elle avait pris la bonne décision, quel que fût le prix à payer.

Quand Jack ressortit de sa salle de bains, il se mit au lit sans lui dire un mot. Il éteignit la lumière et lui tourna le dos. Quelques instants plus tard, elle l'entendit ronfler doucement.

Pour la première fois depuis des années, elle sentit une petite vague de panique gonfler en elle. La colère de Jack, aussi contrôlée fût-elle, faisait remonter à la surface de sa mémoire de vieux souvenirs qui la terrorisaient. Et cette nuit-là, pour la première fois depuis bien longtemps, elle fit des cauchemars.

Jack ne lui dit pas un mot le lendemain matin au petit déjeuner, et il partit travailler seul avec son chauffeur.

— Comment suis-je censée aller au bureau ? demanda-t-elle, abasourdie, lorsqu'il la laissa sur le trottoir.

Il la regarda droit dans les yeux et lui dit comme à une parfaite étrangère :

— Prends un taxi.

Et sur ces mots, il claqua sèchement la portière.

4

L'enterrement de Janet McCutchins eut lieu le vendredi matin. Jack fit envoyer à Maddy par sa secrétaire un message annonçant qu'il avait l'intention de s'y rendre avec elle. Ils quittèrent le bureau dans la limousine, lui en costume sombre et cravate noire à fines rayures, elle en tailleur Chanel en lin noir et lunettes de soleil, et se rendirent à l'église St John, près du parc Lafayette. Le service, une messe complète, fut long et douloureux, en particulier lorsque la chorale entonna l'*Ave Maria*. Le premier rang était occupé par les enfants, neveux et nièces de la défunte. Tous les politiciens importants de la ville s'étaient déplacés, et même le sénateur McCutchins versa une larme. Maddy le regarda pleurer avec une incrédulité écœurée. Son cœur se serrait lorsqu'elle pensait aux enfants.

Sans réfléchir, à la fin du service, elle glissa son bras sous celui de Jack. Il lui jeta un bref coup d'œil et se dégagea aussitôt. Il lui en voulait toujours et lui avait à peine adressé la parole depuis le mardi.

Ils se joignirent à la foule qui se pressait sur le parvis, tandis que le cercueil était emporté vers le corbillard et que les membres de la famille proche montaient dans les limousines qui devaient les conduire au cimetière. Les Hunter savaient qu'un déjeuner était ensuite prévu chez le sénateur, mais ni l'un ni l'autre n'avait envie d'y aller ; ils ne s'estimaient pas assez proches de la famille pour cela. Ils rentrèrent au bureau dans un silence pesant.

— Combien de temps est-ce que ça va continuer ainsi, Jack ? demanda enfin Maddy, incapable de supporter plus longtemps cette ambiance détestable.

— Aussi longtemps que j'éprouverai à ton égard ce que je ressens en ce moment, rétorqua-t-il sans ambages. Tu m'as trahi, Maddy.

— Il ne s'agit pas de ça, Jack ! Une femme maltraitée s'est suicidée et est passée pour une folle aux yeux de tout le monde. Je voulais leur donner, à ses enfants et à elle, le respect qu'ils méritaient. Et montrer son tortionnaire du doigt, ne serait-ce qu'une minute.

— Et me plonger dans des problèmes sans nom au passage. Ce que tu as raconté n'empêchera pas qu'on se souvienne d'elle comme d'une folle. Les faits sont là. Elle a passé six mois dans un hôpital psychiatrique à subir des électrochocs. Tu crois que ça arrive aux gens normaux ? Tu estimes franchement que cette femme valait la peine que tu m'exposes à un procès ?

— Je suis désolée, Jack. Il fallait que je le fasse.

Elle était toujours persuadée d'avoir pris la bonne décision.

— Tu es aussi malade qu'elle, dit-il d'un air écœuré en jetant un coup d'œil par la vitre.

Son ton était tranchant, agressif, comme toujours depuis l'incident.

— Ne pourrions-nous faire une trêve pour le weekend ?

S'il continuait ainsi, les deux jours en Virginie promettaient d'être sinistres. Elle envisageait même de ne pas l'accompagner.

— Je ne pense pas, rétorqua-t-il froidement. De toute façon, je vais être très occupé. J'ai des rendez-vous au Pentagone. Tu pourras faire ce que bon te semblera, je n'aurai pas de temps à te consacrer.

— C'est ridicule, Jack. Tu mélanges le travail et notre vie privée.

— Dans notre cas, les deux sont étroitement liés. Tu aurais dû y penser avant de faire ton petit éclat.

— Très bien. Punis-moi, dans ce cas. Mais ça devient vraiment puéril.

— Si McCutchins me fait un procès, crois-moi, il ne me réclamera pas une somme « puérile ».

— Je ne suis pas sûre qu'il aille jusqu'au bout, surtout dans la mesure où la femme du président a applaudi mon intervention. N'oublie pas qu'il n'a rien à dire pour sa défense. S'il y a une enquête, le rapport du médecin légiste mentionnera sûrement les bleus de Janet.

— McCutchins n'est peut-être pas aussi impressionné que toi par Phyllis Armstrong.

— Pourquoi ne laisses-tu pas tomber cette histoire un moment, Jack ? Je ne peux pas revenir en arrière et, de toute façon, même si je pouvais, je ne le ferais pas. Alors, si nous essayions de tourner la page ?

A ces mots, il la considéra froidement, les yeux mi-clos.

— Tu devrais peut-être fouiller un peu dans ta mémoire, Jeanne d'Arc, et te rappeler qu'avant d'entreprendre ta croisade pour les opprimés, quand je t'ai trouvée à Knoxville, tu n'étais rien ni personne. Zéro. Une pauvre fille venue de nulle part, promise à une vie misérable dans une caravane, entourée de vieilles canettes de bière. Je ne sais pas ce que tu t'imagines être aujourd'hui, mais n'oublie jamais que c'est moi qui t'ai faite. Et tu as une dette envers moi. J'en ai ras-le-bol de toutes ces stupidités idéalistes et de ces jérémiades à propos de cette grosse bécasse sans intérêt de Janet McCutchins. Elle ne valait pas la peine que tu risques ma peau, ou la tienne, ou celle de la chaîne.

Tout à coup, Maddy voyait en son mari un étranger — ce qu'il était peut-être, sans qu'elle s'en fût jamais rendu compte.

— Tu me rends malade.

Elle se pencha en avant et donna une petite tape sur l'épaule du chauffeur.

— Arrêtez-moi là, Charles. Je descends.

Jack fronça les sourcils.

— Je croyais que tu allais au bureau ?

— C'est ce que j'ai l'intention de faire, mais je préfère marcher plutôt que de rester là à t'écouter me parler de cette façon. J'ai compris le message, Jack. Tu m'as faite, j'ai une dette envers toi. Qu'est-ce que je te dois, selon toi ? Ma vie ? Mes principes ? Ma dignité ? Quel est le prix à payer pour avoir été sortie du caniveau ? Fais le calcul et tiens-moi au courant. Je ne voudrais pas t'escroquer.

Là-dessus, elle sortit de la limousine et se dirigea d'un pas rapide vers l'immeuble abritant les locaux de la chaîne. Jack ne dit rien. De retour dans son propre bureau, il ne l'appela pas.

Cinq étages plus bas, elle partageait un sandwich avec Greg.

— Comment était l'enterrement ? demanda ce dernier.

Il trouvait que Maddy avait l'air tendue et épuisée, et s'inquiétait pour elle.

— Déprimant. Ce porc a même pleuré pendant le service.

— Le sénateur ? (Maddy hocha la tête, la bouche pleine.) Peut-être qu'il se sent coupable ?

— Il devrait. Il aurait aussi bien pu la tuer de ses propres mains. Jack est toujours convaincu qu'elle était psychotique.

Et en se comportant comme il le faisait, il lui donnait l'impression d'être, elle aussi, anormale.

— Est-il toujours furieux ? demanda prudemment Greg en donnant ses cornichons à Maddy, qui les adorait.

— Furieux ? Le mot est faible. Il est convaincu que j'ai fait ça pour lui nuire.

— Il finira par s'en remettre, affirma Greg.

Il se laissa aller contre le dossier de sa chaise et regarda son amie. Elle était si intelligente, si belle et si humaine ! Greg appréciait qu'elle fût toujours prête à se battre pour ses principes et souffrait de la voir inquiète et malheureuse. De toute évidence, elle se rendait malade parce que Jack était en colère contre elle.

— Qu'est-ce qui te fait penser ça ? demanda-t-elle.

Elle n'était pas sûre que Jack lui pardonne un jour sa « trahison ». Pour la première fois depuis sept ans qu'ils étaient mariés, elle avait le sentiment que leur couple était en danger, et cela l'affolait.

— Il s'en remettra parce qu'il t'aime, répondit Greg avec fermeté. Et il a besoin de toi. Tu es l'une des meilleures journalistes de télévision du pays, sinon la meilleure. Il n'est pas fou.

— Je ne suis pas sûre que ce soit là une bonne raison de m'aimer. D'autres me paraîtraient plus valables et me feraient plus plaisir.

— Sois reconnaissante pour ce que tu as, ma vieille. Il se calmera. Probablement durant le week-end.

— Je le verrai à peine. Il a des rendez-vous au Pentagone, semble-t-il.

— Quelque chose de gros doit être en train de se préparer, observa Greg avec intérêt.

— Oui, et ça fait un moment que ça dure. Il ne m'a rien dit, mais il a eu plusieurs entretiens privés avec le président.

— Nous allons peut-être lâcher une bombe sur la Russie, ironisa Greg.

— C'est terriblement démodé, non ? fit valoir Maddy en souriant. Bah, j'imagine qu'ils nous diront tôt ou tard de quoi il retourne.

Elle jeta un coup d'œil à sa montre et se leva.

— Il faut que j'aille à la réunion de la commission. Le rendez-vous est à quatorze heures. Je serai de retour à temps pour me faire maquiller avant le journal de dix-sept heures.

— Tu n'as pas besoin de maquillage, tu es parfaite. Amuse-toi bien. Embrasse la *First Lady* pour moi.

Maddy éclata de rire et lui fit un petit signe de la main avant de quitter le bureau et de descendre héler un taxi. Le trajet jusqu'à la Maison-Blanche ne lui prit que cinq minutes et, quand elle arriva, Phyllis Armstrong venait juste de rentrer du déjeuner chez les McCutchins. Elles pénétrèrent à l'intérieur ensemble, entourées de gardes du corps. L'épouse du président demanda à Maddy si elle était allée à l'enterrement, et lorsqu'elle acquiesça, elle lui dit combien elle avait souffert de voir les enfants de la défunte.

— Paul paraissait très ému aussi, observa-t-elle avec compassion.

Les deux femmes prirent l'ascenseur conduisant aux appartements privés du couple présidentiel.

— Vous croyez vraiment qu'il la maltraitait ?

Elle ne demanda pas à Maddy quelles étaient ses sources.

Maddy n'hésita qu'un instant. L'expérience lui avait prouvé qu'elle pouvait avoir toute confiance en la discrétion de Mme Armstrong.

— Oui, je crois. Elle m'avait dit elle-même le week-end dernier qu'il la battait et qu'elle avait terriblement peur de lui, et elle m'avait montré les ecchymoses qu'elle avait sur les bras. Je sais, à la façon dont elle s'exprimait, qu'elle disait la vérité, et je pense que Paul McCutchins s'en doute. Il va faire en sorte que tout le monde oublie ce que j'ai dit au journal.

C'était pour cette raison que, personnellement, elle ne pensait pas qu'il mette sa menace de procès à exécution.

La *First Lady* secoua la tête d'un air désolé et poussa

un soupir tandis qu'elles sortaient de l'ascenseur. D'autres gardes du corps les attendaient, accompagnés par la secrétaire personnelle de Mme Armstrong.

— Je suis désolée d'entendre ça.

Contrairement à Greg et Jack, l'épouse du président ne mettait pas une seule seconde la parole de la défunte en doute. En tant que femme, elle était prête à en accepter la réalité. De plus, elle n'avait jamais aimé Paul McCutchins, qu'elle considérait comme un tyran.

— Je suppose que c'est pour cela que nous nous retrouvons tous ici aujourd'hui, n'est-ce pas ? Quel exemple parfait d'actes de violence à l'encontre d'une femme restés impunis. Je suis vraiment contente que vous ayez fait cette intervention télévisée, Maddy. A-t-elle provoqué de nombreuses réactions ?

Cette question fit sourire Maddy.

— Nous avons reçu des milliers de lettres enthousiastes émanant de téléspectatrices. Presque aucun homme n'a réagi. A part mon mari, qui semble sur le point de demander le divorce.

— Jack ? Quelle réaction mesquine ! Je suis surprise.

Phyllis Armstrong paraissait sincèrement étonnée. A l'instar de son mari, elle avait toujours apprécié Jack Hunter.

— Il craint que le sénateur ne lui fasse un procès, expliqua Maddy.

— Je ne pense pas qu'il ose, si ce que vous dites est vrai, observa Phyllis Armstrong. (Elles pénétrèrent dans la pièce où les attendaient les autres membres de la toute nouvelle commission.) *Surtout* si c'est vrai. Il ne prendra pas le risque de vous voir prouver vos allégations. Au fait, a-t-elle laissé une lettre ?

— Il semble qu'elle ait écrit un mot à l'intention des enfants, mais je ne sais pas si quelqu'un l'a lue et, si oui, qui. La police l'a remise à Paul lorsqu'elle l'a trouvée.

— Je suis prête à parier qu'il ne sera plus jamais question de toute cette affaire. Vous pouvez dire à Jack de se détendre. Croyez-moi, Maddy, vous avez bien fait d'agir. Ça a braqué les projecteurs sur le problème des femmes battues, qui reste trop souvent dans l'ombre.

— Je ne manquerai pas de répéter vos paroles à Jack, dit Maddy en souriant.

Elle parcourut la pièce du regard. En comptant la *First Lady* et elle, neuf femmes et quatre hommes étaient présents. Parmi les hommes, elle reconnut deux juges fédéraux, et parmi les femmes, une autre journaliste et un membre de la cour d'appel. Phyllis Armstrong lui présenta les autres femmes : deux enseignantes, une avocate, une psychiatre et un médecin. Le troisième homme était également médecin, et le dernier n'était autre que Bill Alexander, l'ancien ambassadeur en Colombie dont la femme avait été assassinée par un groupe terroriste. La *First Lady* expliqua qu'il avait décidé de se retirer quelque temps après son départ des Affaires étrangères, et qu'il écrivait un livre. Le groupe dans son ensemble était intéressant et éclectique. Blancs, Noirs, Asiatiques, jeunes, vieux, connus ou inconnus, tous les membres avaient en commun une grande culture. Maddy était la plus jeune et peut-être la plus célèbre de tous, l'épouse du président exceptée.

Phyllis Armstrong commença la réunion. Assise un peu en retrait, sa secrétaire prenait des notes. Les gardes du corps étaient restés à l'extérieur. Sur la table anglaise ancienne était posé un grand plateau avec du thé, du café et des petits gâteaux.

L'épouse du président appelait tous les participants par leur prénom, et elle regardait l'assemblée avec une expression presque maternelle. Elle avait déjà parlé à tous les membres de la commission du courageux éditorial de Maddy à propos de Janet McCutchins, certains l'avaient d'ailleurs vu en direct, et tous approuvaient sa démarche.

— Avez-vous la certitude qu'elle était maltraitée ? demanda une des femmes à Maddy.

Elle hésita avant de répondre.

— Je ne sais pas exactement quoi vous dire. Je crois qu'elle l'était, oui, mais je ne pourrais pas le prouver devant un tribunal. C'est elle qui me l'a dit.

Maddy se tourna vers leur hôtesse avec une expression interrogative.

— Je suppose que tout ce que nous disons ici est confidentiel ?

C'était presque toujours le cas lors des réunions de commissions présidentielles.

— Oui, la rassura Phyllis Armstrong.

— Je pense que Janet McCutchins disait la vérité, mais les deux personnes à qui j'en ai parlé en premier ne m'ont pas crue. Dans les deux cas, c'étaient des hommes : le coprésentateur de mon journal et mon mari. Tous deux pourtant sont sensibilisés à la question.

— Nous sommes réunis ici aujourd'hui pour discuter de ce que nous pouvons faire pour limiter les crimes commis à l'encontre de femmes, dit Mme Armstrong. Est-ce une question de législation ? Faut-il s'attaquer à la perception publique du problème ? Comment traiter cela le plus efficacement ? Et surtout, que pouvons-nous faire concrètement ? (Tout le monde hocha la tête avec approbation.) Aujourd'hui, j'aimerais faire quelque chose d'un peu inhabituel. Je voudrais que chacun d'entre nous dise pourquoi il ou elle est là. Si c'est pour des raisons professionnelles ou personnelles, à condition que vous vous sentiez prêts à en parler, naturellement. Ma secrétaire ne prendra pas de notes, et si vous ne tenez pas à prendre la parole, vous n'y êtes pas obligé. Mais je pense que ce serait intéressant pour nous tous.

Elle ne le dit pas, mais tous devinaient que cela créerait entre eux un lien particulier et très fort.

— Je suis prête à commencer, si vous voulez, poursuivit-elle.

Tout le monde attendit respectueusement. Lorsqu'elle reprit la parole, ce fut pour faire une révélation à laquelle nul ne s'attendait.

— Mon père était alcoolique, et tous les week-ends sans exception, il battait ma mère, après avoir reçu sa paye du vendredi. Ils sont restés mariés pendant quarante-neuf ans, jusqu'à ce qu'un cancer finisse par emporter ma mère. Les coups qu'il lui donnait étaient un peu comme un rituel pour nous tous. J'avais trois frères et une sœur, et nous acceptions la situation comme si elle avait été aussi inévitable que la messe du dimanche. Je me cachais dans ma chambre pour ne pas avoir à entendre, mais j'entendais quand même les cris et les bruits de coups, et après, j'entendais ma mère sangloter dans sa chambre. Mais elle ne l'a jamais quitté, jamais empêché de continuer, elle ne l'a jamais frappé en retour. Nous détestions tous ça, naturellement. Pourtant, ça n'a pas empêché mes frères d'aller se soûler à leur tour, quand ils ont été assez grands. L'aîné a par la suite maltraité sa femme ; le second a un jour décidé de ne plus boire une goutte d'alcool et de devenir pasteur ; le plus jeune est mort alcoolique à trente ans. Et non, je ne souffre pas moi-même d'une dépendance vis-à-vis de l'alcool, au cas où vous vous poseriez la question. Je n'aime pas particulièrement ça et je bois très peu.

« Ce qui me pose un problème, et ce depuis toujours, c'est que des femmes soient maltraitées dans le monde entier, bien souvent par leurs maris, et que personne ne fasse rien pour l'empêcher. Enfant, je me suis promis d'agir un jour, et j'aimerais aujourd'hui essayer de faire quelque chose, n'importe quoi, pour que ça change. Tous les jours, des femmes sont attaquées dans la rue, agressées sexuellement, harcelées, violées, battues et tuées, que ce soit par des inconnus, des amis, leurs partenaires ou leurs maris. Et pour une raison que j'ignore, notre société tolère ça. Nous n'aimons pas ça, nous ne l'approuvons pas, nous pleurons quand on nous en parle, surtout si nous connaissons la victime ; mais nous ne mettons pas un terme à la violence, nous ne tendons pas la main pour prendre le revolver, pour arrêter le couteau ou la main qui vont frapper. Tout comme je n'ai jamais arrêté mon père. Peut-être que nous ne savons pas comment faire, peut-être que nous n'y attachons pas assez d'importance. Mais je pense que ce n'est pas le cas. Je pense simplement que nous ne voulons pas y penser. Et j'aimerais précisément que les gens commencent à réfléchir, qu'ils se lèvent et agissent. Je veux que vous m'aidiez à faire cesser la violence envers les femmes, pour moi, pour vous, pour ma mère, pour nos filles, nos sœurs et nos amies. Je tiens à vous remercier tous d'être venus ici aujourd'hui, et de vous sentir assez concernés pour accepter de m'aider.

Il y avait des larmes dans ses yeux lorsqu'elle se tut, et pendant quelques instants, tous la regardèrent en silence. Ce qu'elle leur avait raconté n'avait rien d'exceptionnel, mais cela rendait la femme du président beaucoup plus humaine, plus réelle à leurs yeux.

La psychiatre, qui avait grandi à Detroit, leur narra une histoire à peu près semblable, à ceci près que son père avait tué sa mère et était allé en prison. Elle-même était homosexuelle et avait à quinze ans été battue et violée par un garçon avec qui elle avait grandi. Elle vivait avec la même femme depuis maintenant quatorze ans et disait s'être remise des mauvais traitements subis dans sa jeunesse mais s'inquiéter de la multiplication récente des crimes à l'encontre des femmes, même dans la communauté gay, et de la tendance des gens à « regarder ailleurs ».

Parmi les autres, certains n'avaient pas d'expériences personnelles directes à relater, mais les deux juges fédéraux dirent qu'ils avaient eu des pères violents qui frappaient leurs mères, et qu'ils avaient longtemps pensé que c'était normal.

Enfin, le tour de Maddy arriva, et elle hésita un long moment. Elle n'avait encore jamais raconté son histoire en public, et elle se sentait soudain très vulnérable.

— Ce que j'ai à dire n'est pas très différent de ce que vous avez déjà entendu, commença-t-elle. J'ai grandi à Chattanooga, dans le Tennessee, et mon père a toujours battu ma mère. De temps en temps, elle le frappait en retour, mais la plupart du temps, elle encaissait en silence. Parfois il était soûl quand il la battait, à d'autres moments il le faisait seulement parce qu'il était furieux contre elle, ou contre quelqu'un d'autre, ou parce que quelque chose l'avait contrarié ce jour-là. Nous étions extrêmement pauvres, mon père n'arrivait jamais à garder un travail, et il se vengeait de ça aussi sur ma mère. Il la rendait toujours responsable de tout ce qui lui arrivait. Quand elle n'était pas là, c'était sur moi qu'il tapait, mais c'était assez rare. Leurs querelles ont constitué la musique de fond de mon enfance, un thème familier auquel j'étais habituée.

Elle s'interrompit un instant, hors d'haleine. Lorsqu'elle reprit la parole, pour la première fois depuis des années, sa voix était teintée d'un léger accent du Sud.

— Je n'avais qu'une obsession : sortir de là. Je détestais ma maison, mes parents et la façon dont ils se battaient. Alors, à dix-sept ans, j'ai épousé mon petit ami du lycée. Et dès que nous avons été mariés, il a commencé à me frapper. Il buvait trop et ne travaillait pas beaucoup. Il s'appelait Bobby Joe, et je le croyais quand il me disait que tout était ma faute, que si je n'avais pas été si embêtante, si stupide et maladroite, une si mauvaise épouse, il n'aurait pas été « obligé » de me battre. Il n'avait pas le choix, disait-il. Une fois, il m'a cassé les deux bras, et un peu plus tard, il m'a poussée dans l'escalier et je me suis cassé la jambe. Je travaillais pour une chaîne de télévision de Knoxville, à l'époque, et elle a été vendue à un homme originaire du Texas, qui a fini par acheter un réseau câblé à Washington et m'a proposé d'aller y travailler. C'était Jack Hunter. J'ai laissé mon alliance et un petit mot sur la table de la cuisine, à Knoxville ; j'ai retrouvé Jack à la gare routière avec une petite valise Samsonite dans laquelle j'avais mis deux robes, et je me suis enfuie. J'ai obtenu le divorce et j'ai épousé Jack un an après ; depuis, personne n'a plus jamais levé la main sur moi. Je ne me laisserais plus faire. J'ai compris, maintenant. Si quelqu'un me regarde d'un air courroucé, je prends mes jambes à mon cou. Je ne sais pas pourquoi j'ai eu de la chance, mais c'est le cas. Jack m'a sauvé la vie. Il a fait de moi celle que je suis aujourd'hui. Sans lui, je serais probablement morte à l'heure qu'il est. Je pense que Bobby Joe m'aurait tuée un soir, à coups de pied dans l'estomac ou en me poussant dans l'escalier jusqu'à ce que je me rompe le cou. Ou peut-être que j'aurais fini par avoir envie de mourir, comme Janet McCutchins. Je n'ai jamais rien dit à propos de tout cela parce que j'avais honte, mais maintenant je veux aider des femmes comme moi, des femmes qui n'ont pas eu la chance que j'ai eue et qui ont l'impression d'être prises au piège, qui n'ont pas un Jack Hunter qui les attend dans une limousine pour les emmener vers une nouvelle ville, une nouvelle vie. Je veux tendre la main à ces femmes et les aider. Elles ont besoin de nous, conclut-elle, les yeux pleins de larmes. Nous nous devons de les aider.

— Merci, Maddy, dit Phyllis Armstrong avec douceur.

Tous les participants, ou la plupart d'entre eux, partageaient un lien commun. Avocats, médecins, juges, et même la femme du président avaient dans leur passé des souvenirs de violence et de mauvais traitements, et n'avaient survécu que grâce à la chance et à leur obstination. Et tous savaient que d'autres personnes avaient besoin de leur aide.

Bill Alexander fut le dernier à s'exprimer et, comme Maddy s'en était doutée, son histoire fut la plus inhabituelle de toutes. Il avait grandi dans un foyer heureux, en Nouvelle-Angleterre ; ses parents s'aimaient et l'aimaient. Il avait rencontré et épousé sa femme pendant qu'elle faisait ses études à Wellesley, et lui à Harvard. Il était titulaire d'un double doctorat en relations internationales et sciences politiques, et avait enseigné plusieurs années à Dartmouth, puis à Princeton. Il était professeur à Harvard lorsque, à cinquante ans, il s'était vu proposer le poste d'ambassadeur au Kenya. Il avait ensuite été nommé à Madrid, puis en Colombie. Il avait, dit-il, trois grands enfants qui étaient respectivement médecin, avocat et banquier. Tous respectables et brillants. Il avait, en fait, vécu une vie calme et « normale », conclut-il avec un petit sourire, une existence assez ennuyeuse mais plutôt satisfaisante.

Pour lui, la Colombie avait représenté un défi intéressant. La situation politique sur place était délicate, et le trafic de drogue imprégnait tous les aspects de la vie locale. Il était étroitement lié à toutes les formes d'entreprises, il influençait la politique, et la corruption était endémique. Il avait été fasciné par sa tâche et s'était senti à la hauteur jusqu'à l'enlèvement de sa femme.

A ce stade de son récit, sa voix se mit à trembler légèrement. Son épouse avait été prisonnière pendant sept mois, expliqua-t-il en luttant contre les larmes qui lui montaient aux yeux.

Il ne put bientôt plus les contenir, et la psychiatre,

assise à côté de lui, posa une main apaisante sur son bras. Il lui sourit faiblement. Ils étaient tous amis, à présent, et connaissaient les secrets les plus intimes, les mieux enfouis les uns des autres.

— Nous avons tout essayé pour la récupérer, continua-t-il au bout de quelques instants d'une voix profonde, troublée.

D'après ce qu'il leur avait dit, Maddy avait calculé qu'il devait avoir soixante ans. Il avait des cheveux blancs, des yeux bleus et un visage encore jeune ; il était athlétique et paraissait solide.

— Le ministère des Affaires étrangères a envoyé des négociateurs spéciaux pour discuter avec les représentants du groupuscule terroriste qui l'avait enlevée. Ils voulaient un échange — cent prisonniers politiques contre ma femme —, et naturellement le ministère n'était pas d'accord. Je comprenais le raisonnement officiel, mais je ne voulais pas la perdre. La CIA a essayé de l'enlever à ses ravisseurs, mais la tentative a échoué, et elle a été emmenée dans les montagnes où on n'a plus pu la localiser. En fin de compte, j'ai craqué, et j'ai fait quelque chose de très bête.

Cette fois, sa voix se brisa tout à fait. Tous le regardèrent avec compassion.

— J'ai essayé de négocier tout seul avec eux, reprit-il. J'ai fait tout ce que j'ai pu. J'ai cru devenir fou. Mais ils étaient trop malins, trop rapides, trop cruels pour que je puisse l'emporter. Nous avons payé une rançon importante et, trois jours plus tard, ils l'ont tuée. Ils ont jeté le corps sur les marches de l'ambassade, ajouta-t-il, secoué de sanglots. Ils lui avaient coupé les mains.

Il pleura un moment en silence. Personne ne bougeait ; enfin, Phyllis Armstrong lui posa la main sur l'épaule et il prit une profonde inspiration, tandis que des murmures d'encouragement et de compassion s'élevaient tout autour de la table. C'était une histoire abominable, et tous se demandaient comment Bill avait fait pour survivre à un tel traumatisme.

— Je me suis senti responsable. Je n'aurais jamais dû essayer de négocier directement avec les terroristes ; on dirait que ça les a rendus encore plus fous. Je pensais pouvoir être utile, mais je crois que si je ne m'étais mêlé de rien et avais laissé les experts gérer la situation, ils l'auraient gardée un an ou deux, comme c'est arrivé par le passé, et ils auraient fini par la relâcher. En intervenant personnellement, je l'ai plus ou moins tuée.

— C'est absurde, Bill, intervint Phyllis avec fermeté. J'espère que vous en êtes conscient. Vous ne pouvez pas savoir ce qui se serait produit. Ces hommes sont impitoyables et dénués de principes moraux, une vie ne signifie rien pour eux. Ils auraient très bien pu assassiner votre épouse quand même. En fait, je suis sûre que c'est ce qu'ils auraient fait.

— Je crois que je me sentirai toujours responsable, répondit Bill avec un soupir accablé. D'ailleurs, la presse a plus ou moins dit la même chose, à l'époque.

A cet instant, Maddy se rappela que Jack avait affirmé que Bill Alexander était un imbécile. Maintenant qu'elle connaissait toute l'histoire, elle se demandait comment son mari pouvait se montrer aussi cruel.

— Les journalistes aiment accentuer le côté sensationnel des choses. La plupart du temps, ils ne savent pas de quoi ils parlent, déclara-t-elle.

Bill leva vers elle des yeux lourds de chagrin. Jamais elle n'avait vu autant de souffrance dans un regard. Elle aurait aimé tendre la main pour le toucher, mais il était assis trop loin d'elle.

— Ils veulent seulement vendre leurs reportages, je peux vous le dire par expérience. Je suis vraiment désolée de ce qui vous est arrivé, conclut-elle.

— Merci, madame Hunter.

Il tira un mouchoir immaculé de sa poche et se moucha discrètement.

Phyllis Armstrong reprit la direction des débats.

— Nous avons tous vécu des moments extrêmement difficiles, qui expliquent en partie notre présence ici. Mais j'ignorais vos histoires personnelles lorsque je vous ai proposé de participer à cette commission. Je vous ai choisis parce que vous êtes sensibles et intelligents. Et c'est pour cela que vous êtes venus et que vous voulez aider la commission. La plupart d'entre nous avons appris nos leçons de la manière la plus dure qui soit, par expérience personnelle. Nous savons de quoi nous parlons, nous l'avons vécu. Maintenant, il faut que nous déterminions ce que nous pouvons faire pour aider ceux qui sont encore prisonniers de situations comme celles que nous venons de décrire. Nous sommes tous des survivants, mais eux n'auront peut-être pas cette chance. Il faut que très bientôt nous parvenions à leur faire passer notre message. A eux, mais aussi aux médias et au public. L'heure tourne, et il nous faut atteindre les victimes de mauvais traitements avant qu'il ne soit trop tard pour elles. Chaque jour, des femmes meurent assassinées, violées dans les rues, enlevées et torturées. Parfois, leurs agresseurs sont des inconnus. La plupart d'entre elles, cependant, sont victimes d'hommes qu'elles connaissent, bien souvent leur petit ami ou leur mari. Nous devons éduquer le public et dire aux femmes où aller pour obtenir de l'aide, avant qu'il ne soit trop tard. Nous devons changer les lois, les durcir. Il faut que les condamnations soient à la hauteur des crimes, il faut faire en sorte que frapper une femme, ou quiconque d'ailleurs, coûte trop cher pour que l'on s'y risque. C'est une guerre, une guerre que nous devons gagner. Je veux que chacun d'entre vous rentre chez lui et réfléchisse à ce que nous pourrons faire pour changer les choses. Je suggère que nous nous réunissions de nouveau dans deux semaines, avant que la plupart d'entre vous partent pour l'été, et que nous essayions de proposer quelques solutions. Aujourd'hui, je souhaitais avant tout que vous fassiez mieux connaissance les uns avec les autres. A présent, vous savez avec qui vous allez travailler, et pourquoi chacun est ici. Certains d'entre nous ont souffert, mais ce qui nous rapproche réellement, c'est que nous voulons tous faire changer les choses, et que nous pouvons réussir. Individuellement, nous n'en sommes pas capables, mais ensemble, nous constituerons une force qui ne pourra plus être ignorée. Je place toute ma confiance en vous ; naturellement, je réfléchirai aussi de mon côté avant notre prochaine réunion.

Sur ces mots, elle se leva et sourit en enveloppant l'assemblée d'un regard chaleureux.

— Merci d'être venus ici aujourd'hui. N'hésitez pas à rester si vous voulez bavarder un moment. Malheureusement, je dois pour ma part vous laisser.

Il était à peine seize heures. Tant de révélations avaient été faites en moins de deux heures ! La tension émotionnelle avait été telle que Maddy avait l'impression d'être là depuis des jours.

Aussitôt après le départ de Phyllis Armstrong, elle alla trouver Bill Alexander. Sa tragique histoire l'avait d'autant plus émue qu'il semblait être un homme bon. Il ne s'était visiblement pas encore remis du drame, ce qui n'était pas surprenant étant donné l'ampleur du traumatisme. Sept mois seulement s'étaient écoulés depuis la mort de sa femme.

— Je suis vraiment désolée, excellence, dit-elle avec douceur. Je me souviens de l'affaire, mais tout prend une dimension différente quand c'est vous qui racontez les événements.

— Je ne suis pas sûr de m'en remettre un jour, reconnut-il avec honnêteté. J'en rêve encore.

Il expliqua qu'il faisait des cauchemars récurrents, et la psychiatre lui demanda s'il suivait une thérapie. Il avait vu quelqu'un pendant plusieurs mois, répondit-il, mais se débrouillait seul, à présent.

En apparence, il semblait très sain d'esprit, et il était évident qu'il était doté d'une intelligence hors du commun. Maddy ne pouvait s'empêcher de se demander comment il avait pu survivre à une telle expérience et ne pas devenir fou. C'était vraiment un homme extraordinaire.

— Je me réjouis de travailler avec vous, dit-elle en souriant.

— Merci, madame Hunter, répondit-il en lui rendant son sourire.

— Je vous en prie, appelez-moi Maddy.

— Et vous, appelez-moi Bill. J'ai vu votre intervention l'autre soir, à propos de Janet McCutchins. Elle m'a paru très dérangeante, et c'est ce qu'il faut.

Le compliment arracha un sourire triste à Maddy, qui remercia son interlocuteur.

— Mon mari ne m'a toujours pas pardonné cet éclat. Il est très inquiet des répercussions éventuelles sur la chaîne.

— Parfois, il faut se montrer courageux et faire ce que l'on a à faire. Vous le savez aussi bien que moi. On doit écouter son cœur, pas seulement ses conseillers. Je suis certain qu'il finira par le comprendre. Vous avez fait ce qu'il fallait.

— Je ne suis pas certaine qu'il soit de votre avis, mais je suis contente de l'avoir fait, reconnut-elle.

— Les gens ont besoin d'entendre ce genre de choses, affirma-t-il avec conviction.

Sa voix avait repris de la force, et il paraissait plus jeune, soudain. Maddy était impressionnée par cet homme, par sa présence et par la franchise dont il avait fait preuve durant la réunion. Elle comprenait sans peine pourquoi Phyllis lui avait demandé de faire partie de la commission.

— Je crois que oui, acquiesça-t-elle avant de jeter un coup d'œil à sa montre.

Il était seize heures passées, à présent, et elle devait retourner au studio pour se faire coiffer et maquiller.

— Je dois présenter un journal à dix-sept heures. Je vous verrai à la prochaine réunion.

Elle serra la main à plusieurs personnes avant de partir, puis elle se hâta de quitter la Maison-Blanche et de prendre un taxi pour rentrer à la chaîne.

Greg était déjà entre les mains de la maquilleuse lorsqu'elle arriva dans la loge.

— Alors, c'était comment ? demanda-t-il sur le ton de la conversation.

Cette commission organisée par la *First Lady* l'intriguait, et il pensait qu'elle ferait un excellent sujet de reportage.

— Très intéressant, répondit Maddy. Je suis ravie d'y être allée. J'ai rencontré Bill Alexander, tu sais, l'ancien ambassadeur en Colombie dont la femme a été enlevée et tuée par des terroristes l'année dernière ? Quelle histoire atroce !

— Je m'en souviens vaguement. J'ai vu des images, le pauvre était hors de lui lorsqu'ils ont déposé le corps à l'ambassade. Je le comprends, remarque. Comment va-t-il ?

— Il a l'air de tenir le coup, même s'il est encore pas mal secoué. Il écrit un livre sur son expérience.

— Ce devrait être intéressant. Qui d'autre était présent ?

Elle énuméra quelques noms mais ne répéta aucune des histoires personnelles qu'elle avait entendues ; elle tenait à en respecter la confidentialité. Aussitôt son maquillage terminé, elle se dirigea vers le studio et jeta un coup d'œil aux nouvelles du jour. Il n'y avait rien de palpitant, et le journal se déroula sans problèmes.

Ensuite, elle se rendit dans son bureau pour lire des articles qu'elle avait mis de côté et faire quelques recherches avant l'édition suivante.

A vingt heures, sa journée de travail enfin terminée, elle appela Jack avant de quitter le bureau. Il était en train de terminer une réunion.

— Y a-t-il une chance pour que tu me ramènes ou veux-tu que je rentre à la maison à pied ? demanda-t-elle avec ironie.

Jack sourit malgré lui. Il lui en voulait encore, mais il savait que cela ne pourrait pas continuer indéfiniment.

— Je vais t'obliger à courir derrière la voiture pendant les six mois à venir pour te faire payer tes sottises et ce que tu risques de coûter à la chaîne.

— Phyllis Armstrong ne pense pas que McCutchins nous fasse un procès.

— J'espère qu'elle a raison. Sinon, crois-tu que le président acceptera de payer la note ? Elle risque d'être salée.

— Prions pour que la question ne se pose pas, répondit-elle calmement. Au fait, la réunion de la commission a été géniale. Les participants ont tous l'air très intéressants.

C'était leur première vraie conversation depuis mardi, et elle se réjouissait de le voir enfin se détendre un peu.

— Je descends dans dix minutes, dit-il rapidement. J'ai deux ou trois petites choses à terminer ici.

Quand il la retrouva dans le hall, il n'avait pas vraiment l'air content de la voir, mais au moins il n'arborait plus l'expression féroce qui ne l'avait pas quitté au cours des trois derniers jours, depuis la « transgression » de Maddy. Sur le chemin du retour, tous deux prirent grand soin de ne pas y faire allusion. Ils dînèrent dans une pizzeria, et Maddy en profita pour lui parler de la réunion de la commission. Naturellement, elle ne lui donna pas de détails personnels, se contentant de lui expliquer la forme qu'avaient prise les discussions et ce qu'ils espéraient faire à terme. Elle se sentait étrangement protectrice vis-à-vis de tous ceux qu'elle avait rencontrés cet après-midi-là.

— Y a-t-il un point commun entre vous tous, ou êtes-vous seulement intelligents et intéressés par le sujet ?

— Les deux. C'est incroyable à quel point la violence peut toucher chacun à un moment ou à un autre de sa vie. Tout le monde s'est montré très honnête à ce sujet.

Elle ne pouvait ni ne souhaitait en dire davantage.

— Tu ne leur as pas raconté ton histoire, tout de même ? demanda Jack d'un air inquiet en scrutant son visage.

— Si, reconnut-elle. Nous nous sommes tous montrés très francs.

— C'est stupide, Mad, dit-il franchement.

Il lui en voulait toujours et ne la ménageait pas.

— Et si quelqu'un parle de ton passé à la presse ? C'est ça, l'image que tu veux donner au public ? Tu as vraiment envie que tout le monde imagine Bobby Joe en train de te pousser dans les escaliers à coups de pied ?

Il y avait du mépris dans sa voix, et elle n'aimait pas cela, mais elle ne fit pas de commentaire.

— Peut-être que ce n'est pas très grave, si ça permet aux spectateurs de réaliser que des femmes comme moi peuvent elles aussi être victimes de mauvais traitements. Si ça peut sauver la vie de quelqu'un ou lui donner le courage de s'en sortir, peut-être que ça vaut la peine que ma vie privée soit exposée.

— Ça ne fera que te créer des ennuis et te redonner cette image de pauvre fille vivant dans une caravane que je me suis efforcé de faire disparaître en dépensant des fortunes. Je ne comprends pas que tu puisses être aussi stupide.

— Je me suis montrée honnête, Jack. Comme toutes les autres personnes présentes. Certaines des histoires que j'ai entendues étaient bien pires que la mienne.

Celle de la *First Lady*, par exemple, était loin d'être

belle, et pourtant elle n'avait pas hésité à la raconter. Tous avaient été très ouverts, et c'était ce qui faisait la beauté de ce qu'ils avaient partagé.

— Bill Alexander fait également partie de la commission. Il nous a raconté l'enlèvement de sa femme.

Elle pouvait en parler à Jack, car ce qui était arrivé à l'ancien ambassadeur était de notoriété publique. Mais son mari se contenta de hausser les épaules sans manifester la moindre compassion.

— Il aurait aussi bien pu la tuer lui-même. Essayer de négocier directement avec les ravisseurs, quelle monstrueuse sottise ! Tout le ministère des Affaires étrangères le lui a dit, mais il n'a rien voulu entendre.

— Il était désespéré, et avait probablement du mal à considérer les choses de manière rationnelle. Elle a été détenue pendant sept mois avant qu'ils la tuent. L'attente devait le rendre fou.

En y repensant, elle avait encore de la peine pour lui, mais Jack ne paraissait pas ému le moins du monde, ce qui la contrariait. Visiblement il se moquait de ce que Bill Alexander avait traversé et de ce qu'il avait dû éprouver.

— Qu'est-ce que tu as contre lui ? J'ai l'impression que tu ne l'aimes pas.

— Après avoir été professeur à Harvard, il a été conseiller du président pendant un certain temps. Il a des idées qui datent du Moyen Age, et c'est un obsédé des principes et de la morale. Un vrai pèlerin, pur et dur.

C'était une manière bien peu charitable de le décrire, et cela irrita Maddy.

— Je pense qu'il ne se limite pas à ça. Il m'a paru très sensible, très intelligent. Je crois que c'est vraiment un type bien.

— Je suppose qu'il m'est tout simplement antipathique. Il lui manque quelque chose, une étincelle, du charme.

Cette observation surprit Maddy ; Bill Alexander

était un homme séduisant, même si ses principes un peu surannés le distinguaient des gens toujours en avance sur leur temps que Jack fréquentait d'ordinaire. Cependant, elle préféra ne pas argumenter.

Il était dix heures lorsqu'ils rentrèrent chez eux et, par réflexe, Maddy alluma la télévision pour écouter les informations. Elle s'immobilisa net en entendant le premier titre de l'actualité : les troupes américaines avaient procédé à une nouvelle invasion en Irak. Elle se tourna vers Jack, qui écoutait aussi, et vit une lueur étrange briller dans ses yeux.

— Tu étais au courant, n'est-ce pas ? demanda-t-elle.

— Je conseille le président pour tout ce qui concerne les médias, Mad, pas pour les questions militaires.

— Allons, voyons ! Tu savais. C'est pour cette raison que tu es allé à Camp David la semaine dernière, n'est-ce pas ? Et que tu as des réunions au Pentagone ce week-end. Pourquoi ne me l'as-tu pas dit ?

En d'autres occasions, il lui avait fait partager des informations secrètes mais, cette fois, il avait choisi de se taire. Pour la première fois, elle avait l'impression qu'il ne lui faisait pas confiance, et cela la blessait.

— C'était un sujet trop sensible, trop important.

— Nous allons perdre beaucoup d'hommes là-bas, Jack, dit-elle d'une voix inquiète.

Son esprit fonctionnait à toute vitesse. Elle aussi allait devoir couvrir cette information, lundi.

— Parfois, c'est un sacrifice nécessaire, répondit-il froidement.

Il pensait que le président avait pris la bonne décision. Par le passé, Maddy et lui avaient souvent été en désaccord sur ce sujet et elle n'était pas aussi convaincue que lui du bien-fondé d'une intervention armée.

Ils regardèrent la fin du journal. Le journaliste

annonça que dix-neuf marines avaient été tués ce matin-là, dans un face-à-face avec des soldats irakiens. Jack éteignit le téléviseur, et Maddy le suivit dans leur chambre.

— C'est intéressant que le président Armstrong t'ait mis au courant avant tout le monde. Comment cela se fait-il, Jack ? demanda-t-elle d'un air soupçonneux.

— Qu'y a-t-il d'étrange là-dedans ? Il me fait confiance, voilà tout.

— Il te fait confiance, ou il cherche à utiliser les médias pour que le public américain accepte cette intervention sans que ça nuise à son image ?

— Il a le droit de me demander des conseils sur la façon de gérer les médias. Ce n'est pas un crime.

— Ce n'est pas un crime, mais ce n'est tout de même pas très honnête de chercher à vendre au public ce qui pourrait se révéler à terme une très mauvaise idée.

— Epargne-moi tes opinions politiques, Mad. Le président sait ce qu'il fait.

Il balayait ses remarques avec une condescendance qui l'agaça. Mais elle était intriguée par le rôle important que Jack semblait soudain jouer auprès du président. Elle se demanda si cela n'expliquait pas en partie sa fureur après son éditorial de mardi concernant Janet McCutchins. Peut-être craignait-il qu'un mini-scandale ne nuise à ses manœuvres politiques. Jack ne perdait jamais de vue ses objectifs et pensait toujours à ce que chaque action pouvait lui coûter. Tout dans sa vie était réfléchi, calculé.

Cependant, quand il se coucha ce soir-là, il se montra plus chaleureux envers Maddy qu'il ne l'avait été depuis des jours, et quand il tendit le bras pour l'attirer plus près de lui, elle sentit qu'il avait envie d'elle.

— Je suis désolée que la semaine ait été si dure pour nous deux, dit-elle avec douceur.

— Ne recommence jamais, Mad. Je ne te pardonnerai pas la prochaine fois. Et tu sais ce qui se passerait si je te renvoyais ?

Sa voix était froide, dure.

— Le lendemain, tu ne serais plus rien. Terminé. Ta célébrité ne dépend que de moi, ne l'oublie jamais. Ne joue pas à la plus maligne avec moi, Maddy. Je pourrais mettre un terme à ta carrière d'un claquement de doigts. Contrairement à ce que tu t'imagines, tu n'es pas une star. Tu n'es connue que parce que nous sommes mariés.

La façon dont il avait dit ces derniers mots emplit Maddy d'amertume. Elle se sentait triste, infiniment malheureuse, non pas à cause de ce qu'elle risquait de perdre s'il la renvoyait, mais à cause de sa manière de s'adresser à elle. Elle ne répondit rien et, en la serrant contre lui, il lui pinça les tétons, un peu trop durement. Puis, sans un autre mot, il la prit, comme pour lui montrer qui était le chef. C'était toujours lui, bien sûr, jamais elle, et elle commençait à se dire que le pouvoir et le contrôle étaient les seules choses qui importaient à son mari.

5

Le samedi matin, quand Maddy se réveilla, Jack était déjà habillé et prêt à partir pour sa réunion. Il lui dit qu'il passerait toute la journée au Pentagone, et qu'elle ne devait pas l'attendre avant le dîner.

— Pourquoi vas-tu là-bas ? demanda-t-elle, toujours allongée dans le lit.

Il était séduisant et bien habillé, songea-t-elle, avec son pantalon de toile, son blazer et son pull à col roulé gris. Il faisait chaud dehors, mais il savait qu'il passerait la journée dans une pièce à air conditionné et qu'il risquait d'avoir froid.

— Ils m'ont invité à certains de leurs briefings. Cela nous permettra d'avoir une meilleure perspective sur ce qui se passe là-bas. Nous ne pourrons pas diffuser ce que j'aurai entendu, mais c'est tout de même utile de savoir de quoi il retourne, et le président voudrait mon avis sur la façon dont il devra présenter les choses aux médias. Je crois que je peux l'aider.

C'était exactement ce que Maddy avait soupçonné la veille au soir : Jack était en train de devenir le *spin doctor*[1] du président.

— J'ai une idée. Pourquoi ne pas dire la vérité au peuple américain ? Au moins, ça aurait le mérite d'être

1. Consultant chargé de la communication d'un homme ou d'un parti politique et spécialisé dans la manipulation des médias. *(N.d.T.)*

une approche nouvelle et originale, dit-elle en plongeant son regard dans celui de son mari.

Parfois, elle lui en voulait d'être si volontiers prêt à déformer la réalité pour la présenter sous le « bon » angle. C'était devenu une habitude, chez lui, et cela la rendait malade. Elle était beaucoup plus manichéenne. Pour elle, une information était soit vraie, soit fausse, alors que Jack, lui, voyait une multitude de nuances et de variantes possibles. Pour lui, la vérité avait mille visages et autant de significations.

— Il existe différentes versions de la même réalité, Maddy. Nous voulons simplement choisir celle que les gens appréhenderont le mieux.

— C'est n'importe quoi et tu le sais parfaitement ! Nous sommes censés donner des informations, pas faire des relations publiques.

— Je suppose que c'est pour cette raison que c'est moi et pas toi qui ai été choisi pour aller au Pentagone aujourd'hui. Qu'as-tu l'intention de faire pendant ce temps-là, au fait ?

— Je ne sais pas. Rester ici. Me détendre. Peut-être que j'irai faire des courses.

Elle aurait aimé aller faire les boutiques avec une amie, mais elle n'en avait pas eu l'occasion depuis des années. Elle n'avait plus le temps d'entretenir des amitiés : quand elle n'était pas en train de travailler, Jack monopolisait tout son temps libre. Les seules personnes qu'elle voyait étaient d'une manière ou d'une autre des relations professionnelles de Jack, comme les McCutchins le week-end précédent.

— Pourquoi ne prendrais-tu pas l'avion pour aller passer la journée à New York ? Tu pourrais faire tes courses là-bas, ça te distrairait.

Elle réfléchit à sa proposition et hocha la tête.

— Ça pourrait être amusant. Il y a une exposition au Whitney que j'aimerais bien voir. Peut-être que je pourrais trouver le temps d'y faire un tour. Ça ne te pose vraiment pas de problème que je prenne l'avion ?

Elle menait une existence de conte de fées et ne l'oubliait jamais. Jack lui offrait un luxe et des possibilités dont elle n'aurait même pas osé rêver à l'époque où elle vivait à Knoxville. Elle se remémora ce qu'il lui avait dit la veille au soir. Sans lui sa carrière serait terminée. C'était douloureux de l'entendre le lui rappeler, mais elle ne pouvait nier qu'il avait raison. Tout ce qui lui était arrivé de bien dans sa vie, elle le devait à Jack.

Avant de partir, il appela leur pilote. Il lui dit d'attendre Madeleine à l'aérodrome à dix heures et d'obtenir une autorisation de vol pour La Guardia, avec retour à Washington le soir même.

— Amuse-toi bien, dit-il à Maddy en souriant.

Elle le remercia chaleureusement et lui dit au revoir. Une fois de plus, elle se rendait compte que les sacrifices qu'il attendait d'elle étaient minimes comparés à tout ce qu'il lui offrait en échange.

Elle arriva à l'aéroport à dix heures quinze, vêtue d'un tailleur-pantalon en lin blanc et les cheveux sobrement tirés en arrière. Comme convenu, le pilote l'attendait, et ils décollèrent pour New York une demiheure plus tard. Ils atterrirent à La Guardia à onze heures trente et à midi elle était au cœur de la ville.

Elle se rendit chez Bergdorf Goodman et chez Saks, puis remonta à pied Madison Avenue, s'arrêtant dans ses boutiques préférées. Elle sauta le déjeuner et arriva au musée Whitney à quinze heures trente. C'était une existence dorée, dont elle ne se lassait pas. Jack l'emmenait également à Los Angeles, à La Nouvelle-Orléans, à San Francisco, à Miami, et de temps en temps passer un week-end à Las Vegas. Elle savait qu'elle était gâtée et lui était reconnaissante pour tout cela. Elle ne perdait jamais de vue les multiples avantages liés à la vie avec Jack ou à la carrière qu'il lui avait offerte. Et elle savait qu'il avait dit la vérité : sans lui, elle ne serait rien. Cela lui conférait une certaine humilité que beaucoup trouvaient aussi séduisante que rare. Elle ne considérait jamais rien comme acquis et n'avait pas conscience de sa propre importance, seulement de celle de Jack. Il l'avait même convaincue que c'était grâce à lui qu'elle avait obtenu les récompenses professionnelles qu'elle avait reçues.

A dix-sept heures, elle était de retour à La Guardia, d'où ils purent décoller une heure plus tard. A dix-neuf heures trente, elle pénétrait chez elle. La journée avait été parfaite. Elle avait acheté deux tailleurs-pantalons, quelques maillots de bain et un nouveau chapeau, et elle était d'excellente humeur lorsqu'elle entra dans le salon, ses achats sous le bras. Elle trouva Jack sur le canapé, un verre de vin à la main. Il regardait les informations. L'Irak faisait à nouveau la une de l'actualité, et Jack paraissait très concentré sur ce qui se disait.

— Hello, mon cœur, lança-t-elle gaiement.

L'animosité qui avait régné entre eux la semaine précédente semblait s'être dissipée la veille, et elle se sentait mieux. Elle était heureuse de voir Jack. Dès la première coupure publicitaire, il se tourna vers elle en souriant.

— Comment s'est passée ta journée, Mad ? demanda-t-il en se servant un autre verre de vin.

— Très bien. J'ai fait plein de courses et ensuite je suis allée au Whitney. Et la tienne ?

Elle savait que sa toute nouvelle position de *spin doctor* auprès du président l'excitait énormément.

— Extra. Je crois que nous maîtrisons la situation.

Il paraissait heureux et conscient de sa propre importance. Celle-ci n'était d'ailleurs pas négligeable. Aucun de ceux qui le connaissaient, à commencer par Maddy, ne l'aurait nié.

— Tu peux m'en parler, ou c'est entièrement top secret ?

— Je crains que ça ne le soit.

Elle connaîtrait les détails lorsqu'elle présenterait les nouvelles. Ce qu'elle ne connaîtrait jamais, en revanche, c'était la réalité, la version originale, les faits bruts avant l'intervention de son mari.

— Que faisons-nous pour le dîner ? demanda Jack en éteignant la télévision.

— Je peux préparer un plat rapide, si tu veux, proposa-t-elle. Ou nous pouvons commander quelque chose.

Elle déposa ses sacs. Malgré sa longue journée de shopping, elle était toujours aussi élégante et impeccable.

— Et si nous sortions ? J'ai été enfermé toute la journée avec un tas de militaires, et ce ne serait pas désagréable de voir des gens normaux.

Décrochant le téléphone, il leur réserva une table pour vingt et une heures chez Citronnelle, le restaurant le plus en vogue de Washington.

— Va mettre quelque chose de joli, dit-il ensuite à Maddy.

— Bien, monsieur.

Elle lui sourit puis monta dans leur chambre avec ses paquets. Une heure plus tard, elle redescendait, lavée, coiffée, parfumée et vêtue d'une robe de cocktail noire très simple et d'escarpins à hauts talons. Elle avait mis ses boucles d'oreilles en diamants et un collier de perles. Jack lui achetait de temps en temps de très jolis bijoux, et elle était ravissante avec. Ses boucles d'oreilles et sa bague de fiançailles de huit carats étaient ses bijoux préférés. « Pas mal pour une gamine élevée dans une caravane à Chattanooga », lui faisait-elle parfois observer. Lui, de son côté, aimait la taquiner en lui rappelant ses origines modestes.

— Quelle transformation ! s'exclama-t-il en guise de compliment lorsqu'il la vit réapparaître.

Elle lui sourit. Elle adorait sortir avec lui, être sienne et le faire savoir au monde entier. Même à présent qu'elle était une star à part entière, elle était encore émerveillée d'être sa femme. Elle ne se rendait pas compte qu'elle était plus célèbre que lui ou presque désormais. Certes, il était le magnat des médias, l'homme de l'ombre qui conseillait le président, mais elle, de son côté, était la femme qu'admiraient et qu'auraient aimé être des millions de jeunes filles et de femmes, le visage auquel rêvaient beaucoup d'hommes. Elle représentait une présence dans le salon des téléspectateurs, une voix qui leur inspirait confiance. Pour eux, elle était celle qui leur disait la vérité sur les choses difficiles, comme elle l'avait fait à propos de Janet McCutchins et d'innombrables autres sujets. Maddy était intègre, et cela se voyait. De plus, elle était très belle : comme Greg le lui répétait constamment, elle était « superbe ». Et c'était particulièrement vrai en cet instant, alors que Jack et elle se préparaient à sortir dîner.

Jack prit lui-même le volant de la limousine, ce qui lui arrivait rarement, et en chemin ils bavardèrent. Ils parlèrent surtout de New York, car il ne pouvait rien dire de ses réunions au Pentagone.

Une fois chez Citronnelle, ils furent conduits par le serveur à une table très centrale. Les têtes se tournaient sur leur passage, et l'on se penchait pour échanger à voix basse des commentaires sur qui ils étaient, et combien Maddy était ravissante. Les femmes regardaient également Jack. C'était un homme séduisant, doté d'un sourire sexy, d'yeux qui semblaient tout voir, et d'une indéniable présence. Tout en eux respirait le succès et le pouvoir, et à Washington, c'était important. Au fil de la soirée, des dizaines de gens s'arrêtèrent à leur table pour les saluer — des politiciens pour l'essentiel, et l'un des conseillers du président. Fréquemment, également, quelqu'un s'approchait timidement pour demander un autographe à Maddy, qui acceptait en souriant de bonne grâce.

— Ça ne te tape pas sur les nerfs, Mad ? demanda Jack en lui servant un nouveau verre de vin.

C'était un château cheval-blanc 1959 que leur serveur avait laissé au frais dans un seau à glace près de leur table. Jack était un fin connaisseur, et ce vin blanc était excellent.

— Pas vraiment, répondit Maddy. Je trouve ça plutôt flatteur qu'ils me reconnaissent et qu'ils m'apprécient assez pour prendre la peine de me demander ma signature.

Elle se montrait toujours aimable, et les gens s'en allaient ensuite avec l'impression de s'être fait une nouvelle amie ; en général, ils la préféraient dans la réalité. Approcher Jack était bien plus intimidant, car il était d'un abord beaucoup moins amical.

Il était près de minuit lorsqu'ils quittèrent le restaurant. Le lendemain, ils prirent l'avion pour passer la journée en Virginie. Jack détestait se priver d'une minute dans sa ferme. Il fit une promenade à cheval dans la matinée, puis ils déjeunèrent dehors. Il faisait chaud, et il observa que l'été allait être très agréable.

— Irons-nous quelque part ? demanda Maddy sur le chemin du retour.

Elle savait qu'il détestait faire des projets longtemps à l'avance et préférait se décider à la dernière minute et le lui annoncer à ce moment-là. Il s'arrangeait pour que quelqu'un la remplace pour le journal, puis il l'emmenait. Elle aurait souvent préféré être prévenue un peu plus tôt que la veille ou le jour même, mais lorsqu'il lui faisait de telles surprises, elle ne pouvait jamais lui dire qu'elle avait besoin d'un peu plus de temps : ils n'avaient pas d'enfants, et il était son patron. S'il décrétait qu'elle devait partir avec lui, personne ne pouvait s'opposer à sa décision. Elle était toujours libre pour lui.

— Je n'ai encore rien décidé pour cet été, répondit-il.

Jamais il ne lui demandait où elle avait envie d'aller, mais il choisissait toujours des endroits qu'elle finissait par adorer. Avec Jack, la vie était pleine de surprises. Et comment s'en plaindre ? Sans lui, de toute façon, elle n'aurait jamais pu découvrir tous les endroits qu'ils visitaient ensemble.

— Je pense que nous irons en Europe.

Elle devina qu'il ne lui en dirait pas plus.

— Préviens-moi quand tu voudras que je fasse les valises, plaisanta-t-elle.

— O.K., répondit-il avant de sortir des documents de son attaché-case, lui indiquant que la conversation était close pour le moment.

Durant le reste du trajet, elle lut l'un des livres traitant des crimes à l'encontre des femmes que lui avait conseillé la *First Lady*. Elle le trouva plein de statistiques aussi intéressantes que déprimantes.

— Qu'est-ce que c'est ? s'enquit Jack en désignant l'ouvrage alors qu'ils s'apprêtaient à atterrir.

— Un livre que Phyllis m'a donné. Ça parle des mauvais traitements subis par les femmes.

— Comme quand on leur confisque leurs cartes de crédit ? dit-il en souriant.

Une expression peinée voila le regard de Maddy. Elle avait horreur qu'il ironise sur des sujets qui lui tenaient à cœur.

— Ne te mets pas dans tous tes états à cause de cette commission, Mad, poursuivit-il. C'est très bon pour ton image, ce qui explique que je t'aie encouragée à en faire partie, mais il ne faut pas que ça tourne à l'obsession. Tu n'as pas à devenir le porte-drapeau des femmes battues.

— J'aime les principes de cette commission et ce qu'elle a l'intention de faire dans l'avenir. C'est quelque chose qui me touche vraiment, et tu le sais, dit-elle calmement mais d'une voix empreinte d'émotion.

L'avion se dirigeait vers l'aérogare.

— Je te connais. Tu as tendance à aller beaucoup trop loin quand tu as quelque chose en tête. Il est question d'améliorer ton image, Mad, pas de te transformer en Jeanne d'Arc. Garde un peu de recul. Dans tout ce qu'on raconte sur les femmes battues, il y a une grande part de mensonge.

Maddy sentit un frisson glacé la parcourir. Qu'essayait-il de lui dire exactement ?

— Comme quoi, par exemple ?

— Toutes ces idioties sur les viols par des personnes connues de la victime ou sur le harcèlement sexuel, par exemple. A mon avis, plus de la moitié des femmes qui sont soi-disant malmenées par leur mari ou soi-disant assassinées par eux le méritent.

Il avait dit cela avec une telle conviction qu'elle ne put que le regarder d'un air ébahi.

— Tu es sérieux ? Je n'arrive pas à croire que tu penses vraiment une chose pareille. Et moi ? Tu estimes que je méritais ce que me faisait Bobby Joe ? C'est ce que tu t'imagines ?

— C'était un petit dur de bas étage et un alcoolique, et Dieu seul sait ce que tu disais pour le provoquer. Beaucoup de gens se disputent, Mad, certains un peu plus violemment que d'autres, voilà tout. Il arrive qu'il y ait des blessés au passage, mais il n'y a pas là de quoi partir en croisade. On ne peut pas parler d'urgence nationale ! Crois-moi, si tu lui posais la question en privé, je suis sûr que tu découvrirais que Phyllis s'est lancée dans cette campagne uniquement parce que ça fait bien.

Maddy sentit une vague de nausée l'envahir.

— Je n'en crois pas mes oreilles, dit-elle dans un murmure. Sa mère a été maltraitée par son père pendant toute sa vie, et Phyllis a dû grandir avec ça. Moi aussi, et beaucoup d'autres gens aussi, Jack. Et parfois, frapper leur femme ne suffit pas à des types comme ça, il faut qu'ils les tuent pour prouver combien ils sont forts et redoutables, et combien les femmes sont négligeables. Tu penses franchement que ce sont là des disputes ordinaires, acceptables ? T'arrive-t-il, à toi, d'avoir envie de pousser une femme dans les escaliers à coups de pied, de la frapper avec une chaise, de la brûler avec un fer à repasser, de lui jeter de l'eau de Javel dans les yeux ou d'écraser une cigarette sur son bras ? As-tu la moindre idée de ce que traversent les femmes dont je te parle ?

— Tu t'emballes, Mad. Les exemples que tu donnes sont l'exception, pas la règle. C'est vrai qu'il y a des malades sur cette terre, mais ils tuent aussi des hommes. Personne n'a jamais dit que le monde était un endroit sûr.

— La différence, c'est que certaines des femmes dont je te parle vivent avec leur tortionnaire, l'homme qui finira par les tuer, pendant dix, vingt ou cinquante ans, et qu'elles le laissent continuer à leur faire du mal.

— Dans ce cas-là, ce sont elles qui sont folles, n'est-ce pas ? Elles pourraient très bien faire cesser ça en s'en allant, mais elles ne le font pas. Si ça se trouve, elles aiment ça.

Jamais de sa vie Maddy n'avait été aussi intensément contrariée qu'en cet instant. Mais cela lui prouvait que l'opinion de Jack était partagée par la plupart des gens. Comment leur faire comprendre ce qu'était réellement la violence domestique ? Elle se sentait terriblement impuissante.

— La plupart du temps, elles sont trop terrorisées pour s'en aller. Statistiquement, les hommes qui menacent de tuer leur femme finissent bien souvent par le faire, et les femmes le savent, instinctivement. Elles ont trop peur pour déménager ou pour s'enfuir. Elles ont des enfants, nulle part où aller ; souvent, elles n'ont ni travail ni argent. Elles sont dans une impasse, et leur mari leur répète constamment que si elles bougent, il les tuera, ou bien il tuera leurs enfants. Que ferais-tu, dans un cas comme celui-là ? Tu appellerais ton avocat ?

— Non, je prendrais mes jambes à mon cou, comme tu l'as fait.

Patiemment, elle essaya une nouvelle approche.

— Les mauvais traitements de ce genre deviennent une habitude. Ils sont familiers. Ils deviennent « normaux ». Quand tu grandis avec, que tu vois ça tout le temps, qu'on te répète constamment que tu es mauvaise, pourrie et que tu mérites d'être punie, tu finis par le croire. Tu es comme paralysée. En plus, tu es isolée, seule, tu n'as nulle part où aller, et parfois tu as même envie de mourir parce que tu as l'impression que ce serait la seule issue. (Ses yeux s'étaient remplis de larmes à mesure qu'elle parlait.) Pourquoi crois-tu que j'aie laissé Bobby Joe me traiter ainsi ? Parce que j'aimais ça ? Je pensais n'avoir pas d'autre choix, et je croyais mériter ce qu'il me faisait. Mes parents me disaient que j'étais mauvaise, Bobby Joe me répétait que tout était ma faute, et je ne connaissais pas d'autre univers avant de te rencontrer, Jack.

Il n'avait jamais levé la main sur elle, et pour elle cela suffisait à faire de lui un bon mari.

— Essaie de garder ça en mémoire la prochaine fois que tu me causeras des ennuis, Mad. Je ne t'ai jamais touchée, et je ne le ferai jamais. Tu es une femme chanceuse, madame Hunter.

Ils étaient arrivés au terminal ; il lui sourit et se leva. Pour lui, la conversation avait perdu son intérêt.

— Oui, j'ai eu de la chance, et c'est peut-être pour cette raison que j'ai l'impression d'avoir un devoir envers les autres, les malchanceuses. Je veux les aider, expliqua-t-elle.

Ce qu'il venait de lui dire lui laissait un goût amer dans la bouche. Mais de toute évidence, Jack n'avait pas envie de poursuivre cette discussion, et ils n'échangèrent plus que quelques banalités sur le chemin du retour.

Ils passèrent une soirée tranquille ; Maddy leur prépara des pâtes, ils lurent un moment, puis ils firent l'amour. Maddy ne savait pas pourquoi, mais son cœur n'y était pas. Elle se sentait étrangement distante, déprimée, et après, allongée dans le lit, elle songea de nouveau à ce que Jack avait dit sur les femmes battues. Quelque chose dans ses paroles, ou dans la façon qu'il avait eue de les prononcer, l'avait blessée.

Quand elle s'endormit enfin, elle rêva de Bobby Joe et s'éveilla au milieu de la nuit en hurlant. Elle avait eu l'impression de le voir en face d'elle, les yeux pleins de haine, les poings serrés. Il la frappait, encore et encore, et dans le rêve Jack était présent et regardait la scène en secouant la tête. Et elle savait, alors qu'elle essayait de s'enfuir et que Bobby Joe la poursuivait pour la frapper encore et encore, que tout était sa faute et qu'elle le méritait bien.

6

Le lendemain, elle eut une journée très active au bureau. Elle avait des monceaux de documents à lire à propos des combats en Irak et des pertes américaines survenues durant le week-end. Cinq autres marines avaient été tués et un avion avait été abattu, entraînant la mort de deux jeunes pilotes. Quoi que fît Jack pour aider le président à présenter les choses de manière positive, il était impossible de changer les faits ou la triste réalité : des deux côtés, de nombreuses personnes allaient trouver la mort dans ce conflit.

Elle travailla sans interruption jusqu'à la fin de son second journal, à vingt heures. Jack et elle devaient se rendre ensuite à un dîner de gala chez l'ambassadeur du Brésil, et elle avait emporté une robe de soirée ce matin-là pour pouvoir se changer avant de partir. Elle s'apprêtait à l'enfiler lorsque son mari l'appela dans sa loge par l'Intercom.

— Je serai prête dans cinq minutes, annonça-t-elle.

— Tu vas être obligée d'y aller sans moi. Je viens d'être convoqué pour une réunion.

Elle n'eut pas de mal à deviner pourquoi : le président devait s'inquiéter de la réaction du public à la mort des soldats américains en Irak.

— Tu vas à la Maison-Blanche, je présume ?

— Quelque chose comme ça.

— Me rejoindras-tu plus tard ?

Elle avait l'habitude d'aller à des soirées seule mais préférait de beaucoup avoir Jack à son côté.

— J'en doute. Nous avons pas mal de choses à voir. Je te retrouverai à la maison. Si je finis tôt, j'irai à l'ambassade, mais j'ai déjà appelé pour prévenir que j'avais un empêchement. Désolé, Maddy.

— Pas de problème. Ce qui se passe en Irak n'est guère réjouissant, n'est-ce pas ?

— Tout ira très bien. Il faudra bien que les gens se fassent une raison.

Et son rôle était de les en convaincre. Maddy, elle, émettait des réserves, et Greg avait partagé son opinion lorsqu'ils en avaient discuté cet après-midi-là. Néanmoins, obéissant aux ordres de la direction, ils n'avaient pas fait d'éditorial à ce sujet.

— Bon, à plus tard, conclut Jack.

Elle finit d'enfiler l'exquise robe rose pâle qu'elle avait choisie et qui mettait en valeur sa peau claire et ses cheveux sombres. Elle mit ensuite des boucles d'oreilles en topazes roses étincelantes et posa une fine étole en satin sur ses épaules. Fin prête, elle quitta le bureau. Jack lui avait laissé la limousine et était allé à la Maison-Blanche avec l'une des voitures de la chaîne.

L'ambassade se trouvait sur Massachusetts Avenue. Quand Maddy arriva, une centaine de personnes étaient déjà là. Un orchestre jouait de la samba, et les conversations se déroulaient dans plusieurs langues, anglais bien sûr, mais aussi portugais, espagnol, français. L'ambassadeur du Brésil et sa femme recevaient toujours avec beaucoup de goût et d'élégance, et tout le monde à Washington les appréciait. Regardant autour d'elle, Maddy fut agréablement surprise de reconnaître Bill Alexander.

— Bonsoir, Maddy, dit-il avec un sourire chaleureux en s'approchant d'elle. Comment allez-vous ?

— Bien. Vous avez passé un bon week-end ? demanda-t-elle.

Elle avait l'impression de s'adresser à un vieil ami tant ils savaient de choses l'un sur l'autre.

— Très calme. Je suis allé voir mes enfants dans le Vermont. Mon fils a une maison là-bas. La réunion de l'autre jour était intéressante, n'est-ce pas ? C'est incroyable de constater combien d'entre nous ont été touchés d'une manière ou d'une autre par la violence. Le plus drôle, c'est que nous nous imaginons tous que les autres mènent des vies tellement normales... Et c'est loin d'être le cas, n'est-ce pas ?

Il avait des yeux bleu foncé, presque de la même couleur que ceux de Maddy, et ses cheveux blancs étaient coiffés en arrière. Il était très séduisant, dans son smoking. Il mesurait près d'un mètre quatre-vingt-dix, et Maddy se sentait toute petite à côté de lui.

— Oui, c'est une leçon que j'ai apprise il y a longtemps, acquiesça-t-elle.

Même la femme du président avait souffert d'un environnement violent dans son enfance.

— Autrefois, reprit Maddy, je me sentais terriblement coupable à cause de mon passé. J'avoue que c'est parfois encore le cas, mais au moins, je suis consciente que ce que j'ai vécu est aussi le lot de bien d'autres gens. Etrangement, pourtant, les victimes ont toujours l'impression d'être responsables de leur malheur.

— Moi, quand je suis rentré à Washington, j'avais le sentiment que tous les gens que je croisais étaient en train de se dire que j'avais tué Margaret.

Surprise par cette révélation, Maddy le regarda avec compassion.

— Pourquoi cela ? demanda-t-elle.

— Parce que c'est ce que moi je pense. Je ne réalise que trop bien maintenant à quel point mon intervention était idiote.

— Le résultat aurait sans doute été le même, de toute façon. Les terroristes ne jouent pas le jeu, Bill, vous le savez parfaitement.

— C'est dur à admettre quand le prix à payer est la vie de quelqu'un que vous aimez. Je ne suis pas sûr d'arriver jamais à comprendre ou à accepter ce qui s'est passé.

Il se montrait désarmant de franchise envers elle et ne lui en était que plus sympathique. Tout en lui suggérait la douceur et la gentillesse.

— Je ne pense pas que la violence puisse être comprise, dit Maddy. Ce que j'ai eu à affronter était beaucoup plus simple, et pourtant je ne pense pas l'avoir jamais compris non plus. Pourquoi un être humain voudrait-il faire une chose pareille à un autre ? Et pourquoi l'ai-je laissé faire ?

— Pas de choix, pas d'autres possibilités, pas d'issue, personne pour vous aider, personne vers qui vous tourner... Tout cela vous semble-t-il familier ?

Elle hocha la tête. Il paraissait saisir parfaitement la situation. Bien mieux que son mari, en tout cas.

— Je crois que vous avez mis le doigt sur le problème, acquiesça-t-elle en souriant. Que pensez-vous de ce qui se passe en Irak ? ajouta-t-elle, changeant de sujet.

— Je trouve que c'est bien malheureux que nous soyons allés nous fourrer de nouveau dans ce guêpier. Personne ne peut sortir vainqueur d'une situation pareille, et je pense que le public va demander des comptes au gouvernement. En particulier si nous continuons à perdre nos soldats à ce rythme.

Maddy était parfaitement d'accord avec lui, même si Jack, lui, était persuadé de pouvoir présenter les choses de façon que la nation continue à soutenir le président.

— Cela me rend malade de nous voir faire ça, poursuivit Bill. J'espère que les gens se rendent compte que le gain éventuel ne compensera pas les pertes.

Heureuse qu'il partage son opinion, Maddy lui sourit. Ils bavardèrent encore un moment, puis Bill lui demanda ce qu'elle comptait faire durant l'été.

— Je ne sais pas encore. J'ai un reportage à finir, mais cela ne veut pas dire que je ne partirai pas quelques jours. Mon mari déteste faire des projets à l'avance et la plupart du temps, il se contente de me dire de préparer mes bagages au dernier moment, souvent le jour même du départ.

— Voilà qui doit rendre la vie excitante, observa Bill avec un sourire.

Il se demandait néanmoins comment elle se débrouillait pour supporter des délais aussi courts. Beaucoup de gens auraient insisté pour être prévenus bien plus tôt. Et comment les enfants toléraient-ils cette situation ?

— Vous avez des enfants ? s'enquit-il.

Elle hésita une fraction de seconde avant de répondre.

— Non, en fait, non.

Cela ne le surprit pas réellement. Elle était jeune et avait une carrière très exigeante, et elle avait encore largement le temps d'avoir des enfants.

De son côté, Maddy songeait que l'endroit était mal choisi pour révéler à Bill qu'elle ne pouvait pas avoir d'enfants, que sa stérilisation avait été une des conditions de son mariage avec Jack.

— A votre âge, affirma son interlocuteur, vous avez encore largement le temps de penser à fonder une famille.

Il se demanda brièvement si son enfance traumatisante avait poussé Maddy à retarder l'échéance. Ç'aurait été parfaitement compréhensible.

— Et vous, Bill, que faites-vous cet été ? s'enquit-elle, préférant changer de sujet.

— Jusqu'à présent, nous allions tous les ans en

famille à Martha's Vineyard, mais étant donné les circonstances, je crois que ça me serait difficile, cette année. J'ai laissé la maison à ma fille pour l'été. Elle a trois enfants et ils adorent passer leurs vacances là-bas. Si jamais je change d'avis et décide de les rejoindre, il y aura toujours une chambre pour moi.

Il était évident, lorsqu'il parlait, qu'il était très proche de ses enfants et les adorait.

Ils continuèrent à bavarder un moment, et un couple de Français très intéressants les rejoignit bientôt. Ils étaient diplomates tous les deux et assez jeunes. Quelques minutes plus tard, l'ambassadeur d'Argentine s'arrêta à leur hauteur pour saluer Bill, et ils échangèrent quelques mots en espagnol. Bill parlait cette langue sans la moindre difficulté.

Au moment de passer à table, Maddy constata avec surprise qu'elle avait été placée à côté de Bill pour le dîner, et elle s'excusa de l'avoir tant monopolisé avant le repas.

— Je n'avais pas réalisé que nous étions à la même table.

— J'aimerais vous dire que c'est moi qui me suis arrangé pour que nous soyons ensemble, mais malheureusement je n'ai pas une telle influence. Je crois que je suis seulement chanceux.

— C'est moi qui ai de la chance, répondit-elle aimablement.

Il lui présenta son bras ; elle y glissa sa main et se laissa guider vers la salle à manger.

La soirée fut très agréable. Maddy était assise entre Bill et le sénateur démocrate du Nebraska, un vieux monsieur qu'elle n'avait jamais rencontré mais qu'elle admirait beaucoup. Bill les distrayait avec des anecdotes sur les années qu'il avait passées à enseigner à Princeton et Harvard. Il en gardait visiblement un excellent souvenir. Quant à sa brève carrière de diplomate, elle avait été riche en expériences enrichissantes, hélas éclipsées par sa fin tragique.

— Et que pensez-vous faire, maintenant ? lui demanda Maddy comme on leur servait le dessert.

Elle savait qu'il écrivait un livre, mais il lui avait dit que ce dernier était presque achevé.

— En toute honnêteté, Maddy, je ne sais pas trop. La rédaction de ce livre a été très prenante, mais maintenant je ne vois pas exactement dans quelle direction aller. J'ai reçu plusieurs offres d'universités, dont Harvard bien sûr. Peut-être que je vais aller dans l'Ouest quelque temps, enseigner à Stanford par exemple. A moins que je ne décide de passer un an en Europe. Margaret et moi avons toujours adoré Florence. Ou peut-être Sienne. On m'a aussi proposé une chaire de politique étrangère américaine à Oxford, mais j'hésite. Les hivers sont trop rudes, en Angleterre. En Colombie, j'ai acquis des goûts de luxe !

— Vous avez de nombreuses possibilités, observa Maddy, admirative.

Cela ne l'étonnait guère, au demeurant : il était intelligent, chaleureux, et ouvert aux idées et concepts nouveaux. Il était normal qu'il fût très demandé.

— Pourquoi ne pas retourner à Madrid, puisque vous parlez parfaitement l'espagnol ?

— Je n'y avais même pas pensé. Pourquoi pas en effet ? Peut-être devrais-je apprendre à toréer.

Ils rirent de cette idée incongrue, et Maddy fut presque déçue lorsque le dîner s'acheva et qu'ils se levèrent. Bill avait été un compagnon merveilleux, et ils avaient passé un très bon moment. A la fin de la soirée, il lui proposa de la reconduire chez elle, mais elle lui expliqua que sa voiture et son chauffeur l'attendaient.

— Je serai ravi de vous revoir à la prochaine réunion de la commission, dit-il. Les participants forment un groupe vraiment éclectique et passionnant, n'est-ce pas ? J'avoue que j'ai l'impression de ne pas avoir grand-chose à apporter aux discussions, je ne m'y connais pas énormément en ce qui concerne la violence domestique. J'ai bien peur que mon expérience de la violence ait été assez inhabituelle. Néanmoins, je suis flatté que Phyllis m'ait demandé de faire partie de la commission.

— Elle sait ce qu'elle fait. Je pense que nous formerons une bonne équipe une fois que nous aurons défini les directions à prendre. J'espère que nous attirerons l'attention des médias. Il est essentiel d'ouvrir les yeux des gens.

— Vous serez un excellent porte-parole pour nous, affirma-t-il.

Maddy lui sourit, et ils bavardèrent encore quelques minutes avant de se séparer. De retour chez elle, elle trouva Jack déjà couché. Il lisait au lit, détendu.

— Tu as raté une excellente soirée, dit-elle.

Elle ôta ses chaussures et ses boucles d'oreilles et se pencha pour l'embrasser.

— Nous avons terminé tard, et j'ai pensé que le dîner devait tirer à sa fin. J'ai préféré rentrer directement ici. Tu as vu des gens intéressants ?

— Plein ! Et je suis tombée sur Bill Alexander. C'est vraiment un type bien.

— Je l'ai toujours trouvé ennuyeux, répondit Jack d'un air indifférent.

Il ferma son livre et enveloppa sa femme d'un regard appréciateur. Même sans ses boucles d'oreilles ni ses chaussures, elle était superbe.

— Tu es magnifique, Mad.

Flattée, elle se pencha pour l'embrasser de nouveau.

— Merci.

— Viens vite te coucher.

Elle reconnut instantanément la lueur familière qui brillait dans son regard et, de fait, lorsqu'elle le rejoignit quelques minutes plus tard, il s'employa à lui prouver combien il la désirait. C'était l'un des avantages de ne pas avoir d'enfants, songea-t-elle : ils n'avaient jamais à se préoccuper d'autres qu'eux-mêmes.

Après l'amour, Maddy se blottit contre son mari, satisfaite et merveilleusement bien.

— Comment ça s'est passé, à la Maison-Blanche ? demanda-t-elle d'une voix ensommeillée, en étouffant un bâillement.

— Plutôt bien. Je crois que nous avons pris les décisions qui s'imposaient. Ou, plus exactement, le président les a prises, je me suis contenté de lui dire ce que je pensais. C'est lui qui rassemble toutes les informations pour déterminer la marche à suivre. Mais c'est un homme intelligent et, la plupart du temps, il fait ce qu'il faut. Il n'a pas une tâche facile.

— La pire qui soit, à mon avis. Je ne prendrais pas sa place pour tout l'or du monde.

— Tu serais pourtant excellente, la taquina-t-il. Tout le monde à la Maison-Blanche serait beau et bien habillé, le décor serait somptueux, et les gens seraient tous polis, compatissants et attentionnés. Les membres de ton gouvernement auraient le cœur sur la main... Un monde idéal, Mad.

Elle n'avait aucune peine à sentir l'ironie acerbe sous le compliment, et ne répondit pas. L'instant d'après, elle n'y pensait plus et sombrait dans le sommeil.

Le réveil sonna à l'aube, le lendemain matin : tous deux devaient aller travailler tôt et arrivèrent au bureau avant huit heures. Greg ne tarda pas à rejoindre Maddy, et ils passèrent un certain temps à étudier des documents pour un reportage spécial que Greg souhaitait faire sur les danseurs américains. Maddy avait promis de l'aider, et à midi ils étaient toujours dessus. Soudain, ils prirent conscience d'une certaine agitation autour d'eux.

— Que se passe-t-il ? demanda Greg en relevant la tête, les sourcils froncés.

— Peut-être que les choses s'accélèrent en Irak. Jack était avec le président, hier soir. Ils doivent préparer quelque chose.

Tous deux sortirent dans le couloir. Maddy parvint à intercepter un des producteurs associés du journal pour l'interroger.

— Quelque chose de grave ?

— Un vol pour Paris a explosé une vingtaine de minutes après son départ de Kennedy. Il paraît que le bruit a été entendu jusqu'à Long Island. Il n'y a pas de survivants.

C'était la version abrégée des événements ; Greg et Maddy apprirent bientôt les rares informations supplémentaires dont on disposait. Personne n'avait revendiqué l'explosion pour l'instant, et on ignorait tout des circonstances qui l'avaient entourée.

— Mais nous avons reçu un appel anonyme de quelqu'un qui semblait savoir de quoi il parlait, expliqua le producteur. Selon lui, la compagnie aérienne était au courant que le vol était menacé. Il se peut même que les autorités l'aient su depuis hier midi. Pourtant, personne n'a rien fait pour empêcher la catastrophe.

Greg et Maddy échangèrent un regard abasourdi. C'était de la folie. Personne n'avait pu laisser pareille chose se produire.

— Qui est votre informateur ? demanda Greg en fronçant les sourcils.

— Aucune idée. Mais ce n'est pas un plaisantin. Il nous a donné pas mal d'informations vérifiables. Tout ce que nous savons, c'est que la FAA* a reçu une sorte de mise en garde hier, et qu'elle ne semble pas avoir fait grand-chose.

— Qui s'occupe de l'enquête, chez nous ? demanda Greg avec intérêt.

— Vous, si ça vous intéresse. Nous disposons d'une liste précise de gens à appeler. Notre informa-

* La Federal Aviation Association, direction générale de l'aviation civile américaine. *(N.d.T.)*

teur anonyme nous a donné des noms et a bien orienté nos recherches.

Greg haussa un sourcil et se tourna vers Maddy.

— Comptez sur moi aussi, dit-elle aussitôt.

Ensemble, Greg et elle allèrent trouver le producteur assistant qui avait la liste des gens à appeler. Maddy secoua la tête.

— Je n'arrive pas à le croire. On ne fait pas partir un avion si l'on sait qu'il est menacé !

— Peut-être que si, justement, mais que le public n'est jamais informé, grommela Greg.

Ils récupérèrent la liste. Deux heures plus tard, assis de part et d'autre du bureau de Maddy, ils échangeaient un regard empreint d'incrédulité. Tous ceux à qui ils parlaient confirmaient l'histoire. Il y avait eu un avertissement, mais pas précis. La FAA avait été prévenue qu'un vol en partance de l'aéroport Kennedy au cours des trois prochains jours aurait une bombe à son bord. C'était tout ce qui avait été dit, et l'on n'en savait pas plus. Les autorités avaient décidé de renforcer les mesures de sécurité mais de ne pas interrompre complètement le trafic aérien avant d'avoir trouvé une preuve de la présence d'une bombe ou d'avoir reçu de plus amples informations. Mais il n'y avait pas eu d'autre avertissement.

— C'est assez vague, reconnut Maddy. Ils ont peut-être cru que c'était une fausse menace.

Mais deux organisations terroristes avaient été suspectées d'être à l'origine de l'avertissement, et dans les deux cas il s'agissait de groupes ayant déjà commis pareilles atrocités. Les autorités avaient toutes les raisons de croire que les menaces étaient sérieuses.

— Il y a quelque chose qui cloche, dit Greg d'un ton soupçonneux. Je suis sûr que cette affaire est louche. Qui serait susceptible de nous donner plus de renseignements ? Connaissons-nous quelqu'un de bien placé à la FAA ?

Hélas, ils avaient fait appel à tous leurs contacts et

demeurèrent un moment silencieux. Enfin, Maddy eut une idée et se leva de son fauteuil d'un air déterminé.

— Tu as trouvé ?

— Je ne suis pas sûre. Je reviens dans cinq minutes.

Elle ne dit rien à Greg mais emprunta l'ascenseur privé pour monter dans les bureaux de son mari. Il avait passé la soirée précédente à la Maison-Blanche, et il était possible qu'il eût entendu parler de quelque chose : il était probable que le président en personne ait été informé d'une menace d'une telle ampleur. En tout cas, elle voulait poser la question à Jack.

Il était en rendez-vous lorsqu'elle arriva, mais elle demanda à sa secrétaire d'aller le chercher : c'était important, précisa-t-elle. Un instant plus tard, il sortait de la salle de conférences, une expression inquiète sur le visage.

— Tu as un problème ?

— Pas moi personnellement, mais je travaille sur l'affaire de l'avion qui a explosé. Nous avons été informés que la FAA avait reçu une menace d'ordre général, mais que le vol était parti quand même. Comme tous les autres. Ils ignoraient sur lequel se trouverait la bombe, apparemment.

Elle lui expliqua en quelques mots de quoi il retournait. Il ne parut ni particulièrement choqué ni troublé par ce qu'elle lui annonçait.

— Il arrive que les choses se passent ainsi, Mad. Personne n'aurait pu faire grand-chose, de toute façon. D'après ce que tu me dis, l'avertissement était assez vague et aurait pu être sans fondement.

— Nous pouvons tout de même révéler au public ce qui s'est passé. As-tu entendu parler de quoi que ce soit, hier soir ?

Elle le regardait avec intensité. Quelque chose dans les yeux de Jack lui disait que rien de tout cela n'était nouveau pour lui.

— Pas vraiment, dit-il d'un air vague.

— Ce n'est pas une réponse, Jack. Allons, c'est important. Si les autorités étaient réellement prévenues, elles auraient dû empêcher les vols de partir. Qui a pris la décision ?

— Je ne t'ai pas dit que je savais quoi que ce soit. Mais si la FAA a reçu un avertissement d'ordre général, qu'était-elle censée faire, selon toi ? Bloquer tous les vols en partance de Kennedy pendant trois jours ? Cela aurait paralysé toute l'aviation civile américaine. C'est impensable !

— Comment sais-tu que la menace portait sur tous les vols en partance, et sur trois jours ? Tu étais au courant, n'est-ce pas ?

Et soudain, elle se demanda si c'était la raison pour laquelle il avait été appelé à la Maison-Blanche de façon aussi urgente la veille. Peut-être lui avait-on demandé s'il fallait dire quelque chose au public américain ou se taire, et même comment réagir aux menaces, et que faire si jamais un avion était bel et bien saboté. Ce n'était pas lui qui avait pris la décision finale de se taire, mais il était possible qu'il eût joué un rôle déterminant dans les débats.

— Maddy, il était impossible de fermer Kennedy pendant trois jours. Tu imagines les conséquences ? Ça aurait détraqué tout le pays, et notre économie ne s'en serait pas remise.

— Je n'arrive pas à le croire ! s'exclama-t-elle, soudain envahie par une vague de fureur. Toi et Dieu sait qui d'autre avez décidé de continuer comme si de rien n'était et de ne prévenir personne, *parce que cela aurait risqué d'affecter notre économie* ? Et de bouleverser les horaires des avions ? Oh, Jack, dis-moi que ça ne s'est pas passé comme je le soupçonne. Dis-moi que quatre cent douze personnes ne sont pas mortes pour éviter des perturbations dans l'industrie aéronautique. Est-ce ce que tu es en train de m'expliquer ? Qu'il s'agissait d'une décision d'ordre économique ? Et qui l'a prise, hein ?

— Notre président, espèce d'idiote. Qu'est-ce que tu t'imaginais ? Que c'était moi ? Ecoute, il s'agissait d'un problème grave, mais la menace n'était pas assez précise. On ne pouvait rien faire, à part passer chaque avion au peigne fin avant son départ. Et si tu me cites, Maddy, je te tuerai, tu m'entends ?

— Je me moque complètement de ce que tu feras. Il est question de vies humaines, de bébés, d'enfants, Jack. De gens innocents qui sont montés dans un avion piégé parce que personne n'avait eu le courage de fermer l'aéroport pendant trois jours. Il aurait fallu le faire, Jack !

— Tu ne sais pas de quoi tu parles. On ne ferme pas un aéroport international de cette importance pendant trois jours pour une simple alerte à la bombe. Pas sans conséquences économiques désastreuses.

— On le ferme quand il neige, et l'économie du pays ne s'effondre pas pour autant. Pourquoi ne pas en faire autant pour une alerte à la bombe ?

— Parce que les autorités auraient eu l'air bête et que tout le monde aurait paniqué.

— Oh, je vois. Je suppose que quatre cents vies, c'est un petit prix à payer pour éviter une panique généralisée. Mon Dieu, je n'en crois pas mes oreilles ! Je n'arrive pas à croire que tu aies pu être au courant et ne pas lever le petit doigt.

— Et que voulais-tu que je fasse ? Que j'aille me poster à l'entrée de l'aéroport pour distribuer des tracts ?

— Non, espèce de nul ! Tu possèdes cette chaîne. Tu aurais pu alerter l'opinion publique, anonymement si nécessaire, et forcer les autorités à fermer l'aéroport.

— Et on m'aurait claqué la porte de la Maison-Blanche au nez à jamais. Tu crois qu'ils n'auraient pas deviné l'origine d'une fuite pareille ? Ne sois pas ridicule. Et ne me traite jamais de nul, tu m'entends ? ajouta-t-il en la secouant sans douceur par le bras. J'ai agi en connaissance de cause.

— Toi et ceux avec qui tu jouais hier soir avez tué quatre cent douze personnes à midi, aujourd'hui.

Sa voix tremblait, et elle lui crachait quasiment les mots au visage. Elle n'arrivait pas à croire qu'il ait pu participer à cette désastreuse prise de décision.

— Pourquoi ne t'achètes-tu pas plutôt un fusil pour tirer dans le tas ? Ce serait plus propre, et bien plus honnête. Tu sais ce que ça veut dire ? Que dans le monde où nous vivons, les affaires passent avant les gens. Que chaque fois qu'une femme monte à bord d'un avion avec ses enfants, elle court le risque que quelqu'un ait été prévenu qu'il y avait une bombe à bord mais ait préféré, pour des raisons économiques, les sacrifier, ses enfants et elle, afin d'éviter des « perturbations dans le service ».

— Et de fait, c'est plus important, si tu regardes les choses d'un point de vue global. Tu es naïve, Maddy. Tu ne comprends pas. Parfois, des gens doivent être sacrifiés à des intérêts supérieurs. C'est ainsi.

En entendant ces mots, Maddy se sentit prise de nausée.

— Laisse-moi te dire une chose, poursuivit Jack. Si tu dis ne serait-ce qu'un mot de tout ceci à quiconque, je te ramènerai personnellement à Knoxville et je te déposerai sur le palier de Bobby Joe. Si tu ouvres la bouche, tu devras en répondre devant le président des Etats-Unis, et j'espère qu'on te jettera en prison pour trahison. C'était un problème de sécurité, et il a été géré par des gens qui savaient ce qu'ils faisaient et avaient l'aval des plus hautes autorités. Cette fois, il n'est pas question des élucubrations d'une femme psychotique ou d'un gros sénateur baveux. Si tu t'amuses à ouvrir la boîte de Pandore, tu auras le président sur le dos, ainsi que le FBI et la FAA et tous les organismes officiels du pays, et crois-moi, je te regarderai couler sans lever le petit doigt. Tu ne touches pas à ça, c'est compris ? Tu n'y connais rien, et ils seront sur ton dos si vite qu'ils t'auront enterrée en moins de cinq minutes. Tu ne gagneras jamais.

Elle savait qu'il y avait un fond de vérité dans ce qu'il disait : tout le monde mentirait, et ce serait la plus grosse opération de camouflage depuis le Watergate. Il était par ailleurs probable que le public refuse de la croire : elle n'était qu'une petite voix qui serait non seulement étouffée par les autres, mais de surcroît discréditée à jamais. Peut-être même irait-on jusqu'à la tuer.

Malgré tout, à l'idée de laisser tomber le public en lui dissimulant la vérité, elle avait l'impression d'être une traîtresse. Les gens avaient le droit de savoir que les passagers du vol 263 avaient été sacrifiés pour des raisons économiques. Pour ceux qui avaient pris la décision, ils ne représentaient rien.

— Tu as entendu ce que je viens de te dire ? lui demanda Jack en dardant sur elle un regard terrifiant.

Il commençait à lui faire peur. Il serait le premier à l'éliminer, avant même que quiconque s'en mêle, si elle mettait son réseau en danger.

— Je t'ai entendu, acquiesça-t-elle, hébétée. Et je te hais pour ce que tu viens de me dire.

— Je me moque complètement de ce que tu penses ou éprouves. La seule chose qui m'importe, c'est ce que tu fais, et cette fois, tu as intérêt à opter pour la sagesse, sinon c'est terminé pour toi. Avec la chaîne et avec moi. C'est clair, Mad ?

Elle le regarda un long moment puis tourna les talons et se dirigea vivement vers l'escalier pour redescendre à son étage. Elle n'attendit même pas l'ascenseur, et quand elle arriva à son bureau, elle était pâle et tremblait de tous ses membres.

— Que s'est-il passé ? Etait-il au courant de quelque chose ? demanda Greg.

Il n'avait eu aucun mal à deviner qu'elle était allée voir son mari. Jamais il ne lui avait vu une mine pareille. Elle était livide et paraissait nauséeuse, mais pendant un moment, elle ne dit rien.

— Non, répondit-elle seulement à sa question avant de prendre trois cachets d'aspirine avec une demi-tasse de café.

Elle ne fut pas surprise, dix minutes plus tard, de voir le producteur en chef arriver dans le bureau. Il regarda tour à tour Greg et elle, avant de les prévenir d'un ton sévère :

— Je dois lire et approuver vos interventions à tous les deux avant que vous passiez à l'antenne ce soir. Si vous vous écartez, ne serait-ce que d'un mot, de ce qui aura été ratifié, vous serez coupés et nous enverrons la pub sans états d'âme. Compris ?

— Compris, répondit calmement Greg.

Il savait aussi bien que Maddy qui avait pris cette décision. Bien qu'il ignorât ce que s'étaient dit Maddy et Jack, il devinait que cela n'avait pas dû être tendre. Il lui suffisait de regarder le visage de son amie pour s'en convaincre. Il attendit que le producteur soit parti avant de jeter un coup d'œil interrogateur à Maddy.

— J'en déduis qu'il savait, dit-il avec douceur. Tu n'as pas à m'en parler, si tu ne le souhaites pas.

Elle le regarda longuement, intensément, avant de hocher la tête.

— Je ne peux pas prouver que les autorités étaient au courant. Et nous ne pouvons pas le dire à l'antenne. Toutes les personnes impliquées nieront.

— Je pense que nous ferions mieux de ne pas toucher à cette histoire, Mad. C'est trop gros pour nous, si tu veux mon avis. Même s'ils étaient effectivement informés, tu peux être sûre que tous ceux qui ont été impliqués dans cette histoire sont protégés. Les responsables ne peuvent être que très haut placés.

Et Jack Hunter était l'un d'eux, cela ne faisait aucun doute. Greg avait déjà entendu dire qu'il était devenu le *spin doctor* du président. Il jouait dans la cour des grands, à présent.

— Il a dit qu'il me renverrait de la chaîne si j'osais aborder le sujet.

Elle ne paraissait pas vraiment traumatisée par ces menaces.

— Je m'en moque, je déteste mentir au public, reprit-elle.

— Parfois, nous n'avons pas le choix, observa prudemment Greg. Je n'aime pas ça non plus, mais cette fois, ceux qui tirent les ficelles auraient notre peau.

— Jack m'a dit que je finirais en prison, ou quelque chose dans ce genre-là.

— Il devient grincheux, avec l'âge, non ? ironisa Greg avec un sourire narquois.

Maddy rit malgré elle, avant de se rappeler comment Jack l'avait secouée par le bras. Elle ne l'avait jamais vu aussi furieux, ni aussi effrayé. Il est vrai que l'enjeu était d'importance.

Greg et elle écrivirent leur intervention de ce soir-là, qui fut ensuite vérifiée avec soin par le producteur. Elle leur revint une demi-heure plus tard, entièrement révisée. La partie concernant la catastrophe aérienne était aussi neutre que possible ; les dirigeants de la chaîne souhaitaient que l'essentiel du reportage soit construit autour des séquences vidéo.

— Fais attention, Mad, murmura Greg à son amie comme ils s'installaient derrière leurs bureaux respectifs dans les studios.

Le compte à rebours avait commencé, et ils attendaient de passer à l'antenne. La jeune femme se contenta de hocher la tête. Greg savait qu'elle avait l'âme d'une combattante et qu'elle était férocement attachée à ses principes. Elle était parfaitement capable de plonger en kamikaze dans la zone dangereuse, de révéler la vérité malgré tout. Cette fois, cependant, il était quasiment certain qu'elle s'abstiendrait.

Elle lut l'exposé des faits concernant la catastrophe du vol 263, et sa voix faillit se briser à plusieurs reprises. Sobrement, pleine de respect, elle parla des gens qui se trouvaient à bord, du nombre d'enfants. Les images qu'ils montrèrent ensuite, prises par un amateur de Long Island, ne firent que souligner l'ampleur de la tragédie.

Maddy s'apprêtait à conclure lorsque Greg la vit croiser ses mains sur son bureau et détourner le regard du téléprompteur. Une vague de terreur envahit le jeune journaliste. Voyant sur le moniteur qu'il n'était pas à l'antenne, il articula silencieusement les mots « Maddy, non... », mais elle ne le vit pas. Elle fixait la caméra, plongeant son regard dans celui des téléspectateurs.

— Beaucoup de rumeurs courent concernant cet attentat, commença-t-elle prudemment. Certaines sont dérangeantes.

Greg vit le producteur, jusqu'alors assis dans l'ombre, se lever, une expression paniquée sur le visage. Mais il n'ordonna pas d'envoyer la publicité.

— On a dit que la FAA avait été prévenue qu'un mystérieux vol en partance de Kennedy risquait d'être saboté à un moment ou à un autre durant la semaine. Mais nous ne disposons d'aucune preuve pouvant corroborer cette rumeur. Pour l'instant, nous savons seulement que quatre cent douze vies ont été perdues, et nous ne pouvons que supposer que si elle avait reçu un avertissement, la FAA aurait partagé cette information avec le public.

Elle flirtait avec le danger, sans pour autant franchir la limite invisible définie par son mari. Retenant son souffle, Greg la regardait en silence.

— Nous tous chez WBT aimerions présenter nos

condoléances aux familles, aux amis et aux proches de ceux qui ont péri dans l'épouvantable catastrophe du vol 263. Pour WBT, c'était Maddy Hunter. Bonsoir.

Et là-dessus, on envoya la publicité. Greg, livide, regarda Maddy ôter son micro, le visage sévère.

— Bon sang, tu m'as fait une de ces peurs ! J'ai vraiment cru que tu allais tout balancer. Tu as failli, hein ?

Elle avait posé une question, sans pour autant donner la réponse, alors qu'elle aurait pu.

— J'ai dit ce que j'avais le droit de dire.

Ce qui n'était pas grand-chose, ils en avaient conscience tous les deux.

Comme elle se levait, elle aperçut le producteur sur le pas de la porte, en grande conversation avec son mari. Jack prit congé de son interlocuteur et s'approcha d'elle d'un pas décidé.

— Tu as joué avec le feu, sur ce coup-là, n'est-ce pas, Maddy ? Nous étions prêts à te couper d'une seconde à l'autre.

Il n'avait pas l'air heureux, mais ne semblait plus en colère. Elle ne l'avait pas trahi, alors qu'elle aurait pu. Ou du moins aurait-elle pu essayer, car ils ne lui auraient pas permis d'aller très loin.

— Je le sais, rétorqua Maddy avec froideur.

Lorsqu'elle le regarda, ses yeux étaient comme deux saphirs glacés. Quelque chose de terrible s'était produit entre eux cet après-midi-là, et elle ne l'oublierait jamais.

— Es-tu satisfait ? demanda-t-elle d'un ton aussi méprisant que le regard qu'elle lui lançait.

— C'est ta peau que tu as sauvée, pas la mienne, rétorqua-t-il à mi-voix afin que personne ne pût l'entendre.

Le producteur s'était déjà éloigné, et Greg était retourné dans son bureau.

— Le public a été floué.

— Le public aurait été fou de rage si tous les vols de Kennedy avaient été annulés pendant trois jours.

— Eh bien, je suis ravie qu'on n'ait pas pris le risque d'énerver les gens, pas toi ? Et je suis sûre que les familles des passagers du vol 263 sont ravies aussi. Il vaut mieux tuer les gens que les mettre de mauvaise humeur, observa-t-elle avec cynisme.

— Ne va pas trop loin, Maddy, grommela-t-il d'un ton menaçant.

Elle ne répondit pas et, le plantant là, se dirigea vers son bureau. Greg s'apprêtait à partir.

— Ça va ? lui demanda-t-il dans un murmure, de peur que Jack ne l'entende.

— Pas vraiment, admit-elle avec franchise. Je ne sais pas ce que j'éprouve. De l'écœurement, surtout. Je me suis vendue, Greg, dit-elle en luttant contre ses larmes.

Elle détestait sa propre lâcheté.

— Tu n'avais pas le choix. Tu dois tourner la page, Maddy. Cette affaire était trop grosse pour toi. Comment a-t-il réagi ? demanda-t-il, faisant référence à Jack. Il est mécontent ? Il ne devrait pas, tu lui as tout emballé magistralement, et tu as sauvé la mise à la FAA et à tous les autres.

— Je crois que je lui ai fait peur, dit-elle avec un faible sourire.

— A lui, je ne sais pas, mais à moi, c'est clair ! J'ai cru que j'allais devoir te mettre ma veste sur la tête pour te faire taire avant que quelqu'un ne te « suicide ». Ils auraient très bien pu en arriver là, tu sais. Ils auraient dit que tu avais eu une crise de nerfs, que tu étais instable depuis des mois, suivie psychiatriquement, schizophrène, ils auraient fait tout le nécessaire. Je suis heureux que tu n'aies rien dit de vraiment dangereux.

Elle s'apprêtait à répondre lorsque Jack pénétra dans le bureau.

— Prends tes affaires, nous partons, dit-il en s'adressant à elle comme à une domestique.

Il ne prit même pas la peine de saluer Greg. Jack était satisfait de la popularité de Greg auprès du public mais ne l'avait jamais aimé et ne prenait pas la peine de faire semblant.

Maddy ramassa son sac à main et sortit du bureau sans un mot. Elle ne savait pas ce qui allait se produire exactement, mais elle sentait qu'après ce qui s'était passé ce jour-là, rien ne serait plus pareil entre elle et son mari. Chacun se sentait trahi par l'autre.

Jack suivit Maddy jusqu'à l'ascenseur, et ils descendirent en silence. Ce n'est qu'une fois dans la voiture qu'il lui adressa de nouveau la parole.

— Tu as bien failli mettre un terme à ta carrière, aujourd'hui. J'espère que tu en es consciente.

— Tes amis et toi avez tué quatre cent douze personnes. Je n'arrive même pas à imaginer ce que l'on peut éprouver dans de telles circonstances. En comparaison, ma carrière ne représente pas grand-chose.

— Je suis heureux que tu prennes ça ainsi. Tu as joué avec le feu, Maddy. On t'avait explicitement demandé de te contenter de lire ce qui avait été approuvé au préalable.

— J'ai pensé que la mort de plus de quatre cents personnes méritait un petit commentaire. Tu ne peux pas trouver quoi que ce soit à critiquer dans ce que j'ai dit.

Ils ne prononcèrent plus un mot jusqu'à leur arrivée chez eux. Jack se contentait de regarder Maddy avec mépris, comme pour lui rappeler qu'elle était sans importance.

— Fais tes bagages, Maddy. Nous partons demain, lâcha-t-il enfin.

— Pour où ? demanda-t-elle sans curiosité.

— Pour l'Europe.

Comme à son habitude, il ne lui donna pas de détails.

— Je n'irai pas, décréta-t-elle avec fermeté, déterminée à lui tenir tête cette fois.

— Je ne t'ai pas demandé ton avis. Nous partons, point final. Tu es remplacée à l'antenne pendant deux semaines. Je veux que tu te calmes et que tu te rappelles quelles sont les règles du jeu, avant de présenter de nouveau le journal. Elizabeth Watts prendra ta place. Elle peut rester définitivement, si tu préfères.

Il n'y allait pas par quatre chemins. Elizabeth Watts était la présentatrice à qui Maddy avait succédé à son arrivée. Elle était encore amère d'avoir été supplantée mais était obligée par contrat d'effectuer tous les remplacements qu'on lui demandait.

— A vrai dire, je m'en moque, dit Maddy froidement. Si tu veux me renvoyer, ne te gêne pas.

C'étaient des paroles courageuses, mais elle tremblait intérieurement. Bien qu'il n'eût jamais été violent envers elle, à certains égards Jack l'effrayait. La puissance, le pouvoir qui émanaient de tous ses pores avaient de quoi impressionner n'importe qui.

— Si je te renvoie, tu te retrouveras en train de faire la plonge dans un relais pour routiers je ne sais où. Tu ferais mieux de penser à ça avant de dire n'importe quoi. Et si, tu vas venir avec moi. Nous partons pour le sud de la France, Paris et Londres. Et si tu ne fais pas tes bagages, je m'en chargerai moi-même. Je veux que tu quittes le pays. Il est hors de question que tu donnes des interviews, que tu fasses des éditoriaux ou des commentaires, quels qu'ils soient. Tu es désormais officiellement en vacances.

— C'est ton idée, ou celle du président ?

— La mienne. C'est moi qui décide de ce qui se passe sur mon antenne. Tu travailles pour moi, tu es ma femme. Tu es à moi, dit-il avec une force qui laissa Maddy sans voix.

— Je ne t'appartiens pas, Jack, fit-elle enfin valoir d'une voix douce mais ferme. Peut-être que je travaille pour toi et que je suis ta femme, mais tu ne me possèdes pas.

Malgré elle, elle avait l'air effrayée. Depuis sa plus tendre enfance, elle avait toujours eu peur des confrontations et des conflits.

— Tu fais tes bagages, ou je m'en occupe ? demanda-t-il sans plus de commentaires.

Elle hésita un long moment, puis traversa leur chambre en direction du dressing, dont elle sortit une valise. Il y avait des larmes dans ses yeux, et c'est en pleurant ouvertement qu'elle entreprit de jeter dans la valise maillots de bain, shorts, tee-shirts et chaussures. Elle ne cessait de se répéter que les choses ne changeaient guère. Bobby Joe l'avait peut-être poussée dans l'escalier, mais ce que Jack lui avait fait ce jour-là sans même la toucher n'était pas vraiment différent. Pourquoi donc les hommes comme eux s'imaginaient-ils qu'elle leur appartenait ? Etaient-ce eux, le problème, ou cherchait-elle à être traitée ainsi ? Tout en pliant quatre robes en lin et en déposant quelques paires d'escarpins élégants dans la valise, elle se posait inlassablement la question sans parvenir à y répondre. Vingt minutes plus tard, elle avait terminé ses bagages et passait dans sa salle de bains prendre une douche. Jack se trouvait dans la sienne et préparait les affaires de toilette qu'il souhaitait emporter.

— A quelle heure partons-nous, demain ? demanda-t-elle un peu plus tard, lorsqu'ils se retrouvèrent dans la chambre.

— Nous quittons la maison à sept heures. Nous prenons l'avion pour Paris.

Il ne lui en dit pas plus, et elle ne posa pas de questions. En dépit de ses paroles bravaches, elle leur avait démontré à tous les deux qu'il avait raison : elle lui appartenait et n'était pas de taille à se mesurer à lui.

— Je suppose qu'il y a au moins un avantage à posséder son propre avion, dit-elle en se mettant au lit.

— Lequel ? demanda-t-il.

— Au moins, nous savons qu'il n'y aura pas une bombe à bord. C'est sans conteste appréciable, par les temps qui courent.

Là-dessus, elle lui tourna le dos. Il ne répondit pas et éteignit la lumière ; et pour une fois, il ne la toucha pas.

7

Ils arrivèrent à Paris à vingt-deux heures, heure locale. Une voiture les attendait. La soirée était tiède, et le trajet jusqu'au Ritz fut très agréable. A vingt-trois heures, ils étaient à l'hôtel. La place Vendôme était brillamment éclairée, et le portier les reconnut immédiatement. Mais, en dépit de la beauté du décor, Maddy n'était pas d'humeur romantique. Pour la première fois depuis des années, elle avait l'impression d'être prisonnière. Jack avait franchi une sorte de limite invisible. Et tandis qu'elle pénétrait à sa suite dans le hall du prestigieux palace, elle se sentait vide, comme anesthésiée.

D'ordinaire, elle adorait aller à Paris avec lui, mais pas cette fois. Il n'y avait entre eux que douleur et froideur, et pour la première fois depuis des années, elle éprouvait le sentiment d'être maltraitée. Même si Jack n'avait pas levé la main sur elle, c'était tout comme. C'était un aspect de sa personnalité auquel elle n'avait jamais été confrontée jusque-là, et soudain elle se demandait combien de fois des incidents semblables s'étaient produits par le passé sans qu'elle s'en soit vraiment rendu compte. Elle ne s'était jamais autorisée à y penser en ces termes, mais tout à coup elle retrouvait les émotions qu'elle avait ressenties autrefois, à Knoxville, auprès de Bobby Joe. Son environnement avait changé, mais elle comprenait qu'elle était toujours la même. Aussi captive aujourd'hui qu'elle l'avait été alors. Les mots prononcés par Jack la veille résonnaient toujours à ses oreilles : « Tu es à moi. » Et elle avait accepté de l'accompagner.

La suite du Ritz, comprenant un salon, une chambre et deux salles de bains, était aussi magnifique qu'à l'accoutumée. Ils jouissaient d'une vue splendide sur la place Vendôme. Toute la suite était décorée de satin jaune pâle, et trois vases contenant de superbes roses jaunes avaient été déposés sur des tables basses. Si elle n'avait pas été si malheureuse à cause de Jack, Maddy aurait été aux anges.

— Sommes-nous ici pour une raison particulière ? interrogea-t-elle sans curiosité, tandis qu'il se servait une coupe de champagne et lui en tendait une autre. Souhaitais-tu seulement m'éloigner de l'antenne, ou y a-t-il autre chose ?

— Je pensais que nous avions besoin de vacances, répondit-il simplement. Je sais combien tu aimes Paris, et je me suis dit que ce serait agréable de venir y faire un tour.

Toute sa fureur de la veille semblait s'être évaporée. Maddy prit le verre en cristal ; elle n'avait pas envie de boire, mais éprouvait le besoin de se changer un peu les idées.

— Comment peux-tu dire ça après tout ce que tu m'as envoyé à la figure depuis deux jours ? demanda-t-elle.

L'idée qu'ils puissent passer ensemble un moment « agréable » lui paraissait absurde.

— C'était un problème de boulot, mais il n'est plus question de travail à présent, rétorqua-t-il calmement. Tu t'es jetée tête la première dans une affaire de sécurité nationale, et ce n'était pas ta place. J'ai seulement essayé de te protéger, Maddy.

— N'importe quoi !

Elle porta la coupe à ses lèvres. Elle n'était pas prête à lui pardonner ses paroles et ses menaces. Mais elle n'avait pas non plus envie de se disputer avec lui ; elle était épuisée et déprimée.

— Pourquoi ne mettons-nous pas tout cela derrière nous pour profiter de Paris ? Nous avions tous les deux besoin de faire une pause.

Maddy, elle, avait l'impression d'avoir surtout besoin de tout oublier, ou peut-être de changer de mari. Depuis qu'elle avait épousé Jack, c'était la première fois qu'elle se sentait aussi trahie, et elle ne pouvait s'empêcher de se demander comment ils parviendraient à se remettre de cette crise, s'ils s'en remettaient.

— Je t'aime, Mad, poursuivit Jack en s'approchant d'elle.

Il fit glisser sensuellement ses doigts le long de son bras, le même qu'il avait si violemment secoué la veille. Elle se souvenait encore de ce qu'elle avait éprouvé à ce moment-là, et savait qu'elle ne l'oublierait jamais.

— Je ne sais pas quoi te dire, dit-elle avec franchise. Je suis en colère et blessée, et peut-être même que j'ai un peu peur de toi. Tout ce qui s'est passé me rend malade.

Elle se montrait toujours scrupuleusement honnête envers lui, bien plus que lui ne l'était envers elle.

— C'est pour cette raison que nous sommes ici, Mad. Pour pouvoir oublier le travail, nos problèmes, nos divergences d'opinions. Nous sommes venus ici, continua-t-il en se rapprochant d'elle et en posant son verre sur la table Louis XV, pour redevenir amants.

Maddy n'avait pas envie de cette intimité. Elle voulait seulement se cacher pour panser ses plaies, être seule un moment, le temps de comprendre ce qu'elle ressentait. Mais il en avait décidé autrement. Il l'embrassa et fit glisser la fermeture Eclair de sa robe. Avant qu'elle ait pu l'arrêter, il avait ôté son soutien-gorge.

— Jack, non... J'ai besoin d'un peu de temps... Je ne peux pas...

— Si, tu peux, coupa-t-il en couvrant ses lèvres des siennes.

Puis sa bouche descendit vers ses seins, et bientôt la robe de Maddy alla rejoindre ses sous-vêtements sur le sol. Jack l'allongea par terre, la caressa et l'embrassa. Elle aurait voulu lui résister, faire appel à toute sa force pour le repousser, mais il était si puissant, si déterminé qu'elle s'en sentit incapable. D'ailleurs, elle ne tarda pas, à sa grande honte, à ne même plus en avoir envie. Il la prit là, sur la moquette, et tous deux jouirent très vite. Maddy ne comprenait pas ce qui lui arrivait. Elle lui appartenait de nouveau, et elle demeura longtemps haletante, s'accrochant à lui et cherchant à savoir ce qui s'était produit et pourquoi.

— Eh bien, voilà une drôle de façon de commencer les vacances, murmura-t-elle.

Elle se sentait idiote. Ils avaient fait l'amour de manière si brutale, presque animale, qu'elle avait l'impression d'avoir été submergée par un raz-de-marée émotionnel. Pourtant, il n'y avait pas eu d'amour dans cette étreinte. Elle n'avait fait que réaffirmer le droit de Jack à la posséder, et sa propre impuissance.

— Je ne sais pas ce qui s'est passé, dit-elle en plongeant son regard dans le sien.

Ils étaient toujours allongés à terre.

— Je peux te montrer, si tu veux, ironisa-t-il. Peut-être qu'avec encore un peu de champagne...

Il se redressa sur un coude et lui sourit. Elle ne savait pas si elle le haïssait ou non, en cet instant, mais une chose était certaine : Jack était fatalement séduisant, et elle n'avait jamais été capable de lui résister. Avec lui, de toute façon, elle n'avait pas le choix.

Elle le regarda d'un air triste et se redressa lorsqu'il lui tendit une autre coupe de champagne. Elle n'en avait pas réellement envie mais la prit tout de même et la porta à ses lèvres.

— Hier, je t'ai détesté de toute mon âme, confessa-t-elle. C'était la première fois que j'éprouvais un tel sentiment à ton égard.

Il ne parut pas troublé par cet aveu.

— Je sais. Tu as joué à un jeu dangereux, Mad. J'espère que tu as appris la leçon.

C'était une menace à peine voilée, elle en avait parfaitement conscience.

— Quelle leçon étais-je censée apprendre ?

— Cesse de mettre ton nez dans ce qui ne te regarde pas. Contente-toi de ce que tu sais faire, Maddy. On ne te demande que de lire les nouvelles. Pas de donner ton avis.

— C'est donc ainsi que ça marche ?

Elle se sentait un peu ivre, mais pour une fois cela ne la dérangeait pas.

— C'est ainsi que c'est supposé marcher. Ton boulot est d'être belle et de lire ton texte sur le téléprompteur. Laisse quelqu'un d'autre s'inquiéter du contenu et de sa provenance.

— Ça a l'air assez simple, dit-elle avec un petit rire qui se mua en sanglot dans sa gorge.

Elle avait l'impression non seulement d'avoir été reléguée à un poste moins important, mais d'avoir perdu sa dignité.

— *C'est* simple, Maddy. Et ce qui se passe entre nous est très simple aussi. Je t'aime. Tu es ma femme. Il n'est pas bon que nous nous disputions, et il n'est pas bon que tu me défies comme tu le fais. Je veux que tu me promettes de ne pas recommencer.

— Je ne peux pas faire ça, Jack, dit-elle avec franchise.

Elle ne voulait pas lui mentir, même si elle avait horreur des conflits.

— Ce qui s'est passé hier était une question de

moralité et d'éthique professionnelle. J'ai une responsabilité envers les gens qui me regardent.

— Tu as une responsabilité envers moi, dit-il d'une voix doucereuse.

L'espace d'un instant, elle eut peur de nouveau, sans vraiment savoir pourquoi. Il n'y avait pourtant rien de menaçant dans l'attitude de Jack : en fait, il la caressait de nouveau, d'une manière infiniment troublante.

— Je t'ai dit ce que je voulais..., poursuivit-il. Je veux que tu me promettes d'être sage.

Sa langue se promenait sur le corps de Maddy, enflammant les endroits les plus sensuels. Mais ce qu'il lui disait la mettait mal à l'aise.

— Je suis sage, non ? fit-t-elle avec un petit rire incontrôlable.

— Non, Maddy... Tu as été très vilaine hier, très très vilaine, et si tu recommences, je vais devoir te punir... Peut-être que je vais être obligé de te punir tout de suite, ajouta-t-il d'un ton séducteur. Je ne veux pas te punir, Maddy... Je veux te faire du bien.

Et il y parvenait, presque trop bien. Cependant, elle n'avait pas assez d'énergie pour l'arrêter, elle était trop fatiguée, trop perdue, et le champagne ne faisait qu'ajouter à sa confusion. Pour une fois, être ivre ne la dérangeait pas, cela l'aidait, au contraire.

— Tu me fais du bien, admit-elle d'une voix rauque, oubliant momentanément combien elle lui en voulait.

Une journée s'était écoulée depuis leur dispute, et ils étaient à Paris. Elle avait du mal à se souvenir de la fureur qu'elle avait éprouvée à son égard, du sentiment de trahison qui l'avait envahie, de sa peur. Elle avait beau essayer de ranimer sa colère, elle n'y parvenait pas. Déjà, Jack recommençait à lui faire l'amour, et elle avait l'impression que tout son corps était en feu.

— Vas-tu être sage maintenant ? demanda-t-il en

l'amenant au seuil du plaisir avec un talent consommé. Tu promets ?

C'était une délicieuse torture.

— Je promets, haleta-t-elle.

— Promets encore, Mad...

Il maîtrisait parfaitement ce qu'il faisait, après des années de pratique.

— Promets encore...

— Je te le promets... Je te le promets... Je te le promets... Je serai sage, je te le jure.

Elle n'avait qu'une envie désormais, se conformer à ses désirs, et en même temps, elle se détestait pour cela. Elle lui avait cédé de nouveau, elle s'était une fois encore remise entre ses mains. Hélas, il était trop puissant pour qu'elle pût lui résister.

— A qui appartiens-tu, Maddy ? Qui t'aime ? Je t'aime, tu es à moi. Dis-le, Maddy...

— Je t'aime... Je t'appartiens...

Il la mettait sens dessus dessous, et alors qu'elle prononçait ces mots, il se mit à lui faire l'amour avec une telle violence qu'elle eut mal. Elle poussa un petit gémissement de douleur et essaya de reculer, mais il la maintenait plaquée au sol avec toute sa force et continuait à lui donner de puissants coups de reins, ignorant ses protestations. Elle essaya de lui dire quelque chose, mais il écrasa sa bouche sous la sienne, sans cesser de la pénétrer avec violence, et au moment de jouir, il se pencha et mordit violemment un de ses tétons. Il saignait lorsque enfin Jack s'immobilisa, mais Maddy était trop hébétée pour pleurer. Elle n'était pas sûre de comprendre ce qui venait de se produire. Son mari était-il en colère, ou amoureux d'elle ? Avait-il voulu la punir, ou avait-il eu tellement envie d'elle qu'il ne s'était même pas rendu compte qu'il lui faisait mal ? Elle ne savait plus si ce qu'elle éprouvait pour lui était de l'amour, du désir ou de la haine.

— Je t'ai fait mal ? demanda-t-il d'un air à la fois

innocent et inquiet. Oh, mon Dieu, Mad, tu saignes... Je suis désolé...

Un mince filet de sang coulait de son sein gauche, là où il l'avait mordue, et tout son ventre lui faisait mal. Peut-être avait-il réellement désiré la punir. Pourtant, ses yeux étaient pleins d'amour tandis qu'il prenait le linge mouillé entourant la bouteille de champagne pour le poser sur son sein.

— Je suis désolé, mon bébé. J'avais tellement envie de toi que je suis devenu fou.

— Ce n'est pas grave, affirma-t-elle.

Elle ne savait toujours pas où elle en était, et avait la tête qui tournait. Il l'aida à se lever et la conduisit jusqu'à la chambre, laissant leurs vêtements sur le sol. Elle n'avait qu'une envie à présent : aller se coucher. Elle ne se sentait même pas assez d'énergie pour prendre une douche. Si elle s'était laissée aller, elle se serait évanouie.

Jack la mit au lit avec une grande douceur, et elle lui sourit faiblement. La pièce au-dessus d'elle semblait tourner lentement.

— Je t'aime, Maddy.

Il la regardait, et elle essayait de se concentrer sur les contours de son visage, mais sans y parvenir.

— Je t'aime aussi, Jack, répondit-elle d'une voix pâteuse.

L'instant d'après, elle dormait. Immobile au-dessus d'elle, il la regarda un moment en silence. Enfin, il éteignit la lumière et retourna dans le salon, où il se servit un verre de whisky. Il le but pur, debout devant la fenêtre donnant sur la place Vendôme. Il était satisfait. Maddy avait compris la leçon, cette fois.

8

Jack emmena Maddy dîner chez Taillevent, à la Tour d'Argent, chez Laurent, et chez Lucas Carton. Tous les soirs, ils sortaient dans un restaurant prestigieux, et à midi, ils déjeunaient dans de petits bistrots de la rive gauche. Ils firent du shopping, fréquentèrent les boutiques des antiquaires et les galeries d'art. Et chez Cartier, Jack acheta à Maddy un bracelet serti d'émeraudes. C'était comme une seconde lune de miel, et la jeune femme avait honte de s'être enivrée le premier soir. Elle en gardait encore des souvenirs étranges, certains pleins de sensualité, d'autres teintés d'une aura inquiétante et triste. Après cela, elle but très peu. De toute façon, avec tous les cadeaux et les attentions dont la comblait Jack, elle n'avait pas besoin d'alcool pour être ivre de bonheur. Il faisait tout ce qui était en son pouvoir pour lui plaire, et lorsque le moment de partir dans le Midi arriva, elle était de nouveau entièrement sous son charme. Il maîtrisait à la perfection le jeu de la séduction.

Ils séjournèrent à l'hôtel du Cap, au Cap d'Antibes. Ils disposaient d'une suite sublime donnant sur la Méditerranée et d'une cabine de plage privée où ils passaient la journée. Elle était suffisamment isolée pour qu'ils puissent y faire l'amour sans être dérangés, et Jack ne se privait pas d'en profiter. Il était plus aimant et empressé que jamais, et parfois, Maddy en avait la tête qui tournait. C'était comme si tout ce qu'elle avait éprouvé auparavant, la colère, l'indignation, l'impression d'être trahie, n'avait été qu'une illusion. La réalité était là, dans les bras de Jack.

Ils restèrent au Cap d'Antibes cinq jours, et à la fin, lorsqu'ils durent partir pour Londres, c'est à regret que Maddy fit ses valises. Jack et elle avaient loué un bateau et étaient allés à Saint-Tropez, ils avaient fait du shopping à Cannes, avaient dîné à Juan-les-Pins, et le soir, à leur retour à l'hôtel, Jack l'avait emmenée danser. C'étaient des vacances paisibles, agréables, sensuelles. Jamais ils n'avaient fait l'amour aussi souvent.

L'atmosphère londonienne était moins romantique, mais Jack s'arrangea tout de même pour se consacrer entièrement à Maddy durant leur séjour en Angleterre. Il l'emmena dans les magasins, ils dînèrent au Harry's Bar, allèrent danser chez Annabel, et il lui acheta chez Graff une bague en émeraude assortie au bracelet qu'il lui avait offert à Paris.

— Pourquoi me gâtes-tu ainsi ? demanda-t-elle en riant tandis qu'ils sortaient de la boutique du bijoutier et se retrouvaient sur New Bond Street.

— Parce que je t'aime et que tu es ma présentatrice vedette, répondit-il avec un large sourire.

— Ah, je vois ! Tu me soudoies au lieu de m'augmenter !

Elle était de très bonne humeur, sans pour autant pouvoir se débarrasser d'une impression de malaise indéfinissable. Jack se montrait plus tendre que jamais... Mais avant leur voyage, il avait été d'une cruauté indicible.

— Tu as deviné. C'est notre directeur financier qui m'a envoyé ici pour te séduire, dit-il en affichant une mine faussement sérieuse.

Elle éclata de rire. Elle avait désespérément envie de l'aimer, et qu'il l'aime.

— Toute plaisanterie mise à part, je suis sûre que tu veux quelque chose, Jack, le taquina-t-elle.

Et c'était vrai : il désirait son corps, nuit et jour. A une ou deux reprises, pendant qu'ils faisaient l'amour, il lui avait rappelé qu'elle lui « appartenait ». Elle n'aimait pas cette expression, mais réaffirmer ainsi son pouvoir sur elle semblait accroître le désir de Jack, aussi ne le détrompait-elle pas. Puisque c'était si important pour lui, elle pouvait bien le laisser dire, même si, de temps en temps, elle ne pouvait s'empêcher de se demander s'il était vraiment sérieux. Elle ne lui appartenait pas ; ils s'aimaient, nuance. Et il était son mari.

— J'ai l'impression d'être lady Chatterley, dit-elle en souriant un après-midi, alors qu'il la déshabillait à peine la porte de leur chambre d'hôtel franchie. Dis-moi, quelles vitamines prends-tu ? Tu es sûr de ne pas risquer l'overdose ?

— L'overdose de sexe, cela n'existe pas, rétorqua-t-il sentencieusement. Et j'adore te faire l'amour quand nous sommes en vacances.

Il était loin de détester cela le reste du temps... Son appétit pour Maddy semblait insatiable et, en général, elle appréciait ses attentions, excepté lorsqu'il se montrait trop violent ou se laissait emporter par la passion, comme à Paris.

Il recommença le dernier soir, au Claridge. Ils étaient allés danser chez Annabel ; à l'instant où ils pénétrèrent dans la suite, il referma la porte et plaqua Maddy contre le mur. Il baissa son pantalon d'un geste vif et la viola presque. Elle essaya de lui demander d'attendre, ou au moins de l'emmener dans la chambre, mais il refusa de s'arrêter ; et ensuite, il l'entraîna jusqu'à la salle de bains et la prit sur le sol de marbre, ignorant ses supplications. Il lui faisait mal de nouveau, mais il était si excité qu'il ne s'en rendait pas compte. Après, il lui présenta des excuses, et la déposa avec douceur dans un bain chaud.

— Je ne sais pas ce que tu me fais, Maddy. Tu me rends fou. C'est ta faute..., dit-il en lui frottant le dos.

Un moment plus tard, il se glissa dans la baignoire auprès d'elle. Elle lui jeta un regard soupçonneux, craignant qu'il ne la désire de nouveau, mais cette fois, lorsqu'il recommença à la caresser, ce fut avec une grande douceur. La vie à son côté était un va-et-vient constant entre douleur et plaisir, terreur et passion. Sous sa gentillesse infinie perçait par moments une cruauté terrifiante. Maddy n'aurait pu expliquer cela à quiconque, et aurait d'ailleurs été trop gênée pour essayer. Parfois, il lui faisait faire des choses qui la mettaient mal à l'aise. Mais il lui affirmait que ce n'était pas grave, qu'ils étaient mariés et qu'il l'aimait. Et quand il lui faisait mal, il lui répétait toujours qu'elle lui faisait perdre la tête. C'était flatteur, mais tout de même douloureux, si bien qu'elle ne savait jamais où elle en était.

Quand, enfin, ils reprirent l'avion pour les Etats-Unis, ils avaient l'impression d'avoir pris un mois de vacances, et non deux semaines seulement. Maddy se sentait plus proche de Jack qu'elle ne l'avait été depuis longtemps. Pendant deux semaines, il lui avait accordé toute son attention. Il ne l'avait pas quittée une minute, il l'avait gâtée de toutes les manières possibles et imaginables, et il lui avait fait l'amour si souvent qu'elle ne pouvait se remémorer précisément tout ce qu'ils avaient fait ni où.

Le soir de leur retour à Georgetown, Maddy se sentait comme une jeune mariée rentrant de lune de miel. En entrant dans leur maison, Jack l'embrassa puis il monta leurs bagages, parmi lesquels se trouvait la nouvelle valise que Maddy avait achetée pour ranger tous ses achats de Paris, Cannes et Londres. Pendant ce temps, elle resta au rez-de-chaussée et écouta les messages sur le répondeur. Elle fut surprise d'en trouver quatre de Greg Morris. Il paraissait préoccupé, mais hélas, il était trop tard pour le rappeler.

Il n'y avait rien d'intéressant dans le courrier, et après un repas pris sur le pouce, ils montèrent se doucher et se couchèrent.

Le lendemain, ils se réveillèrent tôt et allèrent ensemble au bureau. Ils bavardèrent en chemin, puis se quittèrent dans le hall pour rejoindre leurs étages respectifs. Maddy avait hâte de voir Greg pour lui raconter ses vacances, mais à sa grande surprise il n'était pas encore là. En attendant son arrivée, elle lut ses messages et son courrier ; comme toujours, elle avait reçu en son absence de nombreuses lettres de fans. A dix heures, cependant, voyant que Greg n'était toujours pas dans son bureau, elle commença à s'inquiéter. Elle alla trouver sa secrétaire et lui demanda si Greg était malade. Debbie la regarda, visiblement mal à l'aise.

— Je... euh... Il... Je suppose qu'on ne vous a pas prévenue...

— Prévenue de quoi ? demanda Maddy, paniquée. Il lui est arrivé quelque chose ?

Peut-être avait-il eu un accident et avait-on préféré ne pas lui en parler durant ses vacances ?

— Il est parti, répondit la secrétaire, optant pour la franchise.

— Où donc ?

Maddy ne comprenait pas ce qu'elle voulait dire.

— Il ne travaille plus ici, madame Hunter. Je pensais qu'on vous aurait mise au courant. Votre nouveau coprésentateur commence lundi. Je crois qu'aujourd'hui, vous êtes seule pour le journal. Greg est parti le lendemain de votre départ en vacances.

— Il *quoi* ?

Maddy n'en croyait pas ses oreilles.

— Il s'est disputé avec quelqu'un ? Est-ce pour cela qu'il a quitté la chaîne ?

— Je ne connais pas les détails, mentit Debbie.

Elle ne voulait pas apprendre la nouvelle à Maddy elle-même. Comprenant qu'elle ne lui en dirait pas plus, la jeune journaliste se dirigea au pas de charge vers le bureau du producteur.

— Qu'est-il arrivé à Greg, bon sang ?

Rafe Thompson leva les yeux vers elle. C'était un homme grand, au visage fatigué, qui semblait toujours porter le poids du monde sur ses épaules.

— Il est parti, répondit-il simplement.

— Ça, je le sais. Mais où ? Et quand ? Et pourquoi ? Je veux une réponse à toutes ces questions, dit-elle, les yeux étincelants de fureur.

— On a changé la formule de l'émission. Il ne correspondait pas à la nouvelle version. Je crois qu'il va présenter le sport sur NBC, maintenant. Je n'en sais pas plus.

— C'est cela. C'est déjà ce que m'a dit Debbie. *Qui* en sait plus ?

Mais elle connaissait déjà la réponse, et sans plus attendre, elle monta voir Jack. Elle pénétra dans son bureau sans prendre la peine de se faire annoncer, et se planta devant sa table de travail, les mains sur les hanches. Il venait de raccrocher le téléphone et son bureau était couvert de papiers, prix à payer après deux semaines d'absence.

— As-tu renvoyé Greg ? demanda-t-elle sans préambule.

Il la regarda un long moment avant de répondre.

— La direction dans son ensemble a pris la décision, dit-il enfin d'un ton calme.

— Qu'est-ce que ça veut dire ? Et pourquoi ne me l'as-tu pas annoncé quand nous étions en Europe ?

Elle avait l'impression de s'être fait berner.

— Je ne voulais pas te peiner, Mad. Je pensais que tu méritais de vraies vacances.

— J'avais le droit de savoir que tu avais viré mon coprésentateur, tout de même !

Cela expliquait les quatre messages qu'elle avait

trouvés sur le répondeur la veille, ainsi que le ton grave de Greg. Elle comprenait à présent pourquoi il avait eu l'air si contrarié.

— Pourquoi l'as-tu renvoyé ? C'était un excellent journaliste, qui obtenait de forts taux d'audience.

— Nous ne sommes pas de cet avis, répondit Jack avec nonchalance. Il n'est pas aussi bon que toi, mon ange. Nous avons besoin de quelqu'un de plus fort pour faire pendant avec toi.

— Comment ça, « plus fort » ?

Elle ne comprenait pas ce qu'il voulait dire, et cette décision, tout comme la manière dont elle avait été prise, la rendait malade.

— Il est trop doux, trop efféminé. Tu l'écrases, et professionnellement tu es bien meilleure que lui. Je suis désolé. Il te faut un partenaire plus expérimenté et doté d'une personnalité plus marquante.

— Qui as-tu engagé, alors ? demanda-t-elle avec inquiétude.

Le départ de Greg la bouleversait profondément. Elle aimait beaucoup travailler avec lui, et il était son ami le plus proche.

— Brad Newbury. Je ne sais pas si tu te souviens de lui. C'est l'ancien correspondant de CNN au Moyen-Orient. Il est formidable. Je pense que tu vas adorer travailler avec lui, affirma Jack.

— Brad Newbury ? répéta Maddy, abasourdie. Présentés par lui, même les conflits les plus sanglants sont ennuyeux ! Qui a eu cette idée ?

— Ce fut une décision collective. Brad est un pro, un reporter qui a de la bouteille. Nous estimons que vous vous contrebalancerez parfaitement.

Maddy détestait la façon de travailler de Newbury, et il ne lui avait jamais plu en tant que personne. Les rares fois où ils s'étaient rencontrés, il s'était comporté avec une hauteur et une condescendance déplaisantes.

— Il est sec et soporifique, il n'a aucun charisme,

protesta-t-elle avec véhémence. Avec lui, les téléspectateurs vont s'endormir !

— C'est un reporter très expérimenté.

— Greg aussi ! Nos taux d'audience n'avaient jamais été aussi élevés que dernièrement.

— *Tes* taux d'audience, Mad. Les siens commençaient à baisser. Je ne voulais pas t'inquiéter, mais il aurait fini par t'entraîner dans sa chute.

— Je ne comprends pas, dit-elle. Et je ne vois pas pourquoi tu ne m'en as pas parlé.

— Parce que je ne voulais pas te contrarier. Les affaires sont les affaires, Maddy.

Toujours déprimée, elle redescendit dans son bureau et appela Greg.

— Je n'arrive pas à le croire, Greg. Personne ne m'a rien dit. Quand j'ai vu que tu n'étais toujours pas là à dix heures, j'ai cru que tu étais malade ou quelque chose comme ça. Que diable s'est-il passé après mon départ ? Tu t'es mis quelqu'un à dos ?

— Pas que je sache, répondit-il, l'air anéanti.

Il avait pris plaisir à travailler avec elle, et tous deux savaient que leur émission remportait un gros succès auprès des téléspectateurs.

— Le lendemain de ton départ, Rafe Thompson m'a convoqué dans son bureau, expliqua Greg. Il m'a annoncé que j'étais renvoyé. Il disait que toi et moi étions devenus trop informels, trop proches. Bon sang, Maddy, tu es ma meilleure amie ! Si tu veux mon avis, quelqu'un n'aime pas ça.

Elle comprit aussitôt à qui il faisait allusion.

— Tu veux parler de Jack ? Greg, c'est de la folie !

Cette explication lui paraissait insensée. Leur amitié n'était pas une raison suffisante pour renvoyer Greg, et Jack n'aurait jamais mis l'émission en danger pour des raisons personnelles. Cependant, elle ne pouvait nier que le choix de Brad Newbury comme coprésentateur était étrange. Elle se demanda si Greg croyait Jack jaloux de lui. Cela semblait absurde.

— Cela peut te paraître fou, Maddy, insista-t-il, mais ce que fait ton mari s'appelle de l'isolement. Y as-tu jamais pensé ? Combien d'amis as-tu ? Quand te laisse-t-il voir qui que ce soit ? Jamais. Avec moi, il n'avait pas le choix, nous travaillions ensemble. Alors il s'est arrangé pour m'éloigner. Réfléchis.

— Mais pourquoi voudrait-il m'isoler ?

La jeune femme semblait troublée, et Greg se demanda jusqu'à quel point il devait se montrer franc envers elle. Cela faisait longtemps qu'il avait repéré le manège de Jack, mais manifestement elle ne s'en rendait pas compte. Ou du moins refusait-elle de voir l'évidence.

— Il veut t'isoler, Maddy, parce qu'il veut te contrôler. C'est lui qui dirige ta vie, qui prend toutes les décisions à ta place. Il ne te consulte jamais en ce qui concerne l'émission. Il te prévient que vous partez en Europe la veille au soir. Il te traite comme une poupée de chiffon, et quand ce que tu fais ne lui plaît pas, il te répète que tu es issue d'une famille misérable et que s'il ne t'avait pas sauvée, tu vivrais dans une caravane pourrie. Combien de fois t'a-t-il dit que, sans lui, tu ne serais rien ? Te rends-tu compte que ce sont de monstrueux mensonges ? Sans toi pour présenter ses nouvelles, il aurait le taux d'audience le plus bas du marché. Si tu quittais WBT, tu obtiendrais instantanément un poste sur n'importe quelle grande chaîne nationale. Qu'en penses-tu, Mad ? Tu trouves vraiment qu'il se comporte comme un mari aimant ? Ça ne te rappelle pas quelque chose ?

Jusqu'alors, elle ne s'était jamais autorisée à mettre tout cela bout à bout, mais à présent que son ami lui ouvrait les yeux, elle était soudain atterrée. Et si Jack essayait bel et bien de l'isoler ? Elle se souvint alors de toutes les fois où, récemment, il lui avait dit qu'elle lui appartenait. Cette pensée la fit frissonner.

— C'est l'attitude d'un homme qui maltraite sa

femme. C'est ce que tu essaies de me dire ? murmura-t-elle d'une voix à peine audible.

— Allons, ce n'est guère un scoop, n'est-ce pas ? Ne me dis pas que tu ne t'en étais pas rendu compte. Certes, il s'abstient de te frapper le samedi soir, mais c'est uniquement parce qu'il n'a pas besoin de le faire : il te contrôle par tous les autres moyens possibles. Et quand tu dévies un peu de la ligne qu'il t'a tracée et qu'il n'est pas content de toi, il t'emmène *manu militari* en Europe, te prive d'antenne pendant deux semaines et me renvoie dans la foulée. Si tu veux mon avis, tu es mariée à un maniaque du contrôle.

Il ne voulait pas dire « à un tortionnaire », mais pour lui, c'était la même chose.

— Peut-être, Greg, reconnut-elle, déchirée entre son désir de défendre Jack et son souci d'objectivité.

Elle savait que son ami n'avait pas tort, et se sentait plus que jamais confuse, perdue.

— Je suis désolé, Mad, reprit Greg avec douceur.

Il aimait beaucoup Maddy, et cela faisait longtemps que l'attitude de Jack envers elle le révoltait. Il en était d'autant plus malade que la jeune femme ne semblait s'apercevoir de rien. Lui, en revanche, était parfaitement conscient de ce qui se passait, et il était quasiment sûr que cela expliquait en partie son licenciement. Il était trop dangereux de le laisser côtoyer Maddy de trop près.

— La façon dont il te traite est cruelle et abusive.

— On dirait, c'est vrai, admit elle d'une voix triste. Mais je n'en suis pas sûre. Peut-être que nous réagissons trop vivement, Greg. Il ne me bat pas.

Ce n'était pas là le problème, elle le savait au fond d'elle-même, mais elle se refusait à l'admettre, à regarder les choses en face.

— Tu crois qu'il te respecte ?

— Je crois qu'il m'aime, répondit-elle aussitôt, songeant en particulier à leur voyage en Europe. Je pense qu'il veut ce qu'il y a de mieux pour moi, même si sa façon d'agir est parfois déplaisante.

Greg n'était pas de son avis. Il voulait qu'elle réfléchisse et qu'elle analyse plus lucidement la vie que Jack lui faisait mener.

— Je pense que même les hommes qui maltraitent leurs femmes les aiment. Crois-tu que Bobby Joe t'aimait ?

— Non.

La comparaison entre Jack et son ex-mari la choquait. L'idée qu'ils puissent se ressembler était terrifiante, et elle ne voulait même pas y penser. Etre maltraitée par Jack était une chose, entendre Greg en parler en était une autre. Cela rendait sa peur bien trop réelle.

— Admettons. Peut-être que Bobby Joe ne t'aimait pas. Mais pense à certaines des choses que te fait Jack. Il te considère comme un objet qu'il aurait acheté. Est-il normal qu'il te répète constamment que sans lui tu ne serais rien ? Il veut à tout prix que tu le croies.

Et hélas, il avait réussi, Greg le savait et le déplorait.

— Maddy, il cherche à te convaincre que tu lui appartiens.

Comme il prononçait ces mots, la jeune femme sentit un frisson glacé la parcourir. C'était exactement ce que Jack lui avait dit en Europe.

— Qu'est-ce qui te fait penser ça ?

— Je le vois parce que je ne suis pas dupe. Je ne suis pas sous son influence, moi. Maddy, je veux que tu fasses quelque chose pour moi.

Elle songea qu'il allait lui demander d'intercéder en sa faveur auprès de Jack pour qu'il le réintègre. Naturellement, elle était toute prête à le faire, même si elle doutait de pouvoir faire fléchir son mari.

— Je ferai tout ce que tu voudras, promit-elle.

— Je te préviens, je t'obligerai à tenir parole... Je

veux que tu ailles consulter un centre pour femmes maltraitées.

— C'est idiot, voyons ! Je n'en ai pas besoin, s'exclama-t-elle, surprise par cette proposition.

— Tu en décideras une fois que tu y seras allée. Je ne pense pas que tu aies la moindre idée de ce qui t'arrive, ni du genre de personne à qui tu as affaire. Je veux que tu me promettes de le faire, insista-t-il. Je te trouverai une adresse.

C'était exactement ce qu'elle avait essayé de faire pour Janet McCutchins, mais cette dernière était couverte de bleus, et ce n'était pas le cas de Maddy.

— Je crois que ça t'ouvrira les yeux, Mad. Je t'accompagnerai si nécessaire.

— O.K... Peut-être, si tu trouves un centre. Mais si on me reconnaît ?

— Tu pourras toujours dire que tu es venue me soutenir. Maddy, ma sœur a vécu ça. Elle a fait deux tentatives de suicide, avant de se rendre compte de ce qui lui arrivait. Je suis allé avec elle également. J'ajoute qu'elle avait quatre enfants avec son mari.

— Que s'est-il passé ensuite ?

— Elle a divorcé, et maintenant elle est mariée à un type super, mais il lui a fallu trois ans de thérapie pour en arriver là. Elle s'imaginait que, sous prétexte que son mari ne la battait pas comme notre père battait notre mère, c'était un héros. Tous les mauvais traitements ne laissent pas de traces sur le corps, Maddy.

Elle le savait, mais une partie d'elle-même voulait croire que ce qui se passait entre Jack et elle était différent. L'idée qu'elle pût avoir de nouveau épousé un bourreau lui était trop douloureuse, trop intolérable. Elle ne voulait pas être une victime.

— Je crois que tu es fou, mais je t'adore. Que vas-tu faire, maintenant, Greg ?

Elle était inquiète pour lui et essayait de ne pas penser à ce qu'il lui avait dit à propos de Jack. C'était bien trop insupportable. D'ailleurs, elle avait déjà commencé à se persuader que Jack ne la maltraitait pas, que sa façon d'agir envers elle était normale. Greg était contrarié et ne savait pas où il en était, se disait-elle. Voilà pourquoi il réagissait aussi violemment.

— Je vais présenter les sports sur NBC. Ils m'ont fait une offre vraiment intéressante, et je dois commencer dans deux semaines. T'a-t-on dit avec qui tu allais présenter le journal, maintenant ?

— Brad Newbury, répondit-elle d'une voix déprimée.

Greg allait lui manquer plus qu'elle n'aurait pu le dire. Elle irait d'ailleurs peut-être consulter avec lui un organisme spécialisé dans les violences domestiques, songea-t-elle, ne fût-ce que pour passer un peu de temps en sa compagnie. Elle était sûre, en effet, que Jack ne lui permettrait pas de le rencontrer normalement ; il trouverait le moyen de chasser à jamais Greg de sa vie, « pour son bien à elle », et elle ne pourrait plus le voir. Elle connaissait assez bien son mari pour en avoir la certitude.

— Le type de CNN ? demanda Greg avec incrédulité lorsqu'elle prononça le nom de Brad. Tu plaisantes ? Il est atroce.

— Je crois que l'audience va plonger, sans toi.

— Oh, non. Tant que tu seras là, tout ira bien, ne t'inquiète pas. Pense seulement à ce que je t'ai dit. C'est tout ce que je te demande. Réfléchis-y.

De fait, devoir présenter les nouvelles au côté de Brad était le moindre des soucis de Maddy.

— D'accord, promit-elle sans grande conviction.

Tout le reste de la matinée, chaque fois qu'elle songea à Greg, elle ressentit un pincement au cœur. Ce qu'il lui avait dit avait touché une corde sensible, et elle faisait tout son possible pour ne pas y penser. Quand Jack affirmait qu'elle lui « appartenait », il voulait seulement dire qu'il l'aimait avec passion... Mais maintenant qu'elle y réfléchissait, même leur manière de faire l'amour avait quelque chose d'étrange, surtout depuis quelque temps. Il lui avait fait mal à plusieurs reprises, très mal même, à Paris. Son téton avait mis près d'une semaine à guérir, et quand il l'avait prise sur le sol de marbre du Claridge, il lui avait heurté le dos et elle le sentait encore. Mais ce n'était pas intentionnel, se répétait-elle. Il était seulement insatiable et très excité, et il la trouvait désirable. Par ailleurs, il n'aimait pas faire de projets longtemps à l'avance. Pouvait-on qualifier un voyage à Paris, avec séjour au Ritz à la clé, de « mauvais traitement » ? Sans oublier qu'il lui avait acheté un bracelet chez Cartier et une bague chez Graff. Greg exagérait. Sans doute n'acceptait-il pas d'avoir été licencié, ce qui était compréhensible. Le plus fou de tout était de comparer Jack et Bobby Joe. Ils n'avaient absolument rien en commun. Jack avait sauvé Maddy de son tortionnaire, elle ne devait pas l'oublier.

Ce qu'elle ne comprenait pas, c'était la nausée qui l'envahissait chaque fois qu'elle repensait à ce que lui avait dit Greg. Ses paroles l'avaient rendue incroyablement nerveuse. Mais elle était toujours ainsi lorsqu'il était question de violence domestique.

Lorsqu'elle se rendit à la réunion de la commission de la *First Lady* le lundi suivant, et s'installa à côté de Bill Alexander, les paroles de son ami la hantaient toujours. L'ancien ambassadeur était bronzé, et lui expliqua que depuis leur dernière rencontre, il était retourné rendre visite à son fils dans le Vermont et qu'il avait passé le week-end à Martha's Vineyard, avec sa fille.

— Comment avance votre livre ? chuchota-t-elle au moment où la réunion commençait.

— Lentement mais sûrement, répondit-il en souriant.

Il posait sur elle un regard admiratif, comme toutes les autres personnes présentes. Elle portait un pantalon en lin blanc et une chemise d'homme en coton bleu pâle qui lui donnaient une allure estivale et juvénile ravissante.

La *First Lady* avait invité une intervenante extérieure à leur parler du problème des violences conjugales. Elle se nommait Eugenia Flowers et était psychiatre, spécialisée dans le suivi des victimes de mauvais traitements, et très attachée à la cause des femmes. Maddy avait entendu parler d'elle mais ne l'avait jamais rencontrée.

Le Dr Flowers s'adressa tour à tour à chacun sans quitter sa place. C'était une femme âgée mais chaleureuse, qui évoquait une grand-mère bienveillante. Mais son regard était vif, et elle semblait savoir d'instinct comment parler aux gens. Elle leur posa des questions sur ce qu'ils estimaient être une « attitude abusive », et la plupart parlèrent des différents sévices physiques que l'on pouvait infliger à sa victime.

— Vous avez raison, acquiesça-t-elle aimablement, ce sont là les mauvais traitements les plus évidents. Mais que pensez-vous des autres formes d'abus ? A votre avis, que peuvent-elles être ? Méfiez-vous, les bourreaux arborent des visages bien différents, des déguisements parfois habiles. Contrôler quelqu'un, vouloir diriger chacun de ses actes, chacun de ses mouvements, chacune de ses pensées même, n'est-ce pas le maltraiter, par exemple ? Détruire sa confiance en lui, l'isoler, le terroriser ? Ou même seulement conduire trop vite dans une situation dangereuse afin de lui faire peur ? Ou le menacer ? Lui manquer de respect ? Lui faire croire que le blanc est noir et que le noir est blanc jusqu'à ce qu'il ne sache plus où il en est, ou lui prendre son argent, ou lui dire qu'il ne serait rien sans vous, qu'il vous « appartient » ? Lui ôter son libre arbitre, ou le forcer à faire des choix familiaux qui ne sont pas les siens, soit en lui faisant un enfant après l'autre, soit en l'obligeant à subir avortement sur avortement, soit en refusant purement et simplement de lui faire un bébé ? Sont-ce là des mauvais traitements, à votre avis ? La réponse est oui, ce sont même des formes d'abus très classiques et tout aussi dangereuses et meurtrières que celles qui laissent des bleus.

En entendant cela, Maddy eut l'impression de suffoquer. Elle était devenue livide, et Bill Alexander s'en aperçut ; mais il préféra ne rien dire.

— Il existe de nombreux types de violence vis-à-vis des femmes, continua le Dr Flowers, certains évidents, d'autres plus insidieux. Tous sont dangereux. Les plus discrets sont les plus sournois, car non seulement les victimes croient tout ce que leur disent leurs tortionnaires, mais le plus souvent elles se sentent coupables. Si le persécuteur est habile, il peut utiliser toutes les formes d'abus et convaincre sa victime que c'est sa faute. Des femmes sont ainsi poussées au suicide, à l'usage de drogues, à la dépression ou même au meurtre. L'abus, quelle que soit la forme qu'il prend, à n'importe quel moment, est potentiellement fatal pour la victime. Et les formes les plus subtiles sont les plus difficiles à éradiquer, car bien souvent on ne les voit pas. La plupart du temps, la victime est tellement persuadée d'être responsable de ce qui lui arrive qu'elle en redemande et aide son bourreau à la maltraiter, parce qu'elle a l'impression de lui devoir quelque chose, et se sent si coupable, si mauvaise, si insignifiante qu'elle est persuadée qu'il a raison et qu'elle mérite ce qu'il lui fait subir. Elle croit qu'elle ne serait rien sans lui.

Maddy se sentait au bord de l'évanouissement. Elle avait l'impression que le Dr Flowers décrivait précisément son mariage avec Jack. Il ne l'avait jamais brutalisée, à part la fois où il l'avait secouée par le bras, mais sinon il avait fait tout ce que venait de dire la psychiatre. Maddy avait envie de quitter la pièce en hurlant. Cependant, comme paralysée, elle était incapable du moindre mouvement.

Le Dr Flowers continua pendant une demi-heure,

puis Phyllis Armstrong invita les participants à poser des questions. Tous voulaient savoir comment on pouvait protéger les victimes, non seulement de leurs bourreaux, mais aussi d'elles-mêmes.

— Eh bien, pour commencer, la victime doit reconnaître qu'elle fait l'objet de mauvais traitements. Elle doit souhaiter qu'ils cessent. Mais, à l'instar des enfants battus, la plupart des femmes protègent leurs tortionnaires en niant la réalité et en se faisant des reproches. Il est souvent trop douloureux pour elles d'admettre ce qui leur arrive et de l'avouer au reste du monde. Elles éprouvent de la honte, parce qu'elles croient tout ce que leur a répété leur persécuteur. Alors, pour commencer, vous devez les aider à regarder la vérité en face. Puis il faut les aider à briser le cercle vicieux, et ce n'est pas toujours facile. Elles ont une vie, des enfants, une maison ; vous leur demandez de larguer les amarres et de fuir un danger qu'elles ne voient pas et dont elles mettent même souvent l'existence en doute. Le problème, c'est que ce danger est aussi réel que si un pistolet était pointé sur elles, même si elles n'en ont pas conscience. Et je parle de femmes intelligentes, éduquées, qui occupent même parfois des postes importants. Des femmes qui, s'imagine-t-on, devraient avoir plus de lucidité que ça ! Personne n'est à l'abri de la violence domestique. Parfois, les victimes sont des femmes belles et intelligentes, des femmes qu'on croirait incapables de se laisser traiter ainsi. Il arrive qu'elles soient les cibles les plus vulnérables. Les femmes plus... disons... délurées ont moins tendance à gober les mensonges qu'on leur sert. Celles-là sont plus souvent victimes de violences physiques. Les autres subissent des tortures plus subtiles. L'abus ne connaît pas de couleur, de race, de quartier, de règles socio-économiques. Il touche tout le monde, et particulièrement ceux qui y sont prédisposés par leurs origines.

« Ainsi, une femme qui aura toujours été témoin de violences chez elle étant enfant, par exemple parce que son père était physiquement agressif, pourra s'imaginer qu'un homme qui ne la frappe jamais est un type formidable. Pourtant, il peut être dix fois pire que son père. Il peut la contrôler, l'isoler, la menacer, la terroriser, l'insulter, la rabaisser, la déprécier, lui manquer de respect, la priver d'affection ou d'argent. L'abandonner, ou la menacer de lui enlever ses enfants. Mais elle n'aura pas la moindre trace de coups, et il ne cessera de lui répéter qu'elle a beaucoup de chance — et le pire, c'est qu'elle le croira. Jamais on ne pourra le mettre en prison, parce que, confronté à ses actions, ce monstre vous dira que sa femme est folle, imbécile, malhonnête, psychotique, qu'elle raconte n'importe quoi. Il faut aider ces femmes à fuir les relations délétères dans lesquelles elles sont empêtrées. Mais attendez-vous à ce qu'elles résistent, à ce qu'elles défendent leur bourreau jusqu'au bout, et à ce que leurs yeux s'ouvrent très lentement.

Maddy allait éclater en sanglots avant la fin de la réunion, elle en était sûre. Il lui fallut faire un effort surhumain pour demeurer calme jusqu'au signal du départ, et quand enfin elle se leva, ses genoux tremblaient. Bill Alexander lui jeta un regard perplexe et se demanda si elle souffrait de la chaleur. Au cours de la dernière demi-heure, elle était devenue de plus en plus pâle, et elle était presque verte à présent.

— Voulez-vous un verre d'eau ? demanda-t-il avec sollicitude. C'était une réunion intéressante, n'est-ce pas ? Hélas, je me demande bien ce que nous pouvons faire pour les femmes qui se trouvent dans la situation décrite par le Dr Flowers, à part peut-être leur ouvrir les yeux et les soutenir.

Maddy se rassit et hocha la tête. La pièce tournait autour d'elle, mais par chance, personne à part Bill n'avait remarqué son malaise. Il s'éloigna pour aller lui chercher un verre d'eau.

Elle était toujours assise et l'attendait lorsque le Dr Flowers s'approcha pour lui parler.

— J'ai toujours été l'une de vos grandes admiratrices, madame Hunter, lui dit-elle en souriant.

Incapable de se lever, Maddy se contenta de lui rendre son sourire du mieux qu'elle put.

— Je regarde vos informations tous les soirs, poursuivit la psychiatre. Sans vous, je ne saurais jamais ce qui se passe dans le monde ! J'ai particulièrement apprécié votre éditorial sur Janet McCutchins.

— Merci, répondit Maddy.

Elle avait les lèvres sèches et du mal à parler. Bill, qui songeait que la jeune femme était peut-être enceinte, s'approcha avec le verre d'eau qu'elle lui avait demandé. Le Dr Flowers la regarda boire une gorgée. Elle observait Maddy avec attention, et une grande douceur se lisait dans ses yeux. Lorsqu'elle eut vidé son verre, Maddy se leva. Ses jambes avaient du mal à la porter ; elle se demandait comment elle allait faire pour sortir et héler un taxi, mais heureusement Bill parut deviner son désarroi.

— Voulez-vous que je vous dépose quelque part ? proposa-t-il.

Sans réfléchir, Maddy hocha la tête.

— Je dois retourner au bureau.

Elle n'était même pas sûre d'être capable d'assurer son émission, et l'espace d'un instant elle se demanda si elle n'était pas victime d'une intoxication alimentaire. Mais il n'était plus question de se voiler la face, désormais. Le problème ne venait pas de quelque chose qu'elle avait mangé, mais bien de quelqu'un qu'elle avait épousé...

— J'aimerais vous rencontrer en privé, à l'occasion, dit le Dr Flowers alors que Maddy les saluait, la *First Lady* et elle.

Elle tendit sa carte à Maddy, qui la remercia et la

glissa dans sa poche avant de prendre congé. Après ce que lui avait dit Greg, elle avait l'impression d'avoir reçu un double coup sur la tête, et elle se demandait si elle ne nageait pas en plein cauchemar. En tout cas, elle était encore sous le choc, et cela se lisait sur son visage lorsqu'elle monta dans l'ascenseur avec Bill. Il avait garé sa voiture à l'extérieur, et elle le suivit en silence.

Il lui ouvrit la portière et elle monta dans le véhicule. L'instant d'après, il s'installait au volant, mais avant de démarrer il se tourna vers elle, une expression inquiète sur le visage.

— Vous vous sentez bien ? s'enquit-il. J'ai cru un instant que vous alliez vous évanouir, là-haut.

Elle hocha la tête et ne dit rien pendant un moment. Elle envisageait de lui mentir, de lui expliquer qu'elle avait la grippe, mais soudain elle s'en sentit incapable. Elle était complètement perdue, plus seule que jamais, vulnérable. De grosses larmes se mirent à rouler sur ses joues.

Avec douceur, Bill lui effleura l'épaule de la main. Alors, malgré elle, elle éclata en sanglots irrépressibles.

— C'est très troublant d'écouter toutes ces choses, lui dit Bill d'une voix apaisante.

Puis, instinctivement, il l'entoura de son bras et la serra contre lui. Il ne savait que faire d'autre. Il n'y avait rien de sensuel ou de déplacé dans son geste ; il se contenta de la tenir dans ses bras aussi longtemps qu'elle pleura, jusqu'à ce qu'enfin ses sanglots se calment et qu'elle lève les yeux vers lui. Il lut alors dans son regard une terreur indicible.

— Je suis là, Maddy. Il ne vous arrivera rien. Tout va bien, à présent.

Mais à ces mots elle secoua la tête avec désespoir et se remit à pleurer. Rien n'allait bien. Tout allait mal, au contraire, et ce depuis des années, et il en serait peut-être toujours ainsi. Elle réalisait tout à coup combien elle avait été menacée, rabaissée, combien elle avait été isolée de quiconque aurait pu s'apercevoir de sa détresse et l'aider. Systématiquement, Jack avait éliminé tous ses amis, même Greg ; elle était sa proie solitaire. Soudain, tout ce qu'il lui avait dit au fil des ans, et surtout récemment, prenait une signification nouvelle, sinistre.

— Que puis-je faire pour vous aider ? demanda Bill.

Elle pleurait toutes les larmes de son corps et s'accrochait à lui comme à une bouée de sauvetage.

— Mon mari fait tout ce que le Dr Flowers a décrit aujourd'hui. Tout, sans exception. Quelqu'un me l'a déjà dit il y a très peu de temps. Je n'ai pas voulu l'admettre... Mais quand le Dr Flowers a commencé à en parler, j'ai su. Jack n'a pas cessé de m'isoler et de me maltraiter moralement durant les sept dernières années. Et moi, je le prenais pour un héros parce qu'il ne me battait pas.

Elle recula légèrement et plongea son regard dans celui de Bill. Celui-ci semblait inquiet.

— Vous en êtes sûre ?

— Absolument.

Son mari avait même abusé d'elle sexuellement, elle s'en rendait compte à présent. Il n'était pas brutal par accident ou par passion. C'était encore une manière pour lui de la rabaisser et de la contrôler. Une manière en apparence acceptable de lui faire mal, dont il usait depuis des années.

— Si je devais vous dire tout ce qu'il m'a fait, je ne saurais par où commencer, reprit-elle d'une voix tremblante. Mon Dieu, que vais-je faire, maintenant ? Je ne serais rien, sans lui. D'ailleurs, il me traite parfois de nulle et me dit que sans lui je finirais plongeuse dans un restaurant d'autoroute.

C'était exactement ce qu'Eugenia Flowers venait de leur décrire. Bill n'en croyait pas ses oreilles.

— Vous plaisantez ? Vous êtes la journaliste de

télévision la plus connue du pays. Vous pourriez trouver un emploi n'importe où, rien qu'en claquant des doigts !

Un long moment, elle demeura immobile, le regard perdu dans le vague. Elle avait l'impression que sa maison venait de brûler et qu'elle n'avait nulle part où aller. Elle n'arrivait même pas à s'imaginer rentrant retrouver Jack, maintenant qu'elle se rendait mieux compte de ce qu'il lui avait fait. Cependant, elle avait encore du mal à le croire. Elle ne pouvait s'empêcher de se répéter que, peut-être, il ne l'avait pas traitée ainsi intentionnellement, que peut-être elle avait tort.

— Je ne sais pas quoi faire, dit-elle enfin d'une voix plus calme. Ni quoi lui dire. J'ai seulement envie de lui demander pourquoi il se comporte ainsi.

— Peut-être que c'est la seule façon qu'il connaisse, observa Bill. Ce qui ne constitue pas une excuse. Comment puis-je vous aider ?

Il voulait la soutenir, mais, comme elle, ne savait pas comment faire.

— Je dois réfléchir, répondit-elle, pensive.

Il mit le contact avant de se retourner vers elle.

— Vous voulez que nous nous arrêtions prendre un café ? suggéra-t-il.

— Avec plaisir.

Il s'était conduit envers elle en véritable ami, et elle lui en était reconnaissante. Chaleureux, il la mettait en confiance, et quand il l'avait entourée de ses bras, elle s'était sentie apaisée et en sécurité. D'instinct, elle savait qu'il ne lui ferait jamais de mal. Et quand elle le comparait à Jack, elle voyait sans peine la différence. Ce dernier était toujours agressif, dur, il ne cessait de la rabaisser, de lui donner l'impression qu'elle était une moins que rien et qu'il lui avait fait une énorme faveur en l'épousant. Bill Alexander, lui, était content de l'aider, et elle avait la certitude de pouvoir se montrer sincère envers lui.

Ils s'arrêtèrent dans un petit café et s'installèrent à une table d'angle. Maddy était encore très pâle ; elle commanda un cappuccino et Bill un thé.

— Je suis désolée, dit-elle avec un petit sourire d'excuse. Je ne voulais pas vous faire partager mes drames personnels... Je ne sais pas ce qui m'est arrivé. Ce qu'a dit le Dr Flowers m'a bouleversée.

— Peut-être que cela devait arriver. Le destin l'a placée sur votre route. Maddy, qu'allez-vous faire, à présent ? Vous ne pouvez pas continuer à vivre auprès d'un homme qui vous traite de cette façon. Vous avez entendu ce qu'a dit le Dr Flowers, c'est comme avoir un revolver pointé sur vous. Vous ne vous en apercevez peut-être pas encore clairement, mais vous êtes en grand danger.

— Je crois que je commence à le comprendre. Mais je ne peux pas partir comme ça.

— Pourquoi donc ?

Pour lui, c'était très simple. Il fallait qu'elle s'en aille, afin que Jack ne puisse pas lui faire davantage de mal. Aux yeux de Maddy, ce n'était pas si évident.

— Je crois que vous avez peur et que vous refusez de regarder la réalité en face, lui dit-il sans ambages. Maddy, êtes-vous amoureuse de lui ?

— Je pensais l'être. Mon ex-mari m'a cassé les deux bras et une jambe. Il me torturait, il m'a même poussée dans l'escalier. Une fois, il m'a écrasé une cigarette allumée dans le dos.

Elle en gardait encore la trace, même si la cicatrice était maintenant presque invisible.

— Jack m'a sauvée. Il m'a emmenée à Washington en limousine et m'a donné du travail, une vie. Il m'a épousée. Comment pourrais-je le laisser tomber ?

— Il le faut, pourtant. D'après ce que vous m'avez dit, ce n'est pas un enfant de chœur. Il est simplement plus subtil et plus discret que votre premier mari. Mais vous avez entendu le Dr Flowers : ce type d'abus est tout aussi dangereux. Jack Hunter ne vous a pas fait une faveur en vous épousant, Maddy. Vous êtes ce qui lui est arrivé de mieux dans la vie, et un atout considérable pour sa chaîne. Ne vous faites pas d'illusions : ce n'est pas un philanthrope, c'est un homme d'affaires, et il sait parfaitement ce qu'il fait. Souvenez-vous de ce qu'a dit le Dr Flowers. Il vous contrôle.

— Et si je m'en vais ?

— Peut-être vous remplacera-t-il pour le journal télévisé et ira-t-il torturer quelqu'un d'autre. Vous ne pouvez rien pour lui, Maddy. Vous devez vous protéger. S'il veut changer, il pourra toujours se faire soigner. Mais avant tout, il faut que vous partiez, avant qu'il trouve de nouvelles manières de vous faire du mal ou que vous soyez trop sous sa coupe pour avoir le courage de vous en aller. Vous savez ce qui est en train de se passer. Il faut que vous pensiez à vous, et à personne d'autre. En restant auprès de lui, vous mettez votre avenir et votre vie même en danger. Cette fois, vous n'avez peut-être pas de bleus. Mais s'il vous traite comme vous le dites, vous ne pouvez pas vous permettre de perdre une minute. Eloignez-vous de lui, et vite.

— Il me tuera si je le quitte.

La dernière fois qu'elle avait prononcé ces mots, c'était neuf ans plus tôt, mais elle réalisait soudain que c'était tout aussi vrai aujourd'hui. Jack avait beaucoup investi en elle, et si elle démissionnait ou disparaissait, il le prendrait fort mal.

— Vous devez aller dans un endroit où vous serez en sécurité. Avez-vous de la famille ?

Maddy secoua la tête. Ses parents étaient morts depuis des années, et elle avait perdu le contact avec sa famille restée à Chattanooga. Greg accepterait sans doute de l'accueillir, mais Jack penserait immédiatement à aller la chercher chez lui, et ensuite il accuserait Greg de l'avoir poussée à le quitter. Elle ne voulait pas mettre le jeune homme en danger. Or, à part lui, elle n'avait pas de vrais amis, Jack avait fait en sorte qu'elle se coupe de tout le monde.

— Et si vous vous installiez avec ma fille et sa famille à Martha's Vineyard ? Elle a à peu près votre âge, et il y a largement assez de place pour vous recevoir, là-bas. De plus, ses enfants sont adorables.

A ces mots, elle songea à ce que Jack et Bobby Joe avant lui lui avaient fait. Durant son mariage avec Bobby Joe, elle avait subi six avortements, les deux premiers parce qu'il affirmait ne pas être prêt à avoir des enfants, et les autres parce qu'elle ne voulait pas avoir d'enfants avec lui et imposer à un bébé la vie qu'elle menait à ses côtés. Quant à Jack, il avait insisté pour qu'elle se fasse stériliser avant leur mariage. A eux deux, ils s'étaient assurés qu'elle n'aurait jamais d'enfants. Ils l'avaient convaincue que c'était la meilleure solution, et elle les avait crus. Tout à coup, elle se sentait terriblement stupide de les avoir écoutés. Ils l'avaient privée de toute chance d'être mère un jour.

— Je ne sais pas quoi penser, Bill, ni où aller. J'ai besoin de temps pour réfléchir à tout cela.

— Vous ne pouvez peut-être pas vous permettre d'attendre, la prévint-il, songeant aux paroles du Dr Flowers.

Si la psychiatre disait vrai, Maddy devait s'enfuir très vite. Il était vain et dangereux d'attendre plus longtemps.

— A mon avis, vous ne devriez pas trop tarder à prendre votre décision. S'il se fait suivre médicalement, si les choses changent, si vous arrivez à surmonter le problème tous les deux, il sera toujours temps de revenir.

— Et s'il ne veut plus de moi ?

— S'il ne veut plus de vous, c'est qu'il n'a pas changé et que vous êtes mieux sans lui.

C'était exactement ce qu'il aurait dit à sa fille. Il

voulait faire tout son possible pour aider Maddy et la protéger, elle s'en rendait compte et lui en était reconnaissante.

— Je veux que vous pensiez à tout cela et que vous agissiez en conséquence, reprit-il. Il risque de comprendre que les choses ont changé, que vous avez pris du recul. S'il se sent en danger, il peut vous rendre la vie plus impossible encore. Ce n'est pas souhaitable.

Elle savait qu'il avait raison et hocha lentement la tête.

Jetant un coup d'œil à sa montre, elle réalisa que la maquilleuse devait déjà l'attendre, et elle annonça à regret à son compagnon qu'il lui fallait retourner travailler. Ils remontèrent dans la voiture de Bill et il la ramena. Mais, avant de la quitter, il se tourna vers elle, une expression troublée sur le visage.

— Je vais être mort d'inquiétude jusqu'à ce que vous ayez fait quelque chose. Promettez-moi de regarder la situation en face. Vous avez compris ce qui se passait, maintenant vous devez agir de façon constructive.

— Je vous le promets, dit-elle en souriant.

Cependant, elle ignorait ce qu'elle allait faire.

— Je vous appellerai demain, décréta-t-il avec fermeté, et je veux que vous m'annonciez des progrès. Sans quoi je vous enlèverai *manu militari* pour vous emmener de force chez ma fille.

— Voilà qui est bien tentant... Bill, comment pourrais je vous remercier ? ajouta-t-elle en recouvrant son sérieux.

Il s'était conduit comme un père envers elle, et elle lui faisait une confiance aveugle. Elle n'imaginait pas un seul instant qu'il pût divulguer ce qu'elle lui avait confié. D'ailleurs, il la rassura lui-même lorsqu'ils se séparèrent.

— La seule manière de me remercier, Maddy, est de faire quelque chose pour modifier cette horrible situation. Je compte sur vous. Et si vous avez besoin de moi, n'oubliez pas que je suis là.

Il nota son numéro sur un bout de papier. Elle le rangea dans son sac, le remercia de nouveau, l'embrassa sur la joue et entra en courant dans le bâtiment de la chaîne. Elle allait passer pour la première fois à l'antenne avec Brad Newbury, et il fallait encore qu'elle se change et se fasse coiffer et maquiller.

Bill la regarda disparaître dans l'immeuble, songeant à tout ce qu'elle lui avait dit. Il était difficile d'imaginer qu'elle puisse se laisser intimider par quiconque. Comment pouvait-elle croire que, sans son mari, elle se retrouverait sans amis, sans avenir, obligée de vivre dans une caravane ou de faire la plonge ? C'était tellement loin de la vérité ! Mais Maddy ne s'en rendait pas compte. Elle était la preuve vivante que tout ce qu'Eugenia Flowers leur avait expliqué sur la torture psychologique était vrai, et cela ne laissait pas d'abasourdir Bill.

Il finit par démarrer. De son côté, Maddy arrivait au salon de maquillage.

Elle y retrouva Brad Newbury, qu'elle observa en silence pendant qu'on le coiffait et le maquillait. Il lui paraissait terriblement pompeux, et elle n'arrivait toujours pas à croire que Jack ait pu l'embaucher pour présenter le journal. Il fit pourtant un effort pour se montrer aimable avec elle, et ils bavardèrent quelques instants pendant que Maddy se faisait maquiller à son tour. Il lui affirma qu'il était ravi qu'ils travaillent ensemble, mais tout dans son attitude semblait dire qu'il lui faisait une faveur en consentant à partager l'antenne avec elle. Néanmoins, elle affirma poliment qu'elle se réjouissait de leur collaboration, même si la présence de Brad ne faisait que lui faire regretter Greg davantage.

Tandis qu'elle passait dans son bureau enfiler une robe, elle se surprit à penser à son ami, puis à Bill Alexander. Elle n'avait pas la moindre idée de ce qu'elle allait faire à propos de Jack. Mais elle n'avait pas le temps d'y réfléchir : elle passait à l'antenne dans moins de trois minutes. Elle arriva d'ailleurs au studio juste à temps et eut à peine le temps de reprendre son souffle avant le début du compte à rebours.

Dès qu'ils furent à l'antenne, elle présenta son nouveau collègue aux téléspectateurs, et le journal commença. Brad avait un style sec, technique. Certes, Maddy était bien obligée de reconnaître qu'il était intelligent et qu'il savait de quoi il parlait, mais sa façon de présenter les informations était si différente de la sienne qu'ils paraissaient en total décalage et contrastaient l'un avec l'autre de façon frappante. Elle était chaleureuse, agréable et proche du public, alors qu'il semblait distant et hautain. On ne sentait nullement entre eux cette harmonie qui avait caractérisé ses rapports avec Greg, et Maddy ne pouvait s'empêcher de se demander comment cela se traduirait en termes d'audience.

Entre les deux éditions du journal, ils restèrent sur le plateau à bavarder. La seconde édition fut un peu plus réussie que la première, mais à peine. Maddy n'était pas du tout contente du résultat, et lorsqu'elle quitta le plateau, elle remarqua que le producteur avait les sourcils froncés.

Jack lui avait fait dire qu'il avait des réunions et rentrerait tard ce soir-là. Il lui avait laissé la voiture, mais en fin de compte, elle décida de marcher un peu, puis de prendre un taxi. La nuit était douce et il faisait encore clair dehors.

Au bout de quelques pas, pourtant, elle eut l'impression étrange que quelqu'un la surveillait. Voilà qu'elle devenait paranoïaque, songea-t-elle. Elle avait passé une journée si éprouvante que son imagination lui jouait des tours.

Peut-être était-ce précisément son imagination trop fertile qui lui faisait voir Jack sous les traits d'un bourreau domestique ? Elle commençait à douter des conclusions auxquelles elle était arrivée, et elle se sentait déloyale vis-à-vis de son mari, après tout ce qu'elle avait dit à Bill à son sujet. Peut-être Jack n'était-il pas le monstre qu'elle avait dépeint... Après tout, son attitude pouvait s'expliquer de maintes façons.

Quand elle sortit du taxi, elle vit deux policiers debout près de l'entrée de sa maison, et une voiture banalisée arrêtée sur le trottoir. Elle se demanda ce qui s'était produit. Avant de pénétrer chez elle, elle s'arrêta pour interroger les policiers.

— Oh, ce n'est rien, nous surveillons un peu le quartier, c'est tout, affirmèrent-ils en souriant.

Elle les remercia et entra mais, deux heures plus tard, elle constata qu'ils étaient toujours là, et elle en fit la remarque à Jack lorsqu'il la rejoignit, vers minuit.

— Je les ai vus, moi aussi. J'imagine que l'un de nos voisins a eu un problème de sécurité. Ils ont dit qu'ils resteraient là un moment, mais que nous ne devions pas nous inquiéter. Peut-être que le juge de la Cour suprême qui habite au bout de la rue a reçu des menaces de mort. En tout cas, la présence de ces policiers rend le voisinage plus sûr pour tout le monde.

Là-dessus, il lui reprocha d'avoir préféré prendre un taxi plutôt que leur voiture.

— Ça n'a pas grande importance, répondit-elle. J'avais envie de marcher.

Tout à coup, elle se sentait mal à l'aise en sa présence. S'il était vraiment un monstre, comme elle le craignait, que pouvait-elle lui dire ? En même temps, elle se sentait coupable. Il était si gentil de lui réserver la voiture !

— Comment est-ce que ça s'est passé avec Brad, ce soir ? demanda-t-il en la rejoignant au lit.

Elle réprima un frisson, se demandant s'il allait lui faire l'amour. Elle espérait de tout cœur que non.

— Il est correct, mais pas très excitant à regarder, dit-elle. J'ai visionné la cassette de notre première édition, et franchement, ça manquait de vie.

— Eh bien, à toi d'en mettre davantage, rétorqua-t-il sèchement.

Elle le regarda en silence, comme s'il s'était agi d'un parfait étranger. Elle ne savait même pas quoi lui dire, ni où était la vérité. Sa façon de la traiter était-elle abusive ou souhaitait-il simplement diriger sa vie par amour pour elle ? Qu'avait-il fait de si grave, au fond ? Il lui avait offert sur un plateau une carrière fabuleuse, une maison de rêve, une voiture avec chauffeur, des vêtements sublimes, des bijoux splendides, des voyages en Europe, un jet privé dont elle pouvait se servir à sa guise pour aller faire du shopping à New York... Il fallait qu'elle soit folle pour l'imaginer en persécuteur pervers.

Elle était en train de se dire qu'elle avait tout imaginé et qu'elle l'avait trahi honteusement en s'imaginant toutes ces choses à son sujet, lorsqu'il éteignit la lumière et se tourna vers elle avec une expression étrange. Il lui souriait, et tendit la main doucement vers l'un de ses seins. L'instant d'après, il le serrait si fort qu'elle ne put retenir un petit hoquet de douleur. Elle le supplia d'arrêter.

— Pourquoi ? demanda-t-il d'une voix cruelle. Pourquoi, ma belle ? Dis-moi ? Tu ne m'aimes pas ?

— Si, je t'aime, mais tu me fais mal...

Il y avait des larmes dans ses yeux. Sans répondre, il lui ôta sa chemise de nuit d'un geste sec, avant de plonger entre ses jambes. L'instant d'après, elle gémissait sous ses caresses. C'était un jeu qui lui était familier ; il aimait alterner douleur et plaisir.

— Je n'ai pas envie de faire l'amour, ce soir, essaya-t-elle de dire.

Mais il ne l'écoutait pas. Prenant ses cheveux à

pleines mains, il la força à rejeter la tête en arrière et embrassa son cou, si sensuellement qu'elle sentit tout son corps vibrer. Puis il la pénétra avec une telle force qu'elle eut l'impression d'être déchirée. Ses violents coups de reins lui arrachèrent un cri, et elle plongea ses ongles dans son dos pour qu'il arrête ; alors il se radoucit. L'instant d'après, il se perdait en elle avec un long frisson, tandis qu'immobile dans ses bras, elle laissait libre cours à ses larmes de désespoir.

— Je t'aime, bébé, murmura-t-il contre son cou.

Qu'est-ce que cela signifiait pour lui ? se demanda-t-elle. Et comment ferait-elle pour lui échapper ? Il y avait quelque chose de sauvage dans sa façon de faire l'amour. Il se servait de leurs rapports comme d'un moyen subtil de la terroriser, mais jusque-là elle ne s'en était pas rendu compte.

— Je t'aime, répéta-t-il d'une voix ensommeillée.

— Moi aussi, répondit-elle à voix basse, le visage baigné de larmes.

Et le pire était qu'elle disait la vérité.

9

Deux policiers montaient toujours la garde devant chez eux quand ils partirent travailler le lendemain matin, et lorsqu'ils pénétrèrent dans les bureaux de la chaîne, la sécurité semblait également être renforcée. Les gardes de l'entrée demandaient leurs badges à tous les employés, et Maddy dut passer trois fois par le détecteur de métaux avant qu'ils admettent que c'était son bracelet qui déclenchait l'alarme.

— Que se passe-t-il ? demanda-t-elle à Jack.

— Bah, juste un contrôle de routine, je suppose. Quelqu'un a dû leur reprocher de se laisser aller.

Elle n'y repensa plus par la suite. A l'étage, elle retrouva Brad ; ils étaient convenus de passer un peu de temps ensemble pour travailler leur présentation. Leurs styles étaient si différents que Maddy avait proposé des répétitions, afin qu'ils se sentent plus à l'aise l'un avec l'autre. Contrairement à ce que prétendait Jack, présenter le journal télévisé ne se résumait pas à lire des comptes rendus sur un téléprompteur.

Ensuite, Maddy appela Greg pour lui parler de la réunion avec Eugenia Flowers, mais il n'était pas chez lui. Elle décida donc de sortir s'acheter un sandwich. Il faisait un temps de rêve, et une légère brise allégeait un peu la chaleur caniculaire typique des étés de Washington. Une fois encore, elle eut l'impression d'être suivie dans la rue, mais quand elle se retourna, elle ne vit rien de suspect. Il n'y avait que deux hommes qui marchaient en bavardant et en riant à quelque distance derrière elle.

A peine était-elle de retour au bureau qu'elle reçut un coup de téléphone de Bill. Il voulait savoir comment elle se sentait, et si elle avait pris des décisions.

— Je ne sais pas, confessa-t-elle. Peut-être que j'ai tort. Peut-être Jack est-il simplement un peu difficile à vivre. Ça va vous paraître fou, mais je l'aime, et je sais qu'il m'aime.

— C'est à vous d'en juger, répondit calmement Bill, mais après ce que le Dr Flowers a dit hier, je ne peux m'empêcher de me demander si vous n'êtes pas en train de nier l'évidence. Vous devriez peut-être lui passer un coup de fil et voir ce qu'elle en pense.

— Elle m'a donné sa carte, et j'envisageais justement de l'appeler.

— Faites-le.

— Oui. Je n'y manquerai pas, c'est promis.

Elle le remercia une nouvelle fois pour sa sollicitude de la veille et s'engagea à le rappeler le lendemain pour le rassurer. C'était un homme très gentil, et elle lui était reconnaissante de son amitié.

Durant le reste de l'après-midi, elle travailla sur les reportages en cours. Le journal de dix-sept heures se passa un petit peu mieux que la veille, mais l'amélioration n'était guère significative. La gaucherie de Brad irritait Maddy : ce qu'il disait était pertinent, mais il s'exprimait comme un novice. Il n'avait jamais rien présenté en duo, et malgré son intelligence, il était totalement dénué de charme, de style et de charisme.

Maddy en était encore contrariée lorsqu'elle quitta le bureau. Jack avait rendez-vous à la Maison-Blanche pour une réunion. Avant de la quitter, il lui dit de prendre la voiture et de bien fermer les portes une fois à la maison, ce qui lui parut absurde. Elle ne les laissait jamais ouvertes, et avec les policiers stationnés presque devant leur porte, ils étaient plus en sécurité que jamais.

La soirée était si belle qu'elle demanda au chauffeur de l'arrêter à quelques rues de chez elle afin de pouvoir marcher un peu dans Georgetown. La nuit tombait, et elle se sentait plus heureuse et plus détendue que la veille. Elle pensait à Jack lorsqu'elle atteignit le coin de leur rue.

Sortie de nulle part, une main jaillit, et avant qu'elle ait pu réagir, quelqu'un l'attrapa et l'attira dans une haie. Jamais elle n'avait été agrippée aussi fermement. Son agresseur, dont elle ne pouvait voir le visage, était debout derrière elle et lui maintenait les bras dans le dos. Elle se mit à hurler, mais il étouffa ses cris d'une main. Elle luttait comme une tigresse et finit par lui donner un violent coup de pied dans le tibia, tout en s'efforçant de ne pas perdre l'équilibre. Submergée par une vague de panique, elle continua à se débattre, et tous deux finirent par basculer et tomber à terre. L'instant d'après, il était sur elle et essayait de remonter sa jupe d'une main et de lui arracher sa culotte de l'autre. Mais cela l'avait obligé à lâcher la bouche de Maddy et elle cria aussi fort que possible.

Soudain, elle entendit des bruits de course tout autour d'elle, et juste au moment où l'homme entreprenait de déboutonner son pantalon, quelqu'un le saisit par le collet et le repoussa en arrière avec une telle violence qu'il atterrit plusieurs mètres plus loin. Maddy resta un moment à terre, en s'efforçant de reprendre son souffle. Puis, tout à coup, des policiers apparurent de toutes parts, torches électriques à la main, et quelqu'un l'aida à se relever tandis qu'elle rajustait ses vêtements de son mieux. Elle avait les cheveux emmêlés, et l'arrière de sa jupe était maculé de terre, mais elle n'avait pas été blessée. Tremblant de tous ses membres, elle s'appuya au bras d'un policier.

— Ça va, madame Hunter ?

— Oui, oui, je crois.

Ils emmenaient son agresseur vers une voiture de police.

— Que s'est-il passé ? demanda-t-elle, hagarde.

— Nous l'avons eu. J'en étais sûr. Ce n'était qu'une question de temps avant qu'il se manifeste. C'est un malade, mais ne vous inquiétez pas, il ira en prison. Nous ne pouvions rien faire tant qu'il ne vous avait pas attaquée, vous comprenez.

— Vous le surveilliez ? s'étonna-t-elle.

— Oh oui, depuis qu'il a commencé à vous envoyer des lettres.

— Des lettres ? Quelles lettres ?

— Une par jour depuis environ une semaine, je crois. Votre mari a parlé au lieutenant.

Maddy hocha la tête pour ne pas avoir l'air trop idiote. Pourquoi diable Jack ne lui avait-il rien dit ? Il aurait au moins pu la prévenir... Et tout à coup, elle se remémora quelques détails, la façon dont il avait insisté pour qu'elle prenne la voiture, pour qu'elle ferme à clé en rentrant. Pourtant, il ne lui avait pas dit pourquoi, si bien qu'elle n'avait pas eu peur de marcher un moment avant de rentrer chez elle et s'était précipitée dans la gueule du loup.

Ce soir-là, elle était encore très secouée lorsque Jack rentra chez eux. Il était déjà au courant de ce qui s'était passé ; le lieutenant l'avait appelé à la Maison-Blanche pour lui annoncer l'arrestation.

— Tu vas bien, Mad ?

Le président, inquiété par le coup de téléphone de la police et craignant que Maddy n'ait été blessée, l'avait incité à quitter la réunion un peu plus tôt que prévu.

— Pourquoi ne m'avais-tu rien dit ? demanda Maddy, livide.

— Je ne voulais pas te faire peur, répondit-il simplement.

— Tu ne crois pas que j'avais le droit de savoir ?

Je suis rentrée à pied ce soir, et c'est comme ça qu'il m'a eue.

— Je t'avais dit de prendre la voiture, observa-t-il d'un ton contrarié en fronçant les sourcils.

— Pour l'amour du ciel, Jack, je ne savais pas que j'étais menacée. Je ne suis plus une enfant, enfin ! Tu aurais dû m'en parler.

— Je ne voyais pas l'intérêt. La police te surveillait ici, et la sécurité avait été renforcée au bureau.

Voilà pourquoi elle avait eu l'impression d'être suivie, ces deux derniers jours. Elle n'avait donc pas rêvé !

— Je ne veux pas que tu prennes toutes les décisions me concernant à ma place.

— Et pourquoi donc ? Tu serais incapable de les prendre toi-même si je n'étais pas là pour m'en occuper. Tu as besoin d'être protégée.

Maddy prit une profonde inspiration pour se calmer.

— J'apprécie ta sollicitude, dit-elle, s'efforçant de paraître reconnaissante et pourtant incapable de chasser un oppressant sentiment d'étouffement. Mais je suis une adulte, Jack. J'ai le droit de faire mes choix moi-même. J'ai besoin d'avoir des amis, par exemple. Et même si tu trouves à redire à mes décisions, j'ai le droit d'en prendre.

— Pas si elles sont mauvaises. Pourquoi endosser ce fardeau ? Depuis neuf ans, je prends toutes les décisions pour nous deux, pourquoi changer, tout à coup ?

— Peut-être que j'ai grandi, mais ça ne veut pas dire que je ne t'aime pas.

— Je t'aime aussi, et c'est pour cela que je t'empêche de faire des bêtises.

Il refusait catégoriquement de lui accorder la moindre indépendance. Elle essayait de raisonner avec lui, pour se prouver que ses craintes profondes n'étaient pas fondées, mais il n'était pas prêt à renoncer au contrôle qu'il exerçait sur elle.

— Tu es une jolie fille, Mad, mais c'est tout, ma chérie. Laisse-moi réfléchir à ta place, veux-tu ? En échange, je te demande seulement de lire les nouvelles et d'avoir de l'allure.

— Je ne suis pas débile, Jack ! s'exclama-t-elle avec colère, encore secouée par ce qui s'était produit plus tôt ce soir-là. Je peux faire plus que me coiffer et lire les nouvelles. Bon sang, tu me prends vraiment pour une idiote ?

— Quelque chose me dit que je ne suis pas censé répondre à cette question, observa-t-il avec un petit sourire empreint de dérision.

Pour la première fois de sa vie, elle eut envie de le gifler.

— C'est insultant !

— C'est la vérité. Si je me souviens bien, Mad, tu n'es jamais allée à l'université. En fait, je ne suis même pas sûr que tu aies fini le lycée.

C'était l'humiliation suprême : il insinuait qu'elle était trop bête pour penser par elle-même. Il disait cela pour la rabaisser, mais cela ne fit qu'accroître sa colère. Jusqu'alors, elle n'avait jamais réagi lorsqu'il la traitait de la sorte.

— Ça ne t'a pas empêché de m'embaucher, n'est-ce pas ? Et ça ne t'empêche pas d'obtenir les meilleurs taux d'audience du marché.

— Je te l'ai dit, les gens aiment les jolies présentatrices. Bon, on va se coucher, maintenant ?

— Qu'est-ce que ça veut dire ? Que tu as envie de faire l'amour, que tu te sens de nouveau « passionné » ? Merci, mais j'ai déjà été agressée une fois, ce soir.

— Attention, Maddy.

Il avança d'un pas, et elle lút une fureur terrible dans son regard. Elle tremblait, mais ne recula pas. Elle en avait assez d'être traitée de cette façon, et les preuves de passion de Jack ne suffisaient plus à apaiser son ressentiment.

— Tu dépasses les bornes, siffla-t-il.

— Toi aussi, quand tu me fais mal.

— Je ne te fais pas mal. Tu en as envie, et tu aimes ça.

— Je t'aime toi, mais pas la façon dont tu me traites.

— Qui t'a monté la tête ? Ce petit black minable avec qui tu travaillais ? Tu savais qu'il avait été bisexuel, ou je t'apprends quelque chose ?

Il essayait de la choquer, mais il ne fit que la mettre en rage.

— Eh bien oui, je le savais, figure-toi. Et ça ne me regarde pas plus que toi. Est-ce pour cette raison que tu l'as renvoyé ? Si c'est le cas, j'espère bien qu'il va te faire un procès pour discrimination, parce que tu le mérites.

— Je l'ai viré parce qu'il exerçait une mauvaise influence sur toi. Des rumeurs couraient sur vous deux. Je t'ai épargné la honte d'en discuter avec toi, et je l'ai renvoyé.

— Comment peux-tu dire quelque chose d'aussi ignoble ? Tu sais parfaitement que je ne t'ai jamais trompé.

— C'est ce que tu dis. Dans le doute, j'ai jugé préférable d'éliminer la tentation.

— Est-ce pour cela que tu as embauché cette momie pompeuse qui n'est même pas capable de lire les informations ? Il a besoin d'un téléprompteur de la taille d'un panneau d'affichage, et il va faire couler l'audience.

— Si l'audience coule, tu coules avec, ma belle, alors il ne te reste qu'à espérer qu'il mette un peu de dynamisme dans sa diction, et vite. Je te conseille de l'aider comme tu as aidé ton ex petit ami. Si le public ne suit pas, tu risques bien de te retrouver sans travail, et alors il ne te restera plus qu'à rentrer à la maison et à frotter les parquets. Tu ne sais pas faire grand-chose d'autre, n'est-ce pas ?

A mesure qu'il lui débitait ces horreurs, tout son amour pour lui s'évanouissait. L'écouter donnait des envies de meurtre à Maddy.

— Pourquoi fais-tu cela, Jack ? lui demanda-t-elle, les larmes aux yeux.

Indifférent à sa détresse, il s'approcha d'elle et la saisit par les cheveux pour l'obliger à l'écouter.

— Je fais ça, petite pleurnicheuse, parce que tu as besoin qu'on te rappelle de temps en temps qui est le chef, ici. Tu as tendance à l'oublier. Je ne veux plus écouter tes menaces et tes récriminations. Je te dirai ce que je voudrai, quand je le voudrai et si j'en ai envie. Et si je ne te dis rien, tant pis pour toi. Tu n'as qu'à faire ton travail, lire les informations, présenter de temps en temps un reportage, et le soir te mettre au lit sans te plaindre. Tu trouves que je te fais mal ? Tu ne sais même pas ce que c'est que de souffrir, et je te conseille de prier pour ne jamais le savoir. Tu as de la chance que j'agisse comme je le fais.

— Tu es répugnant, dit-elle, écœurée.

Il n'éprouvait pour elle aucun respect, et certainement aucun amour. Elle avait envie de lui dire qu'elle le quittait, mais n'osait pas. Les policiers étaient partis, maintenant qu'ils avaient arrêté l'homme qui la menaçait. Tout à coup, Jack lui faisait peur, et elle savait qu'il en avait conscience.

— J'en ai assez de t'écouter, Maddy. Maintenant, va au lit, et restes-y. Je te dirai plus tard ce que j'ai décidé de faire.

Un long moment, elle demeura immobile devant lui, tremblante. Elle envisagea de refuser de se coucher près de lui, mais songea que cela ne ferait qu'aggraver les choses. Autrefois, il lui faisait l'amour de manière un peu rude, mais depuis qu'elle l'avait défié à propos de Janet McCutchins, il se montrait de plus en plus violent. Il la punissait.

Elle monta et se coucha sans un mot, priant pour qu'il ne la touche pas. Et par miracle, lorsque enfin il la rejoignit, il lui tourna le dos sans un mot et n'essaya pas de lui faire l'amour. Submergée par une vague de soulagement, elle essaya de s'endormir.

10

Le lendemain, Maddy n'accompagna pas Jack au bureau : il devait commencer tôt et, prétextant des coups de fil à passer, elle le laissa partir seul. Il ne parut pas trouver cela étrange.

Il ne fut pas question de ce qui s'était passé entre eux la veille. Il ne lui présenta pas d'excuses et elle ne dit rien. Mais, dès qu'il fut parti, elle composa le numéro d'Eugenia Flowers et prit rendez-vous avec elle. Malheureusement, la psychiatre ne pouvait la voir que le lendemain, et Maddy se demanda comment elle allait affronter une nouvelle nuit avec Jack. Elle avait clairement conscience de devoir agir vite, avant qu'il ne lui fasse réellement du mal. Il ne se satisfaisait plus de petites humiliations quotidiennes désormais, il la maltraitait ouvertement, et elle commençait à se dire qu'il n'éprouvait pour elle que haine et mépris.

A peine était-elle arrivée à la chaîne qu'elle reçut un appel de Bill.

— Comment ça va ?

— Pas trop bien, admit-elle avec honnêteté. Les choses semblent empirer.

— Et cela ne fera que s'aggraver si vous ne partez pas, Maddy. Vous avez entendu ce qu'a dit le Dr Flowers.

— J'ai rendez-vous avec elle demain.

Puis elle lui parla de son agression de la veille. Elle

savait que la nouvelle serait dans les journaux de l'après-midi ; on lui avait également demandé de participer à une séance d'identification du coupable.

— Oh, mon Dieu, Maddy, ce malade aurait pu vous tuer !

— Il a essayé de me violer. Apparemment, Jack était au courant de tout, mais il ne m'a rien dit. Il croit que je ne suis pas assez intelligente pour prendre des décisions moi-même. Tout ça parce que je n'ai pas fait d'études supérieures.

— C'est ridicule ! Vous êtes l'une des femmes les plus brillantes que je connaisse, Maddy. Qu'allez-vous faire ?

— Je ne sais pas. J'ai peur, avoua-t-elle. J'ai peur de ce qui se produira si je m'en vais.

— Et moi, j'ai peur de ce qui se produira si vous restez. Il pourrait vous tuer.

— Il ne le fera pas, affirma-t-elle. Que se passera-t-il si je n'arrive pas à retrouver du travail ? Si je dois retourner à Knoxville ?

Toutes ces questions se bousculaient dans sa tête, et elle commençait à paniquer.

— Cela n'arrivera pas. Vous trouverez un meilleur travail. Knoxville, c'est fini pour toujours, Maddy, il faut que vous vous mettiez ça dans la tête.

— Et s'il avait raison ? Si j'étais trop bête pour être embauchée par qui que ce soit ? Il dit la vérité, je ne suis jamais allée à l'université.

Depuis qu'il lui avait lancé cela au visage, elle avait l'impression d'avoir usurpé son poste de journaliste.

— Et alors ? Qu'est-ce que ça peut faire ?

Bill était irrité de l'entendre dire des choses pareilles. Comment l'aider si elle demeurait dans cet état d'esprit ?

— Vous êtes belle, jeune et talentueuse. Vos taux d'audience sont extraordinaires. Maddy, même s'il disait vrai et que vous deviez frotter des parquets, ce serait préférable à la vie qu'il vous fait mener en ce moment. Il vous traite comme une moins que rien, et il risque de vous blesser.

— Il ne l'a encore jamais fait.

Ce n'était pas parfaitement vrai. Il ne lui avait jamais fait aussi mal que Bobby Joe, mais son téton conservait une cicatrice, là où il l'avait mordue à Paris. Simplement, sa violence était plus discrète et plus subtile que celle de son ex-mari, même si elle était aussi destructrice psychologiquement.

— Je pense que le Dr Flowers sera du même avis que moi.

Ils parlèrent encore quelques minutes et il lui proposa de déjeuner avec lui, mais elle dut refuser, car elle avait rendez-vous à l'heure du déjeuner au poste de police pour l'identification de son agresseur.

Quand Greg l'appela cet après-midi-là, il lui dit la même chose que Bill.

— Tu joues avec le feu, Mad. Ce type est fou à sa manière, et un de ces jours il va s'en prendre sérieusement à toi. N'attends pas que ça se produise. File de là, *pronto*.

Mais pour une raison qu'elle ignorait, elle était paralysée par le doute et n'arrivait pas à se résoudre à partir. Et si Jack était vraiment amoureux d'elle ? Après tout ce qu'il avait fait pour elle, comment pouvait-elle s'en aller ainsi ?

C'était une situation classique bourreau-victime, comme le lui avait dit le Dr Flowers au téléphone lorsqu'elle avait pris rendez-vous avec elle. Mais le médecin comprenait aussi qu'elle fût paralysée par la peur. Elle ne la poussait pas à agir comme Bill et Greg ; elle savait que Maddy devait attendre d'être prête pour prendre la décision de s'en aller.

Lorsque Maddy sortit à l'heure du déjeuner, elle pensait encore à leur conversation et au rendez-vous du lendemain. Concentrée, elle ne remarqua pas la jeune femme debout sur le trottoir d'en face. Vêtue d'une minijupe noire et de hauts talons, elle était très jeune et ravissante. Et elle ne la quittait pas des yeux.

Elle était de nouveau là le lendemain lorsque Maddy alla déjeuner avec Bill. Ils se retrouvèrent dans le hall de l'immeuble et se rendirent ensemble au restaurant 701, sur Pennsylvania Avenue. Ils ne firent pas mystère de leur rendez-vous : ils n'avaient rien à cacher. Ils étaient tous deux membres de la commission de la *First Lady*, et même Jack ne pouvait rien trouver à redire au fait qu'ils déjeunent ensemble.

Ce fut un repas très agréable, et ils parlèrent d'une foule de choses. Elle lui fit part de sa conversation avec le Dr Flowers et s'émerveilla de l'avoir trouvée si compréhensive.

— J'espère qu'elle pourra vous aider, dit Bill d'un air inquiet.

Il savait que Maddy était dans une situation très délicate et il avait peur pour elle.

— Moi aussi. Quelque chose a changé entre Jack et moi, expliqua-t-elle, exprimant son malaise à haute voix comme pour essayer de le comprendre elle-même.

Il y avait désormais une méchanceté, une sauvagerie dans ses échanges avec son mari qui n'existait pas autrefois. Le Dr Flowers lui avait dit que c'était parce qu'il sentait qu'elle s'éloignait de lui. A présent, il allait faire tout ce qui était en son pouvoir pour la remettre sous sa coupe, par la terreur s'il le fallait. Plus elle deviendrait indépendante, moins il l'accepterait. Eugenia Flowers l'avait mise en garde. Même les persécuteurs qui n'avaient pas d'ordinaire recours à la violence pouvaient changer de tactique, comme Maddy l'avait senti dernièrement.

Bill et elle en parlèrent longuement. Il lui annonça qu'il se rendait à Martha's Vineyard la semaine suivante, mais que cela l'ennuyait de la laisser seule.

— Avant de partir, je vous donnerai mon numéro

là-bas. S'il se passe quoi que ce soit, n'hésitez pas à me demander de revenir.

A présent, il se sentait responsable d'elle, d'autant qu'il savait qu'elle n'avait pratiquement pas d'amis pour la soutenir, excepté Greg qui était parti à New York pour prendre son nouveau travail.

— Tout ira bien, affirma-t-elle d'un ton peu convaincu.

Elle ne voulait pas être un fardeau pour lui.

— J'aimerais pouvoir vous croire.

Il avait l'intention de rester avec sa fille pendant deux semaines, et il espérait en profiter pour achever son livre. Il avait également hâte de faire de la voile avec ses enfants ; c'était un marin passionné.

— Je serais vraiment content que vous puissiez venir me voir. Je crois que ça vous plairait. Martha's Vineyard est un endroit charmant.

— Je suis sûre que je m'y plairais. Jack et moi devrions aller passer quelques jours dans notre ferme de Virginie, mais ces derniers temps, Jack est tellement pris par ses réunions avec le président que nous ne bougeons pratiquement plus. Notre voyage en Europe a été une exception.

Bill se demandait comment un homme qui possédait un réseau de télévision et était aussi proche du président des Etats-Unis pouvait se révéler un bourreau chez lui et comment une femme qui était pratiquement une star, une femme belle et intelligente qui réussissait et gagnait beaucoup d'argent, pouvait le laisser faire. C'était vraiment un fléau qui n'épargnait aucune classe sociale.

— J'espère qu'avant mon retour vous aurez pris votre décision et serez partie. Tant que vous n'aurez pas fait ça, je serai très inquiet.

Il posa sur elle un regard empreint de gravité. Elle était si charmante, si chaleureuse, si droite... Il ne comprenait pas qu'on pût la traiter ainsi. Il passait de bons moments avec elle et prenait plaisir à leurs conversations quotidiennes. Leur amitié se renforçait rapidement.

— Si votre fille vient vous voir à Washington, je serai ravie de la rencontrer, dit Maddy.

— Je pense qu'elle vous plaira, répondit-il en souriant.

Il lui paraissait étrange que Maddy et sa fille aient le même âge, alors que depuis quelque temps ses sentiments pour Maddy évoluaient peu à peu vers quelque chose de différent. Il la voyait davantage comme une femme que comme une enfant. D'ailleurs, à bien des égards, elle était plus sophistiquée que sa fille.

Il était trois heures lorsqu'ils quittèrent le restaurant. Quand Maddy pénétra dans les locaux de la chaîne, une jolie jeune fille aux longs cheveux sombres, vêtue d'une minijupe, était debout dans le hall. Elle regarda Maddy dans les yeux, et celle-ci eut l'impression étrange qu'il y avait chez elle quelque chose de familier. Après avoir soutenu son regard un instant, l'inconnue se détourna, comme si elle voulait voir Maddy mais pas être reconnue par elle.

Dès que Maddy eut disparu, la visiteuse demanda au garde de l'entrée à quel étage se trouvait le bureau de Mme Hunter. Au lieu de lui répondre, il la dirigea vers le bureau de Jack. Toutes les demandes concernant Mme Hunter étaient, à l'insu de l'intéressée, canalisées et filtrées par son mari. Personne ne l'avait jamais dit à Maddy, et cela ne choquait jamais les gens qui venaient la voir et qui semblaient trouver cela raisonnable.

La jeune fille en minijupe monta donc en ascenseur jusqu'à l'étage de la direction, où une secrétaire lui demanda si elle avait besoin d'aide.

— J'aimerais voir Mme Hunter, dit-elle d'une voix claire.

Elle semblait avoir une vingtaine d'années.

— Est-ce personnel ou professionnel ? s'enquit l'employée en notant son nom sur un calepin.

Elle s'appelait Elizabeth Turner.

— Personnel, répondit-elle après une seconde d'hésitation.

— Mme Hunter ne reçoit personne aujourd'hui, elle est très occupée. Peut-être aimeriez-vous m'expliquer de quoi il retourne ou laisser un petit mot que je pourrais lui remettre ?

L'air déçu, la jeune fille hocha la tête et prit la feuille de papier que lui tendait la secrétaire. Elle écrivit une courte missive, qu'elle donna ensuite à son interlocutrice. Cette dernière y jeta un coup d'œil, puis regarda la visiteuse et se leva un peu nerveusement.

— Pouvez-vous attendre un moment, je vous prie, mademoiselle, euh... Turner ?

Moins d'une minute plus tard, la secrétaire montrait le petit mot à Jack. Ce dernier le lut et jeta à son employée un regard furieux.

— Où est-elle ? Qu'est-ce qu'elle fait ici ?

— Elle attend à la réception, monsieur Hunter.

— Amenez-la-moi.

L'esprit en ébullition, il essayait de décider quoi faire. Pourvu que Maddy ne l'ait pas vue ! Mais de toute façon, même si elle la voyait, elle ne la reconnaîtrait pas, raisonna-t-il. Cela ne changeait donc rien.

La jeune fille fut introduite, et Jack la regarda un long moment d'un air glacial. Bientôt, cependant, un sourire satisfait se peignit sur ses traits : il était certain que Maddy ne savait rien de cette fille.

11

Maddy s'éclipsa discrètement pour son rendez-vous avec le Dr Flowers. Bill Alexander était le seul à savoir qu'elle allait voir la psychiatre.

Lorsqu'elle pénétra dans le cabinet, la vieille dame lui parut aussi calme et posée que lors de leur première rencontre à la Maison-Blanche.

— Comment allez-vous, ma chère ? demanda-t-elle avec chaleur.

Maddy lui avait succinctement expliqué sa situation avec Jack, lorsqu'elle lui avait téléphoné, mais elle n'avait pas eu le temps d'entrer dans les détails.

— J'ai appris énormément, en vous écoutant l'autre jour, déclara Maddy dès qu'elle se fut installée dans l'un des confortables fauteuils de cuir.

Le cabinet d'Eugenia Flowers était douillet, accueillant. Le mobilier donnait l'impression d'avoir été acheté dans une brocante : rien n'était assorti, les sièges étaient usés, et les peintures accrochées au mur avaient quelque chose de naïf, d'enfantin. Mais la pièce était bien rangée et l'on s'y sentait curieusement à l'aise.

— Je viens d'une famille à problèmes, poursuivit Maddy. Mon père battait ma mère, et à dix-sept ans j'ai épousé un homme qui m'a traitée de la même manière.

— Je suis désolée de l'apprendre, dit le Dr Flowers avec compassion.

Son ton de grand-mère attentionnée contrastait avec la vivacité de son regard, qui semblait voir et deviner bien des choses.

— Je sais combien cela peut être douloureux, et pas seulement sur le plan physique. Les cicatrices sont souvent indélébiles. Combien de temps êtes-vous restée mariée à cet homme ?

— Neuf ans. Je ne suis partie qu'après avoir eu les deux bras et une jambe cassés. Entre-temps, j'avais subi six avortements.

— Je suppose que vous avez divorcé ? demanda Eugenia Flowers sans quitter Maddy des yeux.

La jeune femme hocha la tête, pensive. Le seul fait de parler de son passé faisait resurgir des souvenirs intolérables. Elle revoyait Bobby Joe exactement tel qu'il était le jour où elle l'avait quitté.

— Je me suis enfuie. Nous vivions à Knoxville, dans le Tennessee. Jack Hunter m'a sauvée. Il a acheté la chaîne de télévision où je travaillais et m'a proposé un poste ici. Il est venu me chercher à Knoxville en limousine. Et dès que je suis arrivée ici, j'ai entamé une procédure de divorce. Jack et moi nous sommes mariés deux ans plus tard.

Le Dr Flowers ne s'intéressait pas qu'aux mots : elle tenait compte de l'attitude de ses patientes, de leurs expressions, de leur regard, et devinait souvent bien plus que ce qu'elles lui disaient. Depuis quarante ans, elle recevait des femmes victimes de violences domestiques. Elle connaissait tous les symptômes et pouvait parfois les repérer avant que les victimes en soient elles-mêmes conscientes. Il y eut un long silence, tandis qu'elle scrutait les yeux de Maddy.

— Parlez-moi de votre mari actuel, dit-elle enfin.

— Jack et moi sommes mariés depuis sept ans, et il s'est montré bon envers moi. Il a lancé ma carrière, et nous avons une vie très aisée. Grâce à lui, j'exerce un métier que j'adore. Nous avons une belle maison, un jet privé, une ferme en Virginie — enfin, elle est à lui...

Elle laissa sa phrase en suspens. Le Dr Flowers avait déjà la réponse à bien des questions.

— Avez-vous des enfants ?

— Jack a deux fils d'un premier mariage, mais il ne voulait plus d'enfants quand nous nous sommes mariés. Nous en avons parlé longuement, et il a décidé... *Nous* avons décidé que je devrais me faire stériliser.

— Etes-vous heureuse de cette décision, ou la regrettez-vous ?

C'était une question directe, qui méritait une réponse honnête.

— Parfois. Quand je vois des bébés... J'aimerais en avoir un. (Tout à coup, ses yeux se remplirent de larmes.) Mais Jack avait raison, je suppose. Nous n'avons pas vraiment de temps à consacrer à des enfants.

— Le temps n'a rien à voir là-dedans, fit valoir son interlocutrice. C'est une question de désir et de besoin. Avez-vous l'impression d'avoir *besoin* d'un bébé, Maddy ?

— Parfois. Mais il est trop tard, maintenant. Pour être sûre de ne jamais tomber enceinte, j'ai eu les trompes tranchées, pas seulement ligaturées. C'est une opération irréversible.

— Vous pourriez adopter un enfant, si votre mari était d'accord. Pensez-vous qu'il accepterait ?

— Je ne sais pas, dit Maddy d'une voix étranglée.

Leurs problèmes étaient tellement plus compliqués que cela !

— Vous ne savez pas si vous aimeriez adopter un enfant ? demanda le Dr Flowers.

— Non, je ne sais pas comment mon mari réagirait. Tout ce que vous avez dit l'autre jour... Cela venait juste après une conversation avec l'un de mes anciens collègues. Je... Il pensait... Je crois...

Des larmes roulaient sur ses joues lorsqu'elle se décida enfin à prononcer les mots.

— Jack me maltraite. Pas physiquement, comme mon premier mari. Il n'a jamais levé la main sur moi, du moins pas littéralement. Il m'a un peu secouée il y a quelque temps, et... sexuellement... il est parfois un peu rude, mais je ne pense pas que ce soit à dessein, il est juste très passionné...

Elle s'interrompit et croisa le regard d'Eugenia Flowers. Elle comprit qu'elle devait lui dire la vérité.

— En fait, avant, je pensais qu'il était « un peu rude », mais ce n'est pas ça. Il est cruel, violent, et il me fait mal. Je crois que c'est intentionnel. Il me contrôle constamment. Il prend toutes les décisions à ma place. Il me traite de minable à cause de mes origines. Il me rappelle que je n'ai pas fait d'études, et il me dit que s'il me renvoyait, personne n'accepterait de m'embaucher. Il ne m'autorise jamais à oublier qu'il m'a sauvée de la misère. Il ne me laisse pas avoir d'amis, il m'isole. Avec lui, j'ai l'impression d'être une moins que rien. Il me ment et me rabaisse, et il sape ma confiance en moi. Il m'humilie, et depuis quelque temps il me fait peur. Il devient de plus en plus dur, au lit, et il me menace. Jusqu'à présent, je n'avais jamais voulu regarder les choses en face, mais il correspond exactement à la description que vous avez faite l'autre jour, conclut-elle en laissant libre cours à ses larmes.

— Et vous le laissez faire, observa Eugenia Flowers avec douceur. Parce que vous pensez qu'il a raison et que vous méritez d'être traitée ainsi. Vous pensez que vous abritez un secret odieux, à savoir que vous êtes aussi « minable » qu'il le dit, et vous vous dites que si vous ne lui obéissez pas scrupuleusement, tout le monde va deviner la vérité.

Maddy hocha la tête. Elle était soulagée de voir que le médecin la comprenait parfaitement.

— Et maintenant que vous en avez pris conscience, Maddy, poursuivit la psychiatre, qu'allez-vous faire ? Voulez-vous rester avec votre mari ?

C'était là encore une question directe, et Maddy n'hésita pas à y répondre avec franchise, au risque de paraître folle.

— Parfois. Je l'aime. Et je crois qu'il m'aime. Je n'arrête pas de me dire que s'il comprenait ce qu'il me fait, il arrêterait. Je ne pense pas qu'il souhaite vraiment me blesser.

— C'est possible, mais peu probable, rétorqua le Dr Flowers sans cesser de fixer Maddy.

Elle ne la jugeait pas ; elle se contentait de lui ouvrir des fenêtres pour lui permettre de changer de perspective.

— Et s'il voulait vous faire mal et que vous ayez la certitude que c'était intentionnel ? Voudriez-vous toujours rester avec lui ?

— Je ne sais pas... Peut-être. J'ai peur de le quitter. Et s'il avait raison ? Et si je n'arrivais pas à retrouver du travail, et si personne ne voulait de moi ?

Silencieusement, le Dr Flowers était ébahie de voir une jeune femme aussi exquise et ravissante se poser pareilles questions. Mais au fond, c'était compréhensible : personne ne l'avait jamais aimée, ni ses parents, ni son premier mari, ni même Jack Hunter. Eugenia Flowers en était certaine. Ce n'était pas la faute de Maddy ; simplement, elle avait toujours été entourée d'hommes qui n'avaient eu pour but que de la blesser.

Encore fallait-il qu'elle en prenne conscience.

— Quand j'ai quitté Bobby Joe, je me suis juré de ne plus jamais laisser quiconque me maltraiter. Me frapper. Et Jack ne me frappe pas. Pas avec ses mains, en tout cas.

— Mais ce n'est pas si simple, n'est-ce pas ? Il

existe d'autres formes de persécution plus destructrices encore, comme celles qu'il vous fait subir. Ce sont votre âme et votre confiance en vous qu'il attaque. Si vous ne réagissez pas, Maddy, il vous anéantira. C'est ce qu'il souhaite, et ce à quoi il s'emploie depuis sept ans. Vous pouvez continuer à le laisser faire. Vous n'êtes pas obligée de le quitter. Personne ne va vous y forcer.

— Les deux seuls amis que j'ai me disent que je dois fuir, sans quoi il va me détruire.

— C'est possible. C'est même quasiment certain, d'une manière ou d'une autre. Il n'a pas à le faire lui-même ; en fin de compte, vous le ferez pour lui. A moins que vous ne vous contentiez de vous replier sur vous-même. Ce que vos amis vous disent est loin d'être inconcevable. Aimez-vous assez votre mari pour prendre ce risque ?

— Je ne pense pas... Je ne veux pas... Mais j'ai peur de le laisser et... (Elle étouffa un sanglot.) Il me manquerait. Nous avons eu une vie si agréable ! J'aime être avec lui.

— Comment vous sentez-vous dans ces moments-là ?

— Importante. Enfin... Non, ce n'est pas vrai. J'ai toujours l'impression d'être idiote, et il me fait bien sentir que j'ai de la chance qu'il m'ait épousée.

— Etes-vous idiote ?

— Non, répondit Maddy avec un petit rire. A part lorsqu'il s'agit de tomber amoureuse.

— Y a-t-il quelqu'un d'autre dans votre vie en ce moment ?

— Non, pas vraiment... Du moins, pas d'un point de vue amoureux. Bill Alexander est un bon ami. Je lui ai tout raconté le jour où vous êtes venue parler devant la commission.

— Et qu'en pense-t-il ?

— Il dit que je devrais m'enfuir le plus vite possible, avant que Jack ne me fasse quelque chose de terrible.

— Il l'a déjà fait, Maddy. Dites-moi, êtes-vous amoureuse de Bill ?

— Je ne pense pas. Nous sommes seulement bons amis.

— Votre mari le sait-il ? demanda le Dr Flowers d'un air inquiet.

— Non, répondit Maddy.

Elle semblait avoir peur, tout à coup, et le médecin la regarda longuement.

— Vous avez un long chemin à parcourir, Maddy, avant d'être en sécurité. Et même une fois arrivée, vous serez parfois tentée de revenir en arrière. Il vous manquera, et vous regretterez certains aspects de votre relation. Les hommes comme lui sont très malins, le poison qu'ils distillent est extrêmement puissant. Les femmes en redemandent parce que les bons moments sont merveilleux. Mais les mauvais sont terribles. Partir, c'est un peu comme arrêter de se droguer, de boire ou de fumer. Aussi étrange et effrayant que cela puisse paraître, la violence domestique crée une véritable dépendance.

— Je le crois volontiers. Je suis tellement habituée à lui que je n'arrive pas à m'imaginer vivre sans lui. Mais il m'arrive d'avoir envie de m'enfuir et de me réfugier quelque part où il ne pourra pas m'atteindre.

— Ce que vous devez faire, et je sais que ça va vous paraître difficile, c'est devenir si forte intérieurement qu'il ne pourra plus vous atteindre, où que vous soyez. Cela doit venir de vous, parce que personne d'autre ne peut réellement vous protéger. Vos amis peuvent vous cacher, l'empêcher de vous approcher, mais si vous le souhaitez vraiment, vous trouverez toujours un moyen de retourner auprès de lui chercher votre « dose ». Il faut que vous preniez conscience du danger que représente cette drogue.

C'est peut-être la pire de toutes. Pensez-vous être assez forte pour vous sevrer ?

Maddy hocha la tête, pensive. C'était ce qu'elle voulait, elle le savait. Il ne lui manquait plus que le courage.

— Si vous m'aidez, répondit-elle, les yeux une fois de plus embués de larmes.

— Je le ferai. Cela nous prendra peut-être un certain temps, vous devez être patiente avec vous-même. Et quand vous serez prête, vous le quitterez. Le moment venu, vous saurez — vous en aurez assez et vous vous sentirez assez forte. Entre-temps, faites tout votre possible pour rester en sécurité. Ne courez pas le risque d'être malmenée plus que vous ne l'avez déjà été. Les gens comme lui ont un instinct très développé. Ils sont semblables à des animaux sauvages. Quand il sentira sa proie lui échapper, il essaiera de refermer les portes de la cage. Il vous donnera l'impression d'être folle et impuissante, il vous fera peur. Il vous convaincra qu'il n'y a pas d'issue, que vous ne seriez rien sans lui. Une partie de vous voudra le croire, mais une autre ne se laissera pas bluffer. Accrochez-vous à elle de toutes vos forces, c'est elle qui vous sauvera, cette partie de vous qui ne veut plus être maltraitée, rabaissée, utilisée, abîmée. Ecoutez cette voix, et essayez de faire taire l'autre.

Pas un seul instant elle n'avait mis en doute la réalité du problème. Après ce qu'elle avait entendu, elle était certaine que Jack Hunter était un bourreau chez lui, et elle voyait dans les yeux de Maddy combien elle était blessée. Cependant, la jeune journaliste pouvait encore être sauvée, elle avait de nombreux atouts, et le Dr Flowers était convaincue que, tôt ou tard, elle trouverait une issue. Quand elle serait prête, pas avant. Si elle ne s'en sortait pas par elle-même, cela n'aurait pas de sens.

— Combien de temps cela nous prendra-t-il, à votre avis ? demanda Maddy d'un air inquiet.

Bill Alexander lui avait dit de quitter Jack, dès qu'elle lui avait parlé des mauvais traitements qu'il lui faisait subir. Mais elle ne s'en sentait pas encore capable.

— C'est difficile à dire. Cela peut prendre des jours, des mois, des années même. Quand le moment sera venu, vous le saurez. Tout dépend de votre peur, et de votre désir de croire ce qu'il vous raconte. Il va multiplier les promesses, et il va vous menacer, il fera tout son possible pour essayer de vous garder, comme un dealer cherche à conserver ses clients. Quand vous voudrez vous sevrer, il aura peur et vous maltraitera plus encore.

— Ça a l'air affreux, présenté ainsi.

Maddy avait honte de sa dépendance vis-à-vis de la violence perverse de Jack, mais elle savait qu'il y avait du vrai dans ce que lui disait le Dr Flowers.

— Vous n'avez pas à être gênée, Maddy, reprit Eugenia Flowers, consciente de son embarras. Beaucoup d'entre nous ont connu une situation semblable. Seuls les plus courageux l'admettent. Il est difficile, pour la plupart des gens, de comprendre que l'on puisse aimer quelqu'un qui nous maltraite. Mais c'est dû à des traumatismes très anciens, à ce qu'on vous disait de vous-même quand vous étiez enfant. Si on vous a répété que vous ne valiez rien, que vous étiez nulle et que personne ne pourrait jamais vous aimer, vous avez intégré un message très sombre. A présent, il faut vous remplir de lumière, vous convaincre que vous êtes quelqu'un de formidable. Laissez-moi vous dire quelque chose : quand vous serez libre, non seulement vous trouverez un travail dans les cinq minutes, mais les hommes tomberont à vos pieds comme des mouches. Et je parle d'hommes aux attitudes saines, d'hommes sincèrement intéressés par la personne que vous êtes. Seulement, tout cela n'aura d'importance qu'une fois que vous serez prête à le croire.

Maddy rit de l'image évoquée par le médecin. Elle se sentait déjà mieux ; elle avait entièrement confiance en la capacité du Dr Flowers à la tirer de sa situation difficile. Et elle lui était reconnaissante d'accepter de l'aider, car elle savait que la psychiatre était très occupée.

— J'aimerais que vous reveniez me parler dans quelques jours, que vous me décriviez ce que vous éprouvez. A propos de vous, de lui. Et je vais vous donner un numéro de téléphone où vous pourrez me joindre nuit et jour. S'il se produit quelque chose qui vous effraie, Maddy, ou si vous pensez être en danger, ou même si vous vous sentez seulement sur les nerfs, appelez-moi. Je ne me sépare jamais de mon téléphone portable, vous pourrez me joindre en toutes circonstances.

Maddy fut soulagée de l'apprendre et la remercia chaleureusement de son aide.

— Je veux que vous sachiez que vous n'êtes pas seule, Maddy. Beaucoup de gens sont prêts à vous aider, et vous arriverez à vous en sortir, si vous le voulez.

— Je le veux.

Elle avait prononcé ces mots dans un murmure, avec moins de conviction qu'elle ne l'aurait voulu ; mais comme toujours, elle était honnête.

— C'est pour cela que je suis venue ici, ajouta-t-elle. Je ne sais tout simplement pas par où commencer. Je ne sais pas comment me libérer de lui. Une partie de moi est persuadée que je ne m'en sortirai jamais sans lui.

— C'est ce qu'il veut vous faire croire, pour que vous ayez besoin de lui et qu'il puisse continuer à vous manipuler. Dans les relations saines, les gens ne prennent pas de décisions à la place des autres, ils ne dissimulent pas des informations, ils ne disent pas à leur partenaire qu'il ne vaut rien ou que c'est un minable ou que sans eux il finira sur le trottoir. C'est de la torture, Maddy. Il n'a pas besoin de vous envoyer de l'eau de Javel au visage ou de vous brûler avec un fer à repasser. Il vous fait assez de mal avec ses mots et son esprit, il n'a pas à avoir recours à ses mains. Sa méthode est très efficace.

Maddy hocha la tête en silence.

Une demi-heure plus tard, elle quittait le médecin et retournait au bureau. Lorsqu'elle pénétra dans l'immeuble, elle ne vit pas la jeune fille en minijupe, debout près de l'entrée, qui l'observait de nouveau.

Elle était encore là à vingt heures, de l'autre côté de la rue cette fois, lorsque Maddy monta dans la voiture pour rentrer chez elle. Elle semblait attendre quelque chose, mais Maddy ne la vit pas. Et quand Jack sortit un moment plus tard et héla un taxi, la jeune fille décampa, dissimulant son visage pour qu'il ne la reconnaisse pas. Ils s'étaient déjà dit tout ce qu'ils avaient à se dire, et elle savait qu'elle n'avait rien à attendre de lui.

12

Le lendemain, alors que Maddy faisait des recherches avec Brad pour un reportage sur le comité d'éthique du Sénat, le téléphone sonna, mais quand elle décrocha son correspondant demeura silencieux. Sur le coup, elle eut peur. S'agissait-il d'un autre maniaque comme celui qui avait essayé de la violer, ou seulement d'une plaisanterie de mauvais goût ? La personne à l'autre bout du fil finit par raccrocher et elle retourna travailler, pour en fin de compte oublier l'incident.

La même chose se reproduisit ce soir-là chez elle, et cette fois elle en parla à Jack, qui se contenta de hausser les épaules et de lui dire qu'il s'agissait sans doute d'une erreur de numéro. Il se moqua d'elle, disant qu'elle avait peur de son ombre sous prétexte qu'un fou l'avait agressée. Il ne trouvait rien d'extraordinaire à cela, dans la mesure où elle passait à la télévision tous les jours. La plupart des célébrités connaissaient les mêmes désagréments.

— Ça fait partie du métier, Mad. Tu présentes les informations, tu devrais savoir ça.

Les choses s'étaient de nouveau calmées entre eux, bien qu'elle lui en voulût toujours de ne pas lui avoir parlé des lettres anonymes. Il arguait qu'elle avait d'autres problèmes à gérer, et que les questions de sécurité relatives à ses employés le concernaient avant tout. Mais elle n'en estimait pas moins qu'il aurait dû la mettre au courant.

Le lundi suivant, elle reçut un coup de téléphone du secrétaire privé de la *First Lady*. Cette dernière souhaitait changer la date de la prochaine réunion de la commission. Phyllis Armstrong devait accompagner son mari à un dîner officiel à Buckingham Palace, et il lui fallait trouver une nouvelle date qui soit compatible avec les emplois du temps de tous les participants. Maddy était penchée sur son agenda, sourcils froncés, lorsqu'une jeune fille pénétra dans son bureau. Elle avait de longs cheveux sombres et portait un jean et un tee-shirt blanc. Elle paraissait propre et nette, mais ses vêtements étaient assez bon marché et elle avait l'air très nerveuse. Maddy leva la tête, se demandant qui elle était et ce qu'elle voulait. Elle ne l'avait jamais vue auparavant. La jeune fille était-elle envoyée par un autre département de la chaîne ? Souhaitait-elle un autographe ? Maddy remarqua qu'elle ne portait pas de badge. Elle tenait un sachet de beignets à la main. Peut-être livrait-elle le petit déjeuner ou faisait-elle semblant de le livrer. Etait-ce ainsi qu'elle avait réussi à pénétrer dans l'immeuble sans être interceptée par la sécurité ?

— Non merci, dit Maddy d'un geste de la main.

Sa visiteuse ne bougea pas et se contenta de la regarder fixement. L'espace d'un instant, Maddy paniqua. Et s'il s'agissait encore d'une fan hystérique ? Peut-être avait-elle un revolver, ou un couteau ? Peut-être était elle folle ? Tout était possible. Maddy faillit appuyer sur le bouton d'alarme dissimulé sous son bureau, mais se ravisa.

— De quoi s'agit-il ? demanda-t-elle, couvrant d'une main le combiné du téléphone toujours collé à son oreille.

— Il faut que je vous parle, dit la jeune fille.

Maddy lui jeta un regard soupçonneux. Quelque chose chez elle la mettait très mal à l'aise.

— Je suis en ligne. Voulez-vous attendre dehors ? lui demanda-t-elle avec fermeté.

La visiteuse sortit, visiblement à contrecœur, en emportant ses beignets.

Maddy donna à la secrétaire de la *First Lady* trois dates possibles pour la réunion. Puis, dès qu'elle eut raccroché, elle appela la réception de l'étage.

— Une jeune femme m'attend devant mon bureau. Je ne sais pas ce qu'elle veut. Pouvez-vous le lui demander, et me rappeler ?

Peut-être s'agissait-il d'une collectionneuse d'autographes, ou d'une stagiaire espérant décrocher un job à la télévision. Mais Maddy était contrariée qu'elle ait pu entrer si facilement dans son bureau. Après ce qui lui était arrivé récemment, c'était inquiétant.

La réceptionniste rappela quelques instants plus tard.

— Elle dit qu'elle veut vous parler, et que c'est personnel.

— Personnel ? C'est-à-dire ? Elle veut me tuer ? Il faut qu'elle vous explique de quoi il retourne, sans quoi je ne la recevrai pas.

Mais alors même qu'elle disait ces mots, elle leva les yeux et vit l'intéressée debout dans l'encadrement de la porte, une expression déterminée sur le visage.

— Ecoutez, ce n'est pas comme ça que ça marche, ici. Je ne sais pas ce que vous voulez, mais vous devez parler à quelqu'un avant de me voir moi.

Maddy avait prononcé ces mots calmement mais fermement, tout en gardant le bout des doigts en contact avec le bouton d'alarme. Son cœur battait à se rompre.

— Que me voulez-vous ?

— Seulement vous parler quelques minutes.

Maddy réalisa que la jeune fille était sur le point d'éclater en sanglots. Les beignets avaient disparu.

— Je ne sais pas si je peux vous aider, objecta Maddy, hésitante.

Tout à coup, elle songea que la visiteuse avait peut-être choisi de venir la voir à cause de certains de ses reportages ou de sa participation à la commission. Peut-être cherchait-elle seulement une oreille bienveillante.

— De quoi s'agit-il ? demanda Maddy, un peu radoucie.

— C'est... c'est à propos de vous, répondit la jeune fille d'une toute petite voix.

Maddy remarqua que ses mains tremblaient.

— A propos de moi ? répéta-t-elle prudemment.

Qu'était-elle venue lui dire ? Un sentiment étrange l'envahit.

— Je... je crois que vous êtes ma mère.

L'inconnue avait parlé dans un souffle, pour que personne ne puisse risquer de les entendre. Maddy sursauta comme si elle l'avait giflée.

— Votre quoi ? Mais de quoi parlez-vous ?

Elle était devenue livide, et sa main, toujours en contact avec le bouton d'alarme, s'était crispée. Elle avait de plus en plus peur que sa visiteuse soit folle.

— Je n'ai pas d'enfants.

— Avez-vous jamais...

Les lèvres de la jeune fille tremblaient, et ses yeux reflétaient déjà une déception intense. Cela faisait trois ans qu'elle recherchait sa mère, et elle redoutait d'aboutir à une impasse. Ce ne serait pas la première.

— Avez-vous jamais eu un bébé ? Je m'appelle Elizabeth Turner, j'ai dix-neuf ans, je suis née un 15 mai à Gatlinburg, Tennessee, dans les Smoky Mountains. Je crois que ma mère était originaire de Chattanooga. J'ai interrogé toutes les personnes que j'ai pu retrouver, et la seule chose dont je sois sûre, c'est qu'elle avait quinze ans à ma naissance. Je crois que son nom était Madeleine Beaumont, mais je n'en suis pas certaine à cent pour cent. Une des personnes à qui j'ai parlé m'a dit que je lui ressemblais beaucoup.

Maddy la fixait avec incrédulité. Relâchant le bouton d'alarme, sa main vint se poser sur son bureau.

— Qu'est-ce qui vous fait penser que je puisse être votre mère ? demanda-t-elle d'un ton neutre.

— Je ne sais pas. Vous venez du Tennessee, je l'ai lu un jour dans une interview, et vous vous appelez Maddy et... je ne sais pas... Je trouve que je vous ressemble un peu et... Je me rends compte que ça peut paraître fou.

Vaincue par le stress de cette rencontre et par la crainte d'être une fois encore déçue, Elizabeth pleurait à présent ouvertement.

— Peut-être avais-je seulement envie que vous soyez ma mère. Je vous ai souvent regardée à la télévision et je vous aime beaucoup.

Un long silence, assourdissant, s'abattit sur la pièce. Maddy évaluait la situation et essayait de déterminer ce qu'elle devait faire. Ses yeux ne quittaient pas ceux de son interlocutrice, et au fil des secondes, elle sentait des murs se dissoudre au fond d'elle-même, révélant des recoins de son âme qu'elle n'avait pas approchés depuis des années, des sentiments qu'elle avait cru ne jamais pouvoir éprouver de nouveau. Elle ne voulait pas que cela se produise, mais elle n'y pouvait rien, il était trop tard pour y changer quoi que ce soit.

Il serait facile de mettre un terme à cette conversation. Il lui suffisait de dire à Elizabeth Turner qu'elle n'était pas la Madeleine Beaumont qu'elle recherchait, que Beaumont était bien son nom de jeune fille mais que c'était un patronyme très banal dans le Tennessee. Elle pouvait affirmer n'avoir jamais mis les pieds à Gatlinburg, ajouter qu'elle était désolée et lui souhaiter bonne chance. Se débarrasser de la visiteuse serait aisé, et elle ne la verrait plus jamais. Mais Maddy savait qu'elle ne pouvait pas lui faire cela.

Sans un mot, elle se leva et referma la porte de son bureau. Puis elle regarda en silence la jeune fille qui affirmait être le bébé qu'elle avait abandonné à l'âge de quinze ans et qu'elle pensait ne jamais revoir. Le bébé qu'elle avait pleuré pendant tant d'années, et auquel elle ne s'autorisait même plus à penser. L'enfant dont elle n'avait jamais parlé à Jack. Il était seulement au courant des avortements.

— Comment puis-je savoir que vous êtes bien celle que vous dites ? demanda Maddy d'une voix rendue rauque par la souffrance, la peur et le souvenir de la douleur qu'elle avait éprouvée en abandonnant son bébé.

Elle n'avait tenu la fillette que quelques instants après l'accouchement, et ne l'avait jamais revue par la suite. Elizabeth Turner pouvait être n'importe qui — la fille d'une infirmière présente à l'époque, ou d'un voisin, quelqu'un qui souhaitait la faire chanter pour de l'argent.

— J'ai mon certificat de naissance, dit la jeune fille d'un air gêné, en tirant de son sac à main un morceau de papier corné et plié en quatre.

Elle le tendit à Maddy accompagné d'une minuscule photo de bébé. Maddy regarda cette dernière, le cœur déchiré. Ils lui avaient donné la même, à l'hôpital, la photo de son bébé enveloppé dans une couverture. Maddy l'avait gardée dans son portefeuille pendant des années avant de la jeter de peur que Jack ne la trouve. Bobby Joe connaissait toute l'histoire, mais il s'en moquait. Beaucoup de filles dans leur entourage étaient tombées enceintes et avaient donné leurs bébés à adopter. Certaines étaient même encore plus jeunes que Maddy à l'époque.

— Ce pourrait être n'importe quel bébé, observa-t-elle froidement. Ou cette photo pourrait vous avoir été donnée par quelqu'un d'autre, voire par l'hôpital. Elle ne prouve rien.

— Si... si vous pensez que je pourrais être votre fille, nous pourrions faire des tests sanguins, fit valoir Elizabeth.

Le cœur de Maddy s'emplit de compassion. Il avait fallu du courage à la jeune fille pour accomplir cette démarche, et l'attitude de Maddy ne lui facilitait pas les choses. Mais comment aurait-elle pu réagir autrement, quand Elizabeth l'obligeait à se remémorer des souvenirs qu'elle avait mis des années à oublier et qui menaçaient de la détruire ? Et comment pourrait-elle annoncer la nouvelle à Jack ?

— Pourquoi ne vous asseyez-vous pas une minute ? proposa Maddy en s'installant dans un fauteuil à côté d'Elizabeth.

Elle avait envie de tendre la main pour la toucher.

Le père du bébé de Maddy avait été un élève de terminale de son lycée. Ils ne se connaissaient pas particulièrement bien, mais il lui plaisait, et elle était sortie avec lui une fois ou deux, durant l'une de ses nombreuses périodes de rupture avec Bobby Joe. Il avait été tué dans un accident de voiture trois semaines après la naissance et l'adoption du bébé. Maddy n'avait jamais dit à Bobby Joe qui était le père, et il n'avait jamais vraiment cherché à le savoir, bien qu'il l'eût battue à une ou deux reprises à cause de cette histoire, après leur mariage. Ce n'avait été en fait qu'une excuse parmi d'autres pour la maltraiter.

— Comment es-tu venue ici, Elizabeth ?

Elle avait prononcé son prénom très lentement, comme si le seul fait d'appeler la visiteuse ainsi la vouait à un destin qu'elle n'était pas encore prête à assumer.

— Où habites-tu ?

La jeune fille ne parut pas surprise de ce tutoiement.

— A Memphis. Je suis venue ici en bus. J'ai commencé à travailler à l'âge de douze ans pour économiser de quoi faire des recherches. J'ai toujours voulu retrouver ma véritable mère. Mon père aussi, mais je n'ai rien pu trouver à son sujet.

Maddy ne lui avait toujours pas dit si elle était sa

mère ou non, et Elizabeth paraissait extrêmement nerveuse.

— Ton père est mort, déclara enfin Maddy d'une voix sourde. Trois semaines après ta naissance. C'était un gentil garçon, et tu lui ressembles un petit peu.

Mais elle ressemblait bien davantage encore à sa mère, même Maddy s'en rendait compte. Elles avaient la même couleur de peau et de cheveux, les mêmes traits réguliers. Maddy ne put s'empêcher de se demander ce que les journaux à scandale feraient de cette histoire.

— Comment le savez-vous ? demanda Elizabeth d'un air troublé.

C'était une jeune fille intelligente, mais elle était submergée par un tel flot d'émotions qu'elle n'arrivait pas à penser clairement.

Maddy la regarda longuement. Son vœu le plus cher et le plus secret avait été exaucé, et elle ne savait pas encore si le rêve allait se transformer en cauchemar, si elle allait être trahie. Et si son interlocutrice n'était qu'un imposteur ? Cela lui paraissait cependant peu probable.

Maddy ouvrit la bouche pour parler, mais seul un sanglot franchit ses lèvres tandis qu'elle tendait les mains pour serrer la jeune fille dans ses bras. Il lui fallut un long moment pour pouvoir prononcer ces mots magiques :

— Je suis ta mère.

Elizabeth eut un petit hoquet et porta sa main à sa bouche. Ses yeux se remplirent instantanément de larmes, et elle serra Maddy contre son cœur. Elles restèrent là un long moment, dans les bras l'une de l'autre, pleurant sans retenue.

— Oh, mon Dieu... Oh, mon Dieu ! En fait, je ne pensais pas vraiment que c'était vous... Toi... Je voulais seulement te demander... Oh, mon Dieu...

Au bout d'un moment, elles reculèrent pour mieux se regarder, main dans la main. Elizabeth souriait à travers ses larmes. Maddy, quant à elle, était encore trop secouée pour savoir que penser. Après tant d'années, elle avait l'impression de prendre un nouveau départ.

— Où sont tes parents adoptifs ? demanda-t-elle enfin.

Quand elle avait donné son bébé à adopter, on lui avait seulement dit que les futurs parents vivaient dans le Tennessee, n'avaient pas d'autres enfants et avaient tous les deux un métier. Rien d'autre. A l'époque, tous les dossiers étaient scellés, et les informations fournies aux deux parties étaient si minimes qu'il leur était impossible de se contacter. C'était d'ailleurs le but. Au fil des ans, les lois avaient évolué, mais Maddy n'avait jamais cherché à retrouver sa fille. Elle estimait qu'il était trop tard, et qu'elle devait se faire une raison plutôt que s'accrocher à des chimères douloureuses.

— Je ne les ai jamais connus, expliqua Elizabeth en essuyant d'une main les larmes qui mouillaient ses joues. Ils sont morts dans un accident de train quand j'avais un an, et j'ai été élevée jusqu'à l'âge de cinq ans dans un orphelinat d'Etat, à Knoxville.

L'estomac de Maddy se serra. Sa fille avait vécu à Knoxville à l'époque où elle était mariée à Bobby Joe et habitait là-bas. Elle aurait pu la reprendre... Si seulement elle avait su !

— Par la suite, poursuivit Elizabeth, j'ai grandi dans des familles d'accueil. Certaines étaient sympas, d'autres horribles. Je ne restais jamais plus de six mois — de toute façon, je n'en avais pas vraiment envie — et j'ai pas mal bougé dans tout l'Etat. Je ne me sentais jamais à ma place, et certains parents étaient méchants avec moi, alors j'étais contente de repartir.

— Et personne ne t'a adoptée ? demanda Maddy, horrifiée.

Elizabeth secoua la tête.

— Je suppose que c'est pour cette raison que je

voulais tant te retrouver. J'ai failli être adoptée deux ou trois fois, mais les familles d'accueil finissaient toujours par décider que c'était trop cher. La plupart avaient leurs propres enfants, et n'avaient pas les moyens d'en élever d'autres. Je suis restée en contact avec certaines familles, en particulier la dernière. Les parents avaient cinq enfants, tous des garçons, et étaient très gentils avec moi. J'ai failli épouser leur fils aîné, mais je me suis dit que ce serait trop bizarre, presque incestueux, et finalement je ne l'ai pas fait. Je vis toute seule à Memphis, maintenant, et je travaille comme serveuse tout en étudiant à l'université. Quand j'aurai terminé, je veux m'installer à Nashville et essayer d'être chanteuse dans une boîte de nuit.

Elle avait le même esprit combatif que sa mère.

— Tu sais chanter ? s'étonna Maddy.

Elle avait soudain envie de tout savoir sur elle. Son cœur se serrait lorsqu'elle l'imaginait allant d'orphelinats en familles d'accueil, sans jamais connaître l'amour et la sécurité d'un véritable foyer. Malgré cette enfance difficile, elle semblait s'en être remarquablement bien sortie, du moins en apparence. C'était une très jolie jeune fille, et Maddy constata qu'elles avaient croisé les jambes exactement en même temps et de la même façon.

— J'aime chanter. Je crois que j'ai une assez jolie voix. C'est du moins ce que tout le monde me dit.

— Dans ce cas, tu ne peux pas être ma fille, dit Maddy en riant, les larmes aux yeux, envahie par une indicible émotion.

Par miracle, depuis l'arrivée d'Elizabeth, personne n'était venu les interrompre. C'était une matinée exceptionnellement calme.

— A part ça, qu'est-ce que tu aimes faire ?

— J'adore les chevaux. Je suis capable de monter n'importe quel animal à quatre pattes. Mais j'ai horreur des vaches. L'une de mes familles d'accueil avait une ferme laitière. Je me suis juré de ne jamais épouser un fermier. (Elles rirent de bon cœur.) J'aime les enfants. A quelques exceptions près, j'ai gardé contact avec tous mes anciens « frères et sœurs ». La plupart étaient sympas. J'aime bien Washington... J'aime bien te regarder à la télé, ajouta-t-elle en souriant. J'aime les vêtements, les garçons, la plage...

— Je t'aime, coupa Maddy, bien qu'elle la connût à peine. Tu sais, je t'aimais déjà à l'époque. Simplement, je ne pouvais pas m'occuper de toi. J'avais quinze ans et mes parents ne voulaient pas que je te garde. J'ai pleuré pendant des années. Je me demandais toujours où tu étais et si tout allait bien, si on te traitait bien. Je me racontais que tu avais été adoptée par des gens formidables qui t'adoraient.

Cela lui brisait le cœur de songer que cela n'avait pas été le cas, et que sa fille avait grandi dans des familles d'accueil et des institutions d'Etat.

— Tu as d'autres enfants ? voulut savoir Elizabeth.

C'était une question raisonnable. Tristement, Maddy fit non de la tête. Mais elle avait une fille à présent, et cette fois, elle n'avait pas l'intention de la perdre.

— Non. Je n'ai jamais eu d'autre enfant, et maintenant, je ne peux plus.

Consciente de la connaître à peine, Elizabeth ne lui demanda pas pourquoi. Etant donné l'existence en pointillé qu'elle avait menée, Maddy fut impressionnée par son éducation et sa politesse.

— Tu aimes lire ? s'enquit-elle avec curiosité.

— J'adore ça, confirma Elizabeth.

Encore une chose qu'elle avait héritée de Maddy, en plus d'une grande persévérance et d'une volonté à toute épreuve. Elle n'avait jamais abandonné l'espoir de retrouver sa mère ; c'était le but qu'elle s'était fixé et elle n'en avait pas dévié.

— Quel âge as-tu ? demanda Elizabeth.

Elle ne savait pas avec certitude si sa mère l'avait eue à quinze ou seize ans.

— Trente-quatre ans, répondit Maddy.

De fait, elles ressemblaient davantage à deux sœurs qu'à une mère et sa fille.

— Je suis mariée au propriétaire de la chaîne, poursuivit Maddy. Il s'appelle Jack Hunter.

A sa grande surprise, Elizabeth hocha la tête.

— Je sais. Je l'ai rencontré la semaine dernière, dans son bureau.

— Tu *quoi* ? Mais comment t'es-tu débrouillée ? demanda Maddy, abasourdie.

— Quand j'ai demandé à te voir à la réception, ils m'ont envoyée directement dans son bureau. J'ai parlé à sa secrétaire, et je t'ai écrit un petit mot, qui disait que je voulais te demander si tu étais ma mère. Elle lui a montré le mot, et ensuite elle m'a introduite auprès de lui.

Elle racontait tout cela avec une parfaite innocence, comme s'il s'était agi d'une succession d'événements parfaitement logique et normale. Seul hic : Jack n'avait parlé de rien à Maddy.

— Et que s'est-il passé ensuite ? demanda cette dernière, le cœur battant la chamade. Que t'a-t-il dit ?

— Qu'il savait avec certitude que je me trompais, que tu n'avais jamais eu d'enfants. Je crois qu'il me prenait pour une menteuse, ou qu'il pensait que je voulais te faire chanter, quelque chose comme ça. Il m'a dit de m'en aller et de ne jamais revenir. Je lui ai montré mon certificat de naissance et la photo, et j'ai eu peur un instant qu'il ne me les prenne, mais non. Il m'a seulement affirmé que Beaumont n'était pas ton nom de jeune fille. Moi, je savais que c'était faux, alors j'ai pensé qu'il mentait pour te protéger. Et ensuite je me suis dit qu'il n'était peut-être pas au courant, que tu ne lui avais peut-être jamais dit que tu avais eu un bébé.

— Et tu avais raison, admit Maddy avec honnêteté. J'avais peur. Il a été très bon pour moi, tu sais.

Il m'a sortie de Knoxville il y a neuf ans et a payé mon divorce... Il a fait de moi celle que je suis aujourd'hui. Je ne savais pas comment il réagirait si je lui disais ce qui s'était passé, alors je me suis tue.

Mais maintenant il savait, et malgré cela il ne lui avait pas dit un mot. Elle se demanda si c'était parce qu'il croyait à une supercherie et ne voulait pas l'inquiéter, ou s'il comptait seulement se servir de l'information ultérieurement. Etant donné ce qu'elle avait découvert à son sujet depuis quelque temps, elle jugeait cette dernière hypothèse plus plausible. Oui, il attendait sans doute le bon moment pour lui envoyer la vérité au visage, quand l'impact de sa révélation serait le plus fort. Aussitôt, elle se sentit coupable de ces pensées peu charitables.

— Eh bien, maintenant il sait, dit-elle avec un soupir.

Puis elle plongea son regard dans celui d'Elizabeth.

— Qu'allons-nous faire, à présent, à propos de tout ça ?

— Rien, je suppose, répondit la jeune fille. Je n'attends rien de toi. Je voulais seulement te retrouver et te rencontrer. Je rentre demain à Memphis. J'ai obtenu une semaine de congé à mon travail, mais il faut que j'y retourne, maintenant.

— C'est tout ? s'étonna Maddy. J'aimerais te revoir, Elizabeth, et apprendre à mieux te connaître. Je pourrais peut-être aller te rendre visite à Memphis ?

— Ça me ferait plaisir. Je peux te loger, mais je ne suis pas sûre que ça te plairait, ajouta-t-elle avec un sourire timide. Je loue une chambre dans une pension de famille, et elle est plutôt petite et malodorante. Jusqu'ici, j'ai consacré tout mon argent à mes études... et à mes recherches pour te retrouver. Je suppose que ça me fera au moins une économie, désormais !

— Nous pourrions peut-être nous installer toutes les deux à l'hôtel.

Les yeux de la jeune fille s'illuminèrent, et Maddy

en fut émue. Elizabeth semblait vraiment ne rien attendre d'elle.

— Je ne vais parler de ça à personne, reprit-elle timidement, juste à ma logeuse et à mon patron, et à l'une de mes anciennes mères de substitution, si ça ne t'ennuie pas. Si tu préfères, je me tairai complètement. Je ne veux pas te causer d'ennuis.

— C'est gentil, Elizabeth. A vrai dire, je ne sais pas trop quoi faire de mon côté. Il faut que je réfléchisse et que j'en parle avec mon mari.

— Je ne pense pas que ça lui plaise, la prévint Elizabeth. Il n'a pas eu l'air ravi de me voir. Je crois que ça lui a fait une grosse surprise.

— Oui, j'imagine, acquiesça Maddy en souriant.

De fait, c'était un choc, même pour elle, bien qu'elle en fût heureuse à présent. C'était la fin d'un mystère, la guérison d'une blessure ancienne qu'elle s'était résignée depuis des années à ne pas pouvoir soigner. Jamais elle n'aurait espéré une telle bénédiction.

— Il s'habituera. Nous nous habituerons tous.

Maddy invita Elizabeth à déjeuner avec elle. Ravie, la jeune fille acquiesça et lui demanda de l'appeler Lizzie : c'était le surnom que lui donnaient tous ses amis. Elles se rendirent dans un petit café tout proche. Maddy passa affectueusement un bras autour des épaules de sa fille durant le court trajet, et lorsqu'elles furent attablées devant un club sandwich et un hamburger, Lizzie lui raconta tout ce qui lui passait par la tête à propos de sa vie, de ses amis, de ses peurs, de ses joies. Ensuite, elle posa à Maddy une foule de questions. C'était la rencontre dont elle avait toujours rêvé et à laquelle Maddy, elle, n'avait jamais osé penser.

Il était trois heures lorsqu'elles se quittèrent. Maddy avait donné à Lizzie tous les numéros où elle pouvait la joindre et avait les siens. Elle lui promit de l'appeler pour prendre de ses nouvelles. Elle ajouta que dès qu'elle aurait discuté avec Jack, elle inviterait Lizzie à passer un week-end avec eux en Virginie. Lorsqu'elle lui dit qu'elle enverrait le jet la chercher, la jeune fille ouvrit des yeux grands comme des soucoupes.

— Vous possédez un avion ?

— C'est celui de Jack, oui.

— Waouh ! Ma maman est une star de la télé, et mon papa a un jet privé ! C'est dingue !

— Ce n'est pas exactement ton père, corrigea Maddy avec douceur.

Et il n'aurait pas envie de jouer ce rôle, elle le devinait. Il n'aimait déjà pas entretenir des relations avec ses deux fils, il était peu probable qu'il se lie avec la fille illégitime de sa femme.

— Mais c'est un type bien, ajouta-t-elle.

Aussitôt, elle songea que c'était un mensonge. Mais il aurait été trop long et trop compliqué d'expliquer à Lizzie combien elle était malheureuse. Comment lui dire qu'elle venait de commencer une thérapie dans l'espoir de trouver le courage de quitter son mari ? Elle se contenta d'espérer qu'Elizabeth n'ait jamais été maltraitée, elle. Elle n'avait rien dit de tel au déjeuner, et bien qu'elle n'eût jamais connu de véritable foyer, elle semblait remarquablement équilibrée. C'était dur à admettre, mais Maddy songeait que Lizzie s'en était probablement mieux sortie que si elle avait grandi en regardant Bobby Joe pousser sa mère dans l'escalier ou en écoutant Jack l'insulter. Malgré tout, cela n'empêchait pas Maddy de se sentir coupable de tout ce qu'elle n'avait pas fait pour sa fille.

Sa fille ! Ce seul mot la remplissait d'un émoi indicible. Elle avait une fille !

Lorsqu'elles se séparèrent, elle embrassa Lizzie pour lui dire au revoir et elles restèrent un long moment enlacées. Puis elle regarda longuement le visage de la jeune fille et lui dit avec douceur :

— Merci de m'avoir retrouvée, Lizzie. Je ne te

mérite pas encore, mais si tu savais comme je suis heureuse de te connaître !

— Merci, maman, répondit Lizzie dans un murmure.

Toutes deux chassèrent les larmes qui leur embuaient les yeux. Maddy regarda sa fille s'éloigner. Elle savait qu'elles n'oublieraient jamais ce moment, et elle passa le reste de l'après-midi dans une sorte de brouillard. Elle était toujours distraite lorsque Bill Alexander l'appela.

— Quoi de neuf, aujourd'hui ? demanda-t-il d'un ton enjoué.

— Si je vous le disais, vous ne me croiriez pas, répondit Maddy en riant.

— Voilà qui m'a l'air bien mystérieux. S'est-il passé quelque chose d'important ?

Il se demanda si elle allait lui annoncer qu'elle avait quitté son mari. Néanmoins, il commençait à comprendre qu'elle n'était pas encore prête pour un changement aussi radical.

— C'est une longue histoire, je vous raconterai tout lorsque nous nous verrons.

— J'ai hâte de savoir. Comment ça se passe avec votre coprésentateur ?

— Les progrès sont lents. Il n'est pas vraiment désagréable, mais pour l'instant j'ai un peu l'impression de danser avec un rhinocéros. Le résultat n'est guère gracieux, vous vous en doutez.

La chaîne avait déjà reçu des centaines de lettres déplorant le départ de Greg Morris, et tous s'attendaient à une baisse sensible de l'audience. Maddy se demandait quelle serait la réaction de Jack.

— Vous finirez par vous adapter l'un à l'autre. D'une certaine manière, c'est un peu comme un mariage.

— Peut-être.

Elle n'était guère convaincue. Brad Newbury était intelligent, certes, mais ils ne formaient pas un duo très enthousiasmant, et les téléspectateurs commençaient à s'en apercevoir.

— Et si nous déjeunions ensemble, demain ? proposa Bill.

Il était toujours inquiet pour elle et voulait s'assurer que tout allait bien. De plus, il appréciait sa compagnie.

— Avec plaisir, répondit Maddy sans hésiter.

— Comme ça, vous me raconterez votre longue histoire. J'ai hâte de l'entendre.

Ils convinrent d'un lieu de rendez-vous. Maddy avait le sourire lorsqu'elle raccrocha, et c'est d'un pas léger qu'elle se rendit au maquillage.

Les deux éditions du journal se passèrent bien, et après la seconde elle retrouva Jack dans le hall de l'immeuble. Il avait une conversation sur son téléphone portable, qui continua dans la voiture. Quand il raccrocha enfin, elle ne lui dit rien.

— Tu as l'air bien sévère, ce soir, remarqua-t-il d'un air indifférent.

Il ne se doutait pas qu'elle avait rencontré Lizzie, et elle ne lui en parla pas jusqu'à leur arrivée chez eux.

Il cherchait quelque chose à manger dans la cuisine ; ni l'un ni l'autre n'avaient très faim et ils avaient décidé de ne pas sortir dîner.

— Tu as fait quelque chose de spécial, aujourd'hui ? s'enquit-il sur le ton de la conversation.

Il savait que souvent, lorsque Maddy se taisait, cela signifiait qu'il lui était arrivé quelque chose d'important dont elle ne souhaitait pas parler.

Elle le regarda et hocha la tête. Cela faisait un moment qu'elle cherchait comment elle allait aborder le sujet, et finalement elle se décida à parler sans plus tergiverser.

— Jack, pourquoi ne m'as-tu pas dit que tu avais reçu la visite de ma fille ?

Tandis qu'elle posait cette question, ses yeux ne

quittaient pas les siens. Elle vit une lueur froide et dure briller dans ses pupilles, aussitôt remplacée par de la colère.

— Et toi, pourquoi ne m'avais-tu pas dit que tu avais une fille ? Je me demande combien d'autres secrets tu m'as cachés, Mad. Comme omission, ce n'est pas rien.

Il s'assit au comptoir de la cuisine avec une bouteille de vin et se servit un verre, mais il n'en proposa pas à Maddy.

— J'aurais dû t'en parler, reconnut-elle, mais je voulais que personne ne soit au courant. C'était arrivé dix ans avant notre rencontre, et je voulais tourner la page définitivement.

Une fois de plus, elle se montrait honnête envers lui.

— C'est amusant comme les choses resurgissent, parfois, hein ? Tu croyais t'être débarrassée d'elle, et la voilà qui réapparaît.

Son cynisme la blessa, et elle lui en voulut. Maddy se sentait déjà protectrice vis-à-vis de Lizzie.

— Tu n'es pas obligé de parler d'elle de cette façon, Jack. Ce n'est pas sa faute si j'avais quinze ans quand elle est née et si j'ai dû la donner à adopter. Elle m'a l'air d'être quelqu'un de bien.

— Qu'est-ce que tu en sais ? siffla-t-il. Elle pourrait très bien aller trouver les pires journaux à scandale, dès ce soir. Tu risques de la voir à la télé demain, en train d'expliquer à la terre entière que sa présentatrice de mère l'a abandonnée à la naissance. Des tas de gens font ça. Tu ne sais même pas si elle dit la vérité ! Vu la mère qu'elle a, je ne serais pas étonné qu'elle ait pas mal de choses à se reprocher.

C'était la critique ultime : Lizzie était « aussi mauvaise que sa mère ». Maddy n'eut aucun mal à saisir le sous-entendu, et elle songea aussitôt au Dr Flowers. C'était exactement le type d'insultes dont elles avaient parlé ensemble — souterraines, vicieuses, humiliantes.

— Physiquement, elle me ressemble vraiment, Jack, dit-elle d'une voix calme, s'efforçant de s'en tenir aux faits et d'ignorer les méchancetés que lui lançait son mari. J'aurais du mal à nier que c'est ma fille.

— Tous les ploucs du Tennessee te ressemblent ! Tu crois que les cheveux noirs et les yeux bleus sont si rares que ça ? Reviens sur terre, Maddy. Tu n'es pas si spéciale que ça.

Maddy laissa passer ce commentaire odieux.

— Ce que je veux que tu m'expliques, c'est pourquoi tu ne m'as pas dit que tu l'avais vue. Tu gardais ça pour une occasion particulière ?

Celle qui lui aurait fait le plus de mal, sans doute.

— J'essayais de te protéger. Je pensais avoir affaire à un chantage. Je voulais faire une enquête avant de t'inquiéter avec toute cette affaire.

Cela semblait raisonnable, et même assez généreux, mais Maddy le connaissait trop bien pour être dupe.

— C'est gentil de ta part, j'apprécie. Mais j'aurais aimé que tu m'en parles tout de suite.

— Je m'en souviendrai la prochaine fois qu'un de tes bâtards débarquera dans mon bureau. Au fait, combien y en a-t-il ?

Elle ne jugea pas utile de lui répondre.

— Je suis contente de l'avoir vue, dit-elle d'une voix mélancolique. C'est une fille charmante.

— Qu'est-ce qu'elle voulait ? De l'argent ?

— Elle avait seulement envie de me rencontrer. Ça fait trois ans qu'elle me cherche. Et moi, je pense à elle depuis toujours.

— Comme c'est touchant ! Elle reviendra te hanter, je peux te l'assurer. Et ce ne sera pas joli, déclara-t-il en lui jetant un regard furieux avant de se resservir un verre de vin.

— Qu'en sais-tu ? C'est humain de vouloir retrouver ses parents. Des tas de gens ont vécu des histoires de ce type.

— Pas des gens bien, Mad, rétorqua-t-il avec un plaisir évident. Les filles bien n'ont pas des enfants à quinze ans, figure-toi, et elles ne les abandonnent pas comme des vieux sacs sur les marches des églises.

Ses mots la blessaient comme autant de coups de couteau.

— Ce n'est pas ainsi que ça s'est produit, protesta-t-elle. Je suppose que tu n'as pas envie d'entendre l'histoire ?

Elle savait qu'elle lui devait la vérité. Il était tout de même son mari, et elle se sentait coupable de ne jamais lui avoir parlé de son bébé.

— Non, coupa-t-il. Je veux seulement savoir ce que nous allons faire quand les médias auront vent de la nouvelle et que tu auras l'air d'une traînée aux yeux de tout le pays. Il faut que je pense à mon journal télévisé, figure-toi, et à mon réseau.

— Je crois que les gens comprendront.

Elle s'efforçait de conserver sa dignité, du moins en apparence, mais en vérité il avait atteint son but. Le portrait qu'il lui avait peint d'elle-même la meurtrissait jusqu'au plus profond de son âme.

— Après tout, Lizzie n'est pas une meurtrière. Et moi non plus, dit-elle.

— Non, juste une moins que rien. Une pauvre fille d'extraction minable. Je ne m'étais pas trompé, hein ?

— Comment peux-tu me dire des choses pareilles ? demanda-t-elle.

Sa douleur se lisait dans ses yeux, mais cela n'émut pas Jack.

— Tu sais combien tes paroles me font mal ? insista-t-elle.

— C'est normal. Tu n'as pas à être fière de toi — et si tu l'es, c'est que tu es complètement folle. Ce qui n'est pas impossible, au demeurant. Tu m'as menti, tu l'as abandonnée. Bobby Joe était-il au courant ?

— Oui, admit-elle.

A l'époque de son premier mariage, les événements étaient bien plus récents.

— C'est peut-être pour ça qu'il te frappait. Ça explique pas mal de choses. Tu t'étais bien gardée de me parler de cette histoire, quand tu pleurnichais sur ce qu'il te faisait, hein ? Je ne suis plus sûr à présent qu'il ait été aussi coupable que tu l'as toujours prétendu.

— Arrête ! s'emporta Maddy. Peu importe ce que j'ai fait, je ne méritais pas d'être traitée de cette façon, et je ne le mérite toujours pas. Ce que tu dis est injuste, et tu le sais parfaitement.

— Me mentir au sujet de ta fille n'était pas très juste non plus. Que crois-tu que j'éprouve ? Tu es une traînée, Mad, une moins que rien. Bon sang, tu as dû commencer à coucher à droite et à gauche à douze ans ! A la lumière de tout ça, je suis bien obligé de me demander qui tu es réellement aujourd'hui. J'ai l'impression de ne même pas te connaître.

— Tu n'as pas le droit ! J'avais quinze ans, et j'avais peut-être tort, mais ce qui m'est arrivé est terrible. Rien, dans toute ma vie, n'a été aussi triste et douloureux. Même les mauvais traitements de Bobby Joe m'ont moins fait souffrir. Quand j'ai abandonné mon bébé, ça m'a arraché le cœur.

— Ça ne m'intéresse pas. Dis-lui ça à elle, si ça t'amuse. Peut-être que tu pourrais lui envoyer un chèque pour compenser ? Mais je te préviens, ne t'avise pas de toucher à mon argent pour ça. Je te surveillerai.

— Je ne me suis jamais servie de ton argent pour quoi que ce soit ! protesta-t-elle avec véhémence. Je paie toujours mes achats avec le mien.

— Ben voyons. Qui te paie ton salaire, à ton avis ? C'est mon argent aussi, dit-il d'un ton suffisant.

— Je le gagne.

— Tu parles ! Tu es la présentatrice la plus surpayée du marché.

— Non, rétorqua Maddy. Le présentateur le plus surpayé du marché, c'est Brad, et grâce à lui, ton émission va couler ! J'ai vraiment hâte de voir ça.

— Et ce jour-là, ma chère, tu couleras aussi. De toute façon, étant donné ta manière de te comporter et de me traiter ces derniers temps, tes jours sont comptés. Je ne supporterai pas ta bêtise encore très longtemps. Pourquoi est-ce que je le ferais, alors que je peux te mettre à la porte à n'importe quel moment ? Tu t'imagines que je vais rester là éternellement à te regarder me mentir, me voler et me persécuter ? Quand je pense à tout ce que je supporte de ta part... C'est à peine croyable.

Maddy n'en revenait pas. Le bourreau se posait en victime ! Mais le Dr Flowers l'avait mise en garde contre cette technique, très efficace. Il la mettait sur la défensive et essayait de la culpabiliser, en dépit de tout ce qu'elle savait et ressentait.

— Et que les choses soient claires, poursuivit-il avec hargne : n'essaie pas d'amener ta sale gosse ici. C'est probablement une putain, comme sa mère.

— C'est ma fille ! hurla Maddy, ivre de frustration. J'ai le droit de la voir si je le souhaite. Et je te rappelle que j'habite ici.

— Seulement aussi longtemps que j'en ai décidé ainsi.

Là-dessus, il se leva et sortit de la pièce. Maddy demeura figée, haletante. Elle attendit de l'entendre se déplacer à l'étage supérieur, puis elle ferma doucement la porte de la cuisine et téléphona au Dr Flowers. Elle lui raconta tout ce qui s'était passé : ses retrouvailles avec Lizzie, le silence de Jack sur la visite de sa fille, sa fureur.

— Et comment vous sentez-vous, Maddy ? En cet instant précis ? Soyez honnête. Réfléchissez.

— Je me sens coupable. J'aurais dû lui en parler plus tôt. Et je n'aurais jamais dû abandonner mon bébé.

— Croyez-vous être aussi mauvaise qu'il le prétend ?

— Non, tout de même pas. Mais il a raison sur certaines choses...

— Pourquoi ? S'il venait à vous et vous racontait la même histoire, pourriez-vous lui pardonner, à votre avis ?

— Oui, répondit-elle sans hésitation. Je crois que je comprendrais.

— Dans ce cas, pourquoi est-il incapable de comprendre, lui, à votre avis ? C'est révélateur, n'est-ce pas ? Qu'est-ce que cela vous apprend à son sujet ?

— Que c'est une ordure.

— On peut dire ça comme ça. Mais vous, Maddy, vous n'êtes pas une ordure. C'est ce que j'essaie de vous faire réaliser. Vous êtes quelqu'un de bien, à qui il est arrivé quelque chose de très triste, l'une des pires choses qui puissent arriver à une femme : vous avez été obligée de renoncer à votre enfant. Pouvez-vous vous pardonner cela ?

— Peut-être que j'y parviendrai un jour. Avec du temps.

— Pensez-vous mériter les insultes que Jack vous a lancées ?

— Non.

— Réfléchissez à ce que cela vous révèle sur lui. Ecoutez ce qu'il dit de vous, Maddy. Rien de tout cela n'est vrai, c'est uniquement destiné à vous blesser — et ça marche. Ce qui est tout à fait normal, d'ailleurs.

Maddy entendit des bruits de pas dans l'escalier et expliqua au médecin qu'elle devait la laisser. Au moins, le Dr Flowers l'avait aidée à prendre un peu de recul.

L'instant d'après, la porte s'ouvrait à toute volée et Jack entrait dans la pièce, une expression soupçonneuse sur le visage.

— A qui parlais-tu ? Ton petit ami ?

— Je n'ai pas de petit ami, Jack, et tu le sais, répondit-elle d'une voix lasse.

— C'était qui, alors ?

— Une amie.

— Tu n'as pas d'amies. Personne ne t'aime. Arrête de mentir. C'était ce petit pédé noir que tu aimes tant, je parie ?

Maddy fronça les sourcils mais ne répondit pas.

— Tu as intérêt à ne parler à personne de cette histoire, Mad. Je ne tiens pas à ce que tu coules mon émission. Tu dis un mot à ce sujet à quiconque et je te tue. C'est bien compris ?

— Très bien, oui.

Les yeux de la jeune femme se remplirent de larmes. Il avait dit tant de choses blessantes au cours de la dernière heure qu'elle ne savait pas ce qui lui faisait le plus de mal. Tout, en fait.

Elle attendit qu'il eût quitté la pièce, puis elle composa le numéro de l'hôtel où Lizzie était descendue. Elle savait que la jeune fille devait y passer la nuit avant de repartir pour Memphis le lendemain matin.

La réception lui passa sa chambre, et Lizzie décrocha instantanément. Elle était allongée sur son lit et pensait à Maddy. Elle l'avait regardée présenter les nouvelles du soir et n'avait pu s'empêcher de sourire pendant toute la durée de l'émission.

— Maddy... Je veux dire, maman... Enfin...

— Maman, c'est très bien.

Maddy sourit en entendant la voix déjà familière de sa fille. Elle se rendit compte que c'était presque la même que la sienne.

— J'appelais seulement pour te dire que je t'aime.

— Je t'aime aussi, maman. Oh là là, ça sonne bien, tu ne trouves pas ?

Des larmes se mirent à couler le long des joues de Maddy.

— Oh, oui, ma chérie. Je t'appellerai à Memphis. Bon voyage de retour !

Elle ne voulait pas qu'il lui arrive quoi que ce soit, maintenant qu'elles s'étaient retrouvées. Elle raccrocha, un sourire aux lèvres. Quoi que Jack lui dise ou lui fasse, il ne pourrait plus lui enlever cela, désormais. Après toutes ces années, après tant de pertes et de souffrances, elle était maman.

13

Bill et Maddy se retrouvèrent au Bombay Club à l'heure du déjeuner. La jeune femme portait un tailleur-pantalon Chanel en lin blanc, et avec ses lunettes de soleil remontées sur le sommet de sa tête et son sac en paille, elle ressemblait plus que jamais à un mannequin. Bill était ravi de la voir. Lui-même était très élégant, et ses cheveux blancs contrastaient de façon frappante avec ses yeux bleus et son visage bronzé, lorsqu'il se leva pour l'accueillir. Elle paraissait bien plus heureuse que la dernière fois qu'il l'avait vue, et il s'en réjouit.

Il commanda du vin blanc pour eux deux, et ils bavardèrent quelques minutes avant de consulter le menu. Plusieurs politiciens célèbres déjeunaient là, ainsi qu'un juge de la Cour suprême que Bill avait connu à Harvard.

— Vous m'avez l'air plus pimpante aujourd'hui que la dernière fois, observa-t-il en souriant. Les choses se passent un peu mieux à la maison ?

— Je ne dirais pas ça, mais le Dr Flowers m'est d'une aide précieuse, et il m'est arrivé quelque chose de formidable.

Chaque fois qu'il la voyait, sans trop savoir pourquoi, il craignait qu'elle ne lui annonce qu'elle était enceinte. Maintenant qu'il en savait un peu plus sur Jack, il ne voulait surtout pas qu'elle se retrouve coincée avec lui. Ce qui ne manquerait pas de se produire s'ils avaient un bébé.

— Vous en avez parlé hier, acquiesça-t-il prudemment. Pouvez-vous m'en dire plus, ou est-ce top secret ?

Elle rit de cette formulation.

— Je crois être autorisée à partager l'information avec vous, votre excellence. Je vous fais confiance. Mais oui, c'est un secret.

— Vous n'attendez pas un bébé, Maddy, n'est-ce pas ? demanda-t-il à mi-voix sans dissimuler son inquiétude.

Elle eut un sourire énigmatique, et il réprima un frisson d'angoisse.

— C'est amusant que vous disiez ça. Qu'est-ce qui vous a fait penser une chose pareille ?

Il fut aussitôt convaincu d'être tombé juste.

— Je ne sais pas, c'est seulement une intuition. A la dernière réunion de la commission, vous avez failli vous évanouir. Et une de vos remarques d'hier m'a mis la puce à l'oreille. Pour être honnête, je ne suis pas certain que ce soit une si bonne nouvelle, à ce stade de votre existence. Cela risque de vous enfermer dans ce mariage avec un mari abusif. Est-ce vraiment ce qui vous arrive ? demanda-t-il, à la fois déçu et résigné.

Il fut surpris de la voir secouer la tête.

— Non, rassurez-vous, je ne suis pas enceinte. En fait, je ne peux pas avoir d'enfants.

Il était étrange de discuter de cela avec lui, mais elle se sentait incroyablement à l'aise en sa compagnie. Maintenant qu'il connaissait sa situation conjugale, elle lui faisait entièrement confiance et avait envie de lui livrer tous ses secrets. D'instinct, elle savait qu'il ne la trahirait pas.

— Je suis désolé de l'apprendre, Maddy. J'imagine que cela doit être très douloureux pour vous.

— C'est vrai, ou du moins ça l'était. Mais je n'ai

pas le droit de me plaindre. C'était un choix : je me suis fait stériliser, à la demande de Jack, quand nous nous sommes mariés. Il ne voulait plus d'enfants.

Bill faillit faire remarquer combien c'était égoïste de sa part. Il préféra néanmoins s'abstenir de tout commentaire.

— Mais quelque chose d'extraordinaire s'est produit hier, poursuivit Maddy avec un sourire radieux.

En cet instant, il aurait fallu que Bill fût aveugle pour ne pas voir à quel point elle était belle. Pour lui, elle était un véritable rayon de soleil. Depuis des mois, il était déprimé par la mort de sa femme, et il avait encore du mal à admettre ce qui s'était passé. Mais chaque fois qu'il voyait Maddy, il se sentait heureux et se réjouissait de leur amitié. Il était flatté de la confiance qu'elle lui témoignait et de sa franchise.

— Le suspense est à son comble... Que s'est-il passé ? voulut-il savoir.

— Ma foi, je ne sais pas si je dois commencer par le début ou la fin.

La voyant hésiter ainsi, il ne put s'empêcher de sourire. Il était clair que la nouvelle qu'elle s'apprêtait à lui annoncer était très importante pour elle et lui avait fait merveilleusement plaisir.

— Commencez par le milieu si ça vous chante, mais ne me laissez pas languir ainsi !

— D'accord... Peut-être vaut-il mieux y aller dans l'ordre. Je vais essayer de faire vite. A quinze ans, je fréquentais déjà Bobby Joe, que j'ai épousé après le lycée. Mais durant ces années, il m'a laissée tomber à plusieurs reprises, et durant l'une de nos périodes de séparation, je suis sortie une ou deux fois avec un autre garçon.

Elle hésita, sourcils froncés. Jack avait raison : de quelque manière qu'elle présente son histoire, elle avait l'air d'une fille facile, et elle n'avait aucun mal à deviner ce que Bill allait penser d'elle. Elle ne voulait pas s'inventer des excuses, mais elle redoutait son jugement.

— Et que s'est-il passé ? demanda-t-il.

— Vous n'allez pas être très impressionné lorsque je vais vous le dire, le prévint-elle.

Elle n'avait pas envie qu'il la méprise. Son opinion était très importante pour elle, plus qu'elle ne l'aurait cru, et elle commençait à se demander si elle avait bien fait de se lancer dans ce récit.

— Laissez-moi en juger. Je pense que notre amitié y survivra, ne vous inquiétez pas.

— Mais peut-être pas votre respect pour moi.

Malgré tout, elle était prête à prendre le risque. Elle avait beaucoup d'estime pour Bill et acceptait de s'exposer pour partager son secret avec lui.

— Bref, reprit-elle, je suis sortie avec un autre. Je n'aurais pas dû, mais j'ai couché avec lui. Il était très beau, très charmeur, gentil. Je n'étais pas amoureuse de lui, mais j'étais seule et malheureuse, et flattée qu'il s'intéresse à moi.

— Vous n'avez pas à vous justifier, Maddy, dit-il avec douceur. Il n'y a pas de problème. Beaucoup de gens sont passés par là. Je suis un grand garçon, vous savez, j'ai entendu bien pire.

Elle lui décocha un sourire reconnaissant. Quel contraste avec la réaction de son mari, qui l'avait traitée tour à tour de putain, de minable et de traînée !

— Merci. Ça, c'était la confession numéro un. Confession numéro deux : je suis tombée enceinte. J'avais quinze ans, et mon père a failli me tuer. Je ne me suis rendu compte de mon état qu'à quatre mois de grossesse — j'étais jeune et plutôt ignorante — et il était trop tard pour faire quoi que ce soit. De toute façon, j'étais pauvre, et j'aurais probablement été obligée d'avoir le bébé, même si je m'en étais aperçue plus tôt.

— Vous avez eu un enfant ?

Il paraissait plus surpris que critique. Maddy hocha la tête.

— Oui. Mais jusqu'à hier, personne ou presque n'était au courant. Je suis allée m'installer dans une autre ville pendant cinq mois, et j'ai accouché. C'était une petite fille, dit-elle, tandis que, malgré elle, ses yeux s'embuaient de larmes. Je ne l'ai vue qu'une fois, et ensuite ils m'ont donné une photo d'elle au moment de quitter l'hôpital. C'est tout ce que j'ai jamais eu d'elle, et il y a quelques années j'ai même fini par jeter la photo de peur que Jack ne tombe dessus. Je ne lui ai jamais parlé de mon bébé. Je l'avais donné à adopter et j'étais rentrée chez moi, comme si rien ne s'était passé. Bobby Joe savait, mais il s'en moquait, et nous avons recommencé à sortir ensemble.

— Le père du bébé a-t-il été impliqué d'une manière ou d'une autre ?

— Non. Je lui ai dit que j'étais enceinte, mais il n'a rien voulu entendre. Ses parents possédaient une quincaillerie, et ils pensaient — avec raison, je suppose — que ma famille et moi étions des moins que rien. Ils l'ont convaincu que j'étais probablement enceinte de quelqu'un d'autre. Je ne pense pas qu'il les ait crus, mais il avait trop peur pour s'opposer à eux, et je le connaissais à peine. Je lui ai téléphoné quand le bébé est né, mais il ne m'a jamais rappelée, et trois semaines plus tard, il est mort dans un accident de voiture. Quant à moi, je n'ai jamais su qui l'avait adoptée, ajouta-t-elle, émue.

Raconter son histoire s'avérait plus difficile et plus troublant qu'elle ne l'aurait cru. Bill prit sa main dans la sienne au-dessus de la table pour lui donner du courage. Il ignorait toujours ce qui allait suivre et pensait qu'elle éprouvait seulement le besoin de lui parler de son passé.

— A cette époque, les dossiers d'adoption étaient scellés, et je n'aurais pas pu découvrir où elle était, aussi n'ai-je jamais essayé. J'ai épousé Bobby Joe à ma sortie du lycée, et huit ans plus tard je suis partie. Nous avons divorcé, et je me suis mariée avec Jack. Je sais que c'est mal, mais je ne lui ai rien dit. Je n'y arrivais pas. J'avais peur qu'il cesse de m'aimer en apprenant la vérité.

Une fois encore, sa voix s'étrangla. Le serveur qui s'approchait pour prendre leur commande, sentant le moment mal choisi, demeura à distance.

— Je ne le lui ai jamais dit, répéta-t-elle. C'était une partie de mon passé à laquelle je m'efforçais de ne plus penser, tant les souvenirs étaient douloureux.

Bill écoutait en silence, les yeux humides.

— Et hier, reprit-elle, souriant à travers ses larmes sans lâcher sa main, elle est entrée dans mon bureau.

— Qui ? demanda-t-il.

Il devinait presque la réponse, mais voulait en avoir confirmation, tant cela lui semblait extraordinaire. De pareilles choses n'arrivaient que dans les livres ou les films.

— Ma fille ! Elle s'appelle Lizzie, dit Maddy avec fierté. Elle a mis trois ans à me retrouver. Les gens qui l'avaient adoptée sont morts au bout d'un an, et elle a atterri dans un orphelinat d'Etat de Knoxville, là où je vivais moi-même ! Bien sûr, je n'en ai jamais eu la moindre idée. Je l'imaginais heureuse, dans une famille aimante. Je regrette de ne pas avoir su..., admit-elle avec mélancolie. Enfin, nous nous sommes retrouvées, et c'est tout ce qui compte. Elle a grandi dans des familles d'accueil, et maintenant elle a dix-neuf ans. Elle habite à Memphis. Elle étudie tout en travaillant comme serveuse et elle est tout simplement superbe. Attendez de l'avoir vue ! Nous avons passé cinq heures ensemble hier, et aujourd'hui elle est retournée à Memphis, mais je vais la faire revenir bientôt. Je ne lui en ai pas encore parlé, mais j'aimerais qu'elle vienne s'installer ici, si elle en a envie. Je l'ai appelée hier soir...

Sous le coup de l'excitation, Maddy s'agrippait à sa main comme à une bouée de sauvetage. Sa voix se brisa lorsqu'elle ajouta :

— Elle m'a appelée... maman.

Emu, Bill lui serra la main affectueusement.

— Comment diable a-t-elle fait pour vous retrouver ? s'exclama-t-il, abasourdi par l'histoire de Maddy et ravi de sa fin heureuse.

— Je ne sais pas. Elle a cherché sans relâche, semble-t-il. Je crois qu'elle est retournée à Gatlinburg, la ville où elle est née, pour voir si quelqu'un se souvenait de quelque chose. Le certificat de naissance indiquait mon âge et elle s'est rendue dans toutes les écoles jusqu'à ce qu'elle retrouve un professeur qui se rappelait cette histoire. Il lui a dit que je m'appelais Madeleine Beaumont ; manifestement, il n'avait pas oublié. Ce qui me paraît incroyable, c'est que, pendant tout ce temps, personne n'ait fait le lien entre Madeleine Beaumont et Maddy Hunter. Mais bon, les années avaient passé, et j'imagine qu'il n'y avait guère de similitudes entre l'adolescente enceinte et la présentatrice de télévision. Lizzie, elle, a deviné la vérité en me voyant au journal. A vrai dire, je n'ai jamais beaucoup parlé de moi en public. Il n'y a pas de quoi être fière.

En fait, en partie à cause de tout ce que lui avait dit Jack, elle avait profondément honte de son passé.

— Si, il y a de quoi être fière, objecta Bill.

Il fit signe au serveur de les laisser encore quelques minutes.

— Merci, Bill. Quoi qu'il en soit, elle a réussi à découvrir que je venais de Chattanooga, et d'une manière ou d'une autre, elle a fait le lien que personne d'autre n'avait fait. Elle m'a dit qu'elle regardait régulièrement mon émission, et qu'elle avait lu quelque part que mon nom de jeune fille était Beaumont. Elle lit énormément, ajouta-t-elle fièrement.

Bill sourit. Tout à coup, Maddy s'était transformée en mère, avec dix-neuf ans de retard, mais mieux valait tard que jamais. Sa fille était réapparue dans sa vie exactement au bon moment.

— Elle est venue à la chaîne et a demandé à me voir, continua Maddy.

Comme elle abordait cette partie de son récit, son visage se rembrunit.

— Au lieu de me prévenir, ils l'ont envoyée voir Jack. Il a, semble-t-il, instauré un système obligeant quiconque souhaite me voir à passer d'abord par lui. Il prétend qu'il filtre ainsi les visiteurs pour me protéger, mais je comprends à présent que c'est en fait un moyen de me contrôler et de décider qui je peux ou ne peux pas voir. Il a menti à Lizzie, ajouta-t-elle, encore incrédule. Il lui a dit que mon nom de jeune fille n'était pas Beaumont et que je ne venais pas de Chattanooga. Je ne sais pas si elle a refusé de le croire ou si elle est seulement aussi têtue que moi, mais toujours est-il qu'elle a réussi à pénétrer dans l'immeuble hier, en faisant croire qu'elle livrait des beignets, et elle a fini par arriver jusqu'à mon bureau. Au début, j'ai cru qu'elle allait m'attaquer ; elle avait une expression bizarre et paraissait très nerveuse. Puis elle m'a expliqué le but de sa visite. Et voilà. Maintenant, j'ai une fille, conclut-elle avec un sourire radieux.

C'était presque trop beau pour être vrai, et Bill, submergé par l'émotion, se tamponna les yeux.

— Quelle histoire ! Mais au fait, qu'en a dit Jack ? Je suppose que vous en avez discuté avec lui.

— Oui. Quand je lui ai demandé pourquoi il ne m'avait pas parlé de Lizzie, il a répondu qu'il avait cru que c'était un coup monté, qu'elle essayait de me faire chanter. Son silence, estime-t-il, était parfaitement légitime. Contrairement au mien... Il est fou de rage que je ne lui aie jamais dit que j'avais eu une fille. Je suppose que c'est compréhensible. J'ai eu tort, je le sais. Ma seule excuse, si c'en est une, est que j'ai eu peur. Et peut-être avec raison, car maintenant il me traite de traînée et de putain et menace de me renvoyer. Il ne veut pas entendre parler de Lizzie. Mais à présent que je l'ai retrouvée, je n'ai pas l'intention de la perdre une nouvelle fois.

— Bien sûr que non. Comment est-elle ? Aussi belle que sa mère ?

— Bien plus ! Oh, Bill, elle est magnifique. Très douce, adorable. La pauvre n'a jamais eu de mère ni de vrai foyer. J'aimerais tant faire pour elle !

Bill espérait que la jeune fille était aussi honnête que Maddy le pensait. Mais il comprenait évidemment que Maddy souhaitât qu'elle fît partie de sa vie, désormais.

— Jack dit qu'il ne la laissera pas mettre les pieds à la maison. Il a peur qu'un scandale n'éclate et que cela nuise à mon image.

— Et vous ? Partagez-vous son inquiétude ?

— Pas du tout, répondit-elle avec franchise. J'ai fait une erreur. C'est humain. Je pense que les gens le comprendraient, si les médias s'emparaient de l'affaire.

— A dire vrai, du point de vue de votre image, je crois que ce serait même plus positif que négatif. C'est une histoire très touchante. Mais ce n'est pas là l'important.

— Bill, c'est la chose la plus merveilleuse qui me soit jamais arrivée. Je ne mérite pas d'avoir autant de chance !

— Oh, si ! rétorqua-t-il avec véhémence. En avez-vous parlé au Dr Flowers ?

— Oui, hier soir. Elle était très contente pour moi.

— Cela ne me surprend pas. Moi aussi je me réjouis. C'est un très beau cadeau, et quoi que vous en disiez, vous le méritez amplement. Ç'aurait été vraiment dommage pour vous de ne jamais avoir d'enfant, et cette jeune fille mérite d'avoir une mère.

— Elle est aussi heureuse que moi, acquiesça Maddy.

— En revanche, je ne suis pas surpris de la réaction de Jack. Il se comporte vraiment comme une ordure envers vous à la moindre occasion. Ce qu'il vous a dit est impardonnable, Maddy. Il essaie seulement de vous maltraiter et de vous culpabiliser.

Ils commandèrent enfin à déjeuner, puis la conversation reprit. Le temps passait à toute allure, et ils s'aperçurent bientôt qu'il était déjà quatorze heures trente.

— Qu'allez-vous faire à propos de tout cela ? demanda Bill.

Il s'inquiétait pour elle. Elle allait devoir prendre des décisions difficiles, et pas seulement au sujet de sa fille. Elle était encore sous la coupe d'un mari abusif, et ce dernier n'allait pas disparaître miraculeusement.

— Je ne sais pas encore. Je crois que, dans quelques semaines, je vais aller voir Lizzie à Memphis. J'aimerais bien qu'elle soit mutée à l'université ici.

— Je pourrais peut-être vous aider. Quand vous serez prêtes toutes les deux, faites-le-moi savoir.

— Merci, Bill. Il me reste encore à trouver une solution concernant Jack. Il est terrifié à l'idée d'un scandale médiatique.

— Et alors ? Cela vous préoccupe-t-il vraiment, vous ?

Maddy secoua la tête.

— C'est seulement la réaction de Jack que j'appréhende. Il me torturera sans relâche si cela se produit.

— Je regrette de devoir partir pour Martha's Vineyard demain, dit Bill d'un air préoccupé. Je pourrais rester ici, si vous le souhaitez, mais je ne suis pas sûr que je serais en mesure de faire quoi que ce soit. Je suis toujours persuadé que la seule solution pour vous est de quitter votre mari, Maddy.

— Je sais. Mais le Dr Flowers et moi sommes d'accord : je ne suis pas encore prête à m'en aller. Je lui dois tant, Bill !

Son ami fronça les sourcils d'un air désapprobateur.

— Ne me dites pas que le Dr Flowers est d'accord avec ça aussi !

— Non, reconnut Maddy avec un sourire penaud. Mais elle comprend que je ne puisse pas encore prendre de décision radicale.

— N'attendez pas trop longtemps, Maddy. Un de ces jours, il risque de vous faire vraiment mal. Il ne se contentera pas éternellement de tortures psychologiques.

— Selon le Dr Flowers, plus je deviendrai indépendante, et plus il sera désagréable envers moi.

— Pourquoi rester, dans ce cas ? Il est absurde de prendre un tel risque. Maddy, vous devez vous dépêcher de partir.

Elle était belle, intelligente, célèbre. Toutes les femmes du pays l'enviaient et auraient aimé être à sa place. Pour ellcs, elle était l'indépendance personnifiée, elle pouvait se sortir de n'importe quelle situation difficile... Mais c'était bien plus compliqué que cela, Bill commençait à le comprendre. Elle était prisonnière d'un carcan de terreur et de culpabilité et trop paralysée pour s'enfuir, même si tous autour d'elle étaient persuadés qu'elle en était capable. Elle avait conscience d'évoluer au ralenti ; mais elle avait beau essayer, elle n'arrivait pas à aller plus vite. De plus, elle était persuadée de devoir la vie à Jack.

Bill avait peur que Jack ne finisse par la blesser physiquement, en particulier s'il se rendait compte qu'il ne la contrôlait plus sur le plan affectif. Elle aussi était consciente du danger, mais elle avait encore trop peur pour faire quoi que ce soit. Il lui avait fallu huit ans pour trouver le courage de quitter Bobby Joe. Bill ne pouvait qu'espérer que, cette fois, elle n'attendrait pas aussi longtemps.

— M'appellerez-vous à Vineyard, Maddy ? Je vais m'inquiéter comme un fou.

C'était vrai : il pensait très souvent à elle, sans vraiment comprendre pourquoi. Il pleurait toujours son épouse défunte et demeurait d'autant plus obsédé par sa mort que le livre qu'il terminait l'obligeait à y penser constamment. Et pourtant, depuis quelque temps, il était souvent distrait de son travail par l'image de Maddy, qui s'imposait à son esprit de manière impromptue.

— Je vous appellerai au bureau.

Il avait peur de téléphoner chez elle, ne voulant pas provoquer de crises de jalousie.

— Je vous appellerai aussi. C'est promis. J'aurai beaucoup de choses à faire au bureau, dans les jours qui viennent, et Jack et moi irons probablement passer quelques jours en Virginie. J'aimerais beaucoup pouvoir inviter Lizzie là-bas, mais hélas, je ne pense pas que Jack m'y autorise.

— Je voudrais que tout cela soit terminé, soupira Bill.

Il n'était pas concerné directement, mais il la voyait souffrir et se sentait impuissant et furieux. Il aurait donné n'importe quoi pour pouvoir l'aider. Parfois, cela lui rappelait les mois interminables durant lesquels sa femme avait été détenue en otage. Il attendait constamment de ses nouvelles et était frustré de ne rien pouvoir faire pour elle. C'était cela qui, en définitive, l'avait poussé à agir seul. Et dans sa naïveté, il l'avait tuée, ou du moins était-ce le sentiment qu'il avait. A bien des égards, les deux situations étaient douloureusement semblables.

— Je veux que vous fassiez très attention, dit-il à Maddy lorsqu'il la quitta devant le restaurant. Ne faites rien qui risque de vous mettre en danger. Le moment n'est peut-être pas bien choisi pour affronter Jack. Vous n'avez rien à prouver, Maddy. Vous n'avez pas à gagner son accord. Vous n'avez qu'à le quitter, dès que vous vous en sentirez capable. Il ne va pas vous libérer, vous devez vous libérer vous-même et courir comme une folle jusqu'à ce que vous soyez en sécurité.

— Je sais. Le jour où j'ai quitté Bobby Joe, j'ai laissé mon alliance sur la table de la cuisine et je suis partie en courant. Il lui a fallu des mois pour découvrir où j'étais, et dans l'intervalle, Jack avait pris le relais. Lorsque j'ai commencé à travailler à la chaîne, j'étais mieux protégée que le pape lui-même !

— Vous risquez de devoir en passer par là de nouveau, si vous quittez Jack. Je ne veux pas qu'il vous fasse de mal.

Ou pire, qu'il la tue, s'il perdait brutalement la raison. Bill n'évoqua pas cette possibilité à haute voix, bien qu'il crût Jack capable de tout. C'était un homme sans âme, ni conscience, ni principes.

— Prenez bien soin de vous, « maman », conclut-il en lui souriant affectueusement. J'aime vous imaginer en mère. Cela vous va bien.

— C'cst un sentiment merveilleux, acquiesça-t-elle.

— Profitez-en, vous le méritez.

Il la serra contre son cœur, puis attendit sur le trottoir qu'elle ait démarré pour aller rejoindre sa propre voiture. Et deux heures plus tard, elle recevait au bureau un énorme bouquet de fleurs, toutes roses, entrelacées de rubans roses et blancs. Des ballons roses étaient attachés aux tiges. Un nounours, rose lui aussi, était niché entre les fleurs. « Félicitations pour votre fille. Amitiés, Bill. »

Elle rangea la carte dans un tiroir et sourit. C'était une attention charmante, et elle était touchée. Elle appela son ami pour le remercier, mais il n'était pas encore rentré, et elle laissa un message sur son répondeur pour lui dire combien elle avait apprécié son cadeau.

Elle était toujours aux anges lorsque Jack pénétra dans son bureau, une heure plus tard.

— Qu'est-ce que c'est que ça ? demanda-t-il, furieux, en voyant le bouquet, les ballons et l'ours en peluche.

Il n'était pas difficile de deviner à quoi tout cela faisait référence.

— Rien d'important, juste une plaisanterie, répondit-elle.

— Ben voyons. Qui t'a envoyé ça ?

Il fouilla, en vain, le bouquet à la recherche d'une carte, tandis que Maddy essayait désespérément de trouver un expéditeur plausible.

— Ma thérapeute, dit-elle enfin.

Elle comprit aussitôt que ce n'était pas non plus la bonne réponse. Elle avait vu un analyste, des années plus tôt, mais Jack l'avait dissuadée de continuer. Il s'était senti menacé par le médecin et avait affirmé à Maddy que celui-ci était incompétent. En fin de compte, elle avait trouvé plus facile de cesser les consultations que de s'opposer à son mari. Elle comprenait à présent qu'une fois encore, Jack avait tout fait pour l'isoler.

— Quand as-tu recommencé ces idioties ?

— En fait, c'est juste une amie. Je l'ai rencontrée à une réunion de la commission.

— Seigneur ! Et c'est quoi ? Une pasionaria féministe ?

— Pas vraiment, non. Elle a à peu près quatre-vingts ans, et de nombreux petits-enfants. C'est une femme très intéressante.

— J'imagine. Elle doit être sénile. En tout cas, si tu es incapable de garder ta langue, Mad, tu ne vas pas tarder à te retrouver dans tous les journaux à scandale du pays. Et j'espère que ce jour-là, tu seras contente de toi, parce que je te préviens, ça te coûtera ton emploi. A ta place, je me tairais. Et dis à cette petite traînée de Memphis d'en faire autant, sans quoi je n'hésiterai pas à la poursuivre en diffamation.

— Si elle affirmait être ma fille, ce ne serait pas de la diffamation, observa Maddy, s'efforçant de dissimuler son trouble. Ce serait la vérité. Et elle a le droit d'en parler à qui bon lui semble, même si elle m'a promis de ne pas le faire. Et ne la traite pas de petite traînée, Jack. C'est ma fille, conclut-elle clairement, sans se départir de son ton poli.

Jack lui décocha un regard mauvais.

— Ne me dis pas ce que j'ai à faire, Maddy. Te rappelles-tu à qui tu t'adresses ? Tu m'appartiens.

Elle allait répondre mais se ravisa lorsque sa secrétaire pénétra dans la pièce. La clé du problème était là, cependant. Jack était persuadé qu'elle lui appartenait. Et depuis neuf ans, elle entretenait cette illusion. Pendant longtemps, elle avait cru qu'il avait raison, et elle commençait seulement à prendre conscience de son erreur. Mais elle ne se sentait pas encore capable de réagir.

Quelques minutes plus tard, il repartit dans son bureau, la laissant seule. Presque aussitôt, le téléphone sonna ; c'était Bill. Il avait reçu son message et était content.

— J'adore vos fleurs ! affirma-t-elle, retrouvant le sourire.

La visite de son mari ne l'avait pas troublée outre mesure. Elle était seulement soulagée d'avoir pensé à retirer la carte à temps, sans quoi elle aurait eu encore plus d'ennuis.

— C'est une si charmante attention ! Merci, Bill. Et merci pour le déjeuner.

— Vous me manquez déjà, avoua-t-il un peu maladroitement, comme un jeune homme embarrassé.

Cela faisait des années qu'il n'avait pas envoyé de fleurs à une autre que sa femme mais, en apprenant le retour de la fille de Maddy, il avait voulu fêter l'événement. Il savait combien c'était important pour la jeune femme. Ce qu'elle lui avait raconté et la confiance qu'elle lui avait faite l'avaient beaucoup ému. Jamais il ne la trahirait ; il voulait seulement l'aider. Ils étaient amis, désormais.

— Vous allez me manquer lorsque je serai parti, ajouta-t-il.

Maddy réalisa que lui aussi allait lui manquer. Elle avait pris l'habitude de compter sur lui, ou du moins sur sa présence, même s'ils ne se voyaient pas très souvent. Ils se téléphonaient tous les jours, et pourraient continuer durant le séjour de Bill à Vineyard, sauf les week-ends, naturellement. Ç'aurait été trop dangereux pour elle.

— Je serai de retour dans deux semaines, Maddy. Faites bien attention à vous, d'ici là.

— C'est promis. Et amusez-vous bien avec vos enfants.

— J'ai vraiment hâte de rencontrer Lizzie.

Maddy avait l'impression que toute une partie d'elle-même, dont elle avait presque oublié l'absence, lui avait été restituée. Elle n'avait jamais réalisé à quel point sa fille lui manquait, mais à présent qu'elle l'avait retrouvée, elle en avait conscience jusqu'au plus profond de son âme.

— Je vous la présenterai bientôt, Bill. Bon voyage !

Ils raccrochèrent, et elle demeura un long moment le regard perdu dans le vague, songeant à Bill et aux fleurs qu'il lui avait envoyées. C'était quelqu'un de bien, un bon ami, et elle se réjouissait de l'avoir rencontré. La vie était bizarre parfois. Etrange, ce qu'elle vous ôtait, et étranges aussi les cadeaux qu'elle vous faisait. Pour la première fois, Maddy se sentait en accord avec son passé. Il ne lui restait plus qu'à s'assurer de son avenir.

Dans sa maison de Dunbarton Street, Bill regardait

par la fenêtre. Lui aussi pensait à Maddy. Il priait pour qu'elle soit en sécurité. Toutes les fibres de son être lui criaient en effet que la jeune femme courait un grand danger, bien plus grand qu'elle n'en avait elle-même conscience.

14

Durant les deux semaines d'absence de Bill, tout se déroula plutôt calmement pour Maddy. Jack et elle prirent une semaine de congé et partirent en Virginie. Il était toujours de meilleure humeur, là-bas. Il aimait sa ferme et ses chevaux. Il dut cependant retourner à Washington à plusieurs reprises pour différents rendez-vous avec le président. Chaque fois, Maddy en profitait pour téléphoner à Bill.

« Il ne se comporte pas trop mal ? demandait invariablement ce dernier d'une voix inquiète.

— Tout va très bien », le rassurait-elle.

Elle ne s'amusait pas particulièrement mais n'était pas en danger non plus. Jack se calmait toujours après avoir été odieux avec elle. Comme s'il voulait lui prouver que tout n'était que le produit de son imagination. Le Dr Flowers avait expliqué à Maddy qu'il s'agissait là d'un schéma de manipulation classique : ainsi, si elle se plaignait de la façon dont il la traitait, non seulement elle paraîtrait folle aux yeux de tous, mais encore elle se sentirait folle elle-même.

Jack faisait semblant de ne pas être contrarié par l'existence de Lizzie et se contentait de dire à Maddy qu'il ne jugeait pas sage qu'elle aille à Memphis. On risquait de la reconnaître, et de toute façon il faisait trop chaud là-bas. Et puis, il la voulait près de lui. Il se montrait inhabituellement amoureux et tendre envers elle, et s'il lui faisait très souvent l'amour, c'était avec une grande douceur, si bien qu'elle aurait eu l'air d'affabuler si elle avait dit qu'il lui avait fait mal à Paris.

Maddy avait pris le parti de ne plus argumenter avec lui sur quelque sujet que ce fût. Le Dr Flowers l'avait prévenue que cela risquait d'éveiller les soupçons de Jack, mais malgré tout, Maddy était sincère lorsqu'elle disait à Bill qu'elle se sentait en sécurité.

— Comment avance votre livre ?

Ils en parlaient chaque jour.

— Fini ! annonça-t-il avec fierté.

C'était, pour eux deux, le dernier week-end des vacances, et ils avaient hâte de rentrer à Washington. La commission se réunissait ce lundi-là.

— Je n'arrive pas à le croire, ajouta-t-il en faisant référence à l'achèvement de son livre.

— J'ai hâte de le lire.

— Ce n'est pas vraiment très amusant, la prévint-il.

— Je m'en doute, mais je suis certaine que c'est un très bon livre.

Elle se sentait très fière de lui, elle aussi.

— Je vous en donnerai une copie dès qu'il sera saisi et corrigé, promit-il. Votre opinion est importante pour moi.

Il y eut un long silence. Sans savoir comment s'exprimer, Bill avait envie de lui dire qu'il avait beaucoup pensé à elle, au cours des derniers jours, qu'il s'était constamment inquiété pour elle.

— Vous comptez beaucoup pour moi, reprit-il. Maddy, j'ai si peur pour vous...

— Rassurez-vous, tout va bien. Et je vais être avec Lizzie, le week-end prochain. Elle vient à Washington pour me voir. J'ai vraiment hâte de vous la présenter. Je lui ai beaucoup parlé de vous.

— Je me demande ce que vous avez bien pu lui dire, dit-il d'un air gêné. Pour elle, je dois faire figure de véritable dinosaure !

— Pas du tout. Vous êtes mon meilleur ami, Bill.

Elle n'avait pas été aussi proche de quelqu'un depuis des années, à l'exception peut-être de Greg. Ce dernier avait maintenant une petite amie à New York et se plaisait dans son nouveau travail ; il téléphonait tout de même régulièrement à Maddy. Tous deux avaient vite compris que lorsque Greg laissait un message à Jack à l'intention de Maddy, celui-ci ne le lui transmettait jamais ; même lorsqu'elle était là, si c'était lui qui répondait au téléphone, il ne la lui passait pas. C'était une des raisons pour lesquelles Bill et elle choisissaient avec soin leur moment lorsqu'ils s'appelaient.

— Vous l'êtes pour moi aussi, répondit Bill.

Il ne savait pas quoi dire. Les sentiments qu'il éprouvait pour elle étaient complexes : tantôt il la considérait comme sa fille, tantôt comme une amie, tantôt comme une femme séduisante. Il en allait de même pour elle : elle voyait en lui une sorte de frère, tout en étant souvent frappée par la force de ce qu'elle ressentait à son égard. Cependant, ils n'en avaient encore jamais discuté ensemble.

— Retrouvons-nous pour déjeuner, avant la réunion de la commission, lundi. Etes-vous libre ?

— Oui, et ce sera avec plaisir.

L'extrême gentillesse de Jack ce week-end-là ne fit qu'ajouter à la confusion de Maddy. Il lui rapporta des fleurs du jardin, lui monta son petit déjeuner au lit, alla faire de longues promenades avec elle et lui dit combien elle comptait pour lui. Quand il lui faisait l'amour, c'était avec une douceur et une tendresse nouvelles. Elle avait parfois l'impression d'avoir imaginé les insultes et les mauvais traitements du passé, et à nouveau elle se sentait coupable de tout ce qu'elle avait dit sur lui à Greg, Bill et au

Dr Flowers. Elle aurait voulu corriger l'image négative qu'elle leur avait donnée de son mari et commençait à se demander si, en fin de compte, tout n'était pas sa faute. Peut-être avait-elle le don de le faire sortir de ses gonds ? Lorsqu'il en avait envie et qu'elle se montrait agréable avec lui, il pouvait être si merveilleux !

Elle essaya d'expliquer cela au Dr Flowers le matin de leur retour, mais la thérapeute s'empressa de la mettre en garde.

— Attention, Maddy. Regardez ce que vous êtes en train de faire : vous retombez dans son piège. Il a compris ce que vous pensiez de lui, et maintenant il cherche à vous démontrer que vous vous trompez, pour vous donner l'impression d'être folle et responsable de tout ce qui vous arrive.

A l'entendre, cela semblait si machiavélique que Maddy éprouva un élan de pitié pour Jack. Elle l'avait vraiment dépeint sous une lumière très négative, et maintenant le Dr Flowers prenait son mari pour un monstre. Elle préféra ne pas en parler à Bill durant leur déjeuner, de peur qu'il ne réagisse de la même manière. Ils discutèrent de son livre qu'il avait vendu à un éditeur plusieurs mois auparavant, grâce à un agent littéraire.

— Quels sont vos projets pour l'automne ? demanda-t-il à Maddy.

Il espérait l'entendre répondre qu'elle allait quitter son mari, mais elle ne dit rien de tel. Elle paraissait plus heureuse et plus détendue que jamais. Tout avait l'air d'aller bien pour elle.

Néanmoins, Bill était toujours très inquiet. A l'instar du Dr Flowers, il craignait que Jack ne la piège de nouveau et ne l'emprisonne à jamais, alternant les périodes de répit et de harcèlement, jusqu'à ce qu'elle craque complètement.

— Je vais essayer de reprendre l'émission en main, déclara-t-elle. Notre taux d'audience a énormément plongé. Je croyais que c'était à cause de Brad, mais Jack pense que je me suis laissée aller également, et que ma présentation n'est pas à la hauteur. Il trouve aussi mon choix de reportages très ennuyeux depuis quelque temps. J'ai l'intention de faire des recherches pour quelques émissions spéciales. J'aimerais redynamiser un peu le journal.

Comme d'habitude, Jack lui faisait des reproches, alors qu'elle n'était pas responsable de la perte d'audience, Bill en était sûr. Et comme d'habitude, elle acceptait son blâme. Ce n'était pas de la sottise de sa part ; simplement, elle était sous la coupe de son mari, et ce dernier savait se montrer très convaincant. Bien sûr, à moins de connaître sa façon de procéder, il était très difficile pour quelqu'un d'extérieur de deviner ce qui se passait réellement. Quant à Maddy, elle ne disposait pas du recul nécessaire.

Après son déjeuner avec Maddy, Bill fut tenté d'appeler le Dr Flowers pour en parler avec elle. Cependant, il savait qu'à présent que Maddy était sa patiente, la psychiatre refuserait de discuter de son cas avec qui que ce soit, ce qu'il comprenait parfaitement. Il n'avait d'autre choix que de rester spectateur, en attendant d'intervenir pour aider son amie, si cela devenait nécessaire.

Une nouvelle fois, il songea à Margaret, et aux longs mois d'attente qu'il avait passés. Il souffrait encore au souvenir de l'issue tragique des événements, et était bien décidé, cette fois, à ne pas commettre la même erreur et à ne pas effrayer l'ennemi en intervenant. Mieux que quiconque, il savait que Jack était un adversaire de taille, particulièrement rusé.

La commission progressait bien, et il était question que les réunions deviennent plus fréquentes. La *First Lady* avait convié six participants supplémentaires, et ils mettaient en place une campagne de publicité qui devait être lancée à l'automne, pour alerter l'opinion publique sur les questions de violence domestique et sur les différents crimes dont les femmes étaient victimes. Six spots étaient prévus, et des sous-groupes avaient été formés pour travailler sur chacun. Maddy et Bill participaient au sous-comité qui s'intéressait au viol, et cela leur avait permis de découvrir des statistiques terrifiantes. Un autre sous-comité traitait des meurtres, mais ni l'un ni l'autre n'avaient souhaité en faire partie.

Lizzie arriva, le week-end suivant, et Maddy lui réserva une chambre au Four Seasons. Elle invita Bill à venir prendre le thé avec elles, et il fut très impressionné par la jeune fille. Comme Maddy l'avait dit, elle était très belle et tout aussi brillante que sa mère. De plus, elle paraissait particulièrement cultivée, ce qui était admirable étant donné l'enfance difficile qu'elle avait connue. Elle n'avait jamais manqué une journée d'école, était passionnée par les cours qu'elle suivait à l'université de Memphis et lisait avec avidité tout ce qui lui tombait sous la main.

— J'aimerais la faire entrer à Georgetown pour le trimestre prochain, expliqua Maddy à Bill, comme ils prenaient le thé dans les salons de l'hôtel.

Lizzie avoua qu'elle serait ravie d'être admise dans la prestigieuse université.

— J'ai quelques connaissances qui pourraient vous aider, déclara Bill. Qu'aimeriez-vous étudier ?

— La politique étrangère et la communication, répondit Lizzie sans hésitation.

— J'aurais voulu pouvoir lui obtenir une bourse par la chaîne, mais ce n'est malheureusement pas possible, expliqua Maddy avec regret.

Elle n'avait pas dit à Jack que Lizzie était là et n'en avait pas l'intention. Dernièrement il se montrait tellement gentil envers elle qu'elle ne souhaitait pas le contrarier. Il disait avoir envie de l'emmener de nouveau en Europe en octobre, mais elle n'en avait pas encore parlé à Bill.

— Si Lizzie vient s'installer à Washington, nous lui trouverons un petit appartement dans le quartier de Georgetown.

— Assurez-vous qu'elle y soit en sécurité, insista Bill.

Tous deux avaient été horrifiés par ce qu'ils avaient appris sur les viols aux réunions de la commission.

— Ne vous inquiétez pas, j'en ai bien l'intention, acquiesça Maddy, pensant à la même chose. Nous lui trouverons probablement une colocataire.

Lorsque Lizzie s'éclipsa pour aller se repoudrer le nez, Bill confia à Maddy à quel point il la trouvait charmante.

— C'est une fille formidable, vous devez être très fière d'elle, lui dit-il en souriant.

— Oui, même si je n'y suis pour rien.

Maddy avait prévu d'emmener Lizzie au théâtre ce même soir. Elle avait dit à Jack qu'elle se rendait à un dîner en rapport avec les travaux de la commission et il n'avait pas protesté. Il n'oubliait jamais que cette commission était présidée par Phyllis Armstrong en personne.

Lorsque Lizzie rejoignit Bill et Maddy quelques instants plus tard, ils parlèrent encore de l'université et des projets de Lizzie de venir s'installer à Washington pour se rapprocher de sa mère. Pour toutes les deux, c'était un rêve devenu réalité. Bill, quant à lui, estimait qu'elles le méritaient bien.

Il était dix-sept heures lorsqu'il prit congé d'elles, et quelques minutes plus tard Maddy laissa Lizzie à l'hôtel, pour rentrer chez elle voir Jack et se changer pour le théâtre. Lizzie et elle allaient assister à une toute nouvelle production du *Roi et Moi*, et Maddy se réjouissait de faire découvrir à Lizzie sa première comédie musicale. Il y avait tant de choses qu'elles pourraient faire ensemble ! La jeune femme avait hâte de commencer.

Lorsqu'elle arriva à la maison, Jack se détendait en regardant les informations. Depuis quelque temps, les présentateurs du week-end obtenaient de meilleurs taux d'audience que Brad et elle, mais Jack refusait toujours d'admettre que Brad pût être responsable de ces résultats décevants. Il était pourtant clair qu'il n'était pas assez séduisant pour présenter le journal. Les manœuvres de Jack pour se débarrasser de Greg s'étaient retournées contre lui. Malgré cela, il continuait à accuser Maddy et à lui dire que c'était sa faute. Et le producteur de l'émission n'osait pas lui donner tort, bien qu'il fût de l'avis de Maddy. Personne n'aimait s'opposer à Jack.

Jack avait prévu de dîner avec des amis, ce soir-là, et quand elle le quitta, il était en train de s'habiller. Il l'embrassa tendrement au moment de lui dire au revoir et elle partit le cœur léger. C'était tellement plus agréable ainsi ! Peut-être les mauvais moments étaient-ils derrière eux, désormais ? Elle ne pouvait s'empêcher de l'espérer.

Elle passa chercher Lizzie à l'hôtel en taxi et elles se rendirent directement au théâtre. Lizzie assista à la pièce avec la fascination émerveillée d'une petite fille, et applaudit à tout rompre lorsque le rideau retomba.

— Je n'ai jamais rien vu d'aussi génial, maman ! s'exclama-t-elle avec enthousiasme en quittant le théâtre.

Au même instant, Maddy remarqua du coin de l'œil un homme armé d'un appareil photo qui les regardait. Un flash éclaira brièvement la scène, mais l'homme disparut presque aussitôt. Ce n'était pas très grave, songea Maddy ; il s'agissait sans doute d'un touriste qui l'avait reconnue et avait voulu emporter sa photographie en souvenir. Elle oublia aussitôt l'incident. Elle était trop occupée par sa conversation avec Lizzie pour s'intéresser à autre chose. Elles avaient passé une merveilleuse soirée.

Lizzie monta dans un taxi avec elle et Maddy la déposa à son hôtel. Après l'avoir embrassée, elle lui promit de la retrouver le lendemain matin pour le petit déjeuner. Une fois encore, elle serait obligée de mentir à Jack. Elle détestait cela mais n'avait pas le choix. Elle lui dirait qu'elle allait à l'église, il ne l'y accompagnait jamais. Après cela, Lizzie reprendrait l'avion pour Memphis, et Maddy passerait la journée avec Jack. Tout était parfaitement orchestré, et la jeune femme était ravie de la soirée qu'elle avait passée avec sa fille et contente d'elle-même en rentrant à la maison, cinq minutes plus tard.

Jack était dans le salon et regardait les nouvelles du soir. Elle lui décocha un large sourire ; elle était sur un petit nuage, après avoir partagé tant de moments si agréables avec Lizzie.

— Tu t'es bien amusée ? demanda Jack innocemment lorsqu'elle vint s'asseoir près de lui.

Maddy hocha la tête sans cesser de sourire.

— C'était intéressant, mentit-elle, consciente de ne pouvoir lui révéler qu'elle avait vu sa fille.

Il le lui avait tout simplement interdit.

— Qui as-tu vu, là-bas ?

— Phyllis, bien sûr, et la plupart des femmes de la commission. Elles forment un bon groupe, conclut-elle.

Elle se sentait affreusement coupable et mourait d'envie de changer de conversation.

— Phyllis était présente ? s'étonna-t-il en arquant un sourcil. Ma foi, elle est très douée. Je viens juste de la voir à la télévision, elle visitait un temple à Kyoto. Le président et elle sont arrivés au Japon ce matin.

Maddy le regarda un instant en silence. Elle ne savait que répondre.

— Bon, maintenant, si tu me disais avec qui tu étais vraiment ? Un homme ? Tu me trompes ?

D'une main, il l'attrapa par la gorge et serra doucement. Maddy s'efforça de ne pas paniquer et le regarda droit dans les yeux.

— Je ne te ferais pas ça, répondit-elle.

Elle sentait sa trachée se refermer petit à petit.

— Alors où étais-tu ? Essaie de me dire la vérité, cette fois.

— Avec Lizzie.

Sa voix n'était plus qu'un murmure.

— Qui c'est ça ?

— Ma fille.

— Oh, pour l'amour du ciel !

Il la repoussa violemment et elle retomba sur les coussins du canapé. Elle prit une profonde inspiration et sentit avec soulagement l'air emplir ses poumons.

— Peux-tu m'expliquer ce que cette petite traînée fabriquait ici ?

— Ce n'est pas une traînée, répondit-elle calmement, et j'avais envie de la voir.

— Tu vas te retrouver à la une de tous les journaux à scandale. Je t'avais ordonné de ne plus t'approcher d'elle.

— Nous avons besoin l'une de l'autre, rétorqua-t-elle.

Il lui jeta un regard empli de fureur. Il avait horreur qu'elle lui désobéisse.

— Je te l'ai déjà dit : pour ton propre bien, tu ne peux pas te permettre de la fréquenter. Si tu penses que ton taux d'audience est minable maintenant, attends de voir ce qu'il en restera quand cette histoire sera révélée. Et crois-moi, il y a de grandes chances pour que ta fille chérie alerte la presse à la première occasion.

— Elle a seulement envie de me voir, Jack. Elle ne recherche pas la publicité, affirma Maddy.

Elle était désolée de lui avoir menti et de l'avoir

mis à ce point en colère. Mais il se montrait tellement dur dès qu'il était question de Lizzie qu'elle avait l'impression de ne pas avoir eu le choix.

— C'est ce que tu t'imagines, dit-il avec hauteur. Comment peux-tu être aussi stupide ? Attends qu'elle commence à te demander de l'argent. A moins que ce ne soit déjà fait ? ajouta-t-il, les yeux plissés d'un air soupçonneux. Tu sais, tu commences à devenir franchement pénible. Tu me causes ennui sur ennui. Où est-elle maintenant ?

— A l'hôtel. Au Four Seasons.

— Elle a bien de la chance, dis-moi. Et tu prétends que ce n'est pas l'argent qui l'intéresse ?

— Je te dis qu'elle a besoin d'une mère.

Maddy voulait l'apaiser, mais il paraissait toujours ivre de rage. Il s'était levé et arpentait la pièce. Enfin, il s'arrêta pour la regarder avec une irritation mêlée de mépris.

— Tu es constamment en train d'essayer de me faire couler, pas vrai, Maddy ? D'abord tu m'infliges un éditorial sur cette folle de Janet McCutchins, puis tu massacres l'audience du journal... Et maintenant ça ! Tu sais quoi ? Cette histoire va causer ta perte, Mad. Tu vas voir. Et crois-moi, tu seras la première désolée quand ça arrivera.

Il n'ajouta pas un mot : il se contenta de monter à l'étage au pas de charge. Maddy l'entendit claquer la porte de sa salle de bains et demeura un moment au salon. Elle essayait de trouver un moyen de lui expliquer combien Lizzie était importante pour elle, et combien elle était désolée de l'avoir contrarié. Tout était sa faute, elle le savait. Jamais elle n'aurait dû lui cacher qu'elle avait eu un bébé. Peut-être n'aurait-il pas réagi aussi violemment si elle lui en avait parlé dès le début. A présent, elle ne pouvait plus que s'excuser et se montrer aussi discrète que possible à ce sujet. Mais une chose était sûre : elle n'avait pas l'intention de renoncer à sa fille, maintenant qu'elle l'avait enfin retrouvée.

Après avoir éteint toutes les lampes du rez-de-chaussée, elle monta au premier. Le temps qu'elle passe sa chemise de nuit, Jack s'était mis au lit, le dos tourné et la lumière éteinte. Elle était certaine cependant qu'il ne dormait pas, et quand elle s'allongea près de lui, il lui dit sans ouvrir les yeux :

— J'ai horreur que tu me racontes des histoires. J'ai l'impression de ne plus pouvoir te faire confiance. Tu es tout le temps en train d'essayer de me nuire.

— Je suis vraiment désolée, Jack, dit-elle en lui effleurant l'épaule de la main.

Elle avait déjà oublié qu'il l'avait à moitié étranglée une demi-heure plus tôt, quand il l'avait accusée de le tromper.

— Je ne cherche pas à te faire de la peine, continua-t-elle. Mais j'ai vraiment envie de voir Lizzie.

— Je te l'ai dit, c'est hors de question. Tu ne peux pas te mettre ça dans la tête ? Je n'ai jamais voulu d'enfants, et toi non plus, dit-il en se tournant vers elle pour la regarder. Et je n'ai certainement jamais voulu me retrouver coincé avec une petite catin de dix-neuf ans fraîchement débarquée de Memphis.

— Je t'en prie, ne parle pas d'elle de cette façon, supplia-t-elle.

En même temps, elle voulait plus que tout qu'il lui pardonne de l'avoir trahi, de lui avoir menti, de lui avoir caché pendant toutes ces années l'existence de sa fille illégitime. Elle se rendait bien compte que cela faisait beaucoup à accepter. Malgré tout, elle ne pouvait s'empêcher de regretter que la réaction de son mari ne fût pas plus proche de celle de Bill. Ce dernier avait beaucoup apprécié Lizzie lorsqu'il l'avait rencontrée.

— Je veux que tu cesses de la voir, décréta Jack. Tu me dois bien ça, Mad. Tu ne m'as jamais parlé d'elle ; j'exige désormais qu'elle disparaisse à nouveau de nos vies à tous les deux. Tu n'as pas besoin d'elle. Tu ne la connais même pas, bon sang !

— Je ne peux pas faire une chose pareille. Je n'aurai jamais d'autres enfants. Et je n'aurais jamais dû l'abandonner.

— Tu veux donc continuer à la voir, même si ça doit te coûter ton mariage ?

C'était une menace de taille.

— Es-tu en train de me dire que c'est ce qui va se passer ? demanda-t-elle, horrifiée.

Il la forçait à faire un choix qui lui briserait immanquablement le cœur. Pour le moment, elle ne voulait pas le quitter. Il s'était montré si gentil envers elle depuis quelques semaines qu'elle avait commencé à se convaincre que les choses pourraient s'arranger entre eux. Et maintenant... Elle regrettait de lui avoir menti pour pouvoir emmener Lizzie au théâtre. En même temps, il était extrêmement important pour elle de continuer à voir sa fille, et elle ne savait pas comment y arriver sans mettre son mari en rage.

— C'est possible, dit Jack, en réponse à sa question concernant les risques qu'encourait leur mariage. Cette histoire de petite bâtarde n'a jamais fait partie de notre contrat. En fait, j'avais même lourdement insisté sur la question des enfants. Tu m'as épousé en me mentant ; tu m'avais dit que tu n'avais jamais eu d'enfants. Tu t'es montrée malhonnête. Je pourrais faire annuler notre mariage pour ça.

— Après sept ans ? s'exclama-t-elle, choquée.

— Si je peux prouver que tu m'as menti et trahi — et c'est le cas —, il n'y a pas de mariage qui tienne. Tu ferais mieux de réfléchir à ça avant de faire entrer davantage ta fille dans nos vies. Penses-y sérieusement, Mad. Je ne plaisante pas.

Là-dessus, il lui tourna le dos pour de bon et ferma les yeux. Cinq minutes plus tard, il ronflait, sous le regard incrédule de Maddy. Elle ne savait que dire ou faire. Elle ne voulait pas renoncer à Lizzie une seconde fois. Elle ne pouvait pas lui faire une chose pareille, et elle-même ne supporterait pas de la perdre. Mais elle ne voulait pas non plus quitter Jack. Il lui avait tant donné... Cette nuit-là, elle demeura éveillée des heures, rongée par la culpabilité.

Au matin, hélas, elle n'avait toujours pas de réponse à son dilemme. Elle expliqua à Jack qu'elle allait dire au revoir à Lizzie à son hôtel et prendre le petit déjeuner avec elle, et qu'elle reviendrait ensuite pour qu'ils puissent passer la journée tous les deux.

— Tu as intérêt à lui dire que tu ne la reverras pas, Mad. Tu es en train de jouer avec le feu. Vis-à-vis de moi et vis-à-vis de la presse. C'est un lourd prix à payer pour une gamine que tu ne connais même pas et que tu auras oubliée demain.

— Je te l'ai dit, Jack, lui rappela-t-elle avec honnêteté, je ne peux pas faire ça.

Elle ne voulait plus lui mentir, désormais.

— Il faudra bien, pourtant.

— Je ne lui ferai pas ça, répéta-t-elle.

— Ah, parce que tu préfères me faire ça à moi, n'est-ce pas ? Voilà qui en dit long sur ce que tu penses de notre couple.

Il avait prononcé ces derniers mots d'un ton peiné, en victime consommée.

— Tu ne te montres pas raisonnable, Jack, essaya-t-elle de lui expliquer.

Aussitôt, une expression outragée se peignit sur les traits de son mari.

— Raisonnable ? Tu te moques de moi ? Tu es folle ? Tu trouves ça raisonnable, toi, de m'imposer ta fille abandonnée après m'avoir juré que tu n'avais jamais eu d'enfant ?

— C'était mal de ma part, je le reconnais. Mais je ne te demande pas de la voir toi, Jack. Moi j'en ai envie, c'est tout.

— Dans ce cas, tu es encore plus folle que je ne

le pensais. Que dirais-tu d'un portrait de famille en couverture de *People*, hein ? Ça te plairait ? Parce que c'est ce qui va se produire tôt ou tard, et ce jour-là tu pourras dire adieu à ton cher public.

— Peut-être pas, répondit-elle calmement. Peut-être que les gens se montreront plus compréhensifs que toi.

— Enfin, pour l'amour du ciel, veux-tu revenir sur terre ?

Ils se disputèrent à ce sujet durant une demi-heure. Jack dut partir ensuite — il avait prévu de jouer au golf avec deux des conseillers du président — mais avant de prendre congé il mit de nouveau Maddy en garde : il voulait qu'elle dise définitivement adieu à Lizzie.

Cela n'empêcha pas la jeune femme d'aller rejoindre sa fille comme prévu pour le petit déjeuner. Elles passèrent un bon moment. Lizzie remarqua que Maddy avait l'air contrarié, mais cette dernière nia : elle ne voulait pas l'inquiéter et n'avait pas l'intention de lui dire qu'elle ne la verrait plus jamais. Au contraire, elle lui promit de la faire bientôt revenir passer le week-end avec elle, et de se renseigner sur les admissions à Georgetown. Au moment de se séparer, elles s'embrassèrent et s'étreignirent longuement, et Maddy donna à Lizzie de quoi payer son taxi pour l'aéroport. Elle lui proposa davantage, mais la jeune fille déclina son offre. Elle faisait très attention à ne pas abuser de sa générosité et n'avait accepté que le billet d'avion, la nuit d'hôtel et le taxi. Quand Maddy avait suggéré de lui ouvrir un compte en banque, elle avait refusé avec véhémence. Elle ne voulait pas profiter de sa mère. Hélas, Maddy savait que jamais Jack ne le croirait.

A midi, elle était de retour chez elle. Jack, lui, n'était pas encore rentré. Elle en profita pour appeler Bill et lui raconter tout ce qui s'était passé.

— C’est ma faute, soupira-t-elle d’une voix désolée. Je n’aurais jamais dû lui mentir.

Bill n’était pas de son avis.

— Il se comporte comme un monstre dans cette affaire et se pose en victime. Ce n’est pas lui la victime, Maddy, c’est vous. Pourquoi ne vous en rendez-vous pas compte ? demanda-t-il, plus frustré que jamais par cette situation.

Ils en discutèrent pendant près d’une heure, et à la fin de la conversation Maddy paraissait encore plus déprimée qu’au début. Bill avait l’impression qu’elle ne comprenait pas ce qu’il essayait de lui expliquer. Il se demandait si elle parviendrait jamais à se libérer des chaînes qui l’emprisonnaient. Dernièrement, elle semblait reculer plutôt qu’avancer.

Ce soir-là, à son retour, Jack ne dit pas un mot sur Lizzie. Maddy se demandait si c’était bon ou mauvais signe. Etait-il en train de préparer un nouvel ultimatum ? En tout cas, elle fit de son mieux pour lui être agréable. Elle lui prépara un bon dîner et ils bavardèrent normalement. Ils firent l’amour ce soir-là, et il se montra plus doux que jamais, si bien qu’elle se sentit encore plus coupable de l’avoir contrarié.

Le lendemain, alors qu’ils allaient travailler, toute l’affaire leur explosa au visage, exactement comme Jack l’avait prédit. La photographie de Lizzie et Maddy prise devant le théâtre était en première page de tous les journaux à scandale ; quelqu’un avait soit découvert, soit acheté la vérité. « Maddy Hunter et sa fille enfin réunies », proclamaient les titres. Les journalistes révélaient tout ce qu’ils avaient pu apprendre, à savoir que la jeune femme avait eu à quinze ans un bébé qu’elle avait donné à adopter. Certains magazines publiaient même des interviews de Bobby Joe et d’anciens professeurs de Maddy. Il était clair que les reporters avaient fait des recherches fouillées.

Jack pénétra au pas de charge dans le bureau de Maddy, des dizaines de coupures de journaux à la main.

— C'est du joli, hein ? J'espère que tu es fière de toi. Que sommes-nous censés faire, maintenant ? Nous te présentons comme la Vierge Marie depuis neuf ans, et aujourd'hui tout le monde sait qui tu es vraiment : une putain. Mais pourquoi refuses-tu toujours de m'écouter ?

Sur la photographie, Lizzie et Maddy se ressemblaient tant qu'elles auraient pu être jumelles. Furieux, Jack arpentait le bureau comme un taureau blessé.

Maddy appela Lizzie à Memphis pour la mettre en garde, et quand Jack l'eut enfin laissée seule pour retourner dans son propre bureau, elle téléphona au Dr Flowers et à Bill, qui tous deux lui dirent à peu près la même chose : ce n'était pas sa faute, et ce n'était pas si grave qu'elle le pensait. Le public l'aimait et savait qu'elle était une femme bien. Le fait qu'elle eût commis une erreur de jeunesse ne ferait que la rendre plus humaine et plus sympathique encore aux yeux des téléspectateurs. La photographie de Lizzie et elle était charmante ; elles se tenaient par la taille et souriaient toutes les deux.

Mais Jack avait fait tout son possible, et avec succès, pour qu'elle se sente coupable et terrifiée. Et même Lizzie avait pleuré lorsqu'elle l'avait appelée.

« Je suis tellement désolée, maman ! Je ne voulais pas t'attirer des ennuis. Est-ce que Jack est vraiment furieux ? »

Elle s'inquiétait pour Maddy ; Jack ne lui avait pas plu du tout lorsqu'elle l'avait rencontré et elle le trouvait franchement inquiétant. Il y avait chez lui quelque chose de sinistre.

« Il n'est pas content, mais il s'en remettra, avait affirmé Maddy, préférant atténuer les choses.

— Est-ce qu'il va te renvoyer ?

— Je ne pense pas. Et puis, je ne crois pas que le syndicat l'y autorise. Ce serait de la discrimination. »

A moins que Jack ne parvienne à faire jouer la clause de moralité de son contrat. Quoi qu'il en soit, il était furieux contre elle, et elle était malade à la pensée de l'avoir contrarié.

« Nous allons devoir attendre que ça passe. Mais promets-moi de ne parler à aucun journaliste.

— Juré. Je ne l'ai pas fait, et je n'ai pas l'intention de commencer maintenant. Je ne ferais jamais quoi que ce soit pour te faire du mal. Je t'aime, maman. »

Elle sanglotait, et Maddy avait fait de son mieux pour la rassurer et la consoler.

« Moi aussi je t'aime, ma chérie, et je te fais confiance. Ne t'inquiète pas, ils finiront par se lasser. Essaie de ne pas trop y penser. »

Mais dès midi, les reporters de la télévision commencèrent à la harceler. Les réceptionnistes de la chaîne devenaient folles : tous les médias du pays avaient téléphoné pour essayer d'obtenir une interview.

— Nous devrions peut-être leur donner ce qu'ils veulent, finit par suggérer le responsable des relations publiques du réseau. Au fond, ce n'est pas si terrible que ça. Elle a eu un bébé à quinze ans. Bon. C'est arrivé à d'autres. Elle ne l'a pas noyé, pour l'amour du ciel, et maintenant l'histoire est plutôt touchante, si nous la présentons comme il faut. Qu'en pensez-vous, Jack ? demanda-t-il, plein d'espoir, avec un coup d'œil en direction de son employeur.

— Je pense que je lui donnerais volontiers un coup de pied qui l'enverrait jusqu'à Cleveland, voilà ce que je pense, rétorqua Jack.

Jamais il n'avait été aussi furieux contre elle.

— Elle est nulle d'avoir avoué à cette petite catin qu'elle était sa mère. Sa mère ! Comme si cela signifiait quelque chose dans un cas pareil. Elle a couché avec un caïd de lycée quelconque, s'est retrouvée enceinte et a abandonné la gosse dès sa naissance. Et maintenant, elle fait sa petite sainte et parle de sa fille chérie. Cette gamine profite de la notoriété de Maddy sans même qu'elle s'en rende compte.

— Cela va peut-être un peu plus loin que ça, fit valoir son interlocuteur, diplomate.

La violence de la réaction de Jack le surprenait. Certes, il subissait beaucoup de pressions dernièrement : l'audience de l'émission de Maddy baissait de jour en jour, et cela pouvait expliquer en partie sa colère contre elle. Mais tout le monde savait qu'elle n'était pas responsable, et nombreux étaient ceux qui avaient essayé de l'expliquer à Jack. Hélas, il ne voulait rien entendre.

Il bouillonnait toujours lorsque Maddy et lui rentrèrent chez eux ce soir-là. Un peu plus tôt, il avait de nouveau essayé de faire jurer à Maddy qu'elle ne reverrait plus Lizzie, mais la jeune femme avait refusé. A minuit, il était si furieux qu'il quitta la maison en claquant la porte et ne revint que le lendemain matin, sans une explication. Maddy ne savait pas où il était allé : elle n'avait pas osé le suivre, car elle avait repéré par la fenêtre des caméras et des journalistes postés devant leur porte. Pour le moment, elle n'avait d'autre choix que de se faire aussi discrète que possible et d'attendre que les choses se tassent, comme elle l'avait recommandé à Lizzie. Cette dernière s'était fait héberger par des camarades d'université afin d'éviter les journalistes qui la guettaient devant sa pension de famille, et son patron, impressionné de découvrir qu'elle était bel et bien la fille de Maddy Hunter, lui avait donné une semaine de vacances.

En vérité, Jack était le seul à ne pas être impressionné. Il était même tout sauf impressionné. Il suspendit Maddy pendant deux semaines pour la punir des perturbations qu'elle leur avait causées et lui ordonna de se reprendre en main, de laisser tomber sa fille et de ne revenir travailler qu'ensuite. Elle était en disgrâce, et il la prévint, rouge de colère, que si elle osait lui mentir de nouveau, à propos de quoi que ce fût, il la tuerait.

De son côté, Maddy n'éprouvait qu'une intense culpabilité. Tout était sa faute. Comme toujours.

15

Au fil du mois de septembre, les journaux à scandale se désintéressèrent peu à peu de Maddy et de sa fille. Des reporters se présentèrent à une ou deux reprises au restaurant où travaillait Lizzie, à Memphis, mais son patron la cacha dans l'arrière-cuisine jusqu'à leur départ, et ils finirent par cesser de venir. Pour Maddy, c'était un peu plus difficile : en tant que personnage public, elle avait davantage de mal à éviter la presse. A la demande expresse de Jack, cependant, elle se refusa à tout commentaire. La photographie prise après *Le Roi et Moi* exceptée, les journalistes ne disposaient de rien. Maddy aurait aimé pouvoir crier à la terre entière qu'elle était très fière de Lizzie et ravie que la jeune fille l'ait retrouvée, mais par amour pour Jack, elle s'abstint, et ne confirma même pas que Lizzie était bien sa fille.

Toutes deux avaient estimé plus raisonnable que la jeune fille ne vienne pas à Washington pendant quelque temps, mais Maddy, avec l'aide de Bill, continuait les démarches pour lui obtenir une place à l'université de Georgetown. C'était d'autant plus facile que Lizzie avait toujours obtenu d'excellentes notes. Ses professeurs de Memphis lui avaient même donné des lettres de recommandation dithyrambiques.

Les réunions de la commission se poursuivaient, et Bill se réjouissait d'y retrouver Maddy. Cependant, il la trouvait tendue, fatiguée et inquiète. Les révélations de la presse l'avaient beaucoup affectée, et elle lui avoua à plusieurs reprises que Jack continuait à lui faire des reproches à ce sujet. Il la blâmait également pour la baisse d'audience du journal, affirmant que celle-ci s'expliquait par le scandale médiatique qui avait entouré la découverte de sa fille illégitime.

Bill était déjà au courant de tout cela : Maddy et lui s'appelaient quotidiennement. En revanche, il ignorait comment la jeune femme réagirait à long terme, et cela l'inquiétait plus que tout. Il se demandait si elle quitterait jamais son mari. Elle avait cessé d'en parler et semblait se considérer comme responsable de tous leurs problèmes.

Bill était si contrarié par cette situation qu'à l'issue d'une des réunions de la commission, il prit le Dr Flowers à part et lui glissa un mot à ce sujet. Naturellement, la vieille dame ne lui révéla rien ; elle se contenta de le rassurer.

— La plupart des femmes tolèrent les mauvais traitements pendant des années, observa-t-elle.

Elle était autant intriguée par l'intérêt visible de l'ancien ambassadeur que par la violence de sa réaction. Il paraissait fou d'angoisse.

— Et n'oubliez pas que cette forme d'abus est la subtile, la plus pernicieuse, poursuivit-elle. Les hommes comme Jack savent s'y prendre. Il fait en sorte qu'elle se sente coupable, il se pose en victime. Et elle le laisse faire, Bill.

— Comment pouvons-nous l'aider ?

Il avait désespérément envie de se rendre utile mais ne savait pas par où commencer.

— Soyez là pour elle. Ecoutez-la. Attendez. Dites-lui en toute honnêteté ce que vous pensez, ce que vous voyez. Malheureusement, si elle a envie de se culpabiliser, rien ne pourra l'en empêcher. Mais rassurez-vous, elle finira un jour par s'en sortir. Pour l'instant, vous lui êtes déjà d'une aide précieuse.

Elle ne le lui dit pas, mais elle savait par Maddy qu'ils s'appelaient tous les jours et que la journaliste attachait une grande importance à l'amitié de Bill. Eugenia ne pouvait s'empêcher de se demander si son attachement n'allait pas plus loin, mais Maddy affirmait que non, que ni l'un ni l'autre n'éprouvaient de sentiments amoureux. La psychiatre n'en était pas si sûre, mais ne s'en mêlait pas. De toute façon, elle appréciait beaucoup Bill et éprouvait un grand respect tant pour lui que pour Maddy.

— J'ai peur qu'un de ces jours, la subtilité fasse place à quelque chose de plus cru, avoua Bill. Je crains qu'il ne lui fasse du mal.

— C'est ce qu'il fait déjà, répondit-elle sans ambages. Il est rare néanmoins que les hommes comme lui deviennent violents. Je ne peux pas vous promettre que cela n'arrivera pas, mais je le crois plus malin que ça. Bien sûr, plus il sentira sa proie lui échapper, et pire il sera. Il ne la laissera pas s'en aller sans lutter.

Ils parlèrent encore un moment après le départ de Maddy, mais quand Bill rentra chez lui, il n'était guère optimiste. Il ne s'était senti aussi impuissant qu'une seule fois dans sa vie et ne pouvait s'empêcher de se demander si sa peur ne venait pas des souvenirs terribles qu'il gardait de l'enlèvement et du meurtre de sa femme. Avant cela, il n'aurait jamais pensé que quelque chose d'aussi affreux pouvait se produire.

La semaine suivante, il remit à Maddy le manuscrit corrigé de son livre. Elle l'emporta avec elle en week-end. Elle en avait déjà lu la moitié et pleurait à chaudes larmes lorsque Jack s'aperçut de sa peine.

— Qu'est-ce qui peut bien te mettre dans des états pareils ? demanda-t-il avec curiosité.

Ils étaient en Virginie, il pleuvait, et elle avait passé le plus clair de l'après-midi allongée sur le canapé, à lire et pleurer. La description de ce que Bill avait éprouvé lorsque les terroristes avaient enlevé sa femme lui fendait le cœur.

— C'est le livre de Bill Alexander. Il est très bien écrit.

— Oh, pour l'amour du ciel ! Qu'est-ce qui te prend de lire des idioties pareilles ? Ce type est un raté. Ça m'étonnerait qu'il ait pu écrire quoi que ce soit qui vaille la peine d'être lu.

Jack méprisait ouvertement Bill ; et il l'aurait sans doute détesté davantage encore s'il avait su combien il soutenait Maddy, jour après jour. La jeune femme se demanda s'il n'avait pas deviné quelque chose, pour se montrer aussi agressif.

— C'est très émouvant, répondit-elle simplement.

Jack n'en parla plus, mais lorsqu'elle chercha le manuscrit ce soir-là, elle ne le trouva pas et finit par lui demander s'il ne l'avait pas vu.

— Si. J'ai jugé préférable de t'épargner une nuit de larmes. Je l'ai mis à la poubelle. C'est sa place légitime.

— Tu l'as jeté ? s'exclama-t-elle, choquée et incrédule.

— Tu as mieux à faire. Si tu passais un peu plus de temps à travailler tes reportages, tu obtiendrais peut-être de meilleurs taux d'audience.

— Tu sais très bien que je fais énormément de recherches, protesta-t-elle, sur la défensive.

Elle travaillait en ce moment sur un scandale qui menaçait d'éclater au sein de la CIA et sur une affaire de contrebande.

— Et tu sais aussi que la baisse de l'audience n'a rien à voir avec mon travail.

— Peut-être que tu vieillis. Le public n'aime pas les femmes de plus de trente ans, c'est connu.

Il faisait tout son possible pour la déprécier.

— Tu n'avais pas le droit de jeter ce livre. Je n'avais pas fini de le lire, et j'avais promis à Bill de lui rendre son manuscrit.

Jack accueillit cette réaction avec une indifférence absolue. Ce n'était qu'une preuve de plus de son manque de respect vis-à-vis d'elle et de Bill Alexander. Heureusement, le manuscrit détruit n'était qu'une copie, et non l'original.

— Ne perds pas ton temps, Mad.

Il monta dans leur chambre et, quand elle le rejoignit, il lui fit l'amour. Dernièrement, elle avait remarqué qu'il recommençait à se montrer brutal, comme pour la punir de ses nombreuses transgressions. Il n'était pas violent au point qu'elle s'en plaigne, et si elle lui en parlait, il répondait qu'elle était paranoïaque et s'imaginait des choses. Cependant, il avait beau essayer de la convaincre qu'il se comportait normalement avec elle, elle savait qu'il n'en était rien.

La semaine suivante, à leur retour à Washington, Brad surprit tout le monde en résolvant le problème principal du journal. Avant même d'aller annoncer la nouvelle à Jack, il expliqua à Maddy qu'être présentateur n'était pas facile, même en compagnie de quelqu'un d'aussi talentueux qu'elle.

— J'ai toujours pensé que je passais plutôt bien à la télévision, mais il y a une grosse différence entre parler deux minutes à côté d'un char d'assaut ou devant une ambassade et présenter tout un journal. Je ne crois pas que je sois doué pour ça. Et pour être franc, ça ne me plaît pas, conclut-il avec un sourire triste.

Il avait déjà accepté d'être le correspondant en Asie d'une autre chaîne. Il serait basé à Singapour et avait hâte de prendre son nouveau poste. Bien que Maddy eût commencé à l'apprécier davantage, elle fut soulagée de le voir partir ; restait à savoir quelle serait la réaction de Jack.

En fin de compte, ce dernier ne fit pratiquement aucun commentaire. Le lendemain, un mémo circula annonçant le départ de Brad à la fin de la semaine. Certes, Maddy n'avait qu'à regarder son mari pour deviner qu'il était loin d'être ravi, mais il ne lui dit pas un mot à ce sujet. Il fit seulement observer que cela représentait une responsabilité supplémentaire pour elle, en attendant qu'ils aient trouvé quelqu'un d'autre pour présenter le journal avec elle.

— J'espère que l'audience ne va pas couler à pic, dit-il d'un air inquiet.

Mais ses craintes se révélèrent rapidement infondées. Dès que Brad eut quitté l'émission, au lieu de plonger, le taux d'audience remonta de façon spectaculaire, et le producteur suggéra même à Jack de laisser Maddy continuer en solo. Mais Jack affirma qu'elle n'avait pas les épaules nécessaires pour assumer seule le journal. Il voulait qu'elle ait un partenaire. C'était encore une manière de la rabaisser, mais Maddy s'en moquait : dans l'intervalle, l'audience avait atteint des sommets, et elle en était heureuse, même si Jack faisait semblant de l'ignorer.

En dépit de ce succès qui la soulageait infiniment, Bill la trouvait toujours déprimée lorsqu'il lui parlait au téléphone. Greg lui manquait, et Lizzie aussi. Elle ne savait pas précisément quel était le problème, mais elle admettait avoir le moral à zéro.

Aussi fut-elle particulièrement heureuse lorsque Bill l'appela pour lui annoncer qu'il avait réussi à obtenir une place à Georgetown pour Lizzie. La jeune fille avait les notes et les capacités requises, et son dossier d'inscription avait fait grosse impression dès le début, mais pendant un certain temps, son admission avait été incertaine, en raison du très grand nombre de candidats. Georgetown était l'une des universités les plus réputées du pays, et tout le monde voulait y entrer. Par chance, en faisant jouer ses relations, Bill avait pu faire pression sur le jury pour qu'il accepte Lizzie en priorité. Aux anges, Maddy expliqua à Bill qu'elle allait louer un petit appartement à Georgetown pour Lizzie, et qu'ainsi elles pourraient se voir aussi souvent qu'elles le souhaiteraient. Maddy lui était infiniment reconnaissante de son aide.

— J'ai tellement hâte d'annoncer la nouvelle à Lizzie !

— Dites-lui bien que je n'y suis pour rien, dit Bill avec humilité. Elle a mérité d'être prise. Je n'ai fait qu'ouvrir quelques portes, mais rien ne se serait produit si elle n'avait pas eu largement le niveau requis.

— Vous êtes un saint, Bill, dit Maddy en souriant.

Elle avait été mortifiée lorsqu'elle avait dû lui avouer que Jack avait jeté son manuscrit à la poubelle, mais il n'avait pas paru surpris. Il lui avait envoyé une autre copie du livre, qu'elle avait lue au bureau durant ses pauses. Elle l'avait terminée la veille, et ils en parlèrent un long moment. Elle était certaine que l'ouvrage aurait un impact important. Il était non seulement intelligent, mais chaleureux et honnête, et avant tout humain.

Ce week-end-là, elle put annoncer en personne à Lizzie qu'elle était admise à Georgetown. Jack était parti passer le week-end avec plusieurs relations d'affaires à Las Vegas, et Maddy en profita pour se rendre à Memphis. Lizzie et elle allèrent dîner dehors, bavardèrent longuement, firent des projets. Maddy promit de lui trouver un appartement en décembre, avant le début du second trimestre. Lizzie n'en revenait pas.

— Ne me prends rien de trop cher, dit-elle à sa mère d'un air inquiet. Si je vais à l'université à plein temps, je ne pourrai travailler que le soir et le week-end.

— Et quand comptes-tu faire tes devoirs ? demanda Maddy d'un air sévère, parfaitement à l'aise dans son nouveau rôle de mère. Tu ne peux pas mener de front un emploi et tes études si tu veux avoir de bonnes notes, Lizzie.

Lizzie n'était guère de cet avis. Elle avait déjà

réussi à faire un an et demi d'université en travaillant, et entendait bien continuer ainsi.

— M'ont-ils proposé une bourse ? demanda-t-elle.

— Eux non, mais moi si. Ne sois pas bête, Lizzie. Les temps ont changé. Tu as une mère, à présent.

Et une mère qui gagnait bien sa vie, puisqu'elle présentait l'un des journaux télévisés les plus regardés du pays. Elle avait bien l'intention de payer les études de Lizzie, ainsi que son appartement et ses dépenses courantes. Elle le lui dit sans ambages.

— Il n'est pas question que tu gagnes ta vie. Tu mérites de faire une pause. Tu as mené une existence assez difficile comme ça.

Maddy avait beaucoup de temps à rattraper et comptait s'y mettre sur-le-champ. Elle ne pouvait pas changer le passé, mais avait au moins la possibilité d'assurer l'avenir de sa fille.

— Je ne peux pas te laisser faire ça. Je te rembourserai un jour, dit Lizzie solennellement.

— Tu pourras toujours m'entretenir quand je serai vieille, plaisanta Maddy, comme une fille dévouée.

En vérité, elles étaient déjà extrêmement attachées l'une à l'autre, et une fois encore elles passèrent ensemble un merveilleux week-end. Elles avaient rapidement découvert qu'elles avaient beaucoup d'idées et de goûts en commun. La musique était leur seul point de discorde, et elles en discutaient avec véhémence. Lizzie était une adepte du punk et de la country, deux genres que Maddy avait en horreur.

— J'espère que ça te passera avec l'âge, la taquinait-elle.

Mais Lizzie jurait que non.

— Ce que tu écoutes est tellement guimauve, beurk ! s'exclamait-elle en retour.

Elles firent de longues promenades et passèrent une matinée tranquille, le dimanche, après être allées à la messe. Puis Maddy reprit l'avion pour Washington et rentra avant le retour de Jack de Las Vegas. Il avait dit qu'il serait à la maison vers minuit. Elle, de son côté, ne lui avait pas fait part de son intention d'aller à Memphis et ne comptait pas lui parler de son voyage et de Lizzie. Le sujet était encore trop sensible.

Elle rangeait les quelques affaires qu'elle avait emportées, lorsque le téléphone sonna. Elle fut surprise de reconnaître la voix de Bill ; il ne l'appelait généralement jamais chez elle, seulement au bureau, de crainte que Jack ne décroche.

— Je tombe mal ? demanda-t-il, nerveux.

— Non, pas de problème. Je viens juste de rentrer de Memphis. Lizzie est folle de joie, à propos de Georgetown.

— J'en suis heureux. J'ai pensé à vous toute la journée. Je suis content que tout aille bien. Je ne sais pas pourquoi, mais je m'inquiétais pour vous.

Depuis qu'elle était entrée dans sa vie, il n'arrivait pas à penser à autre chose. Elle était dans une situation difficile. Elle avait l'impression de tant devoir à Jack qu'elle croyait devoir tolérer tout ce qu'il lui faisait, et jusqu'alors, Bill n'avait pu la convaincre qu'elle se trompait, même si elle avait commencé à admettre que Jack la maltraitait. Pour Bill, c'était extrêmement frustrant. Il avait tout le temps peur pour elle et avait même parlé d'elle à ses enfants, qui avaient été surpris d'apprendre qu'il la connaissait.

— Votre mari est là ? demanda-t-il avec prudence.

Cependant, il devinait que Jack était absent, sans quoi elle n'aurait pas parlé de Lizzie aussi ouvertement.

— Non, il est allé passer le week-end à Las Vegas. Il devait dîner sur place et assister à un spectacle avant de rentrer. Il a dit qu'il serait de retour vers minuit, mais à mon avis il n'arrivera pas avant trois ou quatre heures du matin.

— Que diriez-vous de dîner avec moi, dans ce cas ? suggéra-t-il aussitôt, soulagé de la trouver seule. Je m'apprêtais à faire des pâtes et une salade. C'est tout simple, mais je serais ravi que vous partagiez ce repas avec moi. Si vous préférez, nous pouvons sortir.

Ils avaient déjeuné ensemble à plusieurs reprises, mais c'était la première fois qu'il l'invitait à dîner. Elle était toujours heureuse de passer un moment avec lui ; il était son confident et son mentor, et à certains égards, son ange gardien. Maintenant que Greg était parti, Bill était son meilleur ami.

— Je serais ravie de dîner avec vous, acquiesça-t-elle en souriant.

Tous deux estimèrent qu'ils seraient plus tranquilles chez lui : mieux valait éviter de faire courir des rumeurs à leur sujet.

— Vous voulez que j'apporte quelque chose ? Du vin ? Un dessert ? Des serviettes en papier ? demanda-t-elle gaiement.

— Juste vous. Et ne vous faites pas trop d'illusions, je cuisine plutôt mal. Je ne m'y suis mis que récemment.

— Ne vous inquiétez pas, je vous aiderai.

Une demi-heure plus tard, elle arrivait chez lui, une bouteille de vin rouge à la main. Elle portait un jean, un pull blanc, et avait lâché ses cheveux. Ainsi, elle ressemblait plus que jamais à Lizzie. Bill lui en fit la remarque.

— Elle est tellement belle ! s'exclama fièrement Maddy.

Elle fut très impressionnée par les talents culinaires de Bill. Il était en jean lui aussi et avait relevé les manches de sa chemise bleue. Il avait préparé une délicieuse salade accompagnée d'une baguette croustillante, et ses *fettucine* étaient succulents. Le vin qu'elle avait apporté s'accordait parfaitement avec ce repas. Installés dans la cuisine avec vue sur le jardin qu'il aimait tant, ils parlèrent d'une foule de choses : de ses postes diplomatiques, de sa carrière d'enseignant, de son livre, de l'émission de Maddy, et enfin des enfants de Bill. Comme deux bons amis, ils étaient parfaitement à l'aise l'un avec l'autre. Ils pouvaient discuter de n'importe quoi, et Bill lui fit même part de ses inquiétudes concernant le ménage de sa fille. Il trouvait que cette dernière travaillait trop, qu'elle avait eu trop d'enfants en peu de temps, et que son mari se montrait critique envers elle.

— Je ne me suis vraiment rendu compte de l'importance qu'avaient les enfants qu'une fois que je n'ai plus pu en avoir, avoua Maddy. J'ai été stupide de laisser Jack me convaincre de me faire opérer. Mais c'était si important pour lui, et il avait tant fait pour moi... J'avais l'impression de le lui devoir. Toute ma vie, on m'a dit quoi faire, si je devais avoir des enfants ou pas, les donner à adopter...

Heureusement, à présent qu'elle avait retrouvé Lizzie, elle était moins amère à ce sujet.

— Imaginez comme ma vie serait triste si je n'avais pas eu ma fille. J'aurais été condamnée à ne jamais avoir d'enfants.

— C'est difficile à concevoir. Ce sont mes enfants qui me donnent envie de continuer à vivre, admit-il. Parfois, je me dis que j'ai toujours attaché plus d'importance à la famille que Margaret. Elle prenait les choses avec plus de recul, alors que j'étais inquiet de nature et avais tendance à surprotéger les enfants.

Maddy comprenait mieux cela désormais. Elle pensait constamment à Lizzie, craignant que quelque chose ne lui arrive et que le plus beau cadeau qu'elle eût jamais reçu lui fût arraché.

— Je me sentirai éternellement coupable de l'avoir abandonnée. C'est un miracle qu'elle s'en soit si bien sortie. A bien des égards, elle est beaucoup plus équilibrée que moi, observa-t-elle avec une admiration non dissimulée.

Bill déposa devant elle une coupe de mousse au chocolat qui, comme tout le reste, s'avéra délicieuse.

— Elle n'a pas eu une vie aussi difficile que la

vôtre, Maddy, fit-il valoir. Je vous trouve incroyablement équilibrée, moi, étant donné votre passé. Bien sûr, grandir dans des orphelinats et des familles d'accueil n'a pas dû être facile tous les jours non plus. Je suis tellement content que vous vous soyez retrouvées, toutes les deux !

Là-dessus, il lui posa une question étrange :

— Maintenant que vous l'avez, et que vous voyez ce que c'est que d'être mère, envisageriez-vous d'avoir d'autres enfants ?

— J'adorerais ça, mais je crains qu'il y ait bien peu de chances que cela n'arrive un jour, répondit-elle avec un sourire mélancolique. Je n'en ai pas abandonné d'autres, et maintenant, je ne peux plus en avoir. Le seul moyen pour moi d'élever d'autres enfants serait d'en adopter, mais Jack n'accepterait jamais.

Bill fut attristé d'apprendre que Jack jouait encore un rôle aussi important. Dernièrement, elle ne parlait plus du tout de le quitter. Elle n'était pas heureuse de sa situation mais n'avait pas non plus le courage de s'en aller. Elle avait encore l'impression de devoir beaucoup à son mari, en particulier après lui avoir menti à propos de Lizzie.

— Et si Jack n'était pas là ? Adopteriez-vous un enfant ?

— Probablement, admit-elle, surprise elle-même. A vrai dire, je n'y ai jamais réfléchi. Peut-être parce que je n'ai jamais envisagé de quitter Jack. Et encore maintenant, j'ignore si j'aurai un jour la force de le faire.

— En avez-vous envie ? De quitter Jack, je veux dire.

Parfois il songeait que oui, et à d'autres moments que non. C'était une part de l'existence de Maddy où la culpabilité, la confusion et le conflit régnaient en maîtres, l'empêchant de prendre une décision ferme.

— J'aimerais faire cesser la souffrance et la peur,

me débarrasser de la culpabilité que j'éprouve quand je suis avec lui... Je suppose que ce que je voudrais vraiment, c'est pouvoir être avec lui sans tout cela, mais ce n'est pas possible, hélas, je le sais. Je ne veux pas quitter l'homme que j'aurais aimé qu'il soit, l'homme qu'il a été parfois. Mais je ne veux pas non plus rester avec celui qu'il est trop souvent. Comment tout concilier ? Je ne sais jamais vraiment qui il est, ni qui je suis moi-même, et qui je quitterais si je m'en allais.

— Peut-être connaissons-nous tous des problèmes semblables, quoique à une moindre échelle.

D'une certaine manière, elle était incapable d'agir parce que son attachement à Jack contrebalançait son désir de fuir. Alors que Bill, lui, estimait que les mauvais traitements que Jack lui faisait subir auraient dû faire pencher la balance. Mais il n'avait pas connu une enfance aussi difficile que la sienne, qui l'avait prédisposée à supporter toutes sortes d'abus. Elle avait mis neuf ans à se rendre compte que Jack et Bobby Joe avaient beaucoup en commun.

— Même moi, poursuivit Bill, j'oublie certaines des choses que faisait Margaret et qui m'énervaient. Quand je repense aujourd'hui aux années que nous avons partagées, tout semble parfait... Mais nous avions nos divergences d'opinions, comme la plupart des gens, et nous avons connu des moments difficiles. Quand j'ai accepté mon premier poste diplomatique et que nous avons dû quitter Harvard, elle a menacé de s'en aller. Elle n'avait aucune envie de s'expatrier et pensait que j'étais devenu fou. En fin de compte, ajouta-t-il avec un regard triste en direction de Maddy, elle avait raison. Je n'aurais jamais dû me lancer là-dedans. Sans cela, elle serait en vie, aujourd'hui.

— Vous ne pouvez pas dire ça, dit Maddy avec douceur en posant sa main sur la sienne. On n'échappe pas à son destin, Bill. Elle aurait pu mourir dans un accident de voiture ou d'avion, être assassinée dans la rue, souffrir d'un cancer incurable... Vous ne pouvez pas savoir ce qui se serait passé. Et à l'époque, vous étiez certainement persuadé de prendre la bonne décision.

— Oui. Je n'aurais jamais cru la Colombie aussi dangereuse, ni notre position là-bas si exposée. Si j'avais su, je n'aurais jamais accepté le poste.

— C'est certain, acquiesça Maddy.

Il prit sa main dans la sienne et la serra. Il se sentait bien avec elle, rassuré et en paix.

— Et je suis sûre que Margaret en était persuadée aussi, reprit-elle. On ne peut pas cesser de prendre l'avion sous prétexte que des catastrophes se produisent parfois. Nous sommes tous obligés de mener notre vie de notre mieux, en prenant des risques que nous jugeons raisonnables. La plupart du temps, cela en vaut la peine. Vous ne pouvez pas vous rendre malade à cause de ça. C'est injuste. Vous méritez mieux que ça, affirma-t-elle.

— Vous aussi, Maddy, dit-il sans lâcher sa main. J'aimerais que vous le croyiez.

— J'essaie d'apprendre, répondit-elle dans un murmure. Pendant de longues années, beaucoup de gens m'ont répété le contraire, et il n'est pas facile d'oublier.

— J'aimerais tant pouvoir effacer tout cela ! J'aimerais vous protéger, vous aider.

— C'est ce que vous faites. Plus que vous ne l'imaginez. Je serais perdue, sans vous.

Elle lui disait tout, partageait avec lui ses peurs, ses espoirs, ses problèmes. Il savait tout de sa vie, bien plus que Jack lui-même. Et elle lui était reconnaissante de toujours être là pour elle.

Il leur servit à chacun une tasse de café, puis ils sortirent s'asseoir dans le jardin. Il faisait frais, mais le temps était encore agréable. Ils s'assirent sur un banc, et Bill entoura de son bras les épaules de Maddy. La soirée avait été parfaite, apothéose idéale d'un merveilleux week-end.

— Il faut que nous recommencions un de ces jours, déclara-t-il. Si vous pouvez vous libérer, bien sûr.

Il avait eu de la chance que Jack soit parti à Las Vegas.

— Je ne pense pas que Jack comprendrait, répondit-elle avec franchise.

Elle n'était pas certaine de comprendre elle-même. Elle savait que Jack serait furieux s'il apprenait qu'elle avait dîné avec Bill Alexander. Mais elle avait déjà décidé de ne pas lui en parler. Décidément, elle lui cachait beaucoup de choses, depuis quelque temps...

— Je serai toujours là pour vous, Maddy, si vous avez besoin de moi. J'espère que vous le savez.

Il se tourna vers elle pour la regarder. La lumière du salon éclairait son visage aux traits délicats.

— Oui, je le sais, Bill, merci.

Longtemps, leurs regards se perdirent l'un dans l'autre, puis il l'attira plus près de lui et ils restèrent assis là un long moment, silencieux, paisibles, à l'aise l'un avec l'autre comme de vrais amis.

16

A Washington, le mois d'octobre fut plus animé qu'à l'ordinaire. Le monde politique était agité de tensions ; les problèmes en Irak continuaient à coûter la vie à de nombreux soldats américains, et le public était mécontent.

Jack embaucha un nouveau coprésentateur. Il s'appelait Elliott Noble et était mieux que Brad, mais extrêmement difficile à vivre et jaloux de Maddy au point de se montrer désagréable avec elle. Ce n'était pas la première fois qu'il présentait un journal télévisé, et même s'il était glacial, il était doué et le taux d'audience ne souffrit pas du changement. Il augmenta même légèrement. Mais au contraire de Greg, ou même de Brad, Elliott était quelqu'un de vraiment pénible.

Il était là depuis une semaine lorsque Jack annonça à Maddy qu'il l'emmenait de nouveau en Europe. Il avait des réunions à Londres pendant trois jours et souhaitait qu'elle l'accompagne. Elle ne trouvait pas très judicieux de partir si peu de temps après l'arrivée d'Elliott et craignait que les gens ne s'imaginent qu'il avait été engagé pour la remplacer, mais Jack affirma qu'elle s'inquiétait pour rien et exigea qu'elle vienne avec lui. Elle accepta à contrecœur. Cependant à la dernière minute elle attrapa un mauvais rhume qui dégénéra en otite et ne put prendre l'avion. Jack s'envola donc sans elle, visiblement mécontent, et décida par vengeance de rester en Angleterre toute la semaine et d'aller rendre visite à des amis dans le Hampshire durant le week-end. Maddy ne s'en plaignit pas : cela lui permit de voir Lizzie, et même de visiter quelques appartements avec elle. Elles ne trouvèrent rien qui leur convînt mais passèrent un bon moment. De toute façon, elles avaient le temps de chercher, puisque la jeune fille ne devait pas emménager avant décembre. Bill les emmena dîner toutes les deux.

Sur le chemin du retour, Maddy s'arrêta au supermarché faire des courses. Elle sursauta en voyant une photo de Jack à la une d'un journal à sensation. « Le mari de Maddy aurait-il lui aussi un secret ? » interrogeait la une. La photographie le représentait au bras d'une autre femme, très jeune et très blonde, devant Annabel's, à Londres. Il arborait une expression étonnée, tout comme Maddy en cet instant. Elle acheta le magazine et le lut avec attention une fois de retour chez elle. Elle avoua à Lizzie que cet article la contrariait.

— Tu sais comment c'est, observa la jeune fille, philosophe. Ils faisaient probablement partie d'un groupe de gens, ou alors ils sont simplement amis. Peut-être même est-ce la petite amie de quelqu'un d'autre et qu'il l'a raccompagnée pour lui rendre service. Ces journalistes sont écœurants, et la plupart du temps ils racontent n'importe quoi. Personne ne croit leurs mensonges.

C'était bien possible, mais Maddy avait l'impression d'avoir reçu une gifle, et elle ne pouvait détourner son regard de la photographie de Jack et de la blonde.

Cela faisait deux jours qu'il ne l'avait pas appelée, et elle décida de lui téléphoner au Claridge, où elle savait qu'il était descendu. Mais à la réception on lui dit qu'il avait quitté l'hôtel pour le week-end et elle raccrocha, dépitée. Elle n'avait pas le numéro des amis chez qui il était allé. Elle ne fit plus allusion à cette affaire, mais broya du noir durant tout le week-end. Et quand Jack rentra chez eux le lundi, elle était au bord de l'explosion.

— Eh bien, tu m'as l'air d'une humeur charmante ! s'exclama-t-il, jovial, en entrant dans le salon. Que t'arrive-t-il, Mad ? Tu as toujours mal aux oreilles ?

Il paraissait en pleine forme. Sans un mot, Maddy sortit le magazine qu'elle avait mis de côté et le lui tendit. Il y jeta un coup d'œil indifférent, puis il haussa les épaules et sourit.

— Et alors ? Où est le problème ? J'étais avec des amis, et cette fille et moi sommes sortis de la boîte en même temps. Ce n'est pas un crime, que je sache.

Il ne semblait pas éprouver la moindre culpabilité et ne prit même pas la peine de lui présenter des excuses. Maddy ne savait pas si elle devait être rassurée ou furieuse.

— Tu as dansé avec elle ? demanda-t-elle sans le quitter des yeux.

— Bien sûr. J'ai dansé avec des tas de gens ce soir-là. Je n'ai pas couché avec elle, si c'est ce que tu veux savoir, ajouta-t-il, allant droit au but.

Il avait l'air contrarié qu'elle doute de sa fidélité.

— C'est de ça que tu m'accuses, Mad ?

A l'entendre, on eût cru que c'était elle, la fautive.

— J'étais inquiète. Elle est plutôt jolie, et l'article avait l'air de dire que tu étais sorti avec elle.

Les journaux te font passer pour une traînée, mais je ne crois pas tout ce qu'ils racontent, moi, si ?

Elle eut l'impression d'avoir reçu un coup de poing à l'estomac.

— Ce n'est pas très gentil de dire ça, Jack, observa-t-elle avec douceur.

— Mais c'est vrai, non ? Personne ne m'a encore découvert de bâtards, que je sache. Si c'était le cas, tu pourrais te plaindre, mais en l'occurrence, j'estime que tu n'as pas ton mot à dire. Etant donné les mensonges que tu m'as racontés et toutes les choses que tu m'as cachées, personne ne pourrait me reprocher de te tromper.

Comme d'habitude, il rejetait entièrement la faute sur elle. De fait, en y réfléchissant, elle dut admettre qu'il avait en partie raison. Elle ne lui avait pas dit qu'elle allait installer Lizzie à Washington ou qu'elle voyait régulièrement Bill et lui téléphonait chaque jour. Jack avait réussi à retourner la situation et à la culpabiliser, au lieu de discuter de sa propre infidélité présumée.

— Je suis désolée. Simplement, ça paraissait...

Elle s'interrompit, honteuse d'avoir nourri des doutes à son sujet.

— Ne sois pas si prompte à accuser, Mad. Quoi de neuf, au bureau ?

Comme toujours, il ne tenait aucun compte de ce qu'elle éprouvait. Il ne poursuivait une conversation que s'il en avait décidé ainsi et y voyait un intérêt ; en l'occurrence, ce n'était manifestement pas le cas. Il s'était contenté de la remettre à sa place, et passait à autre chose.

Par la suite, à cause des reproches qu'elle lui avait faits ce jour-là, il l'accusa à plusieurs reprises de flirter ouvertement avec son coprésentateur à l'antenne. Elliott était jeune, célibataire et séduisant, et Jack commença à insinuer que des rumeurs couraient sur eux deux. Ces accusations contrariaient sérieusement Maddy. Elle en parla à Bill, qui lui dit que Jack cherchait seulement à faire oublier sa propre incartade ; mais elle continuait à penser qu'il était réellement jaloux et à s'en vouloir terriblement.

Elle était loin d'être au bout de ses peines. Ce qu'il lui avait dit à propos d'Elliott n'était rien, en effet, par rapport à ce qu'il lui assena lorsqu'il apprit qu'elle avait été vue au Bombay Club en train de déjeuner avec Bill.

— C'est pour ça que tu m'as fait toute cette histoire ? Tu essayais de détourner mon attention ? Tu couches avec ce vieil imbécile, Maddy, c'est ça ? Si c'est le cas, j'ai pitié de toi. Tu ne peux peut-être plus trouver mieux ?

— Tu es ignoble ! s'exclama-t-elle, folle de rage.

Elle était furieuse, tant de l'accusation que de l'entendre parler ainsi de Bill. Il n'avait rien d'un « vieil imbécile » ; c'était un homme passionnant, amusant, bon et très séduisant. Et bien qu'il eût vingt-six ans de plus qu'elle, elle oubliait instantanément cette différence d'âge lorsqu'ils étaient ensemble.

Les choses ne firent qu'empirer quand Jack interrogea une réceptionniste à l'insu de Maddy et réussit à lui faire avouer que Bill appelait la jeune femme presque tous les jours. Cinq minutes plus tard, Jack pénétrait dans le bureau de sa femme, menaçant et accusateur.

— Espèce de sale menteuse ! Qu'y a-t-il entre vous, hein ? Depuis quand est-ce que ça dure ? Depuis que tu participes à cette satanée commission ? N'oublie pas que ce minable a réussi à tuer sa femme. Peut-être te fera-t-il la même faveur, si tu n'y prends pas garde.

— Comment peux-tu dire une chose pareille ?

Les yeux de Maddy s'étaient instantanément remplis de larmes devant la brutalité et la cruauté de ces accusations. Elle ne savait pas comment se défendre ; elle n'avait aucun moyen de prouver qu'elle n'entretenait pas de liaison avec Bill Alexander.

— Nous sommes seulement amis. Je ne t'ai jamais trompé, Jack.

Elle l'implorait du regard de la croire. Au lieu de le détester, elle était horriblement affectée par ses paroles.

— A d'autres ! Je te connais. N'oublie pas que tu m'as déjà menti à propos de ta fille.

— C'était différent ! sanglota-t-elle.

— Non. Je ne crois plus un mot de ce que tu me dis. Pourquoi te ferais-je confiance ? Ta fille chérie est là pour me rappeler que tu n'es qu'une menteuse et une traîtresse.

— Bill et moi sommes seulement amis, Jack, insista-t-elle.

Mais il ne voulait rien entendre.

Il sortit du bureau en claquant la porte si fort que le panneau de verre fumé faillit voler en éclats. Tremblante, Maddy demeura un long moment immobile, en larmes. Elle pleurait toujours lorsque Bill l'appela, une demi-heure plus tard. Elle lui expliqua ce qui s'était passé.

— Je pense que vous devriez arrêter de me téléphoner. Il croit que nous avons une liaison.

Et ils ne pourraient plus déjeuner ensemble non plus. Elle avait l'impression d'être soudain privée de sa seule source d'oxygène. Comment tiendrait-elle le coup, sans Bill ? Mais elle n'avait pas le choix, estimait-elle.

— Je vous appellerai, moi. Ce sera plus simple, ajouta-t-elle tristement.

— Il n'a pas le droit de vous parler de cette façon ! s'insurgea Bill, outragé.

Et encore lui avait-elle donné une version considérablement expurgée de sa conversation avec Jack. S'il avait entendu les paroles exactes de celui-ci, il aurait été fou de rage.

— Je suis tellement désolé, Maddy...

— Tout va bien, ne vous inquiétez pas. C'est ma faute. Je l'ai mis hors de lui en l'accusant d'être sorti avec une autre femme à Londres.

— C'est normal, vous aviez vu une photo ! C'était loin d'être une réaction déraisonnable.

Il était convaincu que Jack lui avait menti au sujet de la femme blonde, mais il préféra ne rien dire. D'une voix déprimée, il demanda :

— Allez-vous encore supporter ça longtemps,

Maddy ? Ce type vous traite comme une moins que rien. Vous ne le voyez donc pas ?

— Si, bien sûr... Mais d'un autre côté, il a raison. Je lui ai menti à propos de Lizzie. Je l'ai provoqué. Je lui ai même menti à propos de vous. Moi non plus je n'aimerais pas qu'il téléphone tous les jours à une autre femme.

— Souhaitez-vous que nous cessions de nous parler ? demanda Bill avec inquiétude.

Elle s'empressa de le rassurer.

— Non. Simplement, je comprends ce que ressent Jack.

— Je crois au contraire que vous n'avez pas la moindre idée de ce qu'il éprouve. S'il est capable de sentiments... A mon avis, il est tellement cruel et manipulateur qu'il s'arrange seulement pour jouer avec vous et vous faire culpabiliser. C'est lui qui devrait vous présenter des excuses et se sentir coupable !

Il était furieux de constater une fois de plus la façon dont Jack traitait Maddy. Finalement, ils décidèrent que ce serait elle qui l'appellerait chaque jour. Pendant un certain temps, ils s'abstiendraient de déjeuner ensemble, ou alors ils se retrouveraient chez lui pour ne pas risquer d'être repérés. Cela paraissait terriblement sournois, mais il valait mieux qu'ils ne soient pas vus en public et ni l'un ni l'autre n'étaient prêts à renoncer à leurs rendez-vous.

Pendant plusieurs jours, l'atmosphère demeura tendue chez Maddy et Jack. Ce dernier commençait à se calmer un peu lorsque, la semaine suivante, le hasard voulut qu'ils fussent invités à une soirée chez un membre du Congrès qu'ils connaissaient ; or Bill était lui aussi présent. Leur hôte était un de ses vieux amis, mais il avait oublié d'en parler à Maddy.

Dès que Bill pénétra dans le salon, Jack se raidit. Il se pencha et serra le bras de Maddy si fort que ses doigts laissèrent une marque blanche sur sa peau. Le message était clair.

— Tu n'as pas intérêt à lui adresser la parole, murmura-t-il à son oreille d'un ton menaçant. Sinon, nous partirons si vite que tu n'auras pas le temps de réaliser ce qui t'arrive.

— D'accord, acquiesça-t-elle à voix basse.

Elle évita le regard de Bill pour lui faire comprendre qu'elle ne pouvait pas lui parler. Chaque fois qu'il s'approchait, elle allait près de Jack pour rassurer ce dernier. Elle était nerveuse et très pâle, et elle se sentit mal à l'aise durant toute la soirée. Lorsque, enfin, Jack s'éclipsa pour aller aux toilettes, elle jeta à Bill un regard implorant et il vint la rejoindre, une expression inquiète sur le visage. Il avait conscience de la tension qui l'habitait.

— Je ne peux pas vous parler... Il est fou de rage...

— Vous allez bien ?

Il avait bien compris ce qui se passait et avait scrupuleusement évité de parler à Maddy pour ne pas lui causer d'ennuis.

— Oui, oui, ça va, affirma-t-elle avant de se détourner.

Mais Jack réapparut au moment même où Bill s'éloignait d'elle, et il devina aussitôt qu'ils s'étaient parlé en son absence. Il traversa la pièce au pas de charge.

— Prends ton manteau. Nous partons, dit-il à Maddy d'un ton rageur sans desserrer les dents.

Terrifiée, la jeune femme obéit. Elle remercia leurs hôtes, et quelques minutes plus tard ils prenaient congé. Ils étaient les premiers à partir, mais le dîner était terminé depuis un certain temps et personne ne fit de commentaire. Jack avait expliqué qu'ils avaient tous deux des réunions tôt le lendemain matin. Seul Bill parut contrarié par leur départ. Il savait qu'il ne pourrait pas téléphoner à Maddy pour prendre de ses nouvelles.

La voiture avait à peine démarré que déjà Jack s'en prenait à elle. Elle fut tentée de sauter du véhicule en marche pour s'enfuir.

— Tu me prends vraiment pour un imbécile ? Je t'avais dit de ne pas lui parler... Je t'ai bien vue le regarder. C'était flagrant ! Tu aurais aussi bien pu relever ta jupe, arracher ta culotte et l'agiter dans sa direction !

— Jack, je t'en prie... Bill et moi sommes amis, c'est tout. Je te l'ai dit. Il pleure encore sa femme, et moi je suis mariée avec toi. Nous faisons partie de la même commission, rien de plus.

Elle s'exprimait aussi calmement que possible, s'efforçant de ne pas le provoquer davantage, mais c'était sans espoir. Il était dans une rage folle.

— Tu mens, espèce de petite garce ! Tu sais parfaitement ce que tu fais avec lui. Et tout Washington aussi, j'imagine. De quoi ai-je l'air, hein ? Je ne suis pas aveugle, Maddy. Bon sang, je n'arrive pas à croire tout ce que je tolère de ta part.

Elle n'ouvrit plus la bouche durant le reste du trajet. Une fois chez eux, Jack claqua toutes les portes de la maison, mais il ne leva pas la main sur elle. Toute la nuit, elle demeura tremblante dans leur lit, mais il ne lui fit rien. Le lendemain, quand elle lui servit son café, il se contenta de se montrer glacial. Il ne lui adressa la parole que pour l'avertir :

— Si jamais tu parles de nouveau à ce type, je te jette sur le trottoir. C'est là qu'est ta place, de toute façon. Tu m'as bien compris, Maddy ?

Elle hocha la tête en silence, luttant contre les larmes qui lui montaient aux yeux, morte de peur.

— Je ne vais pas supporter cela plus longtemps. Tu m'as humilié, hier soir. Tu ne l'as pas quitté des yeux, une vraie chienne en chaleur !

Elle aurait voulu nier, se défendre, mais elle n'osa pas. Elle se contenta de hocher de nouveau la tête et ne dit pas un mot dans la voiture qui les conduisait au bureau.

Elle avait compris le message : il fallait qu'elle téléphone à Bill pour lui dire qu'elle ne pourrait plus le voir ou lui parler. Mais comment s'y résoudre ? Il était sa bouée de sauvetage, le mince fil qui l'empêchait de tomber dans l'abîme au bord duquel elle vacillait. Ils étaient unis par un lien très fort qu'elle ne cherchait pas à analyser. Jack avait beau la menacer, elle ne pouvait renoncer à tout contact avec Bill. Elle prenait des risques, certes, mais elle n'avait pas le choix.

17

Les relations de Jack et Maddy étaient toujours aussi mauvaises, et Maddy appelait Bill prudemment chaque jour du bureau. Un jour, en fin de matinée, ils étaient en train de bavarder lorsqu'elle entendit un cri dans la salle de rédaction.

— Je vous rappelle, déclara-t-elle avant de raccrocher précipitamment pour aller voir ce qui se passait.

Tout le monde était massé autour d'un moniteur, et dans un premier temps elle ne put pas voir l'écran. Au bout de quelques secondes cependant, la personne debout devant elle se décala, et elle put suivre le bulletin d'informations qui avait interrompu les émissions de toutes les chaînes de télévision. Quelqu'un avait tiré sur le président Armstrong, qui était dans un état critique. Un hélicoptère l'emmenait d'urgence à l'hôpital de Bethesda.

— Oh, mon Dieu ! Oh, mon Dieu..., murmura Maddy.

Elle pensa aussitôt à Phyllis.

— Prenez votre manteau, lui cria le producteur. Un hélicoptère vous attend.

Un cameraman était déjà prêt à partir, et quelqu'un tendit à Maddy son manteau et son sac à main. Elle courut jusqu'à l'ascenseur. Le bulletin avait annoncé que la *First Lady* était avec son mari. Une fois dans la voiture qui attendait pour l'emmener à l'héliport,

Maddy rappela son bureau sur son téléphone portable. Le producteur attendait son appel et la prit tout de suite.

— Comment ça s'est passé ? demanda-t-elle.

— On ne sait pas encore. Un type est sorti de la foule et lui a tiré dessus. Un des gardes du corps est blessé aussi, mais personne n'est encore mort.

Encore. C'était là le mot clé, malheureusement.

— Va-t-il s'en sortir ?

Maddy avait fermé les yeux.

— Impossible de le dire pour l'instant. Ça ne se présente pas bien. Sur les images, on voit du sang partout. Ils viennent de montrer la scène au ralenti. Il serrait des mains et quittait un groupe en apparence inoffensif, quand un type genre père de famille sans histoire a sorti un revolver. Ils l'ont arrêté, mais son identité n'a pas encore été divulguée.

— Incroyable.

— Restez en contact. Débrouillez-vous pour obtenir un maximum de renseignements. Interrogez les médecins, les infirmières, les gardes du corps. La *First Lady*, si on vous laisse l'approcher.

Il était de notoriété publique que les deux femmes étaient amies, et dans ce métier rien n'était sacré. Maddy savait que l'on attendait d'elle qu'elle exploite toutes les possibilités. Au diable la décence et la délicatesse.

— Une équipe vous rejoindra en voiture pour prendre le relais si vous avez besoin d'une pause, mais je tiens à ce que vous passiez à l'antenne.

— Je sais.

— Et gardez votre téléphone branché au cas où nous devrions vous joindre.

— Pas de problème.

Maddy demanda au chauffeur d'allumer la radio, mais les nouvelles étaient toujours les mêmes. Elle hésita un instant, puis appela Bill pour lui expliquer où elle allait.

— Je ne peux pas rester longtemps au téléphone, au cas où on chercherait à me contacter, dit-elle rapidement. Vous êtes au courant de ce qui se passe ?

— Je viens de l'apprendre par la radio. Mon Dieu, je n'arrive pas à le croire !

Cela rappelait furieusement l'attentat contre le président Kennedy, mais pour Maddy, c'était pire encore : à l'impact politique et national s'ajoutait une dimension personnelle. Elle connaissait bien le président et sa femme.

— Je suis en route pour Bethesda. Je vous rappellerai plus tard.

— Soyez prudente.

Il savait qu'elle n'était pas en danger mais ne pouvait s'empêcher de se sentir protecteur vis-à-vis d'elle. Après avoir raccroché, il resta un long moment le regard dans le vague, songeant à elle.

Durant les cinq heures qui suivirent, Maddy n'eut pas une seconde de répit. Dans le hall de l'hôpital, une zone avait été réservée aux journalistes et on leur apportait régulièrement du café. Toutes les demi-heures, le porte-parole venait faire le point ; dans l'intervalle, les reporters essayaient d'interroger le personnel hospitalier. Mais pour l'instant, ils n'arrivaient pas à apprendre quoi que ce soit.

Le président était sur la table d'opération depuis midi. A sept heures du soir, il n'était toujours pas sorti. La balle avait perforé un poumon et abîmé un rein et la rate. Par miracle, elle n'avait pas touché le cœur, mais elle avait provoqué une grosse hémorragie interne et le travail des chirurgiens s'avérait délicat. Personne n'avait vu Phyllis. Elle attendait son mari en salle de réanimation et suivait l'opération par écran interposé. On ne saurait rien tant que les chirurgiens n'auraient pas terminé et pu évaluer les chances de survie de leur patient. Il était probable que l'opération dure jusqu'à minuit au moins.

Il y avait plus de cent journalistes dans le hall, sur

les canapés, les chaises, les fauteuils, assis sur leurs sacs de matériel, certains à même le sol. Partout traînaient des gobelets de café vides et des sacs ayant contenu de la nourriture. Des reporters s'étaient regroupés à l'extérieur pour fumer. On se serait cru dans une zone en guerre.

Maddy et le cameraman qui l'accompagnait s'étaient installés dans un coin de la pièce et bavardaient à voix basse avec des confrères travaillant pour des chaînes concurrentes et des quotidiens nationaux. La jeune femme était intervenue au journal de dix-sept heures, debout devant l'hôpital, puis à dix-neuf heures on la filma dans la zone réservée aux journalistes. Elliott Noble présentait seul le journal depuis les studios, et la contactait régulièrement. Elle passa également au journal de vingt-trois heures, mais il n'y avait toujours pas grand-chose à dire. Les médecins étaient prudents mais gardaient espoir.

Il était près de minuit lorsque Jack l'appela sur son portable.

— Tu ne peux pas trouver quelque chose de plus intéressant à raconter, Mad ? Bon sang, tout le monde donne exactement les mêmes infos. As-tu essayé de voir Phyllis ?

— Elle l'attend à la sortie du bloc opératoire, Jack. Personne ne peut l'approcher, à part ses gardes du corps et le personnel hospitalier.

— Eh bien, mets une blouse blanche, alors ! s'énerva-t-il.

— Jack, je ne crois pas que qui que ce soit en sache plus que nous. Il est entre les mains de Dieu, maintenant.

Il était encore impossible de dire s'il vivrait. Jim Armstrong n'était plus tout jeune, et il avait déjà été victime d'un attentat dans le passé. Cette fois-là néanmoins, la balle n'avait fait que l'effleurer.

— Tu passes la nuit là-bas.

Ce n'était pas une question, mais un ordre. De toute façon, la jeune femme n'avait pas l'intention de partir.

— Oui, je veux être là s'il y a du nouveau. Ils organiseront une conférence de presse à sa sortie du bloc. On nous a promis l'un des chirurgiens.

— Appelle-moi en cas d'urgence. Je rentre à la maison.

A l'instar de la plupart des employés de la chaîne, il était encore au bureau. La journée avait été interminable, et la nuit promettait d'être tout aussi éprouvante. Mais si le président mourait, les jours à venir seraient pires encore. Maddy espérait, pour la *First Lady*, qu'il survivrait à ses blessures. En attendant, ils ne pouvaient que prier.

Après le coup de fil de Jack, Maddy alla prendre une tasse de café. Elle en avait déjà bu des litres et avait à peine mangé de la journée. Mais elle était trop inquiète pour avoir faim.

Un peu plus tard, elle téléphona à Bill. La sonnerie retentit longuement, et elle se demanda s'il dormait, mais il finit par décrocher. Il ne paraissait pas ensommeillé du tout, et elle en fut rassurée.

— Je vous dérange ? demanda-t-elle, hésitante.

Il reconnut aussitôt sa voix et se réjouit de l'entendre. Il avait suivi toutes ses interventions depuis l'hôpital et gardait la télévision allumée au cas où elle passerait de nouveau.

Non, j'étais sous la douche. J'espérais que vous m'appelleriez. Quoi de neuf ?

— Pas grand-chose, répondit-elle d'une voix lasse. Nous attendons. Il ne devrait pas tarder à quitter le bloc opératoire. Je n'arrête pas de penser à Phyllis.

Maddy savait combien cette dernière aimait son époux. Ce n'était un mystère pour personne. Ils étaient mariés depuis près de cinquante ans, et l'idée que leur couple pût être détruit était intolérable pour Maddy.

— Je suppose que vous n'avez pas pu la voir ? demanda Bill.

La *First Lady* n'était pas apparue à la télévision.

— Elle est quelque part dans les étages. J'aimerais l'approcher, pas pour l'interviewer, mais seulement pour lui dire que nous pensons à elle, répondit Maddy en soupirant.

— Je suis sûr qu'elle le sait. Seigneur, on se demande comment des choses pareilles peuvent se produire, en dépit de toutes les mesures de sécurité. J'ai vu les images de l'attentat au ralenti. Le type a fait un pas en avant et lui a tiré dessus. Tout bêtement. Au fait, comment va le garde du corps blessé ?

— Ils l'ont opéré cet après-midi lui aussi. Apparemment, il est dans un état grave mais stationnaire. Il devrait s'en tirer.

— J'espère que Jim aussi. Et vous, comment vous sentez-vous ? Vous devez être épuisée.

— Oui, je l'avoue. Nous avons passé tout l'après-midi et toute la soirée ici à attendre qu'il se passe quelque chose.

Cela leur rappelait intensément les événements de Dallas et la mort de Kennedy.

— Voulez-vous que je vous apporte à manger ? proposa-t-il.

Maddy sourit.

— Il doit y avoir deux millions de beignets ici, sans compter les hamburgers et les frites. Mais merci de votre offre.

Au même instant, elle repéra un groupe de médecins qui se dirigeait vers un micro et dit à Bill qu'elle devait y aller.

— Appelez-moi s'il y a quoi que ce soit. N'ayez pas peur de me réveiller. Je suis là si vous avez besoin de moi.

Contrairement à Jack, songea-t-elle. Ce dernier lui

avait seulement reproché d'être trop ennuyeuse à l'antenne.

L'un des médecins portait une coiffe de chirurgien, des chaussons en papier sur ses chaussures et une blouse verte, et Maddy devina sans peine qu'il sortait tout juste du bloc opératoire. Il monta sur le podium installé dans le hall. Instantanément, tous les journalistes se massèrent autour de lui.

— Nous n'avons encore rien de très nouveau à vous annoncer, prévint-il, la mine sérieuse, tandis que tous les appareils photo et toutes les caméras se fixaient sur lui. Néanmoins, nous avons toutes les raisons d'être optimistes. Le président est un homme fort et en bonne santé, et de notre point de vue l'opération est un succès. Nous avons fait tout ce que nous pouvions pour l'instant, et nous vous tiendrons informés de l'évolution de la situation tout au long de la nuit par des bulletins réguliers. Le président était encore sous l'effet de l'anesthésie mais reprenait lentement conscience lorsque je l'ai quitté. Et Mme Armstrong m'a demandé de vous remercier tous. Elle dit être désolée, ajouta-t-il avec un sourire las, que vous soyez obligés de dormir ici. Elle aurait aimé que ce ne soit pas nécessaire. Voilà, c'est tout pour l'instant, conclut-il avant de quitter le podium.

Un peu plus tôt, les journalistes avaient été prévenus qu'ils ne pourraient pas poser de questions. De toute façon, le chirurgien leur avait dit tout ce qu'il savait.

Le téléphone portable de Maddy sonna presque aussitôt après. C'était Jack.

— Débrouille-toi pour l'interviewer.

— Je ne peux pas, Jack. Cet homme vient de passer plus de douze heures en salle d'opération. De toute façon, ils nous ont déjà annoncé qu'il n'en dirait pas plus. Nous savons tout ce qu'il y a à savoir...

— Tu parles ! Ce n'est qu'un rapport aseptisé destiné à calmer tout le monde. Si ça se trouve, Armstrong est dans le coma.

— Que veux-tu que je fasse ? Que je pénètre dans sa chambre par le conduit d'aération ?

Elle était fatiguée et énervée de le voir si exigeant et déraisonnable. Tout le monde était dans la même situation : ils étaient contraints d'attendre les bulletins de santé, et harceler les chirurgiens ne les avancerait à rien.

— Ne fais pas la maligne, Maddy. Tu veux endormir les téléspectateurs, c'est ça ? Bon sang, on dirait que tu travailles pour la concurrence !

— Tu sais très bien comment ça se passe. Nous disposons tous des mêmes informations, rétorqua-t-elle, exaspérée.

— C'est bien ce que je te reproche. Arrange-toi pour trouver quelque chose de plus intéressant.

Là-dessus, il lui raccrocha au nez. Un reporter d'une chaîne concurrente décocha à Maddy un petit sourire compatissant.

— Le directeur de notre rédaction me dit exactement la même chose. S'ils sont si malins que ça, pourquoi ne viennent-ils pas faire les interviews eux-mêmes, hein ?

— Il faudra que je me souvienne de le lui proposer, répondit Maddy en lui rendant son sourire.

Elle s'installa sur une chaise, s'enveloppa dans son manteau et attendit le prochain communiqué.

Une équipe de médecins revint les voir à trois heures du matin, et tous se réveillèrent pour écouter ce qu'ils avaient à dire. La situation n'avait guère évolué ; le président luttait toujours pour s'en sortir. Il avait repris connaissance mais était encore dans un état critique. Sa femme était auprès de lui.

La nuit fut longue. Un autre bulletin de santé à cinq heures ne leur apprit rien de nouveau. A sept heures, lorsque les médecins réapparurent, Maddy était éveillée et prenait un café ; elle avait dormi trois heures, par à-coups, et était toute courbatue. Elle avait l'impression d'avoir passé la nuit à l'aéroport pendant une tempête de neige.

Mais au moins, cette fois, les nouvelles se révélèrent meilleures. Les médecins dévoilèrent que le président souffrait énormément, mais il avait souri à sa femme et adressé des remerciements à la nation. L'équipe chirurgicale était pleine d'espoir, affirmant même qu'elle avait toutes les raisons de croire qu'il s'en sortirait, à moins de complications imprévisibles.

Une demi-heure plus tard, la Maison-Blanche divulgua l'identité de l'homme qui avait attenté à sa vie. Il n'était encore considéré que comme « le suspect », bien que tout le pays ait vu les images du moment où il s'était approché pour tirer sur Jim Armstrong à bout portant. La CIA ne pensait pas que l'attentat fît partie d'un complot. Le fils du suspect avait été tué en Irak au cours des opérations de l'été, et l'homme était persuadé que le président était responsable. Il avait un casier judiciaire vierge, n'avait jamais commis le moindre acte violent ni eu de problèmes psychiatriques ; simplement, il avait perdu son fils unique dans une guerre qu'il ne comprenait pas et qui ne le concernait pas, il était dépressif et avait perdu la tête. On le maintenait sous étroite surveillance. Le reste de sa famille était sous le choc ; apparemment, sa femme était en pleine crise d'hystérie. Jusqu'alors, il avait toujours été un homme honorable, un comptable sans histoire.

Maddy fit parvenir un petit mot à Phyllis Armstrong par l'un des porte-parole, afin de lui faire savoir qu'elle était là et joignait ses prières aux siennes. Elle fut surprise de recevoir une réponse, un peu plus tard. Phyllis avait jeté sur un bout de papier ces quelques mots : « Merci, Maddy. Il va un peu mieux, Dieu merci. Je vous embrasse, Phyllis. » Maddy fut extrêmement touchée que la femme du président ait pris le temps de lui écrire.

Elle passa de nouveau au journal de midi et transmit aux téléspectateurs le dernier rapport des médecins : le président se reposait, et même si son état était toujours considéré comme critique, ils avaient bon espoir de pouvoir bientôt annoncer qu'il était hors de danger.

— Si tu n'obtiens pas quelque chose d'intéressant, la prévint Jack lorsqu'il l'appela juste après la diffusion du reportage, j'envoie Elliott pour te remplacer.

— Si tu penses qu'il pourrait en apprendre plus que nous tous, n'hésite pas, répondit-elle, épuisée.

Pour une fois, elle était trop fatiguée pour être affectée par les menaces et les accusations de Jack.

— Tes interventions sont ennuyeuses à pleurer !

— Je ne dispose que de ce qu'on veut bien nous donner, Jack. Personne ne fait mieux, que je sache.

Cela n'empêcha pas son mari de la rappeler plusieurs fois pour se plaindre. Lorsque enfin Bill lui téléphona, elle fut soulagée d'entendre sa voix.

— Quand avez-vous mangé pour la dernière fois ? s'inquiéta-t-il.

— Je ne me souviens plus, reconnut-elle avec un sourire. Je suis trop fatiguée pour avoir faim.

Cette fois, il ne proposa pas de passer ; il se contenta d'apparaître, vingt minutes plus tard, avec un sandwich club, des fruits et des boissons. Il se fraya un chemin à travers la foule des reporters, tel un envoyé de la Croix-Rouge en mission de sauvetage. Lorsque enfin il eut repéré Maddy, il s'approcha d'elle et l'obligea à s'asseoir et à manger sous son regard vigilant.

— Je n'y crois pas ! s'exclama-t-elle avec un large sourire. Je ne m'étais même pas rendu compte que j'étais affamée. Merci, Bill.

— Comme ça, au moins, j'ai l'impression d'être utile.

Il était abasourdi du nombre de personnes présentes, journalistes, photographes, cameramen, ingénieurs du son, producteurs... Ils débordaient jusque dans la rue, où leurs véhicules étaient garés n'importe comment.

— Combien de temps allez-vous devoir rester là ? demanda-t-il à Maddy lorsqu'elle eut terminé son sandwich.

— Jusqu'à ce qu'il soit tiré d'affaire ou que nous tombions d'épuisement. Jack menace d'envoyer Elliott me remplacer, parce qu'il trouve mes interventions ennuyeuses. Mais je n'y peux pas grand-chose.

Comme elle prononçait ces mots, le porte-parole réapparut et monta sur le podium. Tout le monde bondit sur ses pieds pour s'approcher, elle comprise.

Cette fois, il leur annonça que le président mettrait longtemps à se remettre, et il suggéra même aux journalistes de se faire relever. Néanmoins les progrès de Jim Armstrong étaient satisfaisants. Il n'y avait pas de complications, et il était fort probable que son état continuerait à s'améliorer.

— Pouvons-nous le voir ? cria quelqu'un.

— Pas avant plusieurs jours, répondit le porte-parole.

— Et Mme Armstrong ? Pouvons-nous lui parler ?

— Pas encore. Elle n'a pas quitté un instant le chevet de son mari et a l'intention de rester ici jusqu'à ce qu'il soit entièrement rétabli. A l'heure qu'il est, ils dorment tous les deux. Et peut-être devriez-vous aller en faire autant, ajouta l'homme, souriant pour la première fois.

Avant de partir, il promit de revenir faire un rapport quelques heures plus tard. Maddy éteignit son micro et se tourna vers Bill. Elle était si fatiguée qu'elle tenait à peine debout.

— Qu'allez-vous faire, maintenant ? voulut-il savoir.

— Je donnerais mon bras droit pour rentrer chez moi prendre une douche, mais j'imagine que Jack me tuerait si je quittais mon poste.

— Ne peut-il envoyer quelqu'un pour vous remplacer ?

La laisser là semblait inhumain.

— Il pourrait, mais ça m'étonnerait qu'il le fasse. Du moins pas encore. Il tient à ce que je reste ici. Pourtant, je suis loin d'être indispensable. Vous avez bien vu comment ça se passe ; on nous donne les informations au compte-gouttes, et on ne nous dit que ce qu'on a envie de nous dire. Mais bon, s'ils ne nous racontent pas d'histoires, il semblerait que Jim aille mieux.

— Vous ne les croyez pas ? s'étonna Bill.

Dans le métier de Maddy, on devait toujours rester sur ses gardes et être à l'affût des moindres incohérences. Elle était douée pour cela, ce qui expliquait que Jack voulût la laisser sur place.

— Si, répondit-elle. Cela dit, il pourrait être mort et nous n'en saurions rien.

Cela paraissait horrible, mais c'était une éventualité.

— Je ne pense pas qu'ils nous mentiraient, à moins d'y être obligés pour des raisons de sécurité nationale. En l'occurrence, je crois qu'ils sont honnêtes. Du moins je l'espère.

— Moi aussi, acquiesça Bill avec ferveur.

Il resta encore avec elle une demi-heure, puis il prit congé. Et à quinze heures trente, Jack libéra enfin Maddy : il lui ordonna de rentrer chez eux se changer et d'être au studio pour l'émission de dix-sept heures. Cela lui laissait à peine le temps de prendre une douche, et elle pouvait dire adieu à la sieste dont elle rêvait. Il lui annonça par ailleurs qu'il voulait qu'elle retourne à l'hôpital après la seconde édition du journal.

Quand elle arriva au studio, après être passée chez elle se laver rapidement et enfiler un tailleur-pantalon bleu marine, Elliott Noble la regarda avec admiration.

— Je ne sais pas comment vous faites, Maddy. Si j'avais dû passer trente heures dans cet hôpital, il faudrait me porter sur un brancard. Vous vous êtes très bien débrouillée, là-bas.

Ce n'était pas l'avis de son mari, mais Maddy apprécia néanmoins le compliment, qu'elle savait avoir mérité.

— Je suppose que j'ai l'habitude, soupira-t-elle. Je fais ce métier depuis longtemps.

A cet instant, ils se sentaient plus proches l'un de l'autre, et Maddy appréciait davantage son collègue. Pour une fois, il s'était montré aimable envers elle.

— Comment le président va-t-il réellement, à votre avis ? lui demanda Elliott à voix basse.

— J'ai l'impression qu'ils nous disent la vérité, cette fois, répondit-elle.

Avec l'aide d'Elliott, elle parvint à assurer les deux éditions du journal, et à vingt heures quinze elle était de retour à l'hôpital, comme Jack le lui avait ordonné. Il était passé la voir entre les deux émissions, frais et dispos, et il en avait profité pour formuler toute une série de critiques avant de lui donner divers ordres pour la soirée. Il ne lui avait même pas demandé si elle était fatiguée ; il s'en moquait. Il s'agissait d'une situation de crise, et il attendait d'elle qu'elle soit à la hauteur, comme toujours. Elle ne lui faisait jamais défaut, et même si lui ne le reconnaissait pas, tous autour d'eux s'en rendaient compte.

Peu de journalistes présents le premier soir étaient encore là lorsqu'elle revint à l'hôpital. La plupart des autres chaînes avaient envoyé des équipes fraîches — d'ailleurs, Maddy était accompagnée d'un autre cameraman. Par miracle, quelqu'un la prit en pitié et lui apporta un lit roulant qu'on installa dans le hall. Ainsi, elle pourrait dormir un peu entre deux communiqués de presse. Quand elle le dit à Bill au téléphone, il la pressa de se reposer.

— Si vous ne dormez pas, vous allez tomber malade, déclara-t-il. Avez-vous dîné ?

— J'ai mangé un morceau dans mon bureau, entre les deux éditions du journal.

— Quelque chose de nourrissant, j'espère ?

Elle ne put s'empêcher de sourire. Visiblement, Bill avait encore beaucoup à apprendre sur le milieu du journalisme.

— Oh oui, c'était très sain, plaisanta-t-elle : pizza et beignets. Le régime classique du reporter. Je suis sûre que je serais en état de manque si je mangeais autre chose ! Je ne me nourris correctement que quand je vais à des dîners.

— Voulez-vous que je vous apporte quelque chose ? proposa-t-il d'une voix pleine d'espoir.

Mais elle était trop fatiguée pour le voir.

— Je crois que je vais profiter de mon lit et dormir une heure ou deux. Mais merci quand même. J'essaierai de vous appeler demain matin, à moins qu'il ne se passe quelque chose de grave d'ici là.

Ce ne fut pas le cas. La nuit fut paisible, et au matin, elle put rentrer chez elle prendre une douche et se changer.

En fin de compte, elle passa cinq jours à l'hôpital, et le dernier jour, elle put enfin voir Phyllis quelques minutes. Ce n'était pas dans le cadre d'une interview : la *First Lady* l'avait demandée, et elles discutèrent quelques minutes dans le couloir à l'extérieur de la chambre du président, entourées de gardes du corps. Le président était protégé de près. Son agresseur avait beau avoir été appréhendé, personne ne voulait prendre de risques. Sans doute les services de sécurité se sentaient-ils coupables de ne pas avoir pu empêcher l'attentat.

— Vous tenez le coup ? demanda Maddy à Phyllis.

La *First Lady* paraissait avoir cent ans. Elle portait une blouse d'hôpital sur un pull et un pantalon, et son visage très pâle n'était pas maquillé. Malgré tout, elle sourit à Maddy.

— Certainement mieux que vous, répondit-elle avec sollicitude. Ils s'occupent merveilleusement bien de nous. Le pauvre Jim est loin d'être en pleine forme, mais il va mieux. C'est un peu dur, à nos âges.

— Je suis vraiment triste de ce qui s'est passé, dit Maddy avec compassion. Je me suis inquiétée pour vous toute la semaine. Tout le monde s'occupe de lui, mais je me demandais comment vous vous en sortiez, vous.

— Ça m'a fait un choc, c'est le moins qu'on puisse dire. Mais nous nous débrouillons. J'espère que nous pourrons bientôt tous rentrer chez nous.

— En ce qui me concerne, je repars ce soir, indiqua Maddy.

Le porte-parole avait annoncé dans l'après-midi que la vie du président n'était plus en danger. Tous les journalistes assemblés avaient applaudi cette nouvelle ; certains, comme Maddy, présents sur les lieux depuis plusieurs jours, avaient pleuré de soulagement. Cependant, Maddy était la seule à n'avoir quitté son poste à aucun moment, et tous admiraient sa résistance.

Quand elle rentra chez elle ce soir-là, Jack était là et regardait la télévision, zappant de chaîne en chaîne. Il lui jeta un vague coup d'œil mais ne se leva pas du canapé pour l'accueillir. Il ne lui était même pas reconnaissant de tout ce qu'elle avait fait pour lui au cours des derniers jours, et il ne prit pas la peine de lui annoncer que leur taux d'audience était le plus haut de toutes les télévisions. Heureusement, elle avait été prévenue par le producteur. Pendant qu'elle était à Bethesda, elle avait même réussi à faire un reportage sur les dizaines de personnes qui avaient dû être transférées d'urgence dans d'autres hôpitaux afin de réserver un étage entier au président, à son personnel soignant et à son service de protection. Tout le monde avait accepté de bonne grâce d'être déplacé ; chacun souhaitait se rendre utile de son mieux, et en échange la Maison-Blanche s'était engagée à prendre en charge les frais médicaux des personnes concernées. Par chance, il ne s'agissait que de patients en convalescence, qui ne risquaient pas de souffrir du transport.

— Tu as une sale tête, Mad, observa seulement Jack.

C'était vrai. Ses traits étaient pâles et tirés et elle avait les yeux cernés. Elle était épuisée et cela se voyait, même si elle avait réussi à paraître présentable chaque fois qu'elle avait dû passer à l'antenne.

— Pourquoi es-tu constamment en colère contre moi ? demanda-t-elle en soupirant.

Certes, elle l'avait à plusieurs reprises irrité au cours des derniers mois, entre ses éditoriaux, sa relation avec Lizzie et ses coups de fil à Bill. Mais la véritable raison était ailleurs. Jack sentait qu'il perdait peu à peu son contrôle sur elle, et il lui en voulait à mort. Le Dr Flowers avait mis Maddy en garde à ce sujet, et elle avait eu raison. Jack se sentait menacé. Tout à coup, elle se remémora sa conversation avec Janet McCutchins, quelque quatre mois plus tôt. La malheureuse lui avait dit que son mari la haïssait. A l'époque, Maddy n'avait pas cru cela possible. Et pourtant, maintenant, elle éprouvait le même sentiment. Jack se comportait exactement comme s'il la détestait de toutes ses forces.

— J'ai des raisons d'être en colère contre toi, répondit-il froidement. Ces derniers mois, tu m'as trahi de toutes les manières possibles, Mad. Tu as de la chance que je ne t'aie pas encore virée.

Cet *encore* était censé la terrifier, lui donner l'impression que cela risquait de se produire d'un moment à l'autre. Et c'était bel et bien une possibilité. Plutôt qu'effrayée, cependant, Maddy était lasse. Elle avait horreur de s'opposer à lui, mais depuis quelque temps, elle n'avait plus le choix. Ses retrouvailles avec Lizzie et son amitié pour Bill l'avaient transformée. Elle avait l'impression de s'être redécouverte. Et il était clair que Jack n'aimait pas cela. Ce soir-là, au moment d'aller au lit, il ne lui adressa même pas la parole, et le lendemain matin il se montra glacial.

Jamais il n'avait été aussi dur envers elle. Quand il ne l'ignorait pas, il la critiquait. Il n'avait que des choses désagréables à lui dire. Heureusement, cela l'affectait de moins en moins. Bill lui apportait tout le réconfort dont elle avait besoin. Et un soir que Jack était sorti, elle alla de nouveau dîner chez lui. Il prépara des steaks, cette fois, estimant qu'elle travaillait trop dur et avait besoin de vraie nourriture. Mais pour la jeune femme, sa tendresse et l'affection qu'il lui prodiguait étaient bien plus importantes que toutes les nourritures terrestres.

Ils parlèrent un moment du président. Cela faisait deux semaines qu'il était à l'hôpital, et il devait rentrer chez lui quelques jours plus tard. Maddy et quelques autres journalistes triés sur le volet avaient reçu l'autorisation de l'interviewer brièvement ; il leur avait semblé amaigri et très faible. Mais il avait bon moral et avait remercié tous ses concitoyens de leur sympathie et de leur gentillesse. Maddy avait également interviewé Phyllis, qui s'était montrée tout aussi charmante.

Ces deux semaines avaient été hors du commun, et Maddy était satisfaite de la façon dont la chaîne avait couvert l'événement, même si Jack se plaignait toujours de la banalité de ses interventions. Elle avait même réussi à gagner le respect de son coprésentateur, Elliott Noble. Comme tous les autres membres de l'équipe, il avait été impressionné par son professionnalisme et son talent.

Bill lui adressa un sourire plein d'admiration et de

tendresse. Ils avaient terminé leur dîner et bavardaient tranquillement dans la cuisine.

— Qu'allez-vous faire à présent pour vous occuper ? la taquina-t-il.

Ce n'était pas tous les jours qu'on tentait d'assassiner le président, et après un tel événement, toutes les nouvelles allaient lui sembler mineures.

— Je trouverai bien quelque chose, affirma-t-elle. Il faut que je cherche un appartement pour Lizzie. Nous sommes début novembre, il ne nous reste qu'un mois.

— Je pourrais peut-être vous aider.

Maintenant que son livre était achevé, il était moins occupé, même s'il envisageait de recommencer à enseigner. Il avait reçu des offres de Yale et Harvard. Maddy se réjouissait pour lui ; néanmoins, elle savait qu'elle serait très triste de le voir quitter Washington. Il était son seul ami.

— Ce ne sera pas avant septembre prochain, la rassura-t-il. En attendant, je pense me lancer dans la rédaction d'un autre livre au début de l'année. Peut-être s'agira-t-il d'une œuvre de fiction, cette fois.

En l'écoutant parler de ses projets, Maddy eut soudain l'impression d'être terriblement passive, de ne pas prendre sa vie en main. Elle était de plus en plus consciente des mauvais traitements que lui infligeait Jack mais ne faisait que gagner du temps au lieu d'agir.

Bill ne la pressait plus de quitter son mari. Le Dr Flowers lui avait bien expliqué que Maddy s'en irait une fois qu'elle serait prête, et que cela pouvait prendre des années. Il s'y était presque résigné. Au moins, se disait-il, les deux semaines passées à suivre la convalescence du président avaient momentanément éloigné la jeune femme de Jack, même s'il n'avait cessé de la harceler par téléphone portable interposé.

— Que faites-vous pour Thanksgiving ? s'enquit Bill.

— Pas grand-chose. En général, Jack et moi descendons en Virginie et passons le week-end tranquillement tous les deux. Nous n'avons de famille ni l'un ni l'autre. Il arrive que nous invitions nos voisins. Et vous, Bill ?

— Nous allons toujours dans le Vermont.

Maddy devinait que ce serait dur pour lui, cette année. Il s'apprêtait à passer son premier Thanksgiving sans son épouse, et il lui avait plusieurs fois avoué appréhender ce moment.

— J'aimerais pouvoir inviter Lizzie, soupira-t-elle, mais je ne peux pas. Heureusement, elle ne sera pas seule : elle doit aller dîner chez sa famille d'accueil préférée et elle a l'air contente.

Malgré tout, Maddy était déçue de ne pas être auprès d'elle pour cette fête familiale entre toutes. Hélas, elles n'avaient pas le choix.

— Et vous ? Ça va aller ? demanda Bill.

— Je crois, oui.

En vérité, elle n'en était plus très sûre. Elle en avait discuté avec le Dr Flowers, qui la pressait de s'inscrire à un groupe de femmes maltraitées. Maddy lui avait promis de le faire aussitôt après Thanksgiving.

Maddy vit Bill la veille de son départ dans le Vermont. Tous deux étaient d'humeur sombre, lui à cause de sa femme, et elle parce qu'il lui fallait aller en Virginie avec Jack alors que leurs relations étaient plus tendues que jamais. Il la surveillait comme un vautour et ne lui faisait plus aucune confiance. Par chance, il ne l'avait plus jamais surprise avec Bill, et ce dernier ne l'appelait plus que sur son téléphone portable. La plupart du temps, il préférait même attendre que ce soit elle qui l'appelle. Il ne voulait surtout pas lui attirer d'ennuis.

La veille de Thanksgiving, elle passa le voir chez lui. Elle avait apporté une boîte de biscuits et il fit du thé. Ils s'installèrent dans la cuisine pour bavarder. Une vague de froid s'était abattue sur la côte est, et il lui dit qu'il avait neigé dans le Vermont. Il avait prévu d'aller skier avec ses enfants et ses petits-enfants.

Elle resta avec lui aussi longtemps que possible mais dut finalement prendre congé pour retourner au bureau.

— A bientôt, Maddy, dit-il avec douceur.

Elle lisait dans ses yeux mille sentiments qu'il ne pouvait exprimer. Par respect l'un pour l'autre, ils n'avaient jamais rien fait ensemble qu'ils pussent regretter. Ce qu'ils éprouvaient restait dans le domaine du non-dit. Maddy ne s'interrogeait sur ses sentiments que dans l'intimité du cabinet du Dr Flowers. Bill et elle étaient comme deux rescapés d'un naufrage se rencontrant en eaux troubles ; ainsi, en cet instant, au moment de lui dire au revoir, elle s'accrochait à lui comme à une bouée de sauvetage, et il la serrait dans ses bras avec la fermeté et la tendresse d'un père aimant. Il n'exigeait rien d'elle.

— Vous allez me manquer, dit-il simplement.

Ils ne pourraient pas se parler durant le week-end : si Maddy recevait des appels sur son téléphone portable, cela éveillerait automatiquement les soupçons de Jack.

— Je vous appellerai s'il part faire du cheval ou quelque chose comme ça, promit-elle. Essayez de ne pas trop broyer du noir, là-bas.

Elle comprenait sans peine combien il allait être difficile pour sa famille et lui de célébrer Thanksgiving sans Margaret.

Mais en cet instant, Bill ne pensait pas à sa femme défunte. Il ne songeait qu'à Maddy.

— Ce sera dur, mais je me réjouis de voir les enfants, affirma-t-il.

Et là-dessus, sans réfléchir, il l'embrassa sur le front et la serra une dernière fois contre lui. Quand ils se séparèrent, ils avaient tous les deux le cœur lourd. Néanmoins, alors qu'elle s'éloignait au volant de sa voiture, Maddy était reconnaissante à la Providence d'avoir mis Bill sur sa route. Et elle remerciait Dieu pour l'amitié précieuse qu'ils partageaient.

18

Le séjour de Maddy et Jack en Virginie fut difficile et tendu. Il était constamment de mauvaise humeur et s'enfermait à intervalles réguliers dans son bureau pour passer de mystérieux coups de téléphone. Cette fois, Maddy savait qu'il n'appelait pas le président : ce dernier était toujours en convalescence, et c'était le vice-président qui dirigeait le pays. Or Jack n'avait jamais été très proche de lui.

Un après-midi, le croyant sorti, Maddy décrocha le téléphone pour appeler Bill et fut surprise d'entendre son mari parler à une femme. Elle raccrocha immédiatement, sans écouter leur conversation, mais cela la fit réfléchir. Jack s'était empressé de donner une explication à la photographie qui avait été prise de lui devant Annabel's, mais, au cours du dernier mois, il s'était montré très distant et ils ne faisaient pratiquement plus l'amour. A certains égards, cela la soulageait, mais cela l'étonnait également. Depuis qu'ils étaient mariés, il avait toujours eu un appétit sexuel insatiable. Or, maintenant, il paraissait se désintéresser d'elle, à part lorsqu'il avait un reproche à lui faire.

Elle parvint à appeler Lizzie le jour de Thanksgiving et Bill le lendemain soir, lorsque Jack se rendit chez un de leurs voisins pour parler chevaux. Bill lui dit que la fête elle-même lui avait été pénible, mais qu'il prenait plaisir à skier en famille. Ils avaient préparé tous ensemble la dinde traditionnelle. Maddy et Jack avaient mangé la leur dans un silence glacial, et quand elle avait essayé de lui parler de la tension qui régnait entre eux, il avait balayé ses inquiétudes d'un revers de main, affirmant que ce n'était que le produit de son imagination. Jamais elle n'avait été aussi malheureuse, excepté durant les pires moments de son mariage avec Bobby Joe. D'ailleurs, ce que lui faisait subir Jack n'était guère différent. Il se montrait seulement plus subtil.

C'est avec soulagement qu'elle monta enfin dans l'avion pour retourner à Washington. Jack s'en aperçut et lui demanda d'un air soupçonneux :

— Y a-t-il une raison particulière pour que tu aies à ce point envie de rentrer ?

— Non, j'ai seulement hâte de retourner au bureau, répondit-elle, refusant d'entrer dans son jeu.

Il avait visiblement envie de se disputer avec elle, et elle souhaitait éviter à tout prix une confrontation.

— Serais-tu attendue à Washington, Mad ? demanda-t-il d'un ton mauvais.

Maddy se contenta de lui jeter un regard empreint de désespoir.

— Il n'y a personne dans ma vie, Jack. J'espère que tu le sais.

— Je ne suis pas certain de savoir quoi que ce soit, en ce qui te concerne. Mais je pourrais découvrir pas mal de choses, si je le souhaitais.

Elle ne répondit pas, jugeant le silence préférable à une vaine discussion.

Le lendemain, après le travail, elle se rendit à la réunion du groupe de femmes maltraitées que lui avait indiqué le Dr Flowers. Elle n'avait pas du tout envie d'y aller ; tout cela lui paraissait déprimant. Elle avait dit à Jack qu'elle devait assister à une réunion en rapport avec la commission de la *First Lady*. Elle n'était pas certaine qu'il l'ait crue, mais pour une fois il n'avait pas mis sa parole en doute :

il avait de toute façon des projets de son côté. Il devait participer à une réunion d'affaires après le travail, lui avait-il dit.

Le cœur lourd, Maddy se rendit à l'adresse qu'on lui avait donnée. Les réunions avaient lieu dans un immeuble minable d'un quartier malfamé, et Maddy se prépara à affronter un groupe de femmes sinistres et geignardes. Elle n'était vraiment pas d'humeur à supporter cela et faillit rebrousser chemin.

Une fois sur place, cependant, elle fut agréablement surprise de voir arriver toutes sortes de femmes, en jean ou tailleur, jeunes ou vieilles, belles ou laides. C'était un groupe hétérogène, mais la plupart des participantes semblaient intelligentes et intéressantes, et certaines étaient très vivantes. Enfin, l'animatrice du groupe arriva. Elle s'assit et adressa à Maddy un sourire chaleureux.

— Nous n'utilisons que des prénoms, ici, expliqua-t-elle, et si nous reconnaissons certains des participants, nous n'en disons rien. Par principe, nous ne nous saluons pas si nous nous croisons dans la rue. Nous ne parlons à personne des gens que nous avons rencontrés à la réunion ni de ce qui s'y est dit. Rien ne sort de cette pièce. Il est important que chacune se sente en sécurité ici.

Maddy hocha la tête en signe d'agrément.

Toutes s'assirent sur les chaises disposées en cercle au centre de la pièce et se présentèrent par leur prénom. Beaucoup semblaient s'être déjà vues à d'autres réunions du groupe. L'animatrice expliqua qu'elles étaient en général une vingtaine, parfois plus, parfois moins. Elles se retrouvaient deux fois par semaine ; Maddy pouvait venir à chaque fois qu'elle le souhaitait. L'endroit était ouvert à toutes. Il y avait une cafetière dans un coin, et quelqu'un avait apporté des biscuits.

Une à une, elles se mirent à parler de ce qu'elles faisaient, de ce qui se passait dans leurs vies, de ce qui leur faisait peur, de ce dont elles étaient fières. Certaines étaient dans des situations critiques, d'autres avaient quitté des maris qui les maltraitaient. Il y avait des hétérosexuelles, des lesbiennes, des mères de famille. Toutes avaient un point commun : elles avaient subi des mauvais traitements. La plupart semblaient avoir grandi dans des familles à problèmes, mais certaines avaient mené des vies en apparence parfaites jusqu'au jour où elles avaient rencontré leur tortionnaire, homme ou femme. A mesure qu'elle les écoutait, Maddy se détendait. Elle ne s'était pas sentie aussi à l'aise depuis des années. Ce qu'elle entendait était si familier, si réel, qu'elle avait l'impression de se débarrasser d'un carcan et de respirer enfin à l'air libre. Elle était chez elle, soudain, et ces femmes étaient comme des sœurs pour elle. Tout ce qu'elles décrivaient ressemblait à ce qu'elle avait vécu, non seulement avec Bobby Joe mais avec Jack. A travers elles, elle entendait parler sa propre voix, reconnaissait sa propre histoire, et comprenait enfin avec une certitude bouleversante que Jack avait abusé d'elle dès leur première rencontre. Les jeux de pouvoir, les insultes, les cadeaux, le charme, les menaces, les humiliations, les souffrances, l'isolement — toutes avaient connu cela. C'était si classique, si évident, qu'elle avait honte de ne pas s'être rendu compte plus tôt de ce qui lui arrivait. Même lorsque le Dr Flowers avait parlé devant la commission quelques mois plus tôt, cela ne lui avait pas semblé aussi flagrant qu'en cet instant.

Tout à coup, elle cessait de se sentir gênée. L'embarras laissait place au soulagement. Elle n'avait rien fait de mal, sinon accepter les reproches et les accusations et se laisser culpabiliser.

Elle leur parla de sa vie avec Jack, de ce qu'il lui disait et faisait, des mots qu'il employait, de son ton, de ses accusations, de sa réaction quand il avait appris l'existence de Lizzie, et toutes hochèrent la tête avec compréhension. Puis elles lui firent remarquer qu'elle avait le choix. C'était à elle de décider de sa réaction.

— J'ai si peur..., murmura-t-elle, laissant libre cours à ses larmes. Que m'arrivera-t-il si je le quitte ? Et si je ne m'en sortais pas, sans lui ?

Personne ne se moqua d'elle, ne lui dit que ses craintes étaient absurdes ou infondées. Elles avaient toutes connu une peur semblable. Le mari d'une des participantes était en prison après avoir essayé de la tuer, et elle était terrifiée à l'idée de ce qui se produirait lorsqu'il sortirait, dans un an environ. Beaucoup avaient été maltraitées physiquement. Certaines avaient abandonné du jour au lendemain leur maison, leur existence pour fuir leurs persécuteurs, et deux d'entre elles avaient même laissé leurs enfants. Elles avaient eu l'impression de ne pas avoir d'autre choix : il fallait qu'elles s'en aillent avant que leur mari ne les tue. Elles savaient que c'était lâche, mais elles s'étaient enfuies comme elles l'avaient pu. D'autres luttaient encore pour s'en sortir et, à l'instar de Maddy, se demandaient si elles y parviendraient un jour. Une chose était certaine, et elle le comprenait à force de les écouter : chaque jour, chaque heure, chaque minute qui passait la mettait un peu plus en danger. Tout à coup, elle saisissait ce que Bill, le Dr Flowers et même Greg avaient essayé de lui expliquer. Enfin, elle acceptait l'évidence.

— Que pensez-vous faire, à présent, Maddy ? demanda l'une des participantes.

— Je ne sais pas, répondit-elle avec franchise. J'ai tellement peur ! J'ai l'impression qu'il est capable d'entendre mes pensées, qu'il sait exactement ce que j'ai en tête.

— La seule chose qu'il entendra, c'est le bruit de la porte quand vous la lui claquerez au nez et partirez en courant, rien d'autre, déclara avec force une femme aux dents abîmées et à la chevelure emmêlée.

En dépit de son apparence peu soignée et de sa virulence, Maddy la trouvait sympathique. Ces femmes, elle en avait la conviction, allaient la sauver. Elle savait que la décision ultime lui revenait, mais elle sentait qu'elles l'aideraient à la prendre.

Lorsqu'elle les quitta, elle avait l'impression d'être une femme nouvelle. Elles l'avaient mise en garde, cependant : rien ne se produirait du jour au lendemain comme par magie. Même si leurs expériences communes lui avaient redonné confiance en elle, elle avait encore beaucoup de travail à accomplir, et ce ne serait pas facile.

« Renoncer aux mauvais traitements, c'est comme s'affranchir d'une drogue, lui avait dit l'une des femmes sans prendre de gants. C'est incroyablement dur, parce que votre souffrance vous est familière. Vous y êtes habituée. Vous ne vous en rendez même plus compte. Vous ne connaissez pas d'autre forme d'amour. »

« N'attendez pas trop de vous-même au début, avait renchéri une autre. Mais méfiez-vous, quand vous sentirez le moment venu, ne restez pas “juste un dernier jour”, cela pourrait vous être fatal. Même les hommes qui ne sont pas violents peuvent devenir fous. Votre mari est quelqu'un de mauvais, Maddy, plus encore que vous ne l'imaginez, et il pourrait vous tuer. Il en a probablement envie, sans avoir le courage d'aller jusqu'au bout. Partez avant qu'il franchisse le pas. Il ne vous aime pas, il ne tient pas à vous, pas comme vous le voudriez. Pour lui, vous aimer c'est vous faire souffrir. Il ne veut rien d'autre et ne fera rien d'autre. Il ne changera jamais, il ne fera qu'empirer. Et mieux vous irez, pire il sera. Vous courez un grand danger. »

En partant, elle les remercia toutes, et dans le taxi du retour elle demeura pensive, réfléchissant à tout ce qu'elle avait entendu. Elle ne mettait pas en doute ce que ces femmes lui avaient dit, elle savait que c'était vrai. Mais elle savait aussi que, pour une raison qu'elle ignorait, elle voulait que Jack cesse de lui faire du mal et l'aime enfin. Elle voulait lui apprendre à l'aimer, elle voulait tout lui expliquer, pour qu'il cesse de se comporter aussi cruellement envers elle. Bien sûr, sa raison lui rappelait que cela n'arriverait jamais, qu'il continuerait à lui faire de plus en plus de mal. Et même si elle pensait l'aimer, elle comprenait qu'elle devait le quitter. C'était une question de survie.

Avant d'arriver chez elle, elle appela Bill et lui parla de la réunion. Il parut soulagé pour elle. Il espérait seulement que le soutien des autres femmes l'aiderait à trouver le courage de quitter Jack.

Lorsqu'elle pénétra dans la maison, quelques minutes plus tard, Jack la regarda étrangement, comme s'il sentait que quelque chose s'était produit en elle. Il lui demanda où elle était allée, et elle lui répéta qu'elle avait assisté à une réunion en rapport avec la commission. Elle alla même jusqu'à expliquer qu'elle avait participé à une réunion d'un groupe de femmes maltraitées que Phyllis Armstrong souhaitait évaluer et que cela avait été très intéressant. Ce fut suffisant pour le mettre en colère.

— Quel genre d'hystériques peuvent se retrouver dans ce type d'endroits ? Je n'arrive pas à croire qu'on t'ait demandé d'aller te mêler à des malades pareils.

Elle ouvrit la bouche, prête à défendre ses nouvelles amies, mais se ravisa. Elle comprenait à présent que la moindre prise de position pouvait la mettre en danger, et elle n'était pas prête à courir le risque.

— Pourquoi ce petit air satisfait ? demanda Jack d'un ton accusateur.

Suivant les conseils entendus, elle s'efforça d'afficher une expression aussi neutre que possible.

— C'était plutôt ennuyeux, dit-elle avec sagesse, mais j'avais promis à Phyllis d'y aller.

Il la regarda d'un air soupçonneux avant de hocher la tête, visiblement satisfait de sa réponse. Elle avait dit ce qu'il fallait.

Ce soir-là, pour la première fois depuis longtemps, il lui fit l'amour, et il se montra de nouveau brutal, comme pour lui rappeler qu'il avait tout pouvoir sur elle. Elle ne dit rien et se contenta d'aller prendre une longue douche ensuite. Mais ni l'eau brûlante ni le savon ne parvinrent à chasser le profond dégoût qu'elle éprouvait. Elle retourna au lit sans un bruit et fut soulagée d'entendre Jack ronfler doucement.

Le lendemain, elle se leva tôt et était dans la cuisine lorsqu'il descendit. Tout paraissait redevenu normal entre eux. Maddy avait cependant l'impression d'être une prisonnière creusant un tunnel dans le fond de sa cellule, lentement mais sûrement, prête à tout pour s'échapper et craignant à chaque instant d'être découverte par son geôlier.

— Qu'est-ce que tu as ? demanda Jack d'un ton sec lorsqu'elle lui tendit une tasse de café. Tu es bizarre, depuis quelque temps.

Lisait-il dans ses pensées ? Elle en avait parfois la certitude, mais elle se força à demeurer rationnelle et posée.

— Je crois que je couve une grippe, répondit-elle.

— Eh bien, prends de la vitamine C. Je n'ai pas envie de te trouver une remplaçante si tu tombes malade. C'est toujours la croix et la bannière.

Elle réprima un soupir de soulagement, heureuse qu'il l'ait crue.

— Ça ira. Je peux continuer à travailler, affirma-t-elle.

Il hocha la tête et prit le *Washington Post* posé sur la table. De son côté, Maddy feuilleta le *Wall Street Journal*, incapable de se concentrer sur ce qu'elle lisait. Elle ne pouvait plus que prier pour qu'il ne devine pas ses intentions. Avec un peu de chance, elle pourrait préparer sa fuite et s'en aller avant qu'il l'ait complètement anéantie. Car maintenant, elle était sûre d'une chose : il la haïssait bel et bien, et plus encore qu'elle ne le craignait.

19

Le mois de décembre fut très chargé, comme toujours, entre les soirées, les réunions et la préparation des fêtes. Chaque ambassade semblait vouloir organiser un cocktail, un dîner ou un bal, si possible dans la tradition de son pays d'origine. Cela faisait partie des bons côtés de Washington, et Maddy avait toujours apprécié cette période de l'année.

Au début de leur mariage, elle avait adoré se rendre à des soirées avec Jack ; hélas, depuis quelques mois leurs relations étaient si tendues qu'elle appréhendait les sorties en sa compagnie. Il se montrait toujours jaloux, la surveillait en permanence quand elle parlait à d'autres hommes et l'accusait immanquablement ensuite de s'être mal comportée. C'était très stressant, et pour la première fois de sa vie elle voyait arriver les fêtes sans enthousiasme.

Elle aurait vraiment voulu les passer avec Lizzie, mais elle savait que ce ne serait pas possible : Jack lui interdisait formellement tout contact avec sa fille. Elle devait soit s'opposer à lui et en faire un cheval de bataille, soit laisser tomber. Impossible de trouver un compromis, avec lui ; il s'arrangeait toujours pour avoir le dernier mot, elle s'en rendait compte désormais et s'étonnait de ne pas s'en être aperçue plus tôt. De même, elle n'avait pas réalisé à quel point il la rabaissait en permanence et se moquait de ses idées ou de ses désirs, quand il ne la culpabilisait pas ouvertement. Elle avait accepté cela pendant des années, et ce n'était qu'au cours des derniers mois qu'un changement s'était opéré en elle. Elle avait enfin compris combien il lui manquait de respect, et maintenant elle luttait en permanence contre un terrible sentiment d'oppression. Pourtant, et c'était peut-être le plus incroyable, elle continuait à aimer son mari. Ce qui était terrifiant en soi, car cela signifiait qu'elle demeurait vulnérable à ses attaques. Elle souhaitait de tout son cœur que cet « amour » disparaisse, car elle avait fini par admettre que c'était avant tout une dépendance malsaine dont elle devait à tout prix s'affranchir ; chaque jour passé près de Jack la mettait un peu plus en danger, elle se le répétait constamment.

Elle avait conscience de ne pouvoir expliquer son dilemme à personne. Seuls ceux qui avaient connu la même chose étaient en mesure de comprendre. Aux yeux des autres, ses émotions conflictuelles et sa culpabilité paraîtraient insensées. Même Bill, en dépit de son immense affection pour elle, avait du mal à accepter son inertie apparente, et ce n'était que grâce à ce qu'il avait appris aux réunions de la commission qu'il arrivait à rester patient.

Si Jack avait été physiquement agressif, il aurait été plus facile pour Maddy de se décider à rompre. Mais en l'occurrence, il était bien difficile de le qualifier de « violent ». Il la payait bien, l'avait sauvée d'une situation horrible, lui avait offert la sécurité, une belle demeure, une maison de campagne, l'usage de son jet privé, des vêtements superbes, des bijoux, des vacances dans le sud de la France... Comment aurait-elle pu parler de torture sans passer pour folle ? Seuls Maddy et ceux qui la côtoyaient de près connaissaient la réalité. Tous les éléments étaient là, habilement dissimulés sous de trompeuses apparences. Heure après heure, jour après jour, minute après minute, Maddy sentait le poison la ronger. Elle vivait dans la peur.

Par moments, elle avait l'impression que même Bill se lassait de son indécision. Il semblait frustré de la voir avancer puis reculer, hésiter, voir clairement les problèmes pour ensuite se laisser aveugler par la culpabilité. Néanmoins, ils continuaient à se téléphoner chaque jour et à déjeuner ensemble de temps en temps. Maddy devait se montrer prudente : il y avait toujours un risque que quelqu'un la vît pénétrer chez lui et en tire des conclusions erronées qui pourraient se révéler désastreuses pour elle. Bill ne voulait pas l'accabler de problèmes supplémentaires.

Le président était de retour à la Maison-Blanche et avait repris les rênes du pays, même s'il ne travaillait jamais plus d'une demi-journée d'affilée et disait se fatiguer rapidement. Maddy le vit au cours d'un thé intime et le trouva en meilleure forme, plus solide que lors de leur dernier entretien. Phyllis paraissait avoir vieilli de dix ans mais affichait un large sourire chaque fois qu'elle regardait son mari. Maddy lui enviait cet amour inconditionnel, sans pouvoir imaginer éprouver un jour quelque chose de semblable.

Jack se montrait plus dur que jamais envers elle. Sans cesse, il l'agressait, lui faisait des reproches constants. Nuit et jour, au travail comme à la maison, il semblait guetter les occasions de lui tomber dessus, tel un tigre épiant sa proie, prêt à bondir. Ce qu'il lui disait l'anéantissait, et sa manière de s'adresser à elle était pire encore. Et pourtant, elle se surprenait encore parfois à songer combien il avait du charme, combien il était intelligent et séduisant. Elle aurait aimé apprendre à le haïr, pas seulement à le craindre... Heureusement, grâce au groupe de femmes maltraitées, elle comprenait mieux ses blocages, ce qui lui arrivait réellement. Et elle savait que d'une manière subtile, invisible, elle était dépendante de Jack.

Elle en discuta avec Bill à la mi-décembre, la veille de la soirée de Noël de la chaîne. Elle redoutait cette fête. Après l'avoir accusée de flirter avec Elliott à l'antenne, Jack prétendait à présent qu'elle couchait avec lui. Elle était certaine qu'il savait que c'était faux et ne disait cela que pour la contrarier. Il était allé jusqu'à faire un commentaire à ce sujet au producteur du journal, si bien qu'elle craignait que les jours d'Elliott au sein du réseau ne soient comptés. Elle avait pensé prévenir son collègue, mais quand elle en avait discuté avec Greg au téléphone, celui-ci lui avait dit de s'abstenir. Cela ne ferait que lui attirer plus d'ennuis, avait-il argué, et c'était sans doute précisément ce que cherchait Jack.

— Il veut seulement que tu te sentes mal, Mad.

Greg était heureux à New York et parlait d'épouser sa petite amie. Maddy lui avait cependant conseillé d'attendre un peu. Echaudée par ses propres expériences désastreuses, elle se méfiait du mariage et estimait plus prudent de prendre son temps avant de s'engager.

Assise dans la cuisine de Bill en ce jeudi après-midi, elle se sentait extrêmement fatiguée et triste. La perspective des fêtes imminentes ne la réjouissait guère, et elle réfléchissait à un moyen d'aller voir Lizzie à Memphis ou d'inviter la jeune fille à Washington sans que Jack ne l'apprenne. Elle avait enfin trouvé un petit appartement pour sa fille le week-end précédent. Il était gai et lumineux, et Maddy était en train de le faire repeindre. Elle avait donné une caution et s'était assurée de pouvoir payer le loyer sans que Jack en sût rien.

— Je déteste lui mentir, soupira-t-elle.

Bill avait acheté du caviar, et ils profitaient d'un de leurs rares moments de paix.

— Malheureusement, poursuivit-elle, je n'ai pas le choix. Il se montre complètement déraisonnable dès qu'il est question de Lizzie.

Le terme « déraisonnable » semblait bien faible à Bill, mais pour une fois il ne dit rien. Il était moins bavard qu'à l'ordinaire, et Maddy se demanda si quelque chose le contrariait. Elle savait que la période des fêtes serait difficile pour lui ; par ailleurs, l'anniversaire de Margaret tombait cette semaine-là, et il y pensait certainement.

— Ça va ? lui demanda-t-elle avec sollicitude.

Elle versa un peu de jus de citron sur un toast tartiné de caviar et le lui tendit.

— Je ne sais pas, répondit-il. Je suis toujours mélancolique à cette époque, et cette année c'est encore pire que d'habitude. Parfois, il est difficile de ne pas regarder en arrière au lieu de se concentrer sur l'avenir.

Maddy trouvait néanmoins qu'il allait un peu mieux depuis quelque temps. Il parlait toujours beaucoup de son épouse, mais il semblait moins se torturer. Ils avaient discuté de ce qui s'était passé en Colombie à maintes reprises, et elle lui enjoignait toujours de se pardonner son intervention. Bien sûr, c'était plus facile à dire qu'à faire, mais elle avait l'impression qu'écrire son livre l'avait un peu aidé, même si le chagrin était toujours présent.

— La période des fêtes risque d'être douloureuse, concéda-t-elle. Mais au moins, vous serez avec vos enfants.

Ils avaient prévu de se retrouver de nouveau dans le Vermont. Jack et elle se rendraient en Virginie, ce qui, elle le savait, serait loin d'être une partie de plaisir. Bill et ses enfants prévoyaient un Noël traditionnel ; Jack, lui, avait horreur des fêtes et mettait toujours un point d'honneur à les ignorer au maximum. Il se contentait généralement d'acheter à Maddy quelques cadeaux et refusait d'en faire davantage.

— J'aimerais pouvoir passer Noël avec vous, Maddy, avoua Bill avec un sourire triste. Mes enfants seraient ravis que vous vous joigniez à nous.

— Lizzie aussi, soupira-t-elle, résignée.

Elle avait déjà trouvé de merveilleux cadeaux pour

sa fille, et elle avait également acheté à Bill quelques babioles, des objets qui lui avaient fait penser à lui, des CD, une écharpe chaude et confortable, une série de livres anciens... Rien d'important ou de très cher, uniquement des choses très personnelles témoignant de l'amitié de plus en plus vive qu'elle lui portait. Elle comptait les lui offrir la veille de son départ pour le Vermont et espérait pouvoir déjeuner avec lui une dernière fois avant qu'ils se séparent jusqu'à la nouvelle année.

Elle lui sourit, et ils finirent le caviar. Il avait également acheté du foie gras, du fromage et une baguette croustillante, ainsi qu'une bouteille de vin rouge ; ils partageaient ce pique-nique de luxe dans la bonne humeur, heureux de se retrouver loin des angoisses et des tensions de leur vie quotidienne.

— Parfois, je me demande comment vous faites pour me supporter, observa Maddy. Je ne fais que geindre et me plaindre de Jack, et vous devez avoir l'impression que je ne cherche pas à m'en sortir. Ce ne doit pas être facile d'être spectateur et de ne rien pouvoir faire. Pourquoi êtes-vous si patient avec moi, Bill ?

— Ce n'est pas compliqué, répondit-il aussitôt en lui rendant son sourire. Je vous aime.

L'espace d'un instant, Maddy eut le souffle coupé par cette révélation et ne sut comment réagir. Enfin, elle réalisa qu'il avait sans doute voulu dire qu'il l'aimait comme un ami et un protecteur, pas comme un homme aime une femme qu'il trouve séduisante.

— Je vous aime aussi, Bill, affirma-t-elle avec douceur. Vous êtes le meilleur ami que j'aie au monde. Mieux que ça : j'ai l'impression que vous faites partie de ma famille, que vous êtes une sorte de grand frère pour moi.

Leur amitié surpassait même ce qu'elle avait partagé avec Greg.

Mais maintenant qu'il avait parlé, Bill n'avait pas

l'intention de revenir en arrière. Il s'approcha d'elle et posa une main sur son épaule.

— Ce n'est pas ainsi que je l'entendais, Maddy, déclara-t-il sans ambages. Je vous aime, point. Je suis amoureux de vous, si vous préférez.

Elle le regarda un moment, ne sachant que dire. Il comprenait son embarras et s'efforça de la mettre à l'aise, même s'il était heureux de lui avoir enfin avoué ses sentiments. Cela faisait six mois que leur intimité était de plus en plus grande, qu'ils se parlaient chaque jour, et il ne souhaitait qu'une chose : se rapprocher d'elle encore davantage.

— Vous n'avez pas à répondre si vous ne le souhaitez pas. Je n'attends rien de vous, Maddy. Depuis six mois, je n'ai cessé d'espérer que vous trouviez la force de quitter Jack, mais je comprends maintenant à quel point c'est difficile pour vous. Je ne suis même pas sûr que vous le fassiez un jour, et j'accepte cette éventualité. Mais je ne veux plus attendre davantage pour vous dire que je vous aime. La vie est trop courte, et l'amour est un sentiment trop précieux.

Ces paroles émurent Maddy jusqu'au plus profond d'elle-même.

— Vous êtes très important pour moi aussi, murmura-t-elle.

Elle se pencha pour effleurer sa joue d'un baiser, mais il tourna légèrement la tête et sans qu'elle sût comment c'était arrivé, si cela venait d'elle ou de lui, elle se retrouva entraînée dans un baiser intense, passionné. Quand ils se séparèrent, elle regarda son compagnon d'un air hébété.

— Que s'est-il passé ?

— Je crois que c'était inévitable, dit-il en l'entourant de ses bras, craignant de l'avoir contrariée. Ça va ?

Il la regarda avec sollicitude et elle hocha la tête avant de s'appuyer contre lui. Il était beaucoup plus grand qu'elle, et elle se sentait heureuse et en sécurité dans ses bras. Elle n'avait jamais rien éprouvé de tel. C'était totalement différent de tout ce qu'elle avait connu, à la fois merveilleux et un peu effrayant.

— Je crois que ça va, oui, murmura-t-elle en levant les yeux vers lui.

Elle essayait encore de démêler l'écheveau de ses sentiments lorsqu'il l'embrassa de nouveau. Elle ne tenta pas de résister, au contraire : elle comprenait soudain qu'elle rêvait de cela depuis des semaines, des mois. Ainsi, Jack avait deviné juste, en fin de compte. Même si elle ne l'avait jamais vraiment trompé, elle réalisait à présent qu'elle était bel et bien amoureuse de Bill.

Ils se rassirent à la table de la cuisine, main dans la main, et se regardèrent. Tout à coup, un monde nouveau s'ouvrait à eux ; il avait poussé une porte et révélé un paysage grandiose dont Maddy n'avait jusqu'alors jamais supposé l'existence.

— Quel cadeau de Noël ! observa-t-elle avec un sourire timide.

— Oui, n'est-ce pas ? Mais je ne veux pas que vous... que tu te sentes coincée. Je n'avais pas prévu de te parler... Je suis aussi surpris que toi. Et surtout, je ne veux pas que tu culpabilises.

Il la connaissait bien, désormais.

— Et comment suis-je censée réagir ? Je suis une femme mariée, Bill. Jusqu'à présent, les accusations de Jack n'étaient pas fondées, mais maintenant...

— Tout dépend de l'approche que nous choisissons. Je suggère que nous allions très, très doucement.

Bien sûr, il aurait aimé accélérer les choses, mais par respect pour elle, il savait qu'il ne pouvait pas.

— Je veux te rendre heureuse, pas gâcher ta vie.

Malgré tout, il l'obligeait à porter sur sa relation avec Jack un regard nouveau. Leurs baisers l'avaient mise dans une situation très différente.

— Que vais-je faire ? demanda-t-elle, énonçant à

haute voix la question que tous deux se posaient tout bas.

Elle était mariée à un homme qui la traitait de manière abominable. Mais malgré cela, elle avait le sentiment d'avoir une dette envers lui.

— Tu vas faire ce que tu penses être le mieux pour toi. Je suis un grand garçon, je peux me faire une raison. Mais quoi que tu décides à propos de nous deux, tu dois réagir en ce qui concerne Jack. Tu ne dois pas fuir éternellement la réalité, Maddy.

Il espérait que son amour enfin révélé donnerait à la jeune femme la force d'échapper à son bourreau. D'une certaine manière, il était son passeport pour la liberté. Néanmoins, elle était déterminée à ne pas se servir de lui. Leur relation était trop importante pour elle.

Ils parlèrent un bon moment en grignotant du fromage et en buvant du vin, et il la fit rire en dépeignant leur situation avec humour. Puis, redevenu sérieux, il lui avoua être tombé amoureux d'elle dès le premier instant.

— Je crois que j'ai éprouvé la même chose, reconnut-elle, mais j'avais peur de regarder la vérité en face. A cause de Jack.

Si l'obstacle était toujours de taille, ils ne pouvaient ignorer leurs sentiments plus longtemps.

— Jack ne me pardonnera jamais, tu sais, dit-elle tristement. Il ne voudra pas croire que nous n'avons pas eu de liaison, toi et moi. Il racontera à la terre entière que je l'ai trompé pendant des mois.

— C'est probablement ce qu'il aurait fait de toute façon.

Bill espérait plus que jamais qu'elle se décide à quitter son mari, aussi bien pour elle que pour lui. Mais il ne voulait pas trop insister. Il avait l'impression qu'un exquis papillon s'était posé sur sa main ; il n'osait pas le toucher ou essayer de l'attraper. Il voulait seulement l'admirer et l'aimer.

— Quand tu te libéreras de lui, attends-toi à ce qu'il raconte des horreurs sur ton compte, que tu le quittes pour moi ou non. Ne compte pas sur des remerciements.

C'était la première fois qu'il disait « quand tu te libéreras » et non « si tu te libères », et la jeune femme ne manqua pas de le remarquer.

— En vérité, poursuivit-il, il a davantage besoin de toi que toi de lui. Toi, tu as longtemps vu en lui l'incarnation de tes fantasmes de sécurité et de mariage. Mais lui, il a besoin de toi au quotidien pour nourrir sa maladie, pour satisfaire sa soif de sang. Un tortionnaire ne peut pas se passer de victime.

Elle réfléchit un moment avant de hocher la tête en silence.

Il était plus de trois heures lorsqu'elle le quitta, à contrecœur. Elle aurait aimé rester près de lui, et ils s'embrassèrent longuement avant de se séparer. Leur relation avait acquis une dimension nouvelle. La porte ouverte ne pourrait plus être refermée, désormais.

— Sois prudente, murmura-t-il.

— Promis.

Blottie dans ses bras, elle lui sourit.

— Je t'aime... Merci pour le caviar... et les baisers.

— Quand tu veux, répondit-il en lui rendant son sourire.

Il demeura dans l'encadrement de la porte pour lui dire au revoir, tandis qu'elle s'éloignait. A présent, ils allaient tous les deux devoir réfléchir sérieusement, surtout Maddy.

Dès son arrivée au bureau, sa secrétaire lui annonça qu'au cours de la dernière heure, Jack lui avait téléphoné à deux reprises. Elle s'assit, prit une profonde inspiration et l'appela sur son numéro direct, effrayée à l'idée que quelqu'un ait pu la voir quitter la maison de Bill. Elle attendit en priant pour qu'il ne sût rien. Ses mains tremblaient lorsqu'il décrocha.

— Où étais-tu, bon sang ?

— Je faisais des courses de Noël, s'empressa-t-elle de répondre.

Le mensonge lui était venu si aisément qu'elle en fut elle-même surprise. Mais elle ne pouvait lui avouer où elle avait réellement passé les dernières heures, ni ce qu'elle avait fait. Elle y avait réfléchi durant le trajet du retour, se demandant si elle ne ferait pas mieux de lui révéler la vérité, qu'elle était horriblement malheureuse avec lui et était tombée amoureuse d'un autre. Elle avait conclu que ce serait l'inviter à se montrer plus ignoble encore envers elle. Elle ne pouvait lui dire cela sans s'en aller immédiatement, or elle n'était pas prête à franchir le pas. Dans son cas, l'honnêteté n'était pas nécessairement la meilleure solution, du moins pas encore.

— J'appelais pour te dire que je dois voir le président, ce soir.

Maddy en fut surprise ; elle doutait que Jim Armstrong fût suffisamment remis de ses blessures pour organiser des réunions le soir. Cependant, elle ne posa pas de questions. C'était plus facile ainsi. De plus, elle craignait que ses soupçons ne soient motivés par sa propre culpabilité. Même si elle aimait Bill de tout son cœur, elle avait conscience d'être une femme mariée et de mal se comporter. Peu importait que son mari fût un monstre, elle lui était infidèle, et c'était répréhensible.

— D'accord, répondit-elle. De toute façon, je comptais m'arrêter dans les magasins avant de rentrer à la maison.

Elle voulait acheter du papier cadeau et quelques petits cadeaux pour sa secrétaire et son assistante.

— As-tu besoin de quelque chose ? s'enquit-elle, s'efforçant de se montrer aimable envers lui.

— Pourquoi es-tu d'aussi bonne humeur ? demanda-t-il d'un air soupçonneux.

Elle répondit que la période de Noël avait toujours

cet effet-là sur elle, et il ne la questionna pas davantage. Il se contenta de lui dire de ne pas l'attendre : la réunion risquait d'être longue, affirma-t-il, ce qui mit encore plus la puce à l'oreille de Maddy. Une fois encore, pourtant, elle ne discuta pas.

Elle assura les deux éditions du journal dans un état presque second tant elle était euphorique. Elle appela Bill à deux reprises, avant et après.

— Tu me rends merveilleusement heureuse, lui dit-elle.

Elle avait également très peur mais préféra garder cela pour elle. Pour l'instant, ils ne parlaient pas de l'avenir, se contentant de savourer leur bonheur présent. Elle lui dit qu'elle comptait se rendre dans un centre commercial tout proche pour faire quelques courses, et il promit de l'appeler chez elle un peu plus tard dans la soirée, puisque Jack ne serait pas là. Lui aussi trouvait louche son soi-disant rendez-vous avec le président. Phyllis leur avait dit à tous les deux, quelques jours plus tôt, que Jim était épuisé en fin d'après-midi et s'endormait aux alentours de sept heures chaque soir.

Maddy quitta le bureau au volant d'une des voitures de la chaîne. Jack avait gardé la limousine, et elle ne s'en plaignait pas : elle était heureuse d'être un peu seule. Cela lui laissait le temps de réfléchir et de penser à Bill. Elle se gara sur le parking du centre commercial et entra dans un supermarché pour acheter du ruban adhésif et du papier cadeau.

Le magasin était bondé. La ville entière semblait avoir choisi ce moment pour faire ses achats de Noël. Femmes entourées d'enfants surexcités ou en larmes, hommes d'affaires, jeunes et vieux, riches et moins riches, tous se pressaient dans les rayons en poussant d'énormes chariots. Jamais Maddy n'avait vu le centre commercial aussi animé. Une file d'attente démesurée s'était formée devant un magasin de jouets à l'intérieur duquel un père Noël jovial se faisait photographier avec les enfants. Tout cela accentua encore la bonne humeur de Maddy. L'atmosphère festive commençait à la gagner, et cela grâce à Bill.

Elle s'approchait de la caisse, les bras chargés de rouleaux de papier rouge, de rubans et de chocolats quand un grand bruit, venu de quelque part au-dessus de sa tête, la fit sursauter. C'était une sorte d'énorme « boum », aussi violent qu'inexplicable. Autour d'elle, tout le monde s'était immobilisé, perplexe. Puis ils entendirent comme un bruit de cascade. La musique s'était interrompue et soudain, les lumières s'éteignirent. Des cris retentirent de toutes parts. Avant que Maddy ait pu ouvrir la bouche, elle entendit un autre grand bruit et vit le plafond du centre commercial céder et s'effondrer juste derrière elle. Elle n'eut pas vraiment le temps de paniquer ; quelque chose la heurta à la tête, elle sentit ses jambes se dérober sous elle, et tout devint noir.

20

Quand Maddy reprit connaissance, elle eut l'impression qu'un poids colossal lui comprimait la poitrine. Elle ouvrit les yeux avec difficulté ; ils étaient douloureux et irrités. Autour d'elle, tout était sombre. L'air était chargé de fumée et de poussière, il faisait chaud et elle se sentait terriblement lourde. C'est alors qu'elle comprit que quelque chose lui était tombé dessus. Elle essaya de bouger et crut d'abord ne pas pouvoir. Elle parvenait à remuer les pieds, mais quelque chose lui retenait les jambes, et tout le haut de son corps était plaqué au sol. Petit à petit, cependant, elle parvint à se dégager et à pousser tout ce qui la comprimait. Cela lui prit plus d'une demi-heure, mais elle ne s'en rendit pas compte : elle avait perdu toute notion de temps. Enfin, elle put s'asseoir. Elle était dans un espace réduit et fut frappée par le silence qui régnait autour d'elle. Ce n'est qu'au bout d'un long moment qu'elle commença à entendre des cris et des gémissements, des gens qui s'appelaient. Elle eut même la certitude de percevoir les vagissements d'un bébé. Elle n'avait pas la moindre idée de ce qui s'était produit et ignorait même où elle se trouvait.

Dans le parking, des voitures avaient explosé. Les devantures de plusieurs magasins avaient volé en éclats. Il y avait des camions de pompiers partout, des gens couraient et criaient dans tous les sens. Des blessés ensanglantés sortaient du centre commercial, des enfants inconscients étaient emportés vers des ambulances aux sirènes hurlantes. La scène paraissait presque irréelle, comme tirée d'un film catastrophe. Les rescapés expliquaient à la police et aux pompiers que tout le bâtiment s'était effondré en l'espace d'un instant. En fait, quatre des magasins du centre commercial avaient été entièrement détruits, et il y avait un énorme cratère juste devant le supermarché où Maddy avait fait ses courses. Un camion bourré d'explosifs avait sauté, créant une déflagration telle que toutes les vitres des immeubles avaient volé en éclats à plus de deux cents mètres à la ronde.

Au moment où les premiers journalistes arrivèrent, les ambulanciers évacuaient le père Noël du magasin de jouets sur une civière : il avait été tué sur le coup, comme la moitié des enfants qui faisaient la queue pour le voir. C'était une telle tragédie que personne ne semblait encore en réaliser l'ampleur.

A l'intérieur du magasin, Maddy était recroquevillée dans un petit espace clos sous un monceau de gravats et essayait de réfléchir au moyen de s'en extirper. Elle tenta de pousser les débris, de les attaquer de l'intérieur, de les déplacer, sans succès. L'air menaçait de manquer, et elle était au bord de la panique lorsque, dans le noir, elle entendit une voix résonner tout près d'elle.

— A l'aide... A l'aide... Vous m'entendez ?

La voix était faible, mais il était rassurant de savoir quelqu'un si proche.

— Oui, je vous entends, répondit Maddy. Où êtes-vous ?

Il y avait tant de poussière qu'elle avait du mal à respirer. Elle se tourna néanmoins dans la direction d'où venait la voix.

— Je ne sais pas, disait celle-ci, je ne vois rien.

— Savez-vous ce qui s'est passé ?

— Je crois que l'immeuble nous est tombé dessus... Je me suis cogné la tête, je saigne...

C'était une voix de femme, et Maddy eut l'impression d'entendre de nouveau un bébé. Mais tous les sons lui semblaient étouffés. Parfois elle percevait un cri, une voix... Elle ne distinguait pas le bruit caractéristique des sirènes annonçant l'arrivée des secours. Trop de ciment et de béton effondré la séparait de l'agitation qui régnait à l'extérieur. Pourtant, des véhicules venus de toute la ville et même de Virginie et du Maryland convergeaient vers le centre commercial. Personne ne savait rien, sinon qu'une énorme explosion avait eu lieu et que les morts se comptaient par dizaines, voire par centaines.

— Est-ce votre bébé ? demanda Maddy, entendant de nouveau des vagissements.

— Oui, répondit la voix, plus faible encore. Il a deux mois. Il s'appelle Andy.

La jeune maman semblait en larmes. Maddy, elle, ne pleurait pas, encore trop choquée pour éprouver quoi que ce soit.

— Est-il blessé ? s'enquit-elle.

— Je ne sais pas... Je ne le vois pas.

La voix se brisa dans un sanglot, et Maddy ferma les yeux un instant pour essayer de réfléchir. Quelque chose de terrible avait dû se produire pour que tout l'immeuble s'écroule ainsi, mais elle ne comprenait toujours pas quoi.

— Pouvez-vous bouger ? demanda-t-elle.

Parler à sa compagne d'infortune l'aidait à rester calme. De nouveau, elle essaya de pousser les gravats qui la maintenaient prisonnière, et un morceau de béton derrière elle se déplaça de quelques centimètres. La voix lui parvenait de la direction opposée.

— Je ne peux pas remuer du tout, il y a quelque chose sur mes jambes et mes bras... Et je n'arrive pas à atteindre mon bébé.

— Tenez bon, on va nous envoyer de l'aide.

Alors même que Maddy prononçait ces mots, elles entendirent des voix au loin, mais elles ne pouvaient savoir si c'étaient celles des sauveteurs ou d'autres victimes comme elles.

Maddy se souvint alors que son téléphone portable se trouvait dans son sac à main. Si elle le retrouvait, elle pourrait appeler à l'aide, ou peut-être se faire repérer plus facilement. C'était une idée folle, mais au moins cela lui donnait quelque chose à faire. Elle tâtonna autour d'elle mais ne rencontra que du béton, de la poussière et des gravats. Cela lui permit néanmoins de mieux appréhender la topographie de sa « cellule » improvisée. Elle put ainsi déplacer quelques planches qui bloquaient un des côtés et agrandir un peu l'espace.

— J'essaie de vous atteindre, expliqua-t-elle à la jeune maman d'une voix encourageante.

Pendant un long moment, seul le silence lui répondit et elle eut peur.

— Ça va ? Vous m'entendez ?

La voix lui parvint enfin, plus ténue encore.

— Pardon. Je... je crois que je dormais.

— Essayez de rester éveillée, la pressa Maddy.

Elle n'arrivait pas à réfléchir de façon productive. Elle-même était en état de choc, et elle souffrait d'un terrible mal de tête.

— Parlez-moi... Comment vous appelez-vous ?

— Anne.

— Bonjour, Anne. Je suis Maddy. Quel âge avez-vous ?

— Seize ans.

— Et moi trente-quatre. Je suis journaliste, à la télévision...

De nouveau, elle n'obtint pas de réponse.

— Anne, réveillez-vous... Comment va Andy ?

— Je ne sais pas.

Maddy entendait le bébé pleurer doucement. Il était donc en vie. Sa mère, en revanche, paraissait de plus en plus faible. Dieu seul savait à quel point ses blessures étaient graves et quand les secours arriveraient jusqu'à elle.

Tandis que Maddy s'efforçait toujours de se dégager, à l'extérieur des secours arrivaient de partout. Deux des magasins du centre commercial étaient en flammes, quatre s'étaient effondrés, et des corps sans vie étaient constamment sortis de la zone la plus proche de l'épicentre de l'explosion. Beaucoup de victimes étaient impossibles à identifier. Tous les blessés qui pouvaient se déplacer étaient évacués, et les ambulances emportaient les autres vers les hôpitaux à grand renfort de sirènes. Il fallait dégager au maximum les alentours pour permettre aux sauveteurs et aux volontaires d'agir. Le Centre de gestion des catastrophes et des urgences nationales avait été contacté et allait envoyer des équipes de secours supplémentaires. Des bulldozers attendaient un peu à l'écart ; l'équilibre des structures encore en place était trop précaire pour qu'on puisse les utiliser sans risquer de mettre en danger les victimes toujours prisonnières des décombres.

Des dizaines de reporters étaient arrivés sur les lieux, et les émissions de toutes les télévisions du pays avaient été interrompues pour faire place à ce qui serait sans doute l'un des attentats les plus meurtriers de l'histoire du pays. On avait déjà retrouvé plus de cent cadavres, et il était impossible de savoir combien d'autres personnes étaient encore bloquées à l'intérieur. Toutes les chaînes de télévision avaient diffusé les images d'une enfant au bras arraché hurlant de douleur pendant que les ambulanciers l'emportaient. Son identité n'était pas connue, et elle n'était qu'une victime parmi des centaines d'autres. Blessés, mourants et morts étaient sans arrêt sortis des décombres.

Bill regardait tranquillement la télévision dans son bureau lorsque le programme avait laissé place au premier bulletin spécial, et il avait sursauté, horrifié. Maddy lui avait dit qu'elle comptait se rendre au centre commercial après le travail, et il courut aussitôt vers le téléphone pour l'appeler chez elle. Il n'obtint pas de réponse. Il essaya son numéro de portable, mais une voix désincarnée lui annonça que « son correspondant était hors de portée ». Il raccrocha et sentit une vague de panique l'envahir. Il faillit appeler la chaîne pour demander si on avait des nouvelles d'elle mais n'osa pas. Il se pouvait qu'elle se soit rendue sur les lieux de la catastrophe avec une équipe de télévision, et il décida d'attendre qu'elle l'appelle. Il savait qu'elle n'y manquerait pas si elle avait le temps — et si elle n'était pas prisonnière des décombres. Il ne pouvait que prier pour qu'elle fût saine et sauve. Sans cesse il repensait au moment où il avait appris que Margaret avait été enlevée par des hommes masqués armés de mitrailleuses.

Jack était lui aussi au courant de la situation. Son téléphone portable avait sonné quelques minutes à peine après l'explosion, interrompant la soirée intime qu'il passait au Ritz Carlton avec une jolie blonde. Il avait jeté à la jeune femme un coup d'œil contrarié avant de décrocher.

Rafe Thompson, son producteur, lui avait parlé de l'attentat, avant d'ajouter qu'il avait déjà deux équipes sur place et qu'une troisième s'apprêtait à les rejoindre.

« Trouvez Maddy et dites-lui de se dépêcher. Je veux qu'elle aille sur place. Elle devrait être à la maison, maintenant », avait dit Jack d'un ton sec avant de raccrocher.

La blonde lui avait demandé ce qui se passait.

« Un fou a fait sauter un centre commercial », avait-il grommelé en allumant la télévision.

Aussitôt, une scène cauchemardesque était apparue à l'écran. Là où se dressait autrefois un des plus grands centres commerciaux du pays, ce n'étaient plus que gravats et décombres fumants. Un chaos indescriptible régnait sur les lieux.

« Seigneur », avait murmuré Jack entre ses dents.

Jusque-là, il n'avait pas réalisé l'ampleur du désastre. Pendant un moment, sa compagne et lui étaient demeurés immobiles et silencieux, puis il avait repris son téléphone portable pour appeler la chaîne.

« Vous l'avez trouvée ? »

Pour un homme de télévision, c'était un reportage en or. Pourtant, même lui ne pouvait s'empêcher d'être ému par certaines des scènes qui défilaient à l'écran. Près de lui, la jeune fille blonde qu'il ne connaissait que depuis une semaine pleurait en silence. On venait de voir un pompier emporter un bébé mort et sa mère.

« Nous essayons, Jack, lui avait répondu le producteur d'une voix tendue. Elle n'est pas encore chez vous et son portable est éteint.

— Satanée idiote, je lui avais pourtant dit de toujours le garder allumé. Essayez encore, elle finira bien par réapparaître. »

Au moment où il coupait le téléphone, une idée étrange lui avait traversé l'esprit. Maddy avait parlé d'acheter du papier cadeau et Dieu seul savait quoi d'autre... Mais elle avait généralement horreur des centres commerciaux et faisait toujours ses courses à Georgetown. Il n'y avait aucune raison pour qu'elle soit là-bas.

— Vous m'entendez, Anne ?

La voix de Maddy résonnait contre les murs de béton. Il lui fallut plus longtemps pour obtenir une réponse, cette fois.

— Oui... Oui, je vous entends...

L'instant d'après, une autre voix retentit. Une voix d'homme, cette fois, qui paraissait toute proche.

— Qui est là ?

Maddy l'entendait très clairement. Il expliqua qu'il avait déplacé des pierres et une poutre et qu'il rampait depuis un bon moment pour essayer de les atteindre mais qu'il ne savait pas par où se diriger.

— Je m'appelle Maddy, répondit-elle avec fermeté, et il y a non loin d'ici une jeune femme nommée Anne. Elle n'est pas avec moi, mais je l'entends. Je crois qu'elle est blessée, et il y a un bébé avec elle.

— Et vous ? Ça va ?

Elle ne jugea pas nécessaire de mentionner son mal de tête.

— Ça va. Pouvez-vous déplacer ce qu'il y a autour de moi ?

— Continuez à parler, je vais essayer.

Elle pria silencieusement pour qu'il soit fort et réussisse à la tirer de là.

— Comment vous appelez-vous ? demanda-t-elle.

— Mike. Et ne vous inquiétez pas, ma petite dame, j'ai l'habitude de soulever des poids de deux cents kilos. Je vais vous sortir de là en un rien de temps.

Malgré tout, elle entendait à sa voix haletante qu'il avait du mal à dégager les blocs de béton qui la maintenaient prisonnière. Anne ne disait plus rien, et quand Maddy essaya de lui parler de nouveau, elle n'entendit que les cris du bébé, de plus en plus forts.

— Dites quelque chose à votre fils, Anne. S'il entend votre voix, il aura peut-être moins peur.

— Je... je suis trop fatiguée, murmura-t-elle d'une voix à peine audible.

Mike, en revanche, semblait s'être un peu rapproché.

— Savez-vous ce qui s'est passé ? lui demanda Maddy.

— Aucune idée. J'étais en train d'acheter de la mousse à raser et le toit m'est tombé sur la tête. Dire que j'avais failli amener les enfants ! Heureusement que je ne l'ai pas fait. Etiez-vous accompagnée ?

— Non, j'étais seule, répondit Maddy.

Elle essaya de nouveau de s'attaquer au monceau

de gravats qui l'entouraient, mais ne réussit qu'à s'abîmer les doigts. Rien ne bougeait.

— Je vais essayer de creuser dans l'autre direction, dit enfin son interlocuteur.

Maddy sentit une vague de panique déferler en elle. L'idée que cette voix amicale pût s'éloigner lui était intolérable ; jamais elle ne s'était sentie aussi abandonnée. Mais il fallait qu'ils trouvent de l'aide, et si l'un d'eux s'en sortait, il pourrait orienter les secours.

— D'accord, dit-elle. Bonne chance. Quand vous sortirez, dites aux reporters que je suis là, s'il vous plaît. Maddy Hunter. Je suis certaine que mes collègues seront présents.

— Je reviendrai vous chercher, promit-il.

Quelques minutes plus tard, le silence retomba. Elle était de nouveau seule dans le noir avec sa solitude, Anne et le bébé en pleurs. Elle aurait tant aimé retrouver son téléphone ! Bien sûr, cela n'aurait guère fait de différence : elle ne pouvait indiquer à personne où elle se trouvait exactement.

Bill regardait toujours les informations dans son bureau, et une panique croissante l'envahissait. Il avait essayé d'appeler Maddy une dizaine de fois, sans succès. Finalement, n'y tenant plus, il téléphona à la chaîne.

— Qui est à l'appareil ? demanda Rafe Thompson d'une voix irritée, surpris qu'on lui passe un appel dans un moment pareil.

— Je suis un ami de Maddy, et je suis inquiet. Est-elle sur place avec une de vos équipes ?

Il y eut une pause, puis le producteur décida de répondre avec franchise.

— Nous n'arrivons pas à la trouver non plus. Son téléphone portable ne répond pas, et elle n'est pas chez elle. Elle aurait pu se rendre sur les lieux par ses propres moyens, mais personne ne l'a vue. Cela dit, il y a un monde fou là-bas. Je suppose qu'elle finira bien par se montrer.

— Cela ne lui ressemble pas de disparaître, fit valoir Bill.

Rafe ne put s'empêcher de remarquer le contraste entre la réaction de cet inconnu et celle de Jack, qui n'avait fait que lui crier de « la retrouver immédiatement » lorsqu'il l'avait appelé un peu plus tôt. Rafe n'avait pas de mal à deviner ce à quoi Jack était occupé ; lorsqu'il avait décroché la première fois, le producteur avait entendu une femme pouffer tout près de lui.

— Je ne sais que vous dire. Elle va probablement appeler bientôt. Peut-être est-elle allée au cinéma ou quelque chose comme ça.

Mais Bill savait que ce n'était pas le cas, et le fait qu'elle ne l'eût pas appelé pour le rassurer lui semblait de mauvais augure. Il arpenta son salon de long en large pendant encore dix minutes tout en gardant un œil sur la télévision, puis il n'y tint plus. Prenant son manteau et ses clés de voiture, il sortit précipitamment. Il ne savait pas s'il pourrait approcher de la scène de la catastrophe, mais il se devait d'essayer. Peut-être pourrait-il la retrouver ? Dans un état second, il accéléra en direction des ruines du centre commercial.

Il était un peu plus de vingt-deux heures. Une heure et demie s'était écoulée depuis l'explosion qui avait détruit deux pâtés de maisons et causé la mort d'au moins cent trois personnes — le décompte ne faisait que commencer.

Une fois sur place, il fallut à Bill près de vingt minutes pour se frayer un chemin à travers les équipes de sauveteurs. Il y avait tant de volontaires venus aider que nul ne lui demanda de badge ou de carte d'identité : on le laissa passer sans l'inquiéter, et enfin il s'immobilisa devant le magasin de jouets, les yeux pleins de larmes, priant pour retrouver Maddy dans la foule amassée à l'extérieur.

Quelques minutes plus tard, on lui tendit un casque

et on lui demanda d'aider les volontaires à évacuer les débris qui empêchaient l'accès aux personnes encore bloquées à l'intérieur. Il suivit une équipe dans les entrailles du centre commercial, sans cesser de prier pour que Maddy ne s'y trouve pas ; le chaos était terrifiant.

A l'intérieur de sa grotte artificielle, Maddy songeait précisément à lui, tout en s'appuyant de tout son poids contre un gros morceau de béton. A sa grande surprise, ce dernier bougea de quelques centimètres. Elle s'arc-bouta, et parvint à le déplacer encore. Chaque fois, la voix affaiblie d'Anne devenait plus audible.

— Je crois que j'approche, annonça Maddy, continuez à me parler, Anne. J'ai besoin de savoir où vous êtes. Je ne voudrais pas faire empirer les choses. Sentez-vous quoi que ce soit ? Y a-t-il de la poussière qui tombe sur vous quand je bouge ?

Elle ne savait pas si elle était près de la tête ou des pieds de la jeune fille, et elle ne voulait surtout pas faire tomber du béton sur elle ou son bébé. Malheureusement, elle avait de plus en plus de mal à faire parler son interlocutrice.

Maddy prit une profonde inspiration et poussa de toutes ses forces contre la paroi. Elle faillit tomber lorsque, à sa grande surprise, un bloc de béton céda. Elle put le déplacer suffisamment pour faire un trou lui permettant de passer, et elle se faufila tant bien que mal par cette ouverture. Aussitôt, elle sut qu'elle avait trouvé Anne. Sa voix était toute proche à présent.

Ce fut néanmoins Andy qu'elle atteignit en premier. Il était juste à côté de la main de sa mère mais trop loin pour qu'elle puisse le toucher, et il gigotait sur le sol. Bien qu'elle ne le vît pas, Maddy put le prendre dans ses bras et le serrer contre elle. Il hurla de terreur quand elle le souleva et, craignant qu'il ne soit blessé, elle le reposa en douceur et s'approcha d'Anne à tâtons. Elle la toucha, mais pendant un moment la jeune fille ne réagit pas. Maddy ignorait si elle respirait encore.

— Anne... Anne...

Elle lui caressa le visage avec douceur et laissa ses mains courir le long de son corps. Il ne lui fallut pas longtemps pour comprendre ce qui s'était passé : une énorme poutre était tombée en travers de son torse, et ses vêtements humides indiquaient qu'elle saignait. Une autre poutre bloquait ses jambes. Malgré tous ses efforts, Maddy ne parvint pas à la dégager.

— Anne ! Anne...

Elle ne cessait de répéter son nom, et finalement la jeune fille répondit.

— Où êtes-vous ?

Elle ne comprenait pas ce qui s'était passé.

— Ici, avec vous. Andy va bien, je crois.

Bien mieux que sa mère, en tout cas, songea-t-elle.

— Est-ce qu'ils nous ont trouvés ?

Anne paraissait sur le point de perdre de nouveau connaissance, mais Maddy ne voulait pas prendre le risque de la secouer dans son état.

— Pas encore, mais ils ne vont pas tarder, je vous le promets. Tenez bon.

Maddy reprit le bébé, qui s'était calmé, et l'approcha du visage de sa mère dans l'espoir de donner à cette dernière la volonté de vivre. Anne se mit à pleurer doucement.

— Je vais mourir, n'est-ce pas ?

Que répondre ? En l'espace de quelques instants, celle qui avait dû jusque-là être une adolescente comme les autres était devenue une adulte. Le cœur de Maddy se serra douloureusement.

— Je ne pense pas, répondit-elle avec force. Vous ne pouvez pas. Il faut que vous teniez le coup, pour Andy.

— Il n'a pas de papa, expliqua Anne. Il l'a abandonné à sa naissance, il ne voulait pas de lui.

— Mon bébé non plus n'avait pas de papa, dit Maddy pour la rassurer.

Au moins, Anne parlait toujours, ce qui était bon signe. Lizzie n'avait pas eu de mère non plus, songea Maddy avec culpabilité, mais elle n'en parla pas à Anne.

— Vivez-vous avec vos parents ? demanda-t-elle pour entretenir la conversation en berçant doucement le bébé contre elle.

Il avait cessé de pleurer, et elle plaça un doigt sous son nez pour vérifier qu'il respirait toujours. Apparemment, il s'était endormi.

— Je me suis enfuie quand j'avais quatorze ans. Je suis originaire de l'Oklahoma. J'ai appelé mes parents quand Andy est né, mais ils ne veulent pas entendre parler de nous. Ils ont neuf autres enfants, et maman dit que je n'ai jamais su faire autre chose que leur attirer des ennuis... Andy et moi vivons grâce aux allocations familiales.

C'était une histoire horrible, dont la conclusion risquait, hélas, d'être pire encore. Maddy ne pouvait s'empêcher de se demander s'ils s'en sortiraient. Seraient-ils retrouvés morts au bout de plusieurs jours ? Elle était déterminée à éviter cela à tout prix. Le bébé avait le droit de vivre, tout comme sa mère, qui n'était elle-même qu'une enfant.

— Quand il sera grand, vous pourrez lui parler de ce qui s'est passé aujourd'hui. Il se dira que vous avez été merveilleuse et courageuse, et il aura raison. Je suis très fière de vous, affirma-t-elle en ravalant ses larmes, songeant à Lizzie.

Elles s'étaient retrouvées au bout de dix-neuf ans, et maintenant la jeune fille risquait d'être de nouveau seule. Mais elle ne voulait pas penser à cela. Il fallait qu'elle garde les idées claires, et elle avait la tête qui tournait de plus en plus. Elle se demanda si Anne et elle allaient bientôt manquer d'air. Auraient-elles la sensation d'étouffer, ou s'endormiraient-elles simplement, en douceur, comme des bougies consumées ? Elle se mit à fredonner un petit air à voix basse pour se donner du courage. Anne semblait s'être à nouveau endormie, et Maddy ne parvint pas à la réveiller. Elle n'était pas morte — il lui arrivait de gémir tout bas —, mais elle perdait rapidement ses forces.

Devant le magasin de jouets, Bill avait enfin réussi à repérer les reporters de la chaîne. Il se présenta à l'homme qui paraissait responsable de l'équipe et comprit vite qu'il s'agissait du producteur qu'il avait eu au téléphone plus tôt dans la soirée. Il était venu sur place afin de diriger les cameramen et les journalistes.

— Je crois qu'elle est dedans, dit Bill d'une voix grave. Elle m'avait dit qu'elle avait l'intention de passer ici acheter du papier cadeau avant de rentrer chez elle.

— J'avais un mauvais pressentiment, lui avoua Rafe Thompson, mais je me disais que j'étais fou. Nous n'avons plus qu'à espérer. Ils font de leur mieux pour extraire les survivants.

Il se demandait comment cet homme connaissait Maddy, mais Bill ne tarda pas à lui expliquer qu'ils participaient tous les deux à la commission de la *First Lady*. Rafe songea qu'il avait l'air sympathique ; il avait passé deux heures à aider les équipes de secouristes. Son manteau était déchiré, son visage maculé de poussière, ses mains étaient en sang.

Autour d'eux, tout le monde paraissait stressé et épuisé. Il était plus de minuit, et Maddy n'avait toujours pas donné signe de vie. Rafe avait parlé à Jack à plusieurs reprises, ou plus exactement, il s'était fait crier dessus par Jack, qui se trouvait toujours au Ritz Carlton. La disparition de Maddy n'avait pas paru troubler outre mesure le directeur de la chaîne ; il avait affirmé d'un ton méprisant qu'elle était sans doute « allée se faire sauter quelque part » et qu'il la tuerait quand il l'aurait retrouvée. Rafe et Bill, eux, craignaient que les terroristes s'en fussent chargés à sa place. Jusqu'à présent, personne n'avait encore revendiqué l'attentat.

A l'antenne, ils ne dirent rien sur la possibilité que Maddy fût prisonnière des décombres : ils n'en étaient pas sûrs, et ne voulaient pas annoncer la nouvelle sans preuves.

Vers quatre heures du matin, enfin, après plus de sept heures de travail ininterrompu, les sauveteurs commencèrent à faire de sérieux progrès. A cinq heures, ils atteignirent un homme nommé Mike. Celuici était en sang : il se frayait un chemin à travers les débris depuis des heures et paraissait épuisé. Il avait créé de véritables tunnels en déplaçant des poutres et des morceaux de béton, et avait ainsi réussi à sauver quatre personnes. Lorsqu'il arriva à l'air libre, il expliqua aux secours qu'il avait entendu deux femmes prisonnières des décombres mais n'était pas parvenu à les atteindre. L'une s'appelait Anne et avait un bébé, l'autre était une journaliste nommée Maddy Hunter. Il expliqua de son mieux aux sauveteurs dans quelle direction chercher, avant de se laisser emmener en ambulance. Rafe apprit la nouvelle quelques instants plus tard et vint en avertir Bill, tandis que les pompiers retournaient à l'intérieur du centre commercial pour suivre les vagues indications de Mike.

— Elle est là-dedans, annonça Rafe, le visage tendu.

— Oh, mon Dieu ! Ils l'ont trouvée ?

Il n'osait demander si elle était vivante ou morte. L'expression de Rafe n'était guère encourageante.

— Pas encore. L'un des derniers rescapés a dit que deux femmes étaient encore prisonnières à l'intérieur. Maddy est l'une d'elles, elle lui a donné son nom et celui de la chaîne.

Leurs pires craintes étaient confirmées, et maintenant ils ne pouvaient plus qu'attendre. Pendant encore deux heures, ils regardèrent les sauveteurs sortir des décombres cadavres et survivants. Les blessés se succédaient, souvent privés d'un membre ou plongés dans le coma ; on amenait aux parents en larmes les corps de leurs enfants morts. A sept heures, vaincu par la tension et la fatigue, Bill s'assit sur un morceau de béton et pleura, la tête entre les mains. Près de onze heures s'étaient écoulées depuis l'explosion. Il se demanda s'il devait téléphoner à Lizzie mais préféra s'abstenir : il n'avait rien de concret à lui dire et jugeait inutile de l'alarmer.

Rafe et lui étaient assis en silence lorsqu'une équipe de la Croix-Rouge arriva pour prendre la relève des sauveteurs épuisés. On leur tendit à chacun un gobelet de café. Rafe accepta avec gratitude, mais Bill fit non de la tête, incapable d'avaler quoi que ce soit.

Rafe ne lui avait pas posé de questions sur sa relation avec Maddy. Il était évident qu'il l'aimait profondément, et le producteur était sincèrement peiné pour lui.

— Courage. Ils finiront par la retrouver, affirma-t-il.

Il ne posa pas à haute voix la question lancinante qui les taraudait tous les deux : serait-elle vivante à ce moment-là ?

Pendant qu'ils attendaient des nouvelles, à l'intérieur du bâtiment effondré Maddy était roulée en boule, le bébé serré contre elle. Anne ne lui avait plus parlé depuis des heures. Elle ne savait pas si elle dormait, si elle s'était évanouie ou si elle était morte. Tous ses efforts pour parler de nouveau avec elle avaient été vains. Maddy ignorait l'heure qu'il était et combien de temps elles avaient passé dans leur prison de béton. Tout à coup, le bébé s'agita dans ses bras et se mit à pleurer. Anne l'entendit.

— Dites-lui que je l'aime..., murmura-t-elle d'une voix d'outre-tombe, faisant sursauter Maddy.

— Il faut tenir le coup, Anne. Vous le lui direz

vous-même, répondit-elle en s'efforçant de paraître optimiste.

Mais elle était loin de l'être. L'oxygène commençait à manquer, et elle-même sombrait fréquemment dans une sorte de sommeil sans rêves contre lequel elle ne parvenait pas à lutter.

— Je veux que vous vous occupiez de lui pour moi, reprit Anne.

Elle se tut un moment avant de reprendre :

— Je vous aime, Maddy. Merci d'avoir été là avec moi. J'aurais vraiment eu très peur, sans vous.

Maddy avait peur aussi, en dépit de la présence d'Anne et du bébé, mais elle ne dit rien. Des larmes roulaient sur ses joues lorsqu'elle se pencha pour embrasser le front de la jeune fille blessée, songeant à Lizzie.

— Je vous aime aussi, Annie, beaucoup... Maintenant, il faut que vous teniez bon. Nous allons bientôt sortir d'ici, et je veux vous présenter ma fille.

Anne hocha la tête, comme si elle la croyait, et elle sourit dans l'obscurité. Maddy ne la voyait pas, mais elle devina ce sourire.

— Maman m'appelait Annie, autrefois. Quand elle m'aimait encore, dit l'adolescente d'une voix triste.

— Je suis sûre qu'elle vous aime encore. Et elle va adorer Andy quand elle le verra.

— Je ne veux pas que ce soit elle qui s'en occupe, s'insurgea Anne avec une violence inattendue. Je veux que ce soit vous. Promettez-moi de l'aimer.

Maddy dut ravaler un sanglot pour pouvoir répondre. Au même moment, elle entendit des voix au loin, des voix fortes. Elle tendit l'oreille et se rendit compte que c'était son nom qu'on appelait.

— Vous nous entendez, Maddy ? Maddy ?... Maddy Hunter et Anne ? Vous nous entendez ?

Son cœur bondit d'excitation, et elle cria de toutes ses forces :

— Nous vous entendons ! Nous vous entendons ! ! ! Nous sommes là...

Les voix se rapprochèrent, et elle se pencha vers Annie.

— Ils viennent nous chercher, Annie. Tenez bon... Dans quelques minutes, nous serons dehors.

Mais malgré tout le bruit, Anne avait de nouveau perdu connaissance. Le bébé, lui, s'était mis à pleurer de plus en plus fort. Il était fatigué, affamé et effrayé, tout comme Maddy.

Bientôt, les voix semblèrent toutes proches, et elle put les guider. Elle décrivit de son mieux l'espace qui l'entourait et la condition d'Anne, tout en s'efforçant de ne pas trop inquiéter cette dernière, au cas où elle l'entendrait. Elle-même allait bien et tenait le bébé dans ses bras, ajouta-t-elle.

— Est-il blessé ? demanda une autre voix, sans doute pour pouvoir faire venir le matériel approprié.

— Je ne sais pas, mais je ne crois pas.

Il fallut encore près d'une heure et demie aux secouristes pour les libérer. Ils devaient déblayer les gravats très prudemment, de peur que toute la structure ne s'effondre sur elles. Maddy poussa un cri de soulagement et de douleur quand, soudain, la lumière d'une torche la frappa de plein fouet à travers un petit trou dans la paroi. Elle ne put s'empêcher d'éclater en sanglots tant la tension avait été forte. Rapidement, elle expliqua à Anne ce qui se passait, mais la jeune fille ne réagit pas.

Sous les yeux de Maddy, le trou s'agrandit. Les sauveteurs ne cessaient de lui parler pour l'encourager. Cinq minutes plus tard enfin, elle put leur passer Andy, et à la lueur des torches elle vit qu'il était couvert de poussière. Il avait une petite coupure à la joue et son visage était maculé de sang. Malgré cela, il ouvrait grand les yeux et parut si beau à Maddy que son cœur se serra. Elle l'embrassa avant de le remettre à un pompier qui l'emmena aussitôt. Quatre autres sauveteurs restaient pour essayer de les dégager, Anne et elle.

Une demi-heure plus tard, le trou fut assez grand pour que Maddy pût se faufiler à l'extérieur. Avant de partir, elle se tourna pour effleurer la main d'Anne. La jeune fille dormait, silencieuse, et Maddy songea que c'était aussi bien. Il allait être difficile de la libérer, et mieux valait qu'elle n'assiste pas aux efforts des secours.

Pendant qu'un des sauveteurs guidait Maddy vers l'extérieur, les autres entraient dans la grotte pour s'occuper d'Anne. Il fallut encore un long moment à Maddy pour arriver dehors ; la galerie creusée par les pompiers était étroite, et elle devait ramper à quatre pattes. A l'entrée du tunnel, des bras puissants la saisirent pour la soulever, et on l'emporta à travers une forêt cauchemardesque de piliers torturés et d'acier fondu. Enfin, elle se retrouva à l'air libre. Il faisait grand jour.

Il était dix heures du matin. Près de quatorze heures s'étaient écoulées depuis que l'explosion avait fait sauter le centre commercial, la retenant prisonnière. Elle essaya d'arrêter quelqu'un pour lui demander des nouvelles d'Andy, mais le chaos était tel qu'elle finit par renoncer. D'autres survivants — et, hélas, de nombreux cadavres — étaient encore tirés des décombres. Partout, des gens attendaient, certains en larmes, des nouvelles de leurs proches. Les sauveteurs s'interpellaient, les sirènes hurlaient.

Et soudain, au milieu de toute cette confusion, elle le vit, debout, qui l'attendait : Bill, presque aussi sale qu'elle après avoir passé des heures à aider les volontaires. Quand il la reconnut, il éclata en sanglots et l'arracha presque au pompier qui l'accompagnait, pour la serrer contre lui. Eperdus, ils demeurèrent un long moment en larmes dans les bras l'un de l'autre, incapables de parler. Il n'y avait pas de mots pour exprimer ce qu'ils ressentaient, combien il avait eu peur, combien elle avait souffert. Il leur faudrait des années pour arriver à raconter ce qui s'était passé au cours de ces quatorze heures. Pour l'instant, ils ne pouvaient que laisser leur émotion traduire leur amour, leur soulagement, leur gratitude.

— Merci, mon Dieu, murmura Bill en la confiant à l'équipe d'ambulanciers qui attendait respectueusement à quelques pas.

Par chance, elle ne paraissait pas avoir été blessée. Sans lâcher la main de Bill, elle se tourna vers l'un des sauveteurs.

— Où est Anne ? demanda-t-elle. Comment va-t-elle ?

— Ils essaient toujours de la dégager, répondit-il d'un air grave.

Jamais il n'oublierait tout ce qu'il avait vu cette nuit-là. Mais chaque survivant était une victoire, un cadeau du ciel en réponse aux prières de tous.

— Dites-lui que je l'aime, dit Maddy avec ferveur.

Puis elle leva vers Bill un regard qui exprimait toute sa tendresse, tout son amour. L'espace d'un bref instant, elle se demanda si cette catastrophe était sa punition pour être tombée amoureuse de lui. Avait-elle le droit d'être heureuse, alors qu'elle trahissait son mari ? Mais elle chassa cette pensée, la repoussa loin d'elle comme un autre morceau de béton qui aurait cherché à l'étouffer. Bill et elle s'appartenaient désormais, et c'était bien. Ils avaient le droit d'être ensemble, ils le méritaient. Toute sa vie, elle avait attendu ce moment. Toute sa vie, elle avait attendu Bill, et Lizzie.

Elle monta dans l'ambulance, et sans hésiter Bill la suivit. Il n'aurait pas pu la laisser maintenant ; la quitter du regard, ne fût-ce qu'un instant, lui était intolérable. Par la vitre, il vit Rafe qui les regardait, les larmes aux yeux, heureux pour eux.

21

Quand Maddy arriva à l'hôpital, on la dirigea vers le service de soins intensifs où se trouvaient tous les autres rescapés de l'attentat, et elle demanda aussitôt des nouvelles d'Andy. On lui affirma qu'il allait très bien. Les médecins furent agréablement surpris de constater qu'elle n'avait rien de cassé et ne souffrait d'aucune lésion interne. Elle avait un léger traumatisme crânien, quelques bleus et contusions, mais rien de grave. Bill n'en revenait pas. Elle avait vraiment eu une chance folle.

S'asseyant près d'elle, il lui dit tout ce qu'il savait : un groupe de militants extrémistes avait fait exploser une bombe. Une heure plus tôt seulement, ils avaient affirmé dans une lettre ouverte au président qu'il s'agissait d'une « dénonciation du gouvernement ». Apparemment, c'étaient des fous. Et ils avaient tué plus de trois cents personnes, dont la moitié étaient des enfants. En entendant cela, Maddy frissonna d'horreur.

Elle expliqua à Bill qu'elle avait vu le toit s'effondrer, et ce qu'elle avait éprouvé quand elle était restée coincée avec Anne et le bébé. Elle espérait seulement que tous deux survivraient. Elle s'inquiétait pour Anne, mais ce n'était rien comparé à l'inquiétude qu'avait éprouvée Bill durant ses longues heures d'attente. Il avait eu l'impression de revivre les instants qui avaient suivi l'enlèvement de Margaret. Il était inhumain de devoir connaître une telle angoisse deux fois dans une vie, et Maddy comprenait son désarroi.

Ils bavardèrent encore quelques minutes, puis les médecins expliquèrent qu'ils souhaitaient faire subir quelques tests supplémentaires à Maddy, afin d'être certains de n'avoir rien oublié. Bill et elle convinrent qu'il valait mieux qu'il s'en aille, au cas où Jack viendrait voir son épouse. Bill ne voulait pas causer d'ennuis à la jeune femme dans un moment pareil.

— Je reviendrai dans quelques heures, dit-il avant de se pencher pour l'embrasser. Soigne-toi bien, mon amour.

— Et toi, dors un peu.

Elle lui rendit son baiser et dut faire un effort de volonté pour lâcher sa main. Dès qu'il fut parti, elle suivit les médecins dans la salle d'examen. Satisfaits, ils lui permirent bientôt de retourner dans sa chambre, et peu après Rafe passa lui rendre visite avec une équipe de journalistes. C'était Jack qui les avait envoyés.

Rafe ne dit pas à Maddy à quel point il méprisait Jack de ne pas être venu la voir en personne, et il ne posa pas de questions sur Bill. Il n'en avait pas besoin. Quoi qu'il se fût passé entre Maddy et Bill, le producteur se rendait compte que ce dernier était sincèrement amoureux d'elle, tout comme elle de lui.

Elle expliqua de son mieux à ses collègues ce qui était arrivé, ou du moins ce qu'elle avait vu, et raconta, devant la caméra, combien Anne avait été courageuse.

— Elle n'a que seize ans, insista-t-elle, à la fois fière et impressionnée.

A cet instant, elle vit une ombre passer dans le regard de Rafe, et quand ils eurent cessé de filmer, elle l'interrogea :

— Anne va bien, n'est-ce pas, Rafe ? Vous avez eu des nouvelles ?

Il hésita, tenté de lui mentir, mais il ne put s'y résoudre. Elle finirait bien par découvrir la vérité, de toute façon.

— Le bébé va bien, Mad. Mais ils n'ont pas pu sortir sa maman.

— Comment ça, ils n'ont pas pu la sortir ?

Elle avait posé la question d'une voix quasi hystérique. Elle avait maintenu Anne en vie pendant près de quatorze heures, et maintenant on lui annonçait qu'elle n'avait pu être sauvée ? C'était impossible. Elle refusait de le croire.

— Il leur a fallu des heures pour dégager les poutres qui lui étaient tombées dessus. Quand ils ont fini par la libérer, elle était dans le coma. Ils ont essayé de la sauver, mais elle est morte une demi-heure plus tard. Ses poumons étaient perforés, et l'hémorragie interne était telle que les médecins ont dit qu'ils n'auraient rien pu faire.

A ces mots, Maddy gémit comme un animal blessé. Elle réagissait aussi violemment que si la malheureuse avait été sa propre fille. Sa mort lui était intolérable. Et qu'allait-il advenir du bébé ? Lorsqu'elle l'interrogea, Rafe lui répondit qu'il n'en savait rien, et peu après l'équipe de la chaîne prit congé afin de la laisser se reposer. Juste avant de partir, cependant, le producteur dit à Maddy, d'une voix très émue, à quel point il était heureux qu'elle s'en soit sortie.

Il n'était pas le seul. Lizzie pleura à chaudes larmes lorsque Maddy lui téléphona à Memphis pour lui dire qu'elle allait bien. La jeune fille était restée éveillée toute la nuit pour suivre les informations. Ne voyant pas Maddy parmi les journalistes, elle l'avait appelée chez elle mais n'avait pas eu de réponse. Elle avait alors eu l'intuition que sa mère était prisonnière des décombres.

Phyllis Armstrong appela également Maddy et lui

dit combien Jim et elle étaient soulagés de la savoir saine et sauve, et combien ils déploraient la terrible tragédie et en particulier la mort de tant d'enfants. Elles pleurèrent toutes deux à cette pensée, et lorsqu'elle eut raccroché, Maddy interrogea une infirmière à propos du bébé. Il était toujours en observation et resterait encore quelques jours à l'hôpital. Les services de protection de l'enfance n'étaient pas encore venus le chercher.

Après le départ de l'infirmière, Maddy se leva et alla le voir dans la nursery. Il ressemblait à un nouveau-né, et Maddy demanda à la surveillante l'autorisation de le prendre dans ses bras. Il avait été baigné et coiffé. Il était blond, avec de grands yeux bleus, et était enveloppé dans une couverture bleue elle aussi. Il suffisait de le regarder pour deviner qu'Anne avait dû être très jolie.

Le bébé dans les bras, Maddy ne cessait de repenser à la jeune fille. Anne l'avait suppliée de prendre soin de son enfant. Mais bientôt, il connaîtrait le même destin que Lizzie, ballotté de famille d'accueil en orphelinat, confié à des étrangers, sans véritables parents pour l'aimer et l'élever. Maddy en avait le cœur brisé.

Elle lui chantonna un refrain à l'oreille, se demandant s'il reconnaissait sa voix. Au bout d'un moment, il s'endormit paisiblement dans ses bras, et Maddy le maintint contre elle tandis que de grosses larmes roulaient sur ses joues à la pensée d'Anne. Enfin, elle reposa le bébé dans son berceau d'hôpital et retourna dans sa propre chambre, songeant à l'étrange signe que lui avait fait le destin en mettant Anne et son fils sur sa route.

Maddy était raide, courbatue et extrêmement fatiguée, mais elle n'avait aucune blessure sérieuse, et elle se rendait compte qu'elle avait été incroyablement chanceuse. Elle se posta à la fenêtre, le regard dans le vide, songeant aux caprices de la vie, qui épargnait certains pour en accabler d'autres, sans raison apparente. Pourquoi avait-elle fait partie des rescapés, et pas Anne ? Cette dernière avait pourtant toute la vie devant elle...

Elle en était là de ses réflexions lorsque Jack entra dans la chambre, le visage solennel.

— Je suppose que, pour une fois, je n'ai pas à te demander où tu as passé la nuit.

Le « pour une fois » était gratuit, mais elle n'en fut pas étonnée.

— Comment vas-tu, Maddy ?

Il paraissait mal à l'aise. En vérité, il n'avait jamais réellement cru qu'elle faisait partie des victimes, cela lui avait semblé trop mélodramatique. Et quand il avait réalisé qu'elle était bel et bien dans le centre commercial dévasté, il avait été plus surpris que choqué ou soulagé de la savoir vivante.

— Ça a dû être dur, dit-il en se penchant pour l'embrasser.

Au même instant, une infirmière entra, apportant un énorme bouquet de fleurs envoyé par les Armstrong.

— Oui, c'était effrayant, acquiesça Maddy, pensive.

Décidément, Jack était devenu le roi de l'euphémisme. Rester coincée pendant quatorze heures dans un bâtiment pulvérisé par une explosion était plus que « dur » — c'était un traumatisme majeur. Comment pouvait-il se montrer aussi détaché ? Elle faillit lui parler d'Anne et du bébé, et de l'émotion qu'elle avait ressentie, mais elle préféra s'abstenir. Il n'aurait pas compris.

— Tout le monde s'inquiétait pour toi. Je croyais que tu étais sortie quelque part, jamais je n'aurais pensé que tu étais là-bas. Qu'est-ce que tu faisais dans ce centre commercial ?

— J'étais allée acheter du papier cadeau, répondit-elle simplement.

Elle lui jeta un coup d'œil. Il s'était posté de l'autre

côté de la pièce, comme s'il éprouvait le besoin de garder ses distances. Elle ne s'en plaignait pas, au contraire.

— Tu as horreur de ces endroits-là, insista-t-il comme si cela avait eu la moindre importance.

Elle lui sourit.

— Au moins, maintenant, je sais pourquoi. Les centres commerciaux sont drôlement dangereux !

Il rit, mais la tension entre eux restait presque palpable. Elle n'avait pas eu l'occasion de réfléchir à sa situation conjugale durant les longues heures qu'elle avait passées prisonnière des décombres avec Annie. A présent, elle réalisait qu'elle avait probablement vécu là le pire traumatisme de son existence. Elle n'avait plus qu'un désir désormais : s'épargner d'autres terreurs, d'autres souffrances. Elle avait fait face à l'ennemi suprême, elle avait regardé la mort en face. Elle n'éprouvait plus le besoin de se punir et s'était promis de ne plus le faire. Elle ne pouvait plus, elle s'en rendait compte à cet instant, alors qu'elle regardait Jack, assis sur une chaise à l'autre bout de la pièce. Il ne l'aimait même pas suffisamment pour se lever, la prendre dans ses bras et lui murmurer des mots tendres.

Comme s'il sentait que quelque chose d'étrange était en train de se produire entre eux, il se leva, s'approcha d'elle et lui tendit une boîte enveloppée de papier cadeau. Elle la prit sans un mot, l'ouvrit, et découvrit à l'intérieur un fin bracelet orné de diamants. Il était ravissant, et elle remercia Jack de cette pensée. Elle ignorait qu'il avait acheté deux bracelets identiques ce matin-là, au moment de quitter le Ritz Carlton — un pour elle, en hommage à ce qu'elle avait enduré dans le centre commercial, et un pour la jeune femme avec qui il avait passé la nuit.

Mais même sans savoir cela, Maddy lui rendit le bracelet, une expression sévère sur le visage.

— Je ne peux pas l'accepter. Je suis désolée, Jack, dit-elle.

Jack plissa les yeux. Il sentait sa proie lui échapper doucement, et l'espace d'un instant elle crut qu'il allait la saisir par le bras pour la secouer, mais il demeura immobile.

— Pourquoi ? demanda-t-il simplement.

— Je te quitte.

Ses mots l'étonnèrent elle-même. Jack, lui, avait sursauté comme si elle l'avait frappé.

— Qu'est-ce que c'est que ces stupidités ?

Comme à son habitude, il se réfugiait derrière l'agression pour dissimuler ses propres faiblesses.

— Je ne peux plus continuer comme ça.

— Comme quoi ? demanda-t-il en faisant les cent pas dans la pièce, incapable d'accepter sa défaite et de la laisser partir.

Il faisait penser à un tigre traquant sa proie, mais il ne l'effrayait plus. Et elle se savait en sécurité à l'hôpital. Elle était entourée de gens qui viendraient à son secours au moindre bruit suspect.

— Qu'est-ce que tu ne supportes plus ? De vivre dans le luxe ? D'aller en Europe deux fois par an ? De voyager en jet privé ? De recevoir des bijoux chaque fois que je suis assez bête pour t'en acheter ? Comme ce doit être difficile, pour une moins que rien de Knoxville !

Il recommençait.

— C'est là le problème, Jack, dit-elle d'une voix lasse en se carrant contre ses oreillers. Je ne suis pas une moins que rien de Knoxville. Je n'ai jamais été une moins que rien. Même à l'époque où j'étais pauvre et malheureuse.

— N'importe quoi ! Tu n'as jamais été une fille bien. Tu ne sais même pas ce que cela signifie. Adolescente, tu n'étais qu'une traînée ! Lizzie en est la preuve vivante.

— Lizzie est une fille formidable. Et pourtant, à

cause de moi, elle a eu des débuts dans la vie difficiles. Je lui dois quelque chose, Jack. Et je me dois quelque chose à moi-même.

— Non, mais je rêve ! C'est à moi que tu dois tout ! D'ailleurs, j'espère que tu te rends compte que si tu me quittes, tu n'auras plus de travail.

Ses yeux gris étincelaient comme de l'acier.

— C'est possible. Je laisserai mes avocats s'occuper de ça, Jack. J'ai un contrat avec la chaîne, tu ne peux pas me jeter dehors sans préavis ni dédommagements.

Le fait d'avoir dû lutter pour survivre dans les décombres du centre commercial l'avait rendue plus courageuse et plus combative. Elle se demandait comment il pouvait s'imaginer la convaincre de rester avec lui avec de tels arguments. Mais pourtant, pendant longtemps, elle s'était laissé intimider de la sorte. C'était sans doute le plus triste.

— Ne me menace pas, dit-il. Tu n'obtiendras pas un sou de moi. Et n'oublie pas notre contrat de mariage. Si tu t'en vas, tu pars les mains vides. Tout m'appartient, jusqu'à ta moindre paire de collants. Tu me quittes, Maddy, et tu n'as plus que cette chemise d'hôpital à te mettre sur le dos.

— Qu'attends-tu de moi ? demanda-t-elle tristement. Pourquoi veux-tu que je reste ? Tu me détestes.

— Tu m'as donné toutes les raisons de te détester. Tu me mens, tu me trompes... Je sais que tu as un amant qui t'appelle tous les jours. Tu me prends vraiment pour un abruti ?

Non. Pas pour un abruti. Mais pour un homme mauvais, cruel. Cependant, elle ne le lui dit pas. Elle était courageuse, pas sotte.

— Ce n'est pas mon amant. Nous sommes seulement amis. Je ne t'ai jamais trompé, Jack. Et je ne t'ai menti qu'à propos de Lizzie.

— Ce n'est pas rien, non ? Mais je suis prêt à te pardonner. C'est moi, la victime, dans cette histoire, pas toi. C'est moi qui me suis fait avoir, mais malgré tout j'accepte de rester avec toi. Tu ne te rends pas compte de la chance que tu as. Attends de te retrouver sur la paille à Memphis, Knoxville ou je ne sais où, avec ta catin de fille. Tu me supplieras à genoux de te reprendre.

Il s'était insensiblement rapproché du lit, et elle se demandait ce qu'il allait faire. Il y avait dans son regard une lueur étrange qu'elle n'y avait encore jamais vue, et elle se souvint instantanément de tout ce qu'elle avait entendu au cours de ses réunions avec le groupe de femmes maltraitées. Quand il sentirait sa proie lui échapper, il ferait tout pour la retenir... Tout.

— Tu ne me quitteras pas, Maddy, dit-il, debout au-dessus d'elle. Tu es trop maligne pour ça. Tu ne vas pas jeter toute ta carrière par la fenêtre et renoncer à une vie dorée, n'est-ce pas ?

Il y avait quelque chose d'effrayant dans sa manière de la regarder, et la jeune femme ne put réprimer un frisson d'angoisse.

— Peut-être as-tu reçu un coup sur la tête hier soir. C'est ce qui s'est passé ? Je devrais peut-être te secouer un peu, histoire de te remettre les idées en place. Qu'en dis-tu, Maddy ?

A peine avait-il prononcé ces mots qu'elle sentit une vague de fureur déferler en elle. A cet instant, elle sut que, s'il osait lever la main sur elle, elle le tuerait. Elle ne le laisserait pas la ramener de force auprès de lui, la torturer, l'humilier, la culpabiliser. Le regard qu'elle lui lança l'aurait terrifié s'il avait été capable de l'interpréter.

— Si tu oses me toucher, ici ou ailleurs, je te jure que je te tuerai. J'ai toléré beaucoup de choses de ta part, maintenant c'est terminé. Tu t'es servi de moi comme d'une serpillière, mais cela ne se reproduira plus. Je ne reviendrai pas. Trouve-toi quelqu'un d'autre à torturer.

— Oh, écoutez ça. La grande fille menace papa ! Pauvre chérie. Je te fais peur, Maddy ? demanda-t-il avec un rire mauvais.

Elle s'était levée de son lit et lui faisait face. Le moment était arrivé ; plus question de jouer, désormais.

— Non, tu ne me fais pas peur, espèce d'ordure. Tu me donnes envie de vomir. Sors de ma chambre, Jack, ou j'appelle la sécurité pour te faire mettre à la porte.

Pendant un long moment, il la regarda en silence, puis il avança d'un pas et s'immobilisa si près d'elle qu'elle aurait pu compter ses cils un à un si elle l'avait souhaité.

— J'espère que tu vas crever, espèce de chienne. Et tu crèveras, crois-moi. Le plus tôt sera le mieux. C'est tout ce que tu mérites.

Elle n'aurait su dire s'il s'agissait d'une menace en l'air ou non, et elle en fut effrayée malgré elle, mais pas au point de changer d'avis.

Il tourna les talons et se dirigea vers la porte. Pendant un bref moment de folie, elle eut envie de l'arrêter et de le supplier de lui pardonner. Mais elle savait qu'elle ne pouvait pas. C'était la Maddy malade qui parlait, qui la poussait à retourner vers son tortionnaire, qui culpabilisait, qui voulait qu'il l'aime à tout prix, sans se préoccuper de la douleur qu'il lui infligeait au passage. Mais cette Maddy-là n'avait plus voix au chapitre.

Silencieuse, elle le regarda sortir, sans bouger d'un pouce. Et ce n'est que lorsqu'il fut parti qu'elle laissa libre cours aux sanglots de souffrance, d'angoisse et de douleur qui lui serraient la gorge. Même si elle le haïssait, même si elle savait à quel point il était mauvais et dangereux, même si elle voulait de tout son cœur le rayer de sa vie, elle savait qu'elle ne l'oublierait jamais. Et que lui, de son côté, ne lui pardonnerait jamais sa défection.

22

Le lendemain de son sauvetage, Maddy retourna à la nursery voir Andy. On lui apprit qu'une assistante sociale était passée ce matin-là ; il serait emmené le lendemain dans une famille d'accueil, en attendant de lui trouver un placement à long terme.

La jeune femme rentra dans sa chambre le cœur lourd. Elle savait qu'elle ne le verrait plus et retrouvait le sentiment qu'elle avait éprouvé lorsque Lizzie lui avait été enlevée, autrefois. Mais elle avait obtenu une seconde chance avec sa fille, et tout à coup elle se demandait si Andy et sa mère n'étaient pas entrés dans sa vie pour une bonne raison.

Elle y réfléchit tout l'après-midi et en discuta ensuite avec Bill lorsqu'il vint lui rendre visite. Elle lui avait dit que Jack était passé la voir la veille, et il était à la fois soulagé et inquiet. Il ne voulait pas que Jack revienne lui faire du mal. Personne ne pouvait prévoir comment il allait réagir, maintenant qu'il savait que Maddy voulait le quitter, aussi Bill la supplia-t-il d'être prudente. Après son départ de l'hôpital, elle comptait aller chercher ses affaires chez elle, et à la demande expresse de son ami, elle accepta de se faire accompagner par quelqu'un lorsqu'elle irait. Elle décida qu'elle ferait appel à un des employés du service de sécurité de la chaîne. Bill lui promit de lui acheter des vêtements afin qu'elle puisse quitter l'hôpital sans avoir besoin de demander quoi que ce soit à son mari.

A vrai dire, Maddy ne s'inquiétait pas à propos de Jack. Elle se sentait merveilleusement libre. Et elle constatait avec stupéfaction qu'elle n'éprouvait pas la moindre culpabilité. Elle savait que celle-ci reviendrait tôt ou tard ; le Dr Flowers et les femmes du groupe de thérapie l'avaient prévenue. Mais elle savait aussi qu'elle avait fait ce qu'elle avait à faire. Jack était un monstre qui aurait fini par la tuer si elle n'avait pas réagi à temps.

En revanche, elle était hantée par le bébé d'Anne.

— Ça peut paraître fou, avoua-t-elle enfin à Bill, mais j'ai promis à sa mère que je m'occuperais de lui. Je crois que je devrais au moins demander à l'assistante sociale de me dire où il sera placé.

Bill trouva que c'était une bonne idée. Là-dessus, ils parlèrent de la catastrophe du centre commercial. L'un des coupables avait été arrêté. C'était un garçon de vingt ans qui avait de lourds problèmes psychiatriques et dont le casier judiciaire était chargé. Apparemment, il avait agi avec deux complices, mais ceux-ci n'avaient pas encore été retrouvés. Partout, des services commémoratifs étaient organisés à la mémoire des victimes. Noël approchait, ce qui ne faisait qu'accroître le sentiment d'injustice de tous. Bill envisageait de ne pas aller dans le Vermont pour rester auprès de Maddy.

— Ne t'inquiète pas pour moi. Tout ira bien, affirma-t-elle.

En dépit de ses quelques contusions, elle se sentait étrangement bien. Elle avait décidé d'emménager avec Lizzie ; cette dernière devait arriver la semaine suivante, et elles passeraient Noël ensemble. L'appartement était petit, mais cela n'ennuyait pas du tout Maddy de partager une chambre avec Lizzie, du moins pour quelque temps.

— Tu peux venir t'installer chez moi si tu préfères, proposa Bill, plein d'espoir.

Il l'embrassa et elle lui sourit. Depuis l'attentat et même avant, il s'était vraiment montré formidable.

— Merci de ton offre, mais je ne suis pas sûre que tu sois mûr pour prendre une colocataire.

— Ce n'est pas exactement ce que j'avais en tête, admit-il en rougissant légèrement.

Sa douceur et la gentillesse dont il faisait constamment preuve à son égard émouvaient Maddy plus qu'elle n'aurait su le dire. Ils avaient tant à vivre ensemble, désormais, tant à découvrir, à partager ! Mais elle ne voulait pas précipiter les choses. Elle devait se remettre de neuf années passées avec Jack et de toute une vie de mauvais traitements, et de son côté Bill était encore en deuil de Margaret. Malgré tout, ils avaient désormais de la place l'un pour l'autre dans leurs vies.

Quel rôle Andy jouerait-il dans la sienne ? Maddy l'ignorait. Une chose était sûre : elle ne voulait pas s'en désintéresser et comptait bien honorer la promesse qu'elle avait faite à sa mère, ne fût-ce qu'en lui rendant visite de temps en temps.

Ce soir-là, elle en parla avec Lizzie lorsque la jeune fille l'appela. Lizzie avait été tellement bouleversée par l'explosion du centre commercial qu'elle téléphonait à sa mère plusieurs fois par jour.

— Pourquoi ne l'adoptes-tu pas ? demanda-t-elle avec la simplicité d'une toute jeune femme.

Maddy lui répondit que c'était absurde. Elle n'avait plus de mari, elle avait peut-être perdu son travail, elle n'avait même pas d'appartement à elle... Le moment était mal choisi pour adopter un enfant ! Mais après avoir raccroché, l'idée se mit à lui trotter dans la tête avec insistance. Et à trois heures du matin, incapable de dormir, Maddy se rendit une nouvelle fois à la nursery. Elle s'assit dans un fauteuil et tint le bébé dans ses bras. Il dormait paisiblement quand une infirmière entra et fit observer à Maddy qu'elle aurait dû être au lit. Mais elle ne pouvait s'en aller ; elle était incapable de lutter plus longtemps contre la force irrésistible qui la poussait vers cet enfant.

Elle attendait nerveusement dans le couloir lorsque l'assistante sociale vint chercher Andy le lendemain matin. Maddy demanda à lui parler quelques minutes. Elle lui expliqua la situation, et son interlocutrice parut aussi surprise qu'intéressée.

— Je suis sûre que ça a été un moment très fort pour vous, madame Hunter. Anne et vous étiez toutes les deux en danger de mort. Personne ne peut exiger de vous que vous honoriez une promesse faite en de pareilles circonstances. Il s'agit d'une décision majeure.

— J'en suis consciente, acquiesça Maddy. Mais ce n'est pas seulement cette promesse... Je ne sais comment dire... Je crois que je suis tombée amoureuse de lui, conclut-elle en désignant le nourrisson, un sourire penaud aux lèvres.

— Le fait que, à présent, vous soyez seule n'est pas un handicap. Mais un bébé pourrait se révéler un fardeau pour vous, la prévint l'assistante sociale.

Maddy ne lui avait pas dit qu'elle risquait de perdre son emploi. Elle savait qu'elle avait mis assez d'argent de côté pour être à l'abri du besoin pendant longtemps. Elle avait toujours fait attention à ne pas dépenser tout ce qu'elle gagnait, et au fil des ans elle s'était constitué un pécule non négligeable, suffisant en tout cas pour les faire vivre, Lizzie, le bébé et elle.

— Etes-vous en train de me dire que vous voulez l'adopter ? demanda son interlocutrice.

— Je crois, oui, acquiesça Maddy, le cœur soudain gonflé d'amour pour Andy.

Elle avait le sentiment de prendre la bonne décision, pour lui, bien sûr, mais aussi avant tout pour elle-même. Elle ignorait totalement ce que serait la réaction de Bill. Mais elle avait compris qu'elle ne devait plus sacrifier ses rêves pour personne, pas même pour lui. Il fallait qu'elle fasse ce qu'elle jugeait bon. Néanmoins, elle voulait tout de même en discuter avec lui.

— Je dispose de combien de temps pour me décider ? s'enquit-elle.

— Oh, un certain temps. Pour l'instant, nous allons placer Andy dans une famille d'accueil. Ce sont des personnes que nos services connaissent bien et qui nous ont déjà aidés par le passé, mais qui n'ont pas l'intention d'adopter. Ils prennent uniquement le bébé par gentillesse et par conviction religieuse. Sachez tout de même qu'un enfant comme Andy sera très demandé. Il est en bonne santé, âgé de huit semaines... C'est le rêve de tout parent adoptif.

— Laissez-moi réfléchir. Aurai-je la priorité pour l'adoption ?

— A moins qu'il n'ait de la famille qui souhaite l'adopter, il pourrait être à vous très vite, madame Hunter.

Maddy hocha la tête, et l'assistante sociale prit congé après lui avoir remis sa carte de visite.

Quand Maddy retourna à la nursery quelques minutes plus tard, elle avait le cœur lourd à la pensée de ne pas y trouver Andy. Elle était encore déprimée par son départ lorsque Bill vint lui rendre visite. Il lui avait acheté un pantalon gris, un pull-over bleu pâle, des sous-vêtements, une paire de mocassins confortables et un manteau. Il lui apportait également des affaires de toilette et une chemise de nuit.

Elle le complimenta sur ses choix ; tout lui allait à la perfection. Elle quittait l'hôpital le lendemain et ils étaient convenus qu'elle irait s'installer chez lui, en attendant d'avoir terminé de meubler le nouvel appartement de Lizzie. Cela prendrait une semaine environ, estimait-elle. Elle voulait aller chercher ses affaires chez Jack et comptait bien retourner travailler. Elle avait beaucoup de choses à faire et en discuta longuement avec Bill avant d'aborder le sujet du bébé. Elle lui dit qu'elle envisageait de l'adopter, et il parut surpris.

— Vraiment ? Tu es sûre que c'est ce que tu veux, Maddy ?

— Pas entièrement. C'est pour ça que je t'en parle. Je ne sais pas si c'est l'idée la plus folle qui me soit jamais passée par la tête, ou au contraire la meilleure... Ou si c'est tout simplement mon destin. Je ne sais pas, répéta-t-elle, troublée.

— Quitter Jack Hunter est la meilleure idée que tu aies jamais eue, dit Bill avec fermeté. Mais un bébé changerait ta vie de façon extraordinaire, ajouta-t-il en souriant. Même si j'avoue que je ne m'y attendais pas du tout.

Cela lui faisait prendre brutalement conscience de leur différence d'âge. Il avait adoré ses enfants quand ils étaient petits, et était un grand-père attentionné, mais l'idée d'élever un bébé à son âge lui paraissait un peu écrasante.

— Je ne sais pas quoi dire, ajouta-t-il avec franchise.

— Moi non plus. En vérité, je ne sais même pas si je te demande ton avis ou si je t'annonce une décision déjà prise... Nous ignorons comment notre relation va évoluer, si ça va marcher entre nous, même si nous nous aimons énormément.

Il admirait son honnêteté et savait qu'elle disait vrai. Il était amoureux d'elle, mais comment savoir s'ils seraient ensemble pour la vie, ou même si leur couple fonctionnerait à court terme ? Il était encore bien trop tôt pour le dire. Ils n'en étaient qu'aux balbutiements, et ils n'avaient même pas encore fait l'amour... Adopter un bébé était un engagement majeur.

— Toute ma vie, expliqua Maddy, on m'a dit quoi faire, dans le domaine des enfants comme dans tous les autres. Mes parents m'ont obligée à abandonner

Lizzie. Bobby Joe m'a forcée à avorter plusieurs fois, et ensuite j'ai pris la décision moi-même par peur de devoir élever un bébé avec un tel monstre. Jack m'a interdit d'avoir des enfants et m'a poussée à me faire opérer. Et ensuite, il m'a défendu de voir Lizzie. Maintenant, Andy est entré dans ma vie, et je veux faire ce qui est le mieux pour moi, et pas seulement pour toi. Parce que si je renonce à ce bébé pour toi, j'aurai toujours le sentiment de m'être trahie. D'un autre côté, je ne veux pas te perdre... Tu comprends ?

Il lui sourit et s'assit près d'elle sur le lit. Il la prit dans ses bras avec douceur et la serra contre lui.

— Oui, je comprends. Même si ça paraît un peu compliqué quand c'est toi qui l'expliques... Je n'ai pas l'intention de te priver de quelque chose qui est important pour toi, mon amour. Tu finirais par me détester ou par te sentir flouée. Tu n'as pas eu et n'auras jamais d'autre bébé que Lizzie, et tu as perdu dix-neuf années de bonheur avec elle. Moi, j'ai connu tout cela. Je n'ai pas le droit de t'en priver.

C'était ce que Jack aurait dû lui dire sept ans plus tôt lorsqu'il l'avait épousée... Mais jamais ils n'avaient été parfaitement honnêtes l'un envers l'autre, et ce qu'elle vivait avec Bill était bien différent. Il n'avait rien de commun avec Jack Hunter, et la femme qu'elle était aujourd'hui ne ressemblait nullement à celle qui avait épousé ce dernier. Tout avait changé.

— D'un autre côté, poursuivit Bill, qui souhaitait se montrer parfaitement franc avec elle pour ne pas l'induire en erreur, je ne sais pas si je suis prêt à recommencer. Je suis beaucoup plus âgé que toi, Maddy. A ton âge, il est normal d'avoir des enfants, et au mien, des petits-enfants. Nous devons y penser tous les deux. Je ne suis pas sûr qu'il soit très juste que ce bébé soit élevé par un homme de mon âge.

Elle était triste de l'entendre dire cela et n'était pas de son avis.

— Il n'y a aucun problème à avoir un père de ton

âge, affirma-t-elle. Tu serais merveilleux pour un bébé. Ou un enfant. Ou quiconque, d'ailleurs.

Toute cette conversation paraissait étrangement surréaliste, dans la mesure où ils n'avaient même pas encore parlé de mariage.

— Nous mettons un peu la charrue avant les bœufs, dans cette affaire, non ? observa-t-elle en souriant.

C'était vrai, mais elle avait une décision urgente à prendre concernant Andy, avant que quelqu'un d'autre ne se propose pour l'adopter. Elle n'avait pas l'intention de faire de démarches pour adopter un autre enfant ; ce bébé et elle étaient liés par un événement très fort, qui avait changé leurs vies à tous les deux.

— Que ferais-tu si je n'existais pas ? lui demanda Bill.

Posé ainsi, le problème était clair.

— Je l'adopterais, répondit-elle sans hésiter.

— Alors fonce. Tu ne peux pas vivre pour quelqu'un d'autre, Maddy. Tu as fait ça toute ta vie. Je pourrais mourir demain ou la semaine prochaine. Nous pourrions décider que nous nous entendons très bien comme amis mais ne sommes pas faits pour être ensemble, même si j'espère que cela n'arrivera pas. Suis ton cœur, Maddy. Si c'est notre destin, nous nous en sortirons. Et qui sait ? Peut-être serai-je ravi d'avoir un enfant avec qui jouer au base-ball quand je serai vieux.

Plus elle l'écoutait et plus elle l'aimait. Et elle était d'accord avec lui. Elle ne voulait pas renoncer à Andy. Elle avait l'impression que Dieu ne l'avait pas mis sur son chemin par hasard.

— Me jugeras-tu complètement folle si je l'adopte ? Je ne sais même pas si j'ai encore un travail... Jack a menacé de me renvoyer.

— Là n'est pas le problème. Si tu as perdu ton emploi, tu en retrouveras un dans les cinq minutes. La question est : as-tu envie d'élever l'enfant d'une autre ? Es-tu prête à prendre cette responsabilité jusqu'à la fin de tes jours ?

— Oui, répondit-elle avec solennité.

Il la connaissait suffisamment pour savoir qu'elle n'aurait pas pris une telle décision à la légère.

— Pour répondre à ta question de tout à l'heure, reprit-il, non, je ne te prendrai pas pour une folle. Tu es courageuse. Et jeune. Et pleine d'énergie. Et incroyablement bonne, chaleureuse, aimante, généreuse. Mais pas folle.

Ces mots lui mirent du baume au cœur et l'aidèrent à prendre sa décision.

Elle demeura éveillée toute la nuit, songeant à Andy, et au matin elle appela l'assistante sociale pour lui annoncer qu'elle souhaitait l'adopter. Son interlocutrice la félicita et promit de commencer sur-le-champ les démarches administratives. C'était un moment crucial dans la vie de Maddy, et dans un premier temps elle pleura de joie et de soulagement ; puis elle appela Bill et Lizzie. Tous deux semblèrent heureux pour elle, même si Maddy savait que Bill avait quelques réserves à émettre. Elle ne pouvait lui reprocher d'appréhender de se retrouver avec un enfant à élever à soixante ans, mais d'un autre côté, renoncer à Andy pour lui aurait été une erreur qu'elle aurait regrettée toute sa vie. Elle n'avait plus qu'à espérer que cette adoption se révèle positive pour tout le monde, pas seulement pour Bill et elle, mais surtout pour Andy.

Lorsqu'elle quitta l'hôpital ce jour-là, elle portait les vêtements que Bill lui avait achetés, et elle se rendit directement chez lui. Bien qu'elle n'eût pas été sérieusement blessée, elle était encore très fatiguée ; le traumatisme de l'explosion l'avait épuisée. Malgré tout, elle téléphona à son producteur et promit d'être de retour au bureau le lundi suivant. Elliott l'avait appelée plusieurs fois à l'hôpital, choqué par ce qui lui était arrivé et heureux qu'elle eût survécu ; et tous lui avaient envoyé des fleurs. Cependant, elle n'était pas mécontente de se retrouver chez Bill, au calme. Il ne lui restait plus désormais qu'à récupérer ses affaires chez Jack, ce qu'elle avait l'intention de faire dès le lendemain. Comme prévu, elle avait demandé à un garde de l'accompagner. Elle n'avait eu aucune nouvelle de Jack depuis qu'elle lui avait annoncé qu'elle le quittait.

Ce soir-là, Bill et elle s'installèrent devant le feu et parlèrent pendant des heures en écoutant de la musique. Il avait préparé le dîner lui-même, et le lui servit dans de la porcelaine fine, à la lueur des bougies. Jamais elle ne s'était sentie aussi gâtée, choyée, et tous deux avaient conscience de leur chance. Elle était libre, soudain, débarrassée de Jack, et elle était installée chez Bill. Tout un monde nouveau s'ouvrait à eux. Maddy avait le sentiment étrange que Jack n'avait jamais existé. Sa vie avec lui s'était évanouie comme par magie.

— Je crois que les réunions du groupe de thérapie ont donné de bons résultats, observa-t-elle avec un large sourire. Je suis une grande fille maintenant.

Naturellement, le passé revenait parfois la hanter. Elle s'inquiétait pour Jack, avait pitié de lui, et il lui arrivait de craindre de l'avoir déprimé, de s'être montrée ingrate vis-à-vis de lui. Elle ne pouvait deviner qu'il avait passé le week-end au lit avec une jeune femme de vingt-deux ans rencontrée à Las Vegas. Il y avait d'ailleurs bien des choses qu'elle ignorait à son sujet et ne saurait jamais.

— Il a suffi de l'explosion d'un centre commercial pour que tu reviennes à la raison, ironisa Bill.

Tous deux savaient combien il prenait la catastrophe au sérieux. Il avait eu le cœur brisé par toutes les tragédies qu'il avait vues se dérouler sous ses yeux tandis qu'il attendait des nouvelles de Maddy. Aussi la jeune femme ne s'offusqua-t-elle pas de sa plaisanterie.

— Quand te donnera-t-on Andy, au fait ?

— Je ne sais pas encore. J'attends que l'assistante sociale me rappelle.

Elle se tut un instant, puis lui posa la question qui lui trottait dans la tête depuis l'instant où elle avait décidé d'adopter le petit garçon.

— Je sais que je ne peux te demander d'être son père... Mais accepteras-tu d'être son parrain, Bill ? demanda-t-elle.

Emu, il la prit dans ses bras et la serra contre lui.

— J'en serai honoré, répondit-il avant de l'embrasser longuement.

Bientôt, ils éteignirent les lumières du salon et montèrent ensemble à l'étage, toujours enlacés. Elle le suivit dans sa chambre sans un mot. En arrivant cet après-midi-là, elle avait installé ses affaires dans la chambre d'amis ; elle ne voulait pas faire pression sur lui. Elle savait qu'il n'y avait pas eu de femme dans sa vie depuis l'assassinat de son épouse, un peu plus d'un an auparavant, et ne voulait pas précipiter les choses entre eux.

Elle s'assit sur son lit et ils parlèrent un moment — du centre commercial, des enfants de Bill, de Jack, de tout ce qu'ils avaient traversé. Ils n'avaient pas de secrets l'un pour l'autre. Puis ils se turent, et Bill la regarda avec amour avant de l'attirer contre lui.

— Je me sens comme un gamin, quand je suis avec toi, murmura-t-il, soudain timide.

Quand ils s'embrassèrent, tous les fantômes du passé disparurent. Maddy avait l'impression de commencer une nouvelle vie, auprès d'un homme qui était son ami depuis si longtemps qu'elle n'aurait pu envisager de se passer de lui.

Ils se glissèrent dans le lit côte à côte, tout naturellement ; c'était comme s'ils avaient toujours été ensemble. Et après l'amour, Bill sourit à Maddy et la serra dans ses bras avant de lui dire combien il l'aimait.

— Moi aussi je t'aime, Bill, répondit-elle tout contre ses lèvres.

Et ils s'endormirent dans les bras l'un de l'autre, merveilleusement heureux et paisibles. Ils avaient fait un long voyage avant de se trouver, avaient connu bien des moments difficiles. Mais tout cela — le trajet interminable, les souffrances, la douleur, les morts même — en valait la peine. A présent, ils étaient ensemble. Réunis, enfin.

23

Le garde que Maddy avait embauché vint la chercher chez Bill le lendemain, et elle lui expliqua qu'elle souhaitait se rendre dans la maison qu'elle avait partagée avec Jack, pour y récupérer ses vêtements. Elle avait laissé assez de valises vides sur place pour tout emporter et avait loué une camionnette pour le transport. Elle comptait tout déposer dans l'appartement qu'elle avait loué pour Lizzie, après quoi ce serait terminé. Les œuvres d'art, les meubles, les souvenirs, tout le reste, elle le laissait à Jack. Elle ne voulait que ses objets personnels et ses vêtements. Cela semblait simple et clair, jusqu'à ce qu'ils arrivent sur place.

Le garde conduisait la camionnette. Bill avait proposé de les accompagner, mais Maddy pensait que ce ne serait pas correct et lui avait assuré qu'il n'avait pas à s'inquiéter. Elle estimait qu'il ne lui faudrait que quelques heures. Ils se mirent en route vers dix heures du matin, afin d'être certains de ne pas croiser Jack, qui partait toujours au bureau très tôt.

Cependant, dès qu'elle fut devant la porte d'entrée et essaya de l'ouvrir, Maddy comprit que quelque chose n'allait pas. Sa clé pénétrait bien dans la serrure, mais refusait de tourner. Elle essaya de nouveau, puis le garde l'imita ; il se retourna bientôt vers elle en secouant la tête. Les serrures avaient été changées.

Toujours sur le palier, Maddy sortit de son sac le nouveau téléphone portable que lui avait offert Bill et appela Jack. Sa secrétaire le lui passa aussitôt, ce qui la rassura : elle avait craint un instant qu'il ne refuse de lui parler.

— Je suis à la maison, je voulais récupérer mes affaires, expliqua-t-elle, mais ma clé ne fonctionne pas. Je suppose que tu as changé les serrures. Puis-je passer au bureau chercher le trousseau ? Je te le rapporterai ensuite.

C'était une demande raisonnable, et elle l'avait formulée d'une voix calme et posée. Néanmoins, sa main était crispée sur l'appareil et sa lèvre inférieure tremblait légèrement.

— Quelles affaires ? demanda Jack d'une voix sans timbre. Tu n'as pas d'affaires chez moi.

— Je veux seulement mes vêtements, Jack.

Il faudrait aussi qu'elle se fasse envoyer ceux qui étaient restés dans leur ferme de Virginie.

— Je prendrai aussi mes bijoux, bien sûr. Mais rien d'autre.

— Les vêtements et les bijoux ne t'appartiennent pas, dit-il d'une voix glaciale. Ils sont à moi. Tu ne possèdes rien, Mad, sinon ce que tu portes en ce moment. C'est moi qui ai payé tout le reste.

— Que vas-tu en faire ? demanda-t-elle posément.

— J'ai envoyé les bijoux chez Sotheby's avant-hier, et j'ai donné le reste à la Croix-Rouge le jour où tu m'as annoncé que tu partais.

— Tu n'as pas fait ça ? s'exclama-t-elle, incrédule.

— Bien sûr que si. Il ne reste absolument plus rien à toi chez moi.

— Comment as-tu pu faire une chose pareille ?

Une telle mesquinerie la laissait sans voix.

— Je t'avais prévenu, Maddy. On ne se moque pas impunément de moi. Tu as voulu t'en aller, maintenant tu paies les pots cassés.

— Je n'ai cessé de payer durant toutes les années

que j'ai passées près de toi, Jack, rétorqua-t-elle d'un ton égal.

Elle tremblait de tous ses membres. Elle avait l'impression d'avoir été volée.

— Tu n'as encore rien vu, la prévint Jack d'une voix si menaçante qu'elle eut peur.

— Très bien, répondit-elle.

Elle raccrocha avant de rentrer chez Bill. Il était là, dans son bureau, et parut surpris de la voir revenir si vite.

— Que s'est-il passé ? s'enquit-il. Avait-il déjà tout empaqueté pour que tu n'aies qu'à l'emporter ?

— On peut dire ça comme ça... Il affirme avoir tout envoyé à la Croix-Rouge. Il a changé les serrures, je n'ai même pas pu entrer. Apparemment, mes bijoux sont chez Sotheby's.

C'était comme si un incendie avait détruit tout ce qu'elle possédait. Elle n'avait plus rien. Elle n'en revenait pas.

— Le monstre ! Bah, qu'il aille au diable. Tu peux toujours t'acheter de nouvelles affaires.

— Je suppose.

Mais elle se sentait violée. Et se refaire une garde-robe allait lui revenir cher.

Malgré ce choc, Maddy réussit à passer un bon week-end avec Bill. Et le lundi matin, au moment de retourner au bureau, elle se prépara mentalement à revoir Jack ; c'était inévitable. Elle savait combien il serait difficile de travailler pour lui, mais elle aimait son métier et ne voulait pas y renoncer.

— Je pense que tu devrais donner ta démission, lui dit Bill. Il y a de nombreuses autres chaînes qui ne demanderaient qu'à travailler avec toi, tu sais.

— Je préfère conserver le statu quo pour l'instant, répondit-elle.

Bien qu'il ne fût pas certain que ce fût raisonnable, il n'argumenta pas. Il estimait vain de discuter avec elle — elle avait eu une semaine assez difficile comme cela, entre l'attentat et la perte de toutes ses affaires.

En vérité, Maddy n'était pas du tout préparée à ce qui se produisit lorsqu'elle alla travailler ce matin-là. Bill, qui avait un rendez-vous chez son éditeur, la déposa au passage, et elle pénétra dans le hall de la chaîne avec son badge, un sourire aux lèvres. Comme elle s'apprêtait à passer par le détecteur de métaux, elle vit le chef de la sécurité s'approcher d'elle. De toute évidence, il l'attendait. Il la prit à part et lui expliqua qu'elle ne pouvait pas entrer.

— Pourquoi donc ? demanda-t-elle, surprise.

Elle se demanda s'ils avaient eu une alerte à la bombe.

— Vous n'y êtes pas autorisée, répondit le garde, allant droit au but. Ordres de M. Hunter. Je suis désolé, madame, mais vous n'avez pas le droit de pénétrer dans l'immeuble.

Non seulement elle était renvoyée, mais elle était aussi *persona non grata* dans ses anciens bureaux... Si le garde l'avait frappée, elle n'aurait pas été plus choquée qu'à cet instant. On lui avait claqué la porte au nez. Elle n'avait plus de travail, plus de vêtements, plus rien, et l'espace d'un instant elle fut submergée par la panique. Il ne lui manquait plus qu'un ticket de car pour Knoxville.

Prenant une profonde inspiration, elle ressortit de l'immeuble et se répéta silencieusement que, quoi qu'il lui fît, Jack ne parviendrait pas à la détruire. Il la punissait de l'avoir quitté. Elle n'avait rien fait de mal ; après tout ce qu'il lui avait fait subir, elle avait le droit de reprendre sa liberté.

Mais que se passerait-il si elle n'arrivait pas à retrouver du travail, ou si Bill se lassait d'elle, ou si Jack avait raison, et qu'elle ne valait vraiment rien ? Sans réfléchir, elle se mit à marcher droit devant elle, hébétée. Elle rentra ainsi chez Bill à pied. Cela lui prit une heure, et lorsqu'elle arriva, elle était épuisée.

Bill était déjà de retour. Elle entra dans l'appartement, blanche comme un linge, et dès qu'elle le vit, elle éclata en sanglots et lui raconta ce qui s'était passé.

— Calme-toi, dit-il avec fermeté. Calme-toi, Maddy. Tout va s'arranger. Il ne peut pas te faire de mal.

— Oh, si, il peut ! Je finirai sur le trottoir, comme il me l'a toujours prédit. Et je serai obligée de retourner à Knoxville.

C'était une réaction totalement irrationnelle, mais elle avait connu trop de traumatismes en peu de temps et était au bord de la crise d'hystérie. Elle avait de l'argent en banque, qu'elle avait économisé sur son salaire sans en parler à Jack, et elle avait Bill — mais malgré cela, elle avait l'impression d'être orpheline, et c'était précisément ce que souhaitait Jack. Il avait parfaitement deviné comment elle se sentirait, à quel point elle serait anéantie, terrifiée ; il comptait là-dessus. A présent, la guerre était déclarée.

— Tu n'iras pas à Knoxville, Maddy. Tu n'iras nulle part, sinon chez un avocat. Et pas un avocat à la botte de Jack.

Pendant qu'elle s'efforçait de se calmer, il contacta un avocat, et ils allèrent le voir ensemble cet après-midi-là. Il ne pourrait pas, les prévint-il, récupérer les vêtements et les bijoux que Jack avait distribués ou mis en vente, mais en revanche, il disposait de recours pour obliger le mari de Maddy à honorer son contrat de travail. Il serait obligé de la dédommager pour ce qu'il avait donné sans son accord, et il allait également devoir lui verser une grosse prime de licenciement ainsi que des dommages et intérêts pour l'avoir renvoyée sans raison valable. L'homme de loi parla même de millions de dollars. Maddy l'écoutait, abasourdie. Elle n'était pas, contrairement à ce qu'elle avait d'abord craint, une victime sans ressources. Jack allait payer cher ce qu'il lui avait fait subir.

— Voilà, madame Hunter. Soyez certaine qu'il ne s'en tirera pas comme ça. C'est un personnage public, une cible très visible. Nous allons faire en sorte qu'il vous donne une somme d'argent substantielle. Et s'il refuse, il aura à faire face à un jury.

Maddy lui décocha un sourire radieux, comme une enfant ayant reçu une nouvelle poupée pour Noël. Quand ils eurent pris congé, elle regarda Bill d'un air penaud.

— Je suis désolée d'avoir paniqué ce matin. J'ai eu si peur... C'était affreux quand le garde m'a dit que je devais quitter le bâtiment.

— Je comprends, acquiesça Bill avec compassion. Ce qu'il a fait était horrible. Et hélas, il n'en a pas terminé. Il va accumuler tous les coups bas possibles et imaginables, jusqu'à ce que la cour le condamne. Et peut-être continuera-t-il encore après. Tu dois t'endurcir, Maddy.

— Je sais, reconnut-elle avec un soupir déprimé.

Hélas, en parler était une chose, le faire une autre.

Le lendemain, la bataille se poursuivit. Bill et elle prenaient tranquillement leur petit déjeuner en lisant le journal lorsque tout à coup elle eut un hoquet de stupéfaction. Bill leva aussitôt la tête vers elle.

— Qu'y a-t-il ?

Les yeux de Maddy se remplirent de larmes et elle lui tendit le quotidien. Un petit article en page douze annonçait qu'elle avait dû renoncer à travailler, souffrant d'une dépression nerveuse due aux quatorze heures qu'elle avait passées prisonnière après l'attentat du centre commercial.

— Oh, mon Dieu ! dit-elle. Personne ne va vouloir m'embaucher si on pense que je suis malade.

— L'ordure !

Bill lut l'article avec attention avant de téléphoner à l'avocat de Maddy. Ce dernier les rappela à midi et leur annonça qu'ils pouvaient poursuivre Jack en diffamation. Mais il était clair désormais que le mari de Maddy était prêt à tout pour se venger.

La semaine suivante, elle retourna voir le groupe de thérapie et raconta ce qui se passait ; aucune des femmes ne parut surprise. Elles la prévinrent que cela risquait d'empirer et qu'il fallait qu'elle se protège physiquement aussi. L'animatrice lui expliqua les principes du comportement sociopathe, et Maddy eut l'impression de voir Jack. Un sociopathe était un homme sans principes ni conscience qui, quand cela l'arrangeait, aimait à se considérer comme une victime. Elle en parla à Bill ce soir-là, et il reconnut que c'était le portrait craché de son mari.

— Je veux que tu fasses très attention en mon absence, Maddy. Je vais être fou d'inquiétude. J'aimerais que tu viennes avec moi.

Elle avait insisté pour qu'il aille dans le Vermont pour Noël, comme prévu, et il devait partir quelques jours plus tard. Elle préférait rester en ville pour installer Lizzie dans son nouvel appartement. La jeune fille arrivait le jour du départ de Bill.

Maddy avait toujours l'intention d'emménager avec Lizzie. Elle se plaisait énormément chez Bill, mais elle ne voulait pas le gêner ou faire pression sur lui. Par ailleurs, elle attendait toujours d'avoir des nouvelles du bébé et savait qu'un nourrisson mettrait sens dessus dessous l'existence paisible de son compagnon. Elle voulait aller doucement.

— Tout ira bien, affirma-t-elle.

Elle ne pensait pas que Jack allait l'attaquer physiquement. Il était trop occupé à essayer de lui gâcher la vie.

Son avocat fit publier dans le journal un démenti de l'article, et la nouvelle qu'elle avait été renvoyée par son mari à la suite d'une crise conjugale se répandit comme une traînée de poudre. Moins de deux jours plus tard, elle avait reçu des appels de trois chaînes nationales, qui lui faisaient toutes trois des offres très alléchantes. Cependant, elle voulait prendre le temps de réfléchir à tout cela, craignant de prendre une décision trop précipitée. Au moins, elle était rassurée : il n'y avait aucun risque qu'elle se retrouve au chômage. Les affirmations de Jack sur Knoxville et sur sa déchéance étaient sans fondement.

Le jour du départ de Bill, elle se rendit chez Lizzie pour ranger les affaires qu'elle lui avait achetées, et quand la jeune fille la rejoignit ce soir-là, l'appartement était clair et gai, et tout était parfaitement en ordre. Lizzie était ravie à l'idée de partager son logement avec sa mère. Elle trouvait ce que Jack lui avait fait monstrueux. Maddy, elle, estimait que le plus grand crime de son ex-mari avait été d'essayer de chasser Lizzie de sa vie. Elle avait honte à la pensée de tout ce qu'elle avait enduré sans rien dire. Longtemps, elle avait cru mériter les mauvais traitements que Jack lui faisait subir, et il en avait profité.

Lizzie et elle passèrent de longues heures à en discuter. Dès qu'il fut arrivé dans le Vermont, Bill lui téléphona. Elle lui manquait déjà.

— Pourquoi ne venez-vous pas me rejoindre pour Noël, toutes les deux ?

— Je ne veux pas déranger tes enfants, répondit Maddy.

— Ils seraient ravis de vous connaître, Maddy.

— Pourquoi pas le lendemain de Noël ?

C'était un compromis raisonnable, d'autant que Lizzie mourait d'envie d'apprendre à skier. Bill fut ravi de cette suggestion, tout comme Lizzie lorsque Maddy lui en parla un peu plus tard.

Bill rappela Maddy avant de se coucher ce soir-là. Il voulait seulement lui dire combien il l'aimait.

— Je crois qu'il va nous falloir discuter de cette histoire de logement. Je ne trouve pas juste que tu vives avec Lizzie dans un deux-pièces. Et puis, tu vas me manquer.

De fait, elle avait pensé à prendre un appartement seule. Elle ne voulait pas s'imposer chez Bill. Pourtant, il paraissait presque blessé qu'elle eût déménagé pour s'installer avec Lizzie.

— Ma foi, étant donné la taille de ma garde-robe actuelle, je peux changer d'avis assez aisément, observa-t-elle, ironique.

— Tant mieux, parce que je veux que tu reviennes chez moi dès mon retour. Il est temps, Maddy, dit-il avec douceur. Nous avons tous les deux connu assez de moments difficiles et solitaires. Commençons une nouvelle vie ensemble.

Elle n'était pas sûre de savoir exactement ce qu'il voulait dire par là et n'osa pas le lui demander. De toute façon, ils avaient le temps. Le lendemain était la veille de Noël, et tous avaient beaucoup de choses à faire, même si elle ne travaillait plus. Elle avait l'intention de se consacrer entièrement à Lizzie.

Le lendemain matin, elles sortirent acheter un sapin de Noël, qu'elles décorèrent ensemble. C'était bien différent des tristes fins d'année que Maddy avait passées avec Jack, prisonnière dans sa ferme de Virginie, tandis qu'il ignorait les fêtes et l'obligeait à faire de même. En fait, c'était peut-être le meilleur Noël de sa vie, même si elle éprouvait toujours un certain regret à la pensée de ce qui avait eu lieu entre Jack et elle. Chaque fois que la mélancolie menaçait de l'envahir, elle se répétait qu'elle était bien mieux sans lui. Et quand de bons souvenirs s'insinuaient dans sa tête, elle s'empressait de les remplacer par d'autres, mauvais, et ces derniers ne manquaient pas, hélas.

A deux heures de l'après-midi, ce vingt-quatre décembre, elle reçut l'appel qu'elle attendait fébrilement depuis qu'elle avait pris la décision d'adopter Andy. On lui avait dit que les formalités administratives prendraient peut-être des semaines, jusqu'à un mois même, aussi s'efforçait-elle de ne pas trop y penser et de se concentrer sur le bonheur qu'elle partageait avec Lizzie.

— Il est prêt, annonça une voix familière au téléphone.

C'était l'assistante sociale.

— J'ai ici un petit garçon qui a très envie d'aller passer Noël avec sa maman.

— C'est sérieux ? Je peux l'avoir tout de suite ?

Maddy se tourna vers Lizzie et lui fit de grands signes, mais la jeune fille ne comprit pas ce qu'elle voulait dire et se contenta de lui sourire d'un air un peu perplexe.

— Il est tout à vous. Le juge a signé les papiers ce matin. Il pensait qu'il serait important pour vous d'être avec Andy le jour de Noël.

— Où est-il ?

— Ici même, dans mon bureau. Sa famille d'accueil vient de le déposer. Vous pouvez passer le prendre à n'importe quel moment cet après-midi, mais le plus tôt sera le mieux, car je vous avoue que j'aimerais bien rentrer chez moi pour être auprès de mes propres enfants.

— Je serai là dans vingt minutes, répondit aussitôt Maddy.

Elle raccrocha et s'empressa de raconter à Lizzie ce qui s'était passé.

— Tu veux bien venir avec moi ? lui demanda-t-elle, nerveuse soudain.

Elle ne s'était jamais occupée d'un bébé ; tout allait être nouveau pour elle, et elle n'avait encore rien acheté pour Andy, ne voulant pas vendre la peau de l'ours prématurément.

— Nous irons faire des courses pour lui une fois que nous l'aurons récupéré, dit Lizzie.

Toute sa vie, elle avait fait du baby-sitting, et elle était bien plus au fait que sa mère des besoins d'un bébé.

— Je ne sais même pas quoi acheter... Des couches,

du lait maternisé, je suppose... Des hochets, des jouets... Des trucs comme ça, n'est-ce pas ?

Maddy avait l'impression d'avoir quatorze ans et était si excitée qu'elle ne tenait pas en place. Elle se coiffa rapidement et se rafraîchit le visage avant d'enfiler son manteau, d'attraper son sac à main et de dévaler l'escalier pour aller prendre un taxi, Lizzie sur ses talons.

Quand elles arrivèrent au bureau de l'assistante sociale, Andy les attendait ; il portait un pyjama en éponge, un petit gilet blanc et un bonnet de la même couleur. Sa famille d'accueil lui avait offert un ours en peluche comme cadeau de Noël.

Il dormait paisiblement. Maddy le souleva avec une grande douceur et le tint contre elle. Elle se tourna vers Lizzie, les larmes aux yeux. Elle s'en voulait encore tant de ne pas avoir été là pour sa propre fille ! Mais Lizzie semblait comprendre ce qu'elle éprouvait et lui posa la main sur l'épaule avec affection.

— Tout va bien, maman... Je t'aime.

— Je t'aime aussi, ma chérie, dit Maddy, émue, en l'embrassant tendrement.

Au même instant, le bébé se réveilla et se mit à pleurer. Maddy le plaça avec précaution contre son épaule, et il regarda autour de lui, à la recherche d'un visage familier. N'en voyant pas, il pleura de plus belle.

— Je crois qu'il a faim, annonça Lizzie, bien plus sûre d'elle que sa mère.

L'assistante sociale leur donna le sac d'Andy, qui contenait ses affaires, un biberon tout prêt et une liste d'instructions. Elle remit également à Maddy une épaisse enveloppe contenant les papiers d'adoption. Elle devrait encore se présenter au tribunal une fois, mais il ne s'agissait que d'une formalité. Le bébé était bel et bien à elle.

Elle avait décidé de conserver son prénom, mais de changer aussi bien son nom de famille que le sien pour reprendre son nom de jeune fille de Beaumont. Elle ne voulait plus rien avoir à faire avec Jack Hunter. Même si elle devait retravailler à la télévision, elle avait décidé de le faire sous le nom de Madeleine Beaumont. Son fils adoptif s'appelait donc désormais Andrew William Beaumont ; elle lui avait donné William comme second prénom, en hommage à son parrain.

Lizzie et elle quittèrent bientôt les bureaux de l'assistante sociale. Maddy portait son enfant avec une mine émerveillée.

Elles s'arrêtèrent en chemin dans une pharmacie et une boutique d'articles pour bébés et Maddy acheta tout ce que Lizzie et la vendeuse lui conseillèrent. Quand elles eurent terminé leurs emplettes, le taxi était tellement plein qu'elles eurent à peine la place de s'asseoir.

Maddy arborait un large sourire lorsqu'elle pénétra dans l'appartement, son bébé dans les bras. Le téléphone sonna presque aussitôt.

— Donne, je vais le tenir, maman, proposa Lizzie.

Maddy se sépara d'Andy à contrecœur. Si jamais elle avait douté un instant d'avoir pris la bonne décision, elle en était désormais certaine.

— Où étais-tu donc passée ?

Elle reconnut aussitôt la voix familière de Bill, qui l'appelait du Vermont. Il venait juste de rentrer, après avoir passé l'après-midi à faire du patin à glace avec son petit-fils.

Maddy sourit.

— J'étais allée chercher ton filleul, annonça-t-elle fièrement.

Lizzie venait d'allumer les lumières du sapin de Noël, et l'appartement paraissait confortable et chaleureux, ainsi. Malgré tout, Maddy regrettait un peu de ne pas passer Noël avec Bill, surtout à présent qu'Andy était avec elle.

Pendant un moment, Bill ne comprit pas ce qu'elle

voulait dire, puis il réalisa et sourit à son tour. Il devinait à sa voix combien Maddy était heureuse.

— Voilà un cadeau de Noël de taille, dis-moi. Comment va-t-il ?

— Oh, Bill, il est si beau !

Elle jeta un coup d'œil à Lizzie, qui tenait son frère adoptif dans ses bras, et lui sourit.

— Pas aussi beau que l'était Lizzie, mais il est mignon comme tout. Attends de le voir !

— Tu l'emmènes avec toi dans le Vermont ?

A peine avait-il fini sa phrase qu'il réalisait que c'était une question idiote. Elle n'avait pas le choix ! Heureusement, Andy n'était pas un nouveau-né fragile : il avait deux mois et demi et se portait comme un charme. Il aurait dix semaines le matin de Noël.

— Si cela ne t'ennuie pas, cela me ferait très plaisir.

— Aucun problème ! Les enfants vont l'adorer. Et je suppose qu'il vaut mieux que nous fassions connaissance, lui et moi, si je dois être son parrain.

Il ne lui en dit pas plus, mais il la rappela ce soir-là et le lendemain matin. Lizzie et elle allèrent à la messe de minuit et elles emmenèrent le bébé, qui dormit durant tout l'office. Maddy l'avait placé dans l'élégant couffin bleu qu'elle venait de lui acheter, et il ressemblait à un petit prince, avec son bonnet et son pull bleus tout neufs, sous sa couverture moelleuse, son nounours près de lui.

Le matin de Noël, Lizzie et Maddy se levèrent tôt pour ouvrir leurs cadeaux respectifs. Sacs à main, gants, livres, vêtements, parfums s'empilèrent bientôt près des emballages vides. Mais Andy était le plus beau cadeau de tous. Et quand Maddy se pencha sur son couffin pour l'embrasser, il lui fit un large sourire. C'était un moment qu'elle n'oublierait jamais. Tandis qu'elle le soulevait dans ses bras, elle adressa une courte prière à sa mère pour la remercier de ce don merveilleux.

24

Le lendemain de Noël, Maddy et Lizzie partirent pour le Vermont dans une voiture de location. Celle-ci était pleine à craquer, avec toutes les affaires pour bébé accumulées à l'arrière.

Andy dormit durant presque tout le trajet, pendant que Maddy et Lizzie riaient et bavardaient. Elles s'arrêtèrent à l'heure du déjeuner pour prendre un hamburger, et Maddy en profita pour donner son biberon au petit garçon. Jamais de sa vie elle n'avait été aussi heureuse ni aussi certaine d'avoir pris la bonne décision. Elle se rendait compte à présent de ce dont Jack l'avait privée en l'obligeant à se faire opérer. Au fil des ans, il lui avait ôté beaucoup de choses — sa confiance en elle, son respect d'elle-même, son amour-propre, sa capacité à gérer son existence. En comparaison, l'argent et le travail qu'il lui avait donnés étaient une bien maigre compensation.

— Que comptes-tu faire après les fêtes ? Vas-tu accepter une des offres qu'on t'a faites ? s'enquit Lizzie avec intérêt, comme sa mère et elle se dirigeaient vers la maison de Bill, à Sugarbush.

Maddy poussa un soupir.

— Je ne sais pas encore. J'aimerais recommencer à travailler, bien sûr, mais je veux aussi profiter quelque temps d'Andy et toi. C'est ma première et dernière occasion d'être mère à plein temps. Lorsque j'aurai repris le travail, je serai de nouveau harcelée de tous les côtés. Je ne suis pas pressée.

Par ailleurs, elle avait des questions juridiques à régler. Son avocat préparait un procès retentissant contre Jack. Le mari de Maddy lui devait une somme d'argent considérable pour l'avoir renvoyée sans raison et l'homme de loi souhaitait ajouter au dossier d'autres plaintes, notamment pour diffamation et intention de nuire. Mais avant tout, Maddy voulait rester chez elle quelque temps pour profiter de Lizzie et du bébé. Lizzie commencerait ses études à Georgetown deux semaines plus tard, et elle était enthousiasmée à cette perspective.

Elles atteignirent Sugarbush à six heures ce soir-là, juste à temps pour faire la connaissance des enfants de Bill avant le dîner. Ses petits-enfants se précipitèrent vers le bébé. Ce dernier leur souriait ; il paraissait aux anges.

Après le repas, Lizzie le prit à sa mère et proposa d'aller le coucher à sa place. Maddy aida la fille et les belles-filles de Bill à débarrasser la table et à ranger la cuisine, puis elle s'installa avec son ami devant le feu et ils bavardèrent un moment. Quand tout le monde fut monté, il lui proposa d'aller faire un tour dehors. Le froid était glacial, mais les étoiles brillaient et la neige craquait sous leurs pas. Ils empruntèrent le chemin déblayé par son fils ce matin-là. La maison était ancienne, confortable, et il était évident que tous l'adoraient. C'était une famille sympathique, qui aimait se retrouver réunie. Personne ne semblait choqué par la relation de Bill avec Maddy ; au contraire, tous s'étaient efforcés d'accueillir de leur mieux Lizzie, le bébé et elle.

— Tu as une famille formidable, le complimenta-t-elle comme ils se promenaient main dans la main.

Tous les skis étaient alignés à l'extérieur, et Maddy se réjouissait d'aller découvrir les pistes avec Bill le lendemain, si elle trouvait quelqu'un pour s'occuper un moment du bébé à sa place. C'était un problème nouveau dans sa vie, et elle savait que cela lui paraîtrait étrange pendant quelque temps, mais cela ne l'inquiétait pas : elle était aux anges.

— Merci, répondit Bill en souriant, avant de passer un bras autour des épaules de la jeune femme, emmitouflée dans son gros manteau d'hiver. Andy est un bébé adorable, ajouta-t-il avec un sourire.

Il n'avait aucun mal à voir combien elle lui était déjà attachée, et il s'en réjouissait. Il aurait été dommage, honteux même, de passer à côté d'une telle expérience, d'autant qu'elle pouvait lui offrir une existence qu'il n'aurait jamais connue auprès de sa mère naturelle. Dieu n'avait pas agi à la légère, lorsqu'Il les avait réunis tous les trois, ce soir-là, dans les décombres du centre commercial. Comment Bill aurait-il pu priver Maddy d'un tel bonheur ?

— J'ai beaucoup réfléchi, dit-il au bout d'un moment alors qu'ils reprenaient le chemin de la maison.

Elle leva les yeux vers lui, et il vit une lueur de panique briller dans son regard. Elle pensait savoir ce qui allait suivre.

— Je ne suis pas sûre d'avoir envie de connaître tes conclusions, répondit-elle en détournant la tête pour qu'il ne vît pas les larmes qui lui brûlaient les paupières.

— Pourquoi donc ? demanda-t-il avec douceur.

Il s'arrêta et l'obligea à lui faire face.

— Tu as réfléchi... A propos de nous deux ? demanda-t-elle d'une voix étranglée, craignant que tout ne se termine déjà, juste après avoir commencé.

Cela ne semblait pas juste, mais rien n'avait été juste dans sa vie jusque-là, excepté ce qu'elle partageait désormais avec Lizzie, Bill et Andy. A part eux, rien n'avait d'importance à ses yeux. Elle se souvenait de sa vie avec Jack comme d'un mauvais rêve.

— N'aie pas peur, Maddy, lui dit Bill avec douceur.

Il la sentait trembler dans ses bras.

— Mais *j'ai* peur. Je ne veux pas te perdre.

— Je ne peux pas te promettre d'être toujours là, dit-il avec franchise. Tu as encore une longue route à parcourir, mon amour, bien plus longue que la mienne. Mais je crois avoir appris avec le temps que ce qui compte, ce n'est pas le moment où on arrive à destination, ni la vitesse à laquelle on y arrive ; c'est le voyage lui-même. Du moment que l'on marche ensemble et en harmonie, que demander de plus ? Aucun de nous ne peut savoir ce qui nous attend au prochain tournant.

Il avait durement appris cette leçon, et Maddy aussi.

— C'est une question de confiance, en quelque sorte.

Elle n'était pas certaine de comprendre ce qu'il cherchait à lui dire. Lui, de son côté, souhaitait avant tout la rassurer.

— Je ne vais pas te laisser, Maddy. Je n'irai nulle part. Et je ne veux jamais te faire de mal.

Bien sûr, ils savaient tous deux que les frictions et les blessures involontaires étaient inévitables dans un couple. L'important était que rien ne soit fait par méchanceté.

— Je ne veux pas te faire de mal non plus, murmura Maddy en s'accrochant à lui de toutes ses forces.

Elle se sentait mieux à présent : elle devinait qu'elle n'avait rien à craindre de lui. Une nouvelle vie commençait, un nouveau rêve qu'ils avaient bâti ensemble et avec soin.

— Ce que j'essaie de te dire, reprit Bill, c'est que j'ai compris que ça me ferait du bien de jouer au baseball dans mon grand âge. Au pire, Andy pourra toujours lancer la balle vers mon fauteuil roulant...

Elle lui décocha un sourire amusé.

— Cela m'étonnerait que tu sois dans une chaise roulante d'ici là, plaisanta-t-elle.

— Qui sait ? Tu vas peut-être m'épuiser. Tu as déjà essayé, Dieu m'est témoin : explosions dans les centres commerciaux, bébés, ex-maris fous à lier... On ne peut pas dire que ma vie ait été de tout repos depuis que je te connais. Mais je ne veux pas me contenter d'être le parrain d'Andy. Il mérite mieux que ça. Nous méritons mieux que ça.

— Tu veux être son entraîneur ? le taquina-t-elle.

Elle avait l'impression que le rêve de toute une vie était en train de se réaliser. Auprès de Bill, elle était enfin en sécurité et entre de bonnes mains.

— Je veux être ton mari, voilà ce que j'essaie de te dire. Qu'en penses-tu, Maddy ?

— Que vont dire tes enfants ? s'inquiéta-t-elle.

— Probablement que je suis fou, et ils auront raison. Mais je pense que c'est la meilleure chose à faire, pour nous deux... Pour nous tous. Je le sais depuis longtemps, simplement je n'étais pas certain de ce que tu allais faire, ni de combien de temps tu avais besoin.

— Ça m'a pris trop longtemps, répondit-elle.

Elle en était désolée aujourd'hui mais savait aussi qu'elle n'aurait pu aller plus vite.

— Je te l'ai dit, Maddy, l'important, ce n'est pas à quelle vitesse tu arrives à destination, c'est le voyage. Alors, que penses-tu de ma proposition ?

— Je pense que j'ai beaucoup de chance, murmura-t-elle, la gorge serrée par l'émotion.

— Moi aussi, répondit-il.

De nouveau, il la prit par les épaules et ils se dirigèrent vers la maison. Lizzie, le bébé dans les bras, les regardait par une fenêtre du premier étage. Comme si elle le sentait, Maddy leva la tête ; elle lui fit un petit signe de la main et lui sourit.

Bill la conduisit jusqu'au porche, et il l'embrassa sur le pas de la porte. Pour eux, il n'était pas question de début ou de fin, mais d'un voyage à partager.

Impression réalisée sur Presse Offset par

BRODARD & TAUPIN

GROUPE CPI

28528 – La Flèche (Sarthe), le 10-02-2005
Dépôt légal : janvier 2003
Suite du premier tirage : février 2005

POCKET – 12, avenue d'Italie - 75627 Paris cedex 13
Tél. : 01.44.16.05.00

Imprimé en France